知我如你，情深不负

[上册]

叶落无心 著

青岛出版社
QINGDAO PUBLISHING HOUSE

图书在版编目（CIP）数据

知我如你，情深不负 / 叶落无心著. --青岛：青岛出版社，2018.5

ISBN 978-7-5552-4130-0

Ⅰ. ①知… Ⅱ. ①叶… Ⅲ. ①长篇小说－中国－当代 Ⅳ. ①I247.5

中国版本图书馆CIP数据核字(2016)第135515号

书　　名 知我如你，情深不负

著　　者 叶落无心

出版发行 青岛出版社

社　　址 青岛市海尔路182号（266061）

本社网址 http://www.qdpub.com

邮购电话 010-85787680-8015　13335059110

0532-85814750（传真）　0532-68068026

责任编辑 郭林祥

责任校对 孙红萍

特约编辑 崔　悦

装帧设计 千　千

照　　排 梁　霞

印　　刷 三河市航远印刷有限公司

出版日期 2018年5月第1版　2018年5月第1次印刷

开　　本 32开（880mm×1230mm）

印　　张 15

字　　数 350千

书　　号 ISBN 978-7-5552-4130-0

定　　价 55.00元

编校印装质量、盗版监督服务电话　4006532017　0532-68068638

建议陈列类别:畅销·青春

目录 [上册]

目 录 [下册]

序幕

人的记忆就像旧电影，即便褪去了颜色、模糊了声音，有些情节也会永远印在脑海中。

我又做了那个很长又很凌乱的梦。我梦见自己再一次回到了那一栋年代久远的留学生公寓，那一季的樱花盛放在我的阳台外，也在叶正宸的阳台外，因为我和他的公寓只隔了一道墙。

梦中的夜，风雨欲至，樱花林在疾风中摇摆，花瓣漫天飞扬，遮天蔽日，一池荷花在水中动荡，破碎的花瓣随波逐流，不知归处。

梦中的我，还停留在那个敢爱敢恨的年纪，独自在公寓中读书。睡意袭来，我看看指向十一点的表针，合上未读完的《分子靶向治疗药物的研发与应用》论文。这时，门外的走廊上响起一阵非常熟悉的脚步声，由远及近。

脚步声停在我门前，伴随着一阵轻浅的敲门声，叶正宸略带疲惫的声音传来："丫头，我好饿，给我煮碗面吧。"

我以最快的速度爬下床，打开门。门外站着一身黑衣的叶正宸，他英挺的轮廓被暗夜模糊，只见眉宇间隐隐的倦色。

"师兄，这三更半夜你让我给你煮面，你拿我当闺女使唤呢？"我嘴上虽然抱怨，奔向厨房的脚步却丝毫没有减缓，烧水的动作也格外急促。

"我倒想拿你当老婆使，你乐意吗？"他的眼光瞄向我身上的睡衣。

明知他只喜欢在嘴上讨点便宜，从不会对我有非分之想，我还是套了件外衣，才去冰箱里取面和鸡蛋。

一边煮面，我一边感叹："谁要嫁给你当老婆，这辈子算是毁了。"

他轻笑："谁要是娶了你当老婆，这辈子算是有福了。"

我憋不住笑了出来，回头看他，他清朗的笑容在梦境中渐渐模糊，渐渐透明，最后像轻烟一样消散得了无痕迹。

"师兄？叶正宸？"我四处张望，四处寻觅，可我什么都看不见，仿佛置身于一片厚重的浓雾中。我向前跑，向前跑，跑了很久很久，终于听见一声遥远的呼唤："丫头！"

我站住，眼前的浓雾散去，我发现自己站在大阪关西机场的登机口前。广播里一遍遍地播放着登机信息，催促着还未登机的乘客，其中就有我的名字。而我，正站在登机口前，低头看着手机上的照片，照片上的叶正宸搂着我，嘴角噙笑，眼中浓浓的深情显而易见。

“丫头！”

听见一声熟悉的呼唤，我循声转身，看见叶正宸跑向我，他的头发被汗水浸透，白色的衬衫也被汗水浸湿。

“丫头，你等等，我有话跟你说。很重要，真的很重要。”他在距离我只有几米的时候，被追上来的安保人员拦住。他拼命挣扎，一遍遍喊着我的名字，对我说，“你相信我，你相信我一次，行不行？”

看见他眼中有苦难言的痛苦，我忽然想起了很多事。我想起他说过要照顾我，要娶我，等我老到走不动时，他要用轮椅推着我去环游世界，也想起他对我一次又一次的欺骗。

他说他欺骗我，是因为在乎我，我也相信他是爱我的。可惜，再深的感情终敌不过他的责任、他的信仰。

“你给我三分钟，我跟你说真话……三分钟，只需要三分钟。”

梦中的我，丢下一切跑向他。

他笑了，伸展双臂将我揽入怀中。我也笑了，用尽全力地紧紧抱住他，很怕一松手，他又会消失。

万物停止，无声无息，世界只剩下我们相和的心跳。不知过了多久，我睁开眼，看向混沌灰暗的天空，我知道这是梦，因为我做过太多次这样的梦，因为梦里没有阳光，没有蓝天，梦里的我才会不顾一切留在他身边。

现实中的我，别无选择地离开。

梦境突兀地换成另一个场景，一个我全然陌生的地方，眼前是停车场，背后是昏暗的灯光，我不知道自己身在何处，也分不清方向，只嗅到潮湿的空气中夹杂着不易察觉的消毒水气味。

叶正宸的身影出现在一辆黑色的越野车前，英挺依旧，沉稳依旧，我想跑向他，却无法迈步，我用力喊他，他却听不见。

忽然，我看见一把枪从停靠的一辆车中慢慢探出，枪口对准了叶正宸的方向。我吓得全身发抖，拼命喊他："师兄，小心！小心，有人要杀你！"

他还是听不见。眼前的一切就像是自动播放的电影，而我只是台下的观众，除了眼睁睁地看着，什么都做不了。

子弹无声地射出，叶正宸似乎有所察觉，闪身避开了子弹。一击未中，停靠的车急速启动，朝着他直冲而去，车上的人打开车门，朝着他不停开枪。叶正宸敏捷地闪避，跳上他的车，驱车向停车场的出口冲了过去。就在他即将开至出口时，另一辆车突然开出来，横在前方，挡住他的路。

叶正宸非但没有减速，还将油门踩到最大，朝着阻拦的车尾冲去。在一声巨响中，挡路的车被撞开，叶正宸的车也因为偏离方向，撞上旁边停靠的车。

刺耳的撞击声中，枪声连续响起，我看见子弹将他的车窗射碎……

"不！"我大喊着，同时感到身体突然下坠。

我从噩梦中惊醒。

我睁开眼，发现自己在医生办公室里。外面天空仍是一望无际的黑暗，眼前写了一半的病历被泪水浸透，字迹模糊了一片，旁边的电脑上还显示着我刚才搜索到的图片，那是两个月前，一个学生在日本大阪大学地下停车场中拍到的画面，停车场中的几辆车被撞得七扭八歪，满地汽车的残片、玻璃碎片，还有血迹，却未见任何肇事的车辆和伤者。

我揉揉被压麻的胳膊，关了电脑，将病历揉成一团扔进垃圾桶，起身走到窗前。天空没有星光，只有一弦孤月半悬在那里，有些凄凉。我拿起手机，从近期的短信息里翻出了几次下定决心想要删除，却依旧保存在手机中的短信息："好饿，想再吃一碗你煮的面。"

这些年，时过境迁，很多人和事都已改变。他已不是从前的"叶师兄"，而我，也不是那个为爱不顾一切的"丫头"。我还可以再给他煮一碗面吗？许久，我没有想出答案。

办公室门外响起一阵熟悉的脚步声，由远及近。脚步声停在我的门前，接着便是一阵轻浅的敲门声传来。

我迟疑着走到门边，打开门，毫无意外地看见叶正宸站在门前，身上穿着墨绿色的军装……

人的记忆就像旧电影，即便褪去了颜色、模糊了声音，有些情节也会永远印在脑海中。

第一章

异乡客

孤独像一种强大的吸引力，让陌生人不由自主地聚集在一起，聚出友情，聚出亲情，偶尔也能聚出爱情。

那一年深秋，我结束了五年的大学生活，在天高云阔的午后，独自拖着笨重的行李箱，背着硕大的双肩包，攥着空姐送我的崭新地图走出日本大阪市的关西国际机场，辗转了两班大巴和两趟磁悬浮列车，我捧着被不同语言、不同笔迹勾画过的地图找到大阪大学医学部时，已是灯火辉煌。

古朴的建筑已被黑夜模糊，却丝毫不减严谨之气，参天林立的银杏树虽被夜风扫落了黄叶，却不显凄然之色，而我在陌生的异国他乡跌跌绊绊奔波了大半日，心中的雀跃之情也毫无减少，仰望着大楼内透出的一束束灯光，心中充满期待。

在我期待的张望中，旧日的大学师姐季晓婷从大楼的侧门一路小跑出来，朝我挥手喊着："小冰，这里。"

我急忙拖着行李箱奔向一身浓烈消毒水味道的季师姐。她比记忆中瘦了一圈，原本清秀的脸变成了清瘦，纤细的身材在宽大的白大褂下更显羸弱，过肩的长发随意绾在脑后，发梢有些不自然地卷曲，好像刚从帽子里释放出来。

"师姐，已经这么晚了，你还在做实验吗？"在我的认知中，只有实验室才会用这么高浓度的消毒水。

"嗯，我下周要做报告，需要一些实验数据。"她看看我的行李箱，略微思考了一下，"刚好副教授也在实验室，我先带你去见见他，再送你去临时公寓休息。对了，你吃晚饭了吗？"

听说她要赶报告，我不想再给她添麻烦，便扯了个善意的谎："我刚刚吃过了。"

"哦，那好。"她帮我把行李放在侧门的一角，说，"你的行李先放在这里吧，一会儿见完教授再来取。"

"呃……"放在这里？这可是我的全部家当，万一被路人甲顺走了，我以后可怎么混？

就在我忧愁着没有家当的凄惨生活时，季师姐已通过了视网膜识别系统的安全检测，打开侧门，脚步匆匆地走了进去。权衡了一下情势，我决然地抛下行李，跟随她的脚步，走进传说中的大阪大学医学研究部。

穿过寂静的走廊，我们走进一间充斥着消毒水味儿的实验室。室内，一个头发灰白、面孔却不见苍老的中年男人正在显微镜前写写画画，见季师姐带我进门，立刻站了起来，用日语对我说："您好。"

"小冰，他就是我们副教授，柴田先生。"季师姐用英语帮我们介绍，"柴田教授，她就是我刚刚跟您说的师妹，薄冰。"

柴田教授微笑着说了几句日语，我凭借大学选修课学的那点日语基础知识猜测，他是在跟我问好，还问我会不会说日语。

我用英语回答："我只学过一点点日语，达不到日常对话的水平。"

他立刻换成流畅且标准的英语，语气温和，态度友善："没关系。会英语就足够了，我们以后可以用英语交流。"

柴田教授简单地问了我一些情况后，告诉我明天来实验室熟悉一下环境，下周可以正式进入研究室学习。他还郑重交代季师姐尽快帮我办理相关手续，千万别耽误时间。

他那副迫不及待的样子，好像恨不能马上把我关进实验室，以免我逃跑了。

我现在只是研究生，在日本大学算是非正规的学生，没有学位，也不能修学分。我原本计划先找所语言学校恶补日语，再参加明年春季的修士入学考试，等到考试通过了，正式进入研究室学习。这个顺序显然和柴田教授设计的不太一样。

"柴田教授，"我试探地问，"我是不是明年年初还要参加修士入学考试？"

"如果你想要拿到修士学位，必须参加。"

既然要参加考试，我现在就开始在实验室做研究，岂不是会耽误修士考试？

看出我的忧虑，柴田教授以非常轻松愉快的语气告诉我："你只管好好做研究，完全不必担心入学考试。不论你成绩如何，我都会录取你的。"

"呃？"这是什么情况？日本的教授都是如此"关照"学生的吗？

我努力回想自己提交给大阪大学的简历，除了大学成绩好点，托福和GRE成绩高点，写推荐信的老师对我的评价稍微夸张点，还有季师姐以人格担保，也没什么特别啊，副教授怎么对我如此“特殊”关照？一想到日本的某类影片，我偷偷擦了一把冷汗。

从实验室去酒店的路上，我问了季师姐才知道，在日本，知名医学院的大学毕业生堪称稀缺资源，还没毕业就被各大医院“洗劫一空”，导致医学部的知名教授们都在为招不到修士而头疼。为此，大阪大学的修士入学考试通过率不得不升至百分之百，但仍是年年生源不足。在这样的情势下，就算我想不考上修士，学校和教授都不同意。

听完季师姐的解释，我忐忑的心总算安定下来，在她帮我安排的JICA酒店暂时住下。

在日本度过的第一个夜晚，正好是农历八月十六，月亮格外圆，星空格外亮。我给父母打了个简短的电话报平安，便开始整理行李。行李箱里的毛毯红得炽热，让我不由得想起妈妈一边用尽全力往行李箱里塞毛毯，一边唠叨着不知说过多少遍的话：“日本多雨潮湿，要记得铺上毯子，免得受凉……记得按时吃饭，按时睡觉，不要总熬夜，熬夜容易内分泌失调……天黑时，不要一个人出门，要注意安全……交朋友要小心，女孩子孤身一人在国外，容易吃亏。”彼时，我只觉得老妈太啰唆，令我的耳膜承受了沉重的负荷。如今独自望着天上的圆月，才明白独在异乡为异客的孤独，老妈那些不厌其烦的唠叨变成字字句句的温暖，萦绕在我身边。

身在异国的孤独很深刻，却也很短暂。因为这里有太多孤独的学生，孤独像一种强大的吸引力，让陌生人不由自主地聚集在一起，聚出友情，聚出亲情，偶尔也能聚出爱情。我便在这种强大吸引力的驱使下，很快结识了许多中国留学生，其中有材料学部亲切热情的冯哥，有物理学部温纯敦厚的马老师，还有经济学部的研修生秦雪。

秦雪是那种典型的江南美人，衣着清雅，温婉娴静，一口吴侬软语，带着水做的娇嫩。据说她的舞跳得特别好，大阪大学的迎新晚会上，她凭借一曲飘逸的中国风缎带舞，让无数男生心猿意马。初识时，我也对秦雪很有好感，经常主动约她一起吃午饭，希望能跟她成为朋友，可秦雪总是很忙，我不好意思总打扰她，便经常去做冯哥冯嫂的“白炽灯”。

不久后，我在冯哥的帮助下，申请到了丰中校区的留学生公寓。那是一栋年代久远的建筑，经过多次翻新，地面、墙面涂不掉历史的沧桑感，但丝毫不影响公寓的舒适和整洁。搬家那天，很多人都来帮我搬东西，一向很忙的秦雪也主动来帮忙，倒是让我有些意外。

我的房间在三楼最里间，露天走廊的最深处，二十平方米的一室一厅明亮整洁，桌椅、双人床虽有些陈旧，却一尘不染，电视、冰箱、全自动洗衣机、微波炉等电器也是一应俱全，满满都是人间烟火气。

“这间公寓真不错。”我难耐兴奋，对身边的秦雪说。

“……”

久久没有等到秦雪的回应，我回头去看她，只见她失神地看着我隔壁的门，牙齿轻咬着下唇，一双秋水明眸中更是荡漾起溺死人的眼波。出于好奇，我瞥了一眼隔壁的房门，门上贴着主人的名牌，上书刚劲且飞扬的三个字：叶正宸。

从名字看来，他应该是中国人；从字迹看来，他应该是个男人。

“小雪，你……认识他吗？”

我的询问唤回秦雪丢失的三魂七魄，她尴尬地笑笑：“我们进去吧。”

我又看了一眼隔壁门上的名牌，暗暗记住了那三个字：叶正宸。

赤着脚走进房间，走到落地窗前，我拉开白色的薄纱窗帘，只见窗外是一个露天的阳台，阳台外是一片樱花林，现在是满枝翠绿，郁郁葱葱，想来到了初春定会绽放出一片浪漫的花海。转过身，我又打开朝南的窗子，窗外是露天走廊，视线越过走廊，可以看见楼前那一池被青草围绕的碧蓝浅湖，湖中锦鲤游动，激起层层碧波。湖心有块巨石，乌龟正趴在上面惬意纳凉。

一缕微风夹杂着淡淡的青草香从窗外吹入。

那一刻，我爱上了这里——我的第一个家。没有老妈的唠叨，没有老爸的约束，独属于我的世界，藏满了我青春的秘密。

在我的新家里，我请新朋友们吃了一顿地道的川菜，还有几个以前未见过的中国留学生也被饭菜的香味诱惑，跑来蹭饭。我还特意去请隔壁的新邻居来吃饭，可我敲了很久的门，始终无人应答，直到大家酒足饭饱，各自回了自己的房间，隔壁仍是空无一人。

连续几日，我每天都会选不同的时间去敲隔壁的门，有时清晨，有时深夜，回应我的始终是紧锁的房门。

我向秦雪打听："小雪，你认识住在我隔壁的叶正宸吗？"

听见这个名字，秦雪的笑容一僵："嗯，认识。"

"他最近几天都没回公寓，你知道他去哪了吗？"

她别过脸，垂下眼睑，最后才缓缓摇了摇头。见她的表情隐隐透露出一丝感伤，我便不再多问。我又去问了楼上可爱的小璐同学知不知道叶正宸什么时候能回来，她双眼发光地说："他呀？他好像挺忙的，经常不回公寓住。至于到底去了哪里，我也不太清楚。"

小璐的话更勾起我对新邻居的好奇，每次面对他紧闭的房门，我总忍不住猜测他是个什么样的人？他在忙些什么？他经常不回寝室，究竟去了哪里？

终于有一次机会，让我对这个新邻居有了全面的认识。那是我搬进新公寓的第一个周末，五楼的冯哥和冯嫂约了周围的邻居去他们家吃饺子，以欢迎我们新来的学生加入他们的大集体。大家聚到一起包饺子，边包边聊，热闹非常。

人多嘴杂，最适合打听事情。趁着秦雪还没到，我把握机会问大家："你们认识叶正宸吗？我找他有点事。"

"叶正宸？是医学院那个帅哥博士吧？"一个女生满脸神往地描绘着他如何帅得让人神魂颠倒，恨不能把所有经典词汇都用在他身上，显然她回答不了我的问题。不过，她至少让我知道了叶正宸是医学院的。

有人笑问："看你一脸的桃花色，是不是喜欢他呀？"

女生红着脸答："才不是呢。他这样的男人是用来远观的，不是用来喜欢的。谁不知道他换女人跟换衣服一样……"

她又让我知道了叶正宸是个见异思迁的渣男。

年轻女孩在一起总爱八卦，找到了值得八卦的男神自然不会放过。大家你一言我一语，开始讨论起我这位新邻居的风流韵事。后来，原本保持缄默的小璐忍不住了，转移了一下主题。她问季师姐："晓婷姐，听人说叶正宸的教授想要把他留在阪大医院，是真的吗？阪大医院不是从不聘留学生吗？"

听见这个问题，大家的目光齐刷刷看向季师姐。季师姐在一众期待的目光下，清清嗓子说："日本的医院的确很少留外国学生，尤其像阪大医院这么好的地方，但叶正宸是个例外。田中教授说：叶正宸是为胸外科而生的，不但理论好、技术高，心理素质也好，最关键的是体力好。有一次，他跟着田中教授连做了四台手术，出来还能为一个病人不间断地做半小时的心肺复苏，硬是把那个病人从死神手里抢了回来。"

一众女生听得都傻了，手里的饺子都捏得变了形，当然，也包括我。

过了好一会儿，大家才回过神，小璐问："那他一定会留在日本吧？我听说，在日本做医生特有'钱'途，看阪大医院的年轻医生，哪个不是开着名车，身后还跟着成群结队的美女。"

师姐说："叶正宸一直给田中教授做助手，赚得肯定不比那些年轻医生少。"

来日本之前，日语老师给我们讲过一些日本的文化。在日本，只有教授、医生、律师被尊称为"先生"，他们不只收入高，地位也高，不论警察、高官还是有钱的商人，见了他们都要鞠躬，以示尊敬，足见在日本做医生是件多么光宗耀祖的事情。

"但是……"季师姐放下饺子，才继续把话说完，"他说他毕业之后就会回国。"

"不会吧？"

“为什么啊？”

季师姐摇摇头：“不知道，也许国内有更好的机会等着他吧。”

爱说爱笑的冯嫂过来取饺子，听见我们在议论叶正宸，也加入我们：“叶正宸是不是在和秦雪交往？”

秦雪？我有些吃惊，但细细回想秦雪看着叶正宸的名字的神情，倒是真像有点故事。

“秦雪喜欢叶正宸是一定的。”小璐撇撇嘴，说，“但叶正宸对她……谁知道呢？”

“我看叶正宸对她挺好的，前段时间她病了——”

刚好来端饺子的冯哥打断冯嫂的爆料：“你别乱说，没有的事，叶正宸和秦雪什么事都没有。”

“哦，看来是我误会了。”

“冯哥，叶正宸这几天都没回公寓，你知道他去哪了吗？”我随口一问，原本不指望能得到答案，没想到冯哥很干脆地回答我：“他去东京参加一个项目研讨会，这两天该回来了。”

我恍然大悟，并深深地领悟到：打听事情，还是找男人效率高点。

第二章
初见欢

我未曾想过身在异国的艰辛，未曾想到我会遇见命中注定的那个人，进而经历那段欲罢不能的爱情，如果想到了——我还是会来。

传闻听得多了，我对叶正宸更加好奇。次日傍晚，我又满怀希望去敲隔壁的门，仍是无人应答，我贴在门上的便笺纸也一直都在。我不免心中感叹：唉！帅哥啊，你早点回来行不？离了网络我的生活一片灰暗啊！

等待遥遥无期，我决定先解决温饱问题，再回来继续蹲坑苦守。于是，我拿上实验室印度小哥帮我手绘的地图，去寻觅传说中物美价廉的业务超市。印度小哥说很近，徒步半小时就能到，可我苦苦走了一个小时，连超市的影子都没看见。

站在十字路口，望着陌生的街道和行人，我不由得一声长叹："早知今日，当初就该好好学学世界地理！"

十月的大阪，气温已有些下降，今天又是阴云际会之日，免不了凉风飒飒，我只穿了一条单薄的及膝短裙，风一过，寒意丝丝入骨。我拢拢被风吹乱的长发，裹紧身上的外衣，弯下身揉了揉冰凉的膝盖，发誓以后再也不要做这种美丽"冻"人的蠢事。

正在我饥寒交迫之时，一辆炫得刺眼的跑车在我身边急刹车。车窗打开，我看见一张比车还炫目的脸，鼻梁挺直，棱角分明的脸庞透着冷峻，狭长的眼睛里却闪烁着温和谦逊的光，我一时间竟看得失神，全然忘了自己身在何处。

"需要帮忙吗？"帅哥用标准的日语问我。第一天来到日本，我已深知日本人爱帮陌生人指路的习惯，赶紧双手把地图递上去，指着上面的超市名字，用蹩脚的日语问："这家超市怎么走？"

帅哥叽里咕噜说了一堆日语，语速特别快，听力不佳的我完全没听懂。为了在帅哥面前挽回点颜面，我改用自以为还拿得出手的英语问："很抱歉，你能讲英文吗？"

帅哥上下打量了我一番，眼神中多了三分研究的意味。看样子是不会讲英语，我失望了，刚想伸手从他手中取回地图，却意外地听见他用字正腔圆的普通话说："上车吧，我送你去。"

眼前这个热心的帅哥居然是中国人，我顿时有种他乡遇故知的惊喜，愉快地坐上车，用中文连声说："谢谢！谢谢！"

“系好安全带。”他很细心地提醒我。

“哦。”我刚系上安全带，他一脚踩上油门，车飞翔一般掉转方向，开向来时的路。

“你来日本多久了？”他问。

“刚来两个星期，你呢？”

“一年多了。”

“这么久啦？”见他开着这么好的车，我猜测说，“你来工作吗？”

“不是。”

我俩沉默了一阵，他又问我：“你来日本做什么？”

“我来大阪大学读书。”

“哦？”他转脸看了我一眼，“你是哪个学院的？”

“医学院。”

“医学？我也是阪大医学部的。”

“这么巧？”一听和帅哥同在一栋研究楼，我莫名地兴奋，“你在哪个研究室？”

“田中研。”

“我在藤井研，我的研究室就在你们楼下。”

帅哥又看了我一眼，目光深邃，好像想要把我看穿一样。我被他看得有些不知所措，笑着对他鞠了个躬：“师兄，以后请多多关照。”

“不客气。我叫叶正宸，你怎么称呼？”

叶正宸？一听见这三个字，我更震惊，忍不住从头到脚打量了一下这位传奇的新邻居。估计是刚刚开完会回来，他穿着黑色的修身西装、白色的衬衫，看上去正统又内敛，特有男人味。再根据跑车的奢侈程度分析，他的收入肯定不低，难怪那么多女孩都抵挡不了他的魅力——长得帅，有钱，又有内涵，这简直就是言情小说里极品男主角的模板。

“我叫薄冰。”我说。

“薄冰，名字很好听。”看他平淡的反应，估计还没机会看到我留给他的字条。

我刚要说话，他停了车，指指超市的牌子：“这家就是业务超市。”

我认真对了对地图，难怪我找不到，原来是印度小哥的地图画错了方向。

“嗯……请问，一会儿你去哪？”我委婉地问。真希望他回公寓，这样我就可以再搭顺风车回去。

他对我的问题甚是不解，但没表现出反感，而是客气地回答：“回我的公寓。”

我试探着问：“你赶时间吗？等我三分钟行不行？”

他半眯着眼睛，嘴边的笑容坏坏的，阳光般的俊美面容上流露出一种放荡不羁：“如果你想去我的公寓，我不介意。”

他这个笑容确实有点花花公子的感觉了，但眼神仍然清透，不见一丝浊气，就像一个戴着脸谱演戏的演员，不管脸上涂着多么夸张的油彩，终是遮不去眼中的本性。叶正宸的表情和眼神让我觉得挺有意思，我一时耐不住好奇，想逗逗他：“好啊！”

我干脆的回答反倒令叶正宸微微一愣，眼中多了几分迷惑。我没给他询问或者拒绝的机会，飞速下车，走进超市。

门外有帅哥等着，我一秒钟都不敢拖延，飞快地买完拉面和鸡蛋，出来时一看时间，刚好三分钟。他果真还在等我，只是眼神与最初的平淡不同，多了几分专注和思索。

我坐上车，他什么都没问，直接启动车子开向公寓。不出十分钟，我们的公寓就到了，可见豪华跑车风靡世界是有一定合理性的，并非纯粹为了炫富。

将车停进专属车位，他走下车，我才发现他很高，暗黑色系的西装完美地展现出他修长挺拔的身材。最后一缕暮光洒下，光线虽暗，落在他脸上却是如此明媚。

我有些恍惚，跟在他后面上楼的过程中一直忘了说话，默默跟着他的脚步走到寝室门前。叶正宸回头看了我一眼，有几分不确定，好像准备说点什么。

我对他甜甜地笑了一下，伸出手指朝他门的方向轻轻指了指，他顺着我指的方向看见了门上的便笺条，上面工工整整地写着汉字：

你好，我叫薄冰，住在你的隔壁。我要过段时间才能申请到网络，在这之前能不能和你共用一个网络？

谢谢！

P.S.我的联系方式：090-1236-9832

落款是一个可爱的笑脸。

叶正宸看完字条，又看看我，笑了。他笑起来很有蛊惑性，嘴角挑上去，半眯着狭长的眼睛，噙着一种让人捉摸不透的深长意味。

“小丫头，耍我是吧？”

我回他一个可爱的笑脸：“我是真的想来你的公寓……接网络。”

他的笑意更深，很有绅士风度地帮我拉开门：“请进吧。”

走进叶正宸的房间，我眼前骤然一亮。淡绿色的窗帘直垂到地面，挡住了整扇落地窗，斜阳的光芒透进来，映照得满室都是清爽的新绿。床上的被褥也是浅绿色，被子没有叠起，平整地铺在床上，不见一丝褶皱。书桌上除了一台笔记本电脑和几本医学书什么都没有。我随便扫了一眼洗手间，他的洗漱用具整齐地摆放在洗手池旁边。

我知道学医的人大都有洁癖，可摆放物品如此简洁有条理的男人却不多见，我不禁打量起眼前的人。他脱下西装挂在柜子里，又解开衬衫领口和袖口的纽扣，把衬衫袖子挽到了手肘处，与此同时，他快步走到桌前，从抽屉里拿出一张便笺纸和一支钢笔，迅速写下账号和密码。他的一系列动作有条不紊，干净利落，想来性格也是坚决果断的类型。

“这是无线网的账号和密码，你以后不用申请网络，用这个账号就可以……”他顿了顿，又问，“对了，你会初始设置吗？”

“设置什么？”不是输入账号、密码就可以吗？呃，难道日本的校园网有加密？

一听这个问题就知道我是电脑盲，他八成懒得跟我啰唆太多，直接说：“还是我帮你弄吧。”

“那麻烦你了，师兄。”我刚转身想往门外走，就透过窗户看到秦雪的身影。我扭头看向叶正宸若有所思的脸，自认很善解人意地说，“我不急的，等你有空再帮我弄吧。”

“嗯，那我晚点过去。”叶正宸边说，边送我出门。刚好秦雪正要按门铃，见我出来，讶然地看看叶正宸。

为了不耽误人家小别重聚，互诉离情，我简单和秦雪寒暄几句便回避了。

我回到房间，走进洗手间洗手，忽听隔壁传来秦雪的质问声：“叶正宸，你这是什么意思？”

她的声音不大，但因为尖锐，穿透力格外强，偏巧这栋早年的日本建筑为了避免地震时人员伤亡，楼体和墙壁选择的都是轻薄的建筑材料，隔音效果相当差，而狭小的洗手间又格外拢音。

“你不见我，连我的电话也不接……你分明在躲着我！”秦雪的声音又高了两个分贝。

“……”我听不见叶正宸的回答。

“你别以为我不知道，你昨晚就回来了，跟田中教授的女儿一起回来的。昨晚你跟她在一起，对不对？”

听到这句话，我险些一口气没提上来。男人出去鬼混被女朋友人赃并获，唉！悲剧啊！

叶正宸终于开口了，声音低沉而决绝：“是。我昨晚跟田中裕子一起过夜，我在东京这几天每晚都跟她睡一张床。你满意了吗？”

“你！你……”

“你想跟我在一起，今晚就可以搬来住，我无所谓。”

“无耻。”秦雪的声音夹杂着抽泣。

“你现在知道也不晚。”

透过对面明亮通透的玻璃窗，我看见秦雪哭着跑出来，很快消失在走廊的尽头。她的泪像是千年结成的琥珀，滴滴凝聚着忧伤。

这就是我第一天认识的叶正宸，典型的花花公子，朝秦暮楚。昨天，他对你柔情万种，蜜语甜言；今天，他可能和别的女人在床上翻云覆雨，海誓山盟。你不必怨，不必恨，因为他从未掩饰过自己的卑劣，也清楚地告诉你，他能给你的只有今天，没有未来和承诺，选择他，就该知道会是怎样的结局。

我有些不理解秦雪为什么会喜欢这样的男人，难道刻骨铭心的仅是那优昙短暂的一现？

我替秦雪伤春悲秋了一会儿，突觉饥肠辘辘，我才想起自己该吃饭了。我把冰箱里剩的辣子鸡拿出来热了热，又煮了一碗麻辣担担面，刚坐下来吃了两口，门铃响了。门铃只响了一声，来人便静静等候，足见其修养与耐心。

我打开门，只见叶正宸拿着一盒包装精美的巧克力立于门外，温文有礼地说：“你好，没打扰你吧？”

“没有。”我急忙擦擦嘴角。其实开门之前我已经擦过了，可还是不由自主地擦了一下。

他把巧克力交到我手上，说是在东京开会时买的，送给我。我知道这是当地的一种礼节，从外地回来总要带点那里的知名食物给大家品尝，表示一种惦念。只不过，我不确定他这份礼物原本打算送给哪个女人。

一进门，他便深深地望了一眼我桌上的辣子鸡和担担面。

“好香。你是四川人？”

“嗯，四川南州。你还没吃晚饭吧？坐下一起吃点？”

见他目光一动，没有说话，我立刻从橱柜里翻出一套崭新的餐具，洗干净放在桌上。他扫了一眼餐具，看出我是真心要留他，也不客套，在我对面的空位上坐下来。

“我最爱吃川菜，可惜日本人怕辣，在日本很难吃到地道的川菜。我每次回国都要连续吃上几天川味才舍得回来。”

“我朋友也这么告诉我，所以我来之前特意带了一行李箱的调味料。我还带了正宗的火锅底料，等你哪天有空，我请你吃麻辣火锅。”

他立刻抬头：“我周末有空。”

见到他小孩子一般神往的表情，我憋不住笑出来：“我周末没空，要去实验室养细胞。”

我故意顿了顿，看着他眼中即将熄灭的神采，笑着说：“明天晚上我有空，你几点能回来？”

他只思考了一秒，便答：“七点，我去买菜。”

“我比你早回来，还是我去买菜吧，你回来吃饭就成。”

“这里离超市挺远的，我开车载你去吧。”

我深觉这个主意不错，便点头同意了：“好。”

吃完晚饭，我收拾碗筷，叶正宸帮我连接网络，测试网络的稳定性。

“师兄，要不要喝杯咖啡？”我完全是出于礼节询问。

他看了一眼手腕上的名表，钻石的光芒很扎眼，也不知这种表戴久了会不会影响视力。

“时间不早了，改天吧。”

“哦。”时间确实不早了，我没有虚情假意地挽留，“我送你。”

送叶正宸到了门口，我刚要关门，他忽然说：“谢谢你的晚饭。”

“不客气，家常便饭而已。”

“我能不能向你提个意见。”他的表情十分认真。

“你说。”我虚心聆听。

“下次煮面时多煮一点。”

“哦——”听出他在委婉地夸奖我的厨艺，我的嘴无法控制地弯起来，“这是我听过的所有称赞里最诚恳的一个！”

“这也是我说过的赞美里最诚恳的一个。”

“谢谢！”叶正宸走后，我坐在电脑前，一边和老妈视频聊天，一边吃着比利时Leonidas的现制巧克力。

可可脂丝滑香浓，甜而不腻，入口即化，唇齿留香，甜蜜漫过味蕾淌进身体，连嘴角都渗出了幸福。

老妈问：“你怎么笑得这么开心？”

我笑了吗？也许吧。

“朋友送的巧克力很好吃。”

“朋友？男的女的？”老妈又开始八卦。

“你别胡思乱想，他是我的邻居。”

“我听你李阿姨说，国外思想观念开放，好多留学生都受了影响，以为在国外做什么都没人知道，说同居就同居，说分开就分开，没有一点道德观念和责任心。还有些人，在国内有家，也在外面乱搞，你可不能让人家骗了。”

“你放心吧，我不骗人家就不错啦。”

“你个死丫头，什么时候能让我安安心呀？”妈妈无奈地摇摇头，坐直身子，靠近摄像头。

我顿时有一种不祥的预感。

“钟添今天来了，问你在那边怎么样。你到日本那么久，怎么没给他打个电话，也没告诉他你的联系方式？钟添这孩子多好，你怎么就不知道珍惜呢……”

唉！果不其然，数年如一日的唠叨又开始了。我自动屏蔽后面的“歌功颂德”，品尝美味的巧克力。

“小冰，钟添这么好的男人你不要，你倒是想找个什么样的？长相好的？那都是绣花枕头中看不中用。有钱人家的公子哥儿？那根本靠不住。小冰，你告诉妈妈，你为什么不喜欢钟添？他哪里不好呢？”

印钟添究竟哪里不好？这是一个值得认真深思的问题。我认真思考了许久，居然想不出来。

我和印钟添勉勉强强算是青梅竹马。他的父亲和我的父亲在同一家医院工作，是多年的同事，也是多年的朋友，两家私交甚好，所以我和印钟添在很小的时候就认识了。在我关于幼年的片段化记忆中，比我年长四岁的印钟添总是坐在街口的老榆树下看书，阳光穿过细碎的榆树叶落在他脸上，映出最宁谧的微笑，那微笑浸透了清风的舒爽。我时常被那舒爽之意引诱，抱着一本童话书凑到他身边，也读得津津有味。

记忆中的印钟添，永远高高大大，永远是我需要仰望的大哥哥。

命运之所以强大，是因为它总在顺理成章的时刻设下不可理喻的转折，而你无权抗议。我和印钟添的转折出现在半年前。

那日，清风拂柳，骄阳灼灼，印钟添把我约到南州市最小资的咖啡厅，帮我点了一杯我生平喝过的最贵的咖啡。浪漫又不失优雅的咖啡厅内，西装笔挺的印钟添陷入沉思，我则埋头琢磨着苦得要命的蓝山咖啡为什么不送点奶精和袋糖？忽听印钟添说他喜欢我很久了，问我能不能做他的女朋友，我当时就笑了。

我偏着头笑看他，刚想夸夸他终于有幽默细胞了，却见他局促地捏着纯钢的咖啡匙搅动咖啡，一点开玩笑的迹象都没有。

如遭雷劈的片刻震惊过后，我急忙收回笑脸，摇着手说：“哥哥，你别逗我了。”

他虽沉稳，但并不木讷，一见我的表情便懂了我的拒绝。

“这么多年，你从来没喜欢过我吗？”

“不是，我很喜欢你，喜欢哥哥的那种喜欢。”

他久久无言，直到咖啡冷透了，他才温和地对我笑道：“那我以后就做你的哥哥吧。”

我连连点头，生怕晚了一点，他就会后悔。

从那天后，他没再提过喜欢我的事，依旧对我关心爱护，但我的老妈没那么好应付，一天到晚埋怨我不该拒绝她心目中的乘龙快婿。

坦白地说，我也深深以为印钟添称得上经典老公人选，相貌端正，温文有礼，还勤奋上进。大学毕业后他考上了国家公务员，分配到市政府，前程一片大好，简直就是标准女婿的范本。

无奈深受言情小说荼毒的我总以为那种欲罢不能的滋味才叫爱情。

我每天瞪大眼睛等待着一个男人，让我一见钟情，再见倾心，为他生，为他死，为他肝肠寸断，无怨无悔。然而，大学五年过去了，我的真命天子还在来找我的途中，不知何时能到达目的地，而我大把的青春就在老妈苦口婆心的唠叨中熬过，就连躲到了日本，我也没能逃脱。我开始有点后悔今天蹭了叶正宸的网络。

唇齿间，可可脂的甘甜淡去，泛起微苦，我又伸手去拿巧克力，发现盒子已经空空如也，我不禁艰难地咽咽口水。

原来，有些东西，尝过了是会上瘾的。

"小冰，妈妈问你话呢，你怎么不回答？"

在老妈的一再追问下，我决定不再逃避，认真回答这个问题："妈，我知道他是百年不遇的好女婿，可我不喜欢他这种类型的男人。"

"那你喜欢什么类型的？"

为了争取宽大处理，我坦白了我对梦中情人的要求："我喜欢军人。"

"军人？"老妈一听，频频摇头，"军人没有人身自由的，一道军令下来，他们必须无条件服从……哪能照顾好你？"

接下来她又是长篇大论，给我一条一条地逐一说明嫁给没有人身自由的军人有什么不好。

可是，不管做军嫂有多少无奈，多少悲哀，我就是喜欢。

为了这个崇高而伟大的梦想，也为了保护我长期处于疲劳状态的耳膜，三个月前，当收到大阪大学医学部研究生入学通知时，我一咬牙，一横心，决定放弃保研的机会，只身来日本求学。

我对老爸美其名曰我要挽救日渐没落的医疗事业，当了半辈子医生的老爸一感动，把攒了二十几年的老本都给我拿出来了：“去吧，到了那边好好学习，好好照顾自己。”

我搂着他的脖子一顿亲：“老爸，你真是我的亲老爸。”

老爸感动得老泪纵横。

就这样，我怀着最单纯、最美好的心愿来到日本求学。我未曾想过身在异国的艰辛，未曾想到会遇见命中注定的那个人，经历那段欲罢不能的爱情，如果想到了——

我还是会来。

第三章
人心深

叶正宸，他是个披着上帝外衣的魔鬼，还是个披着魔鬼外衣的上帝？我难以分辨，但有一件事我不会看错，他是个很深奥的男人，深不可测。

来日本求学之前，我早已对日本人近乎变态的勤奋有所耳闻，却终究百闻不如一见。一周初始，我早早起床，提前了两个小时到研究室，本以为自己的勤奋足以完胜日本学生，没想到研究室的大半学生都比我早到，相川正拿着饭团看资料，青木和浅仓在小声讨论他们的修士毕业论文，而坐在我对面的叶山正趴在电脑桌上沉睡。我悄悄看了一眼他的电脑屏幕，他昨晚赶工的研究报告已经基本完成了，估计是通宵奋斗了。

我顿时自惭形秽，无声地向大家挥了挥手，便快速坐在我的座位上开始看藤井教授给我的英文资料。这些资料都是关于癌症的靶向治疗方法的，我在这个研究方向上还没入门，看资料看得特别艰难，只有五页的资料，我读了整整一上午，大脑被折磨得几乎麻痹了。

我揉揉麻木的额头，蓦然想起了秦雪。虽说早些认清一个渣男的本质是件幸事，但伤心总是难免的，她这个时候一定很需要有人陪伴吧？思及此，我放下资料，悄无声息地拿着手机来到走廊上，准备约秦雪一起吃午饭。

走廊的尽头是一间无菌实验室，透过玻璃窗，我看见一个穿着白大褂、戴着白口罩的男人在为一只白老鼠缝合伤口，他半倾着身，银针在他纤长的指间轻盈地飞舞。那充满美感的缝针手法令我深深震撼，停住拨手机号码的手。

我从未见过这样一道背影，充满了岿然不动的沉静，充满了神圣不可侵犯的庄严。我也从未见过这样一种眼神，充满了对生命的尊重与怜惜，充满了对工作的认真与谨慎。小老鼠每一次条件反射下的抽搐，都让他微微蹙眉，仿佛手指下的不是一只小白鼠，而是他最深爱的人。

分明是锥心刺骨的伤害，却让人感受到他内心深处的仁慈，我不禁对这位医生产生一种莫名的感觉，想去认识他，了解他，接近他……

然而，在此之前，我还是要先安慰一下秦雪。我低头继续输入完秦雪的号码，拨通。

她很久才接电话，听我说要约她吃午饭，声音哑哑地说：“小冰，我今天不舒服，没去学校。”

“你哪里不舒服？感冒了吗？有没有发热？”我关心地问。

“没事，昨晚没睡好，有点头痛……”她说话时，我脑中闪过她和叶正宸的对话、她落下的眼泪，还有离开时凌乱的脚步，大概猜到她头痛的缘由。可即便华佗再世，也难治心伤。

隔着电话，我只能安抚她几句：“那你先吃点东西，吃了止痛药再睡一觉，那样会舒服点。我晚上过去看你。”

“嗯，我知道了……你晚上不用过来看我，我有事情。”

“哦，好的。小雪——”明知感情的事不容旁人多言，我却还是说了，“有些阵痛来得猛烈，去得也快……咬咬牙，能熬过去的。”

“谢谢！”没有多余的话，也没等我说其他的，她直接把电话挂断了。

也许她没懂我的意思，也许她在怪我多管闲事，可她是我在这个陌生的国度里第一个想交往的朋友，我是真的心疼她。

我长长地叹息了一声，为她的遇人不淑，也为自己的无能为力。

“你和秦雪是朋友吗？”我被这句突如其来的中文询问吓了一跳，惊异地回头，只见无菌实验室里的那个男医生走了出来，站在我身后。他纯熟地拉下手上的塑胶手套，摘下脸上的口罩。

一个微微的侧脸，一个轻轻的扬眉，抬头……差点要了我的命。

“叶……”我受惊过度，几乎直呼出他的名字，幸好及时改口，“师兄。”

他微微颔首，耐心等着我的答案。穿上白大褂的叶正宸，整个人都变了，神色严肃，再看不见他轻佻的坏笑。

“嗯……”我略微思考了一下我和秦雪的关系，尽管我们平时的交往不多，但也算是朋友吧。“我们关系挺好的。”

“哦，那麻烦你劝劝她，她的头痛是神经性的，止疼药只能暂时缓解头痛，治标不治本。”

“嗯，我明白了。”

他有些不确定地问："真的明白了？"

"你想我告诉她：神经性的头痛，必须停止药物依赖，靠调节情绪去控制。"我顿了顿，接着说，"长痛不如短痛。是吧？"

"嗯，还有——"他又补充了一句，"别说是我说的。"

"好的。"他的意思我懂，他不能给秦雪未来，也不想她有任何虚幻的希望，才会把事情做得狠绝，让她对他彻底死心，免得浪费感情。不爱一个人，给她一丝一毫的希望都是残忍的。

可既然不爱，当初又为何要去接近，去招惹？

我刚要回研究室，叶正宸忽然叫住我："你什么时候能忙完？我六点就可以回去了，回去刚好路过超市，你要不要跟我一起走？"

我仔细想了想下午的实验计划，结束时间跟他的差不多："我六点也能走，我和你一起走。"

我正想问他怎么和他联系，叮的一声，电梯门打开，一位矮小的日本小老头从电梯里出来，一见叶正宸，笑容可掬地和他打招呼："おはよう（早上好）！"

叶正宸微微倾身，用英语回应："田中教授，您好。"

原来这就是日本医学界的神话田中教授。我忍不住多看了几眼，田中教授也正以审视的目光看向我这边。

"田中教授，很高兴认识您。"我一边忍着腰痛九十度鞠躬，一边暗骂日本的礼节太不人道。我的腰啊，早晚要废在这里。

身子还没抬起来，就听见叶正宸冷不丁冒出句发音十分纯正的英语："这是我女朋友，薄。"

啊？英语里的女朋友虽然有很多层意思，可是，以我跟他的关系，最简单的一层都够不上啊，这是什么介绍方式？

"女朋友？"田中教授闻言，重新审视起我，从头到脚无一处放过。

"是的。"为了让田中教授的误会更加深刻，叶正宸居然镇定自若地换了个词，相当于中文的"至爱"，我彻底蒙了。

"很好，很可爱。"田中教授笑得有些勉强。

叶正宸倾身，有礼却不卑微："谢谢！"

田中教授走后，我还迷糊着，叶正宸也没多解释，让我把手机拿出来，输入了他的手机号码："这是我的电话，你忙完给我打电话。"

"好的。"我当时还在茫然的状态中，用基本短路的大脑琢磨着我不会就这么成了叶正宸的女朋友吧?

等叶正宸欣然点头，离开，我再看不见那张严重影响我智商的脸后，我才恍然大悟，他这是委婉地告诉田中教授，他和田中裕子没有下文了。

在我认识叶正宸的第二天，我发现我有点捉摸不透他了。

既然那么心疼那只小老鼠，何必要残忍地用刀割开它的肌肤，让它鲜血淋漓，再一针一针地为它缝上？既然那么懂得怜惜女人，何必要去摧残她们的身体，伤透她们的灵魂，再想办法把她们的痛苦降到最低?

这是我见过的，最残忍的善良。

叶正宸，他是个披着上帝外衣的魔鬼，还是个披着魔鬼外衣的上帝？我难以分辨，但有一件事我不会看错，他是个很深奥的男人，深不可测。

下午六点整，我准时打电话给叶正宸，他告诉我，他已经在楼下等我。

我匆匆下楼，见他站在门前，垂首思索着什么。几个穿着超短裙的漂亮女生从他身边经过，主动和他打招呼，还笑着对他鞠躬，他微微颔首，以中国人惯用的方式打招呼，礼貌却疏离。

女生一走过他的身侧，他便立刻收回目光，丝毫没有停留。

看见我下楼，叶正宸特意绕到副驾驶的位置，为我打开车门，恰到好处的彬彬有礼，丝毫不让人觉得谄媚。倾身间，我嗅到他身上的味道，不是香水气，而是一种男人独有的气息，让我莫名地有些缺氧。直到他的车停在家乐福的停车场，我推开车门，清风掠入，我才没那么缺氧了。

日本的家乐福和中国的差不多，摆满了各种各样的美食，看得人满心愉悦。叶正宸推着购物车走在后面，我走在前面，看到什么新奇的东西都拿来研究研究，看不懂就回头问问叶正宸。

他一样一样给我介绍，顺便教我日语怎么发音。有的东西他不知道是什么，他会研究一会儿说明书，再翻译给我听。

看不出来这叶少爷还挺有耐心的，难怪那么招女人喜欢。

在家乐福逛了一个多小时，我们才买完东西。付款的时候，叶正宸坚持要付账，我说了很多道理都没用，最后我急了："你到底想不想吃麻辣火锅啦？"

叶正宸一听麻辣火锅要泡汤了，立马把金卡塞回钱夹里，乖乖地站在一边装东西。

回去的路上，他告诉我："你是第一个请我吃饭的女人。"

"你也是我请的第一个男人。"而且一顿火锅花了一万多日元，相当于人民币一千多，日本这物价真不是一般高啊！

回家之后，我收拾东西，叶正宸自告奋勇帮我洗菜，看他摩拳擦掌的样子，我还以为洗菜是他的强项，结果，他洗菜那叫一个仔细啊，一片叶子一片叶子慢慢洗，比给女人洗澡还要细致。

"师兄，你洗过菜没？"我对此深表怀疑。

叶正宸想了半天："我给病人洗过伤口。"

我扶额，我忘了人家是开跑车戴名表泡美女的富家大少爷。

"还是我来吧，你去里面坐坐吧。"

"我洗得不干净吗？"

见某少爷有点受打击，我忙摇头："很干净，你继续。"

我们一边忙碌，一边闲聊，我问他为什么日语那么好却跟田中教授讲英语。

他告诉我："他们喜欢用英语和学生交流。"

"为什么？英语不过是一种工具而已，会英语又能证明什么？"

"什么也证明不了。我倒觉得能把中国话说得字正腔圆，那才叫能力。"

我笑着看了一眼叶正宸，就凭这份爱国情怀，我禁不住对他生出几分好感："师兄，看不出你挺爱国的。"

"谈不上爱国，我只不过小学的时候语文总不及格，所以对汉字充满了无限的敬仰之情。"

"……"

洗完了菜，叶正宸又帮我拿餐具，他摆放餐具的时候刻意把昨天用过的淡青色系碗筷摆在他的位置，而我的餐具是我昨天用的白色系碗筷。他对上我探索的目光，毫不避讳地说："别介意，我有点心理障碍。"

"哦，明白。"我知道很多医生都有洁癖，回以理解的微笑，"你的餐具我会单独放，我不会用，也不会给别人用。"

"谢谢！"

热气蒸腾，水花翻滚，叶正宸打开一罐啤酒问我："你要不要尝一尝，这种咖啡味的口感不错。"

一听喝酒，我想起言情小说里不少女主都因酒后乱性失了身，吓得直摇手："我不会喝酒。大学毕业吃散伙饭的时候，我才喝了一杯啤酒，却抱着我的朋友哭了整整一个晚上。"

叶正宸一听，立刻换了瓶苹果汁给我倒满，看表情更像担忧我酒后乱性。

一顿饭，我们边吃边喝边聊，聊我们的研究室，聊他在日本的生活经验。他的话虽不多，却很有趣，逗得我笑个不停，一扫身在异乡的孤独感。

后来，我们聊起课题，聊起胸外学，他立刻变得兴致勃勃，说起那些晦涩的专业术语，他的眉眼间都是奕奕的神采，那是只有真爱一样东西时才会有的神情，那是叶正宸面对任何女人都没有的神情。

"你研究什么方向的？"他又问起我的课题。

我如实回答："我刚刚入学，教授还没给我安排具体的课题，只让我养细胞。不过季师姐告诉我，藤井教授近期将和一家医药公司合作，研制一种新型细菌，这种细菌可以实现肺癌细胞的靶向杀灭，应用前景非常好。现在这个项目正好缺人，我很想参与进去。”

叶正宸低头喝了一口酒，说：“虽然医学是没有国界的，但是有些敏感的科研项目一定是保密的，他们应该不会让你接触核心的内容。”

他的话如同冰块投入火锅中，热烈翻滚的心情陡然降温，但我很快又恢复了斗志，坚定地告诉他：“我会努力争取机会的。就算藤井教授不让我接触这个项目，我们研究室其他日本学生一定有机会接触，我找机会看看他们在做什么，尽量多了解一些，多掌握一些相关的理论。我相信，只要用心，我一定能找到机会参与这个项目。”

他抬头，握着啤酒杯望着我，许久之后，他笑了。

我被他笑得有些不安：“师兄，你笑什么？笑我天真吗？”

他摇摇头，摇晃着手中的啤酒，说了一句莫测高深的话：“我觉得你像我年轻的时候。”

我把这句话反复琢磨了半天，他分明就是在笑我年幼无知，天真无邪嘛。

后来，我们聊起了称呼的事，他说，“冰冰”“小冰”“冰儿”都太酸了，所以干脆叫我“丫头”，显得亲切。

我问他，以后叫他“师兄”是否介意。

他答：“你只要别叫我‘老公’，什么都无所谓。”

我无语，闷头吃东西。

共进了一顿热气腾腾的火锅之后，我和叶正宸熟络了起来。

偶尔，我会用心做两道家乡菜送给他尝尝，他去超市买东西总不忘带些我常吃的蔬菜水果给我。人都说远亲不如近邻，果真如此，有事没事彼此照应一下，我们很快成了朋友。

有一天，我在叶山的桌上发现了一些资料，都是关于细菌培育的。我顿时如获至宝，复印了一份拿回公寓里奋发图强。可惜资料是日文的，我读得快要吐血了，也没领悟资料的精髓。抓耳挠腮了一阵，我灵光乍现，想起了叶正宸。

一想到他，我都没转一转被日文资料折磨得发昏的脑子，就在深夜十点半跑去敲隔壁的房门。

叶正宸打开门时，脸上难掩迷惑。他似乎刚洗完澡，身上只穿了睡衣，发梢上还有水滴在往下落。

“丫头？这么晚了，找我有事吗？”他问我的时候，身体挡在门前，完全没有邀请我进门的意思。

我拿出日文资料，翻到其中一页，问：“这句话我看不懂，你能告诉我是什么意思吗？”

他简单地看了看，逐字逐句把日文翻译给我听，遇到我不懂的还特意给我详细解释。

我意外地发现某帅哥的医学水平不是一般高，一时兴奋，也顾不上某帅哥丰富的风流史，听见他说：“你进来吧，我慢慢给你解释。”我毫不犹豫地跟着他进了他的房间，想要慢慢请教。

那晚的月光特别亮，透过他淡绿色的窗帘照进来，影影绰绰的。他静坐灯下，仔细品读资料的侧影别有一番味道，竟然比那些深奥的日文资料更加难懂……

时间在不知不觉中溜走，等我彻底搞清楚资料的内容，看表的时候，时针已经指向了一点的位置。我满心愧疚地说：“师兄，真抱歉，耽误你休息了。”

叶正宸说：“没关系，我习惯了晚睡。你以后再有问题，随时可以找我，不用考虑时间。”

“好啊！我以后就不跟你客气啦！”

几天后，我毫不客气地又去“骚扰”他，不过这次不是为了学习资料，而是为了——爬墙。

那晚，我在研究室看资料看到晚上十一点多，读日文读得我头昏脑涨，才拖着寒冷疲惫的身体回到公寓。本想冲一杯热牛奶，坐在空调下面抱着被子好好睡一觉，谁知把背包里里外外翻了个彻底，也没找到我的钥匙。

我仔细回忆，才想起早上走得太匆忙，把钥匙遗忘在了公寓的床上。

我那个懊恼啊！

这个时间公寓办公室早已大门紧闭，不少房间也熄了灯。站在紧锁的公寓门外，我忽然有点想家，想爸爸的严厉、妈妈的唠叨，想趴在我房里可爱的公主床上大哭一场。

暗沉的湖面漾起层层涟漪，鱼已沉入水底，垂柳仅剩光秃的柳枝在湖面拂过。我搓搓冻僵的手，不由自主地抬头看向旁边的门。

“叶正宸”三个字和他房间亮着的灯，在这样凄冷的黑夜显得格外温暖。

我轻轻按了两下门铃，随即听见一阵脚步声。门开了，一阵暖意扑面而来，混合着铁观音的茶香。

叶正宸看见我，毫不惊讶地问：“又有资料看不懂了？”

“不是……”我暗自瞄了一眼他房内，确定没有女人在他这里留宿，才继续说下去，“师兄，我的钥匙锁在房间里了。”

犹疑了一下，他闪开挡在门前的身体：“进来吧。”

他的房间还是那么整洁，被子整齐地铺在床上，电脑合好放在桌角，书桌的正中放着一沓厚厚的日文资料，题目好像是关于细菌的。我正欲再仔细看看，他已合上资料，放进了抽屉。

“坐。”叶正宸收好资料，倒了一杯热茶给我，“喝杯茶暖和一下。”

“谢谢！”我接过热茶捧在手心，暖意瞬间流遍全身。我真想坐下来好好喝杯茶，暖暖我的胃，可现在已是三更半夜，为了不让某花花公子误会我别有所图，我直奔主题：“我……想从你的阳台过去，可以吗？”

我房间的露天阳台和叶正宸的是一体的，中间只隔了一道两米多的围栏，从上面跳过去是我唯一能想到的回家的方法。

“阳台？你能过去吗？”他上下打量我，神色间满是怀疑。

“应该……没问题。”我放下茶杯，走进阳台，仰头看看两米多高的围栏，好像……有点问题。可想到这是回家的唯一方法，我只好鼓起勇气，挽起袖子，努力往上跳。

我本想用双手抓住围栏的顶端，结果试了几次都失败了，好容易有一次抓到，却因脚下无可落脚的位置，人悬在空中摇摇晃晃了半天，吓得我浑身都冒出了冷汗。折腾了几次，我不得不承认自己根本爬不上去。

我泄气地跳下来，想让叶正宸帮我搬张凳子，一回头，看见他正用手半遮住嘴，眼睛弯起来，竟在偷笑。

我尴尬地抓抓头发：“很好笑吗？”

“不好笑。”他摇摇头，声音里夹杂着浓浓的笑意，“要不要我帮忙？”

“你行吗？很高的。”

“应该……没问题。”他竟然可恶地学着我的语气重复了一遍我的话，真是让我胸闷啊！

哼！这么高，我就不信他能翻过去。我站在一旁等着看好戏，没想到叶正宸退后一步，半步助跑，跳跃，双手拉住围栏上端，脚蹬了一下阳台的扶栏，借力顺势翻了过去。一系列动作一气呵成，干净利落。

见此情景，我目瞪口呆地傻在原地。

不是吧？他会武功，还是传说中的飞檐走壁。

我还没从呆滞的状态中恢复，叶正宸已经从门外回来了：“你的门已经打开了。”

“你，你？”我指指阳台的隔板，吞吞口水，“你这样就能过去？”

蓦地，我冒出一个念头：这是哪个白痴设计师设计的阳台，一个男人跳进我的房间仅仅需要三秒钟。万一我睡着的时候，他图谋不轨，我岂不是很危险？

色狼不可怕，就怕色狼会武功。

我那点小心思岂能瞒过叶正宸那双早已把女人读得通透的慧眼，他顿时领会了我的意思，笑着说：“你放心，除非你有特殊需要，否则我会选择走正门。”

“呃！”我的脸瞬间红了，明知是欲盖弥彰，仍努力掩饰，“我的意思是……你的身手这么好，是不是练过空手道、跆拳道什么的？”

他牵动嘴角，又露出招牌式的坏笑：“没有，我只练过擒拿。”

“擒拿？”

他的目光闪烁了一下，向我走近，在距离我一步之遥的地方站定：“就是那种能轻易把对方制伏，让她无法反抗，甚至动弹不得……”

他有点暧昧的声音消失在最引人遐想之处。这样的对白让我一不小心联想到某个黑夜，他突然出现在我的房间，抓住我的手，把我按在床上，我无法反抗，也动弹不得……

“呃……”我捂住发烫的脸，低头说，“很晚了，我不打扰你休息了，拜拜！”

我一口气跑回房间，锁紧房门。

这么冷的夜晚，我怎么变得燥热起来？

第四章
温情浓

这个世上本就没有什么是与生俱来的天赋，所谓的天赋，不过是凭借心中的挚爱，拼尽一切努力的结果。

寂寞的大堰川缓缓流过，孤冷的渡月桥寂静独立，风卷落叶吹过岚山，红叶片片铺地。我独自站在桥头，看着陌生的城市、陌生的风景，周围都是陌生的语言，我不觉想起了我的家，两鬓渐生华发的老爸老妈，从小到大始终对我温柔以待的印钟添，还有我那些许久不见的朋友、同学。孤独、想念，还有近日的辛苦疲惫一起涌上来，一向没心没肺的我竟然也触景生情，潸然落泪。

咔嚓！照相机的快门声惊扰了我，我顺着声音看去，满山遍野的红叶在风中飘摇，碧蓝色的河水在桥下流淌，手中拿着相机的叶正宸站在桥栏边，唇边挂着最温暖人心的笑意。

“你一个人来看枫叶？”他问。

“嗯。季师姐忙着修改文章，连跟我多说一句话的时间都没有。我又约不到其他女生做伴，只好一个人来。师兄，你怎么在这儿？”

“我来看风景、看美女。”他笑着说。

他一触及我潮湿的眼睛，笑容立刻淡去了：“你怎么哭了？”

我悄悄拭拭眼角：“刚来这里不习惯，有点想家。”

“想家？”他略一思索，伸手过来，很自然地牵住我的手腕，“我带你去看看周恩来题诗的石碑。看完之后，你的心情一定会很好。”

隔着厚厚的衣袖，我还是能感受到他掌心暖暖的温度。脸上微微一烫，我犹豫着要不要抽回手，叶正宸却没给我犹豫的机会，直接牵着我的手腕快步走向桥尾。陌生的路上有他牵着我，我有种回家的感觉：踏实，安稳，让人忍不住想去依赖。

走过竹林，走过山路，绕过竹林，他在一块石碑前驻足，石碑上深深镌刻着流云般洒脱的诗词：“人间的万象真理，愈求愈模糊，模糊中偶然见着一点光明，真愈觉娇妍……”

叶正宸对我说：“我每次心情不好都会来这里，看看这首诗，感受周总理当时的处境和心境……就会觉得这个世上没有什么困境是过不去的。”

我仰起头，看着叶正宸。他站在石碑前，面色肃穆，站姿笔挺，正气凛然，仿佛我们面前的不是周总理的诗词，而是周总理本人，而他，也仿佛不是一个普通的游客，而是一名被检阅的军人。

我看着眼前的石碑，想想总理当年的处境，再看一眼身边的帅哥，心绪豁然开朗。毕竟，我还有帅哥陪伴嘛。

我笑着冲他眨眨眼："你知道吗？周总理是我的偶像。"

"噢？你崇拜他什么？'为中华之崛起而读书'的雄心壮志，还是顾全大局的治国韬略？"

"他是民国四大美男之一。"

叶正宸也笑了，伸手揉乱我的头发，仿佛是小小的惩罚，又像是一种宠溺："汪精卫也是，你也崇拜他吗？"

"他也是啊？"这我还真不知道，"咦，那剩下的两个是谁？"

"反正没有我。"

看着眼前气质卓然的叶正宸，我半开玩笑半认真地说："你如果活在民国时代，四大美男肯定轮不上汪精卫。"

"哦？你这是批评还是赞美？"

"这是我说过的赞美里，最诚恳的一个！"

"……"

一片枫叶落在我头上，他倾身过来为我摘下，我又嗅到那股他独有的气息。我不由自主地吸了口气，一不小心，他的味道闯进了我的心底。

那晚下山后，他还请我吃回转寿司。我第一次吃回转寿司，看什么都好奇，见什么都拿来尝尝，不喜欢的都丢给叶正宸，他毫无怨言地帮我解决那些让人作呕的生鱼片、生虾蟹。

大概吃了太多不易消化的东西，叶正宸回去之后脸色苍白了一周。为了赎罪，我天天给他做些清淡的饭菜，还煲汤给他喝，安抚他为我牺牲的肠胃。后来，他吃上了瘾，有事没事便来我家里蹭饭。

接触的时间越长，我对叶正宸越迷惑。首先，作为一个公认的花花公子，我对他的私生活完全不抱任何希望，也做好了充分的心理准备，等着听他如何夜夜风流快活。然而，与叶正宸隔墙而居一个多月，我从未听过隔壁传来暧昧的声音，别说什么销魂蚀骨的呻吟声，我连一丝女人的说话声都没听过。白天，他不是在实验室，就是在手术室，晚上，他躲在公寓看资料，比和尚的生活还要单调。

其次，我不明白叶正宸为什么对我这么好。比如我无意中说没吃过哈根达斯的冰激凌，他第二天就给我买来十几盒，各种口味都有。我读不懂资料，天天去向他请教，他每次都会不厌其烦地逐字逐句为我讲解，把我感动得一塌糊涂，恨不能以身相许。可他看我的眼神清澈见底，除了偶尔像哥哥一样拍拍我的脑袋，揉揉我的头发，没有丝毫逾越的举动。

我对着镜子左看右看，难道我长得太普通，勾不起他什么欲念？那他干吗对我这么好？

我躺在床上翻来覆去想不通，干脆爬起来，去阳台吹吹冷风，冷静冷静。没想到叶正宸也站在阳台上看着对面的樱花林出神。他望着远方，眉宇深锁，那种沉重阴郁的神情有一种极强的吸引力，我仿佛被卷进了一个旋涡，天旋地转之后，再也看不见周遭美丽的风景，眼中只剩下他。

叶正宸转过身看见我，笑了，他的笑像是冰雪突然融化成了清澈的溪水，流过我的心尖。

“这么晚了还没睡？”他问。

我挠头，喏喏地答：“藤井教授想了解我近期的研究进展，让我明天做个报告，我刚准备完。”

“哦？藤井教授要听你汇报？他是不是有意让你参与抗癌细菌的项目？”提起我的课题，叶正宸的眼中流露出难得一见的专注。

“我最近看了不少资料，也试着培养了几种，柴田教授夸我做得好，向藤井教授推荐我参与新项目。我猜他说的新项目应该就是那种抗癌细菌，所以我这次准备报告准备得特别充分，希望有机会参与。”

“嗯，不错！日本人还是很重视人才的，只要你行，他们一定会给你机会。”

“真的？那我今晚不睡了，再好好充实一下我的报告。”不过，充实报告之前，我还是可以和帅哥聊聊天，舒缓一下压力的嘛。

借着明媚的月色，我望着养眼的帅哥，问："师兄，你怎么也没睡？你看起来愁眉不展的，是不是今天的手术做得不顺利呀？"

"不是。"他双手用力揉揉额头，"刚才看了一份资料，有些地方想不通。"

"你每天都看到这么晚，一定很累吧？"

"不觉得，我习惯了。"

夜夜看资料看成了一种习惯，这是怎样一种执着。田中教授说他是为胸外科而生的人，我不以为然。我想，这个世上本就没有什么是与生俱来的天赋，所谓的天赋，不过是凭借心中的挚爱，拼尽一切努力的结果。

所有人看见的都是叶正宸的优秀，我看见的却是许多个夜晚，他房间里彻夜长明的孤灯，还有他提起医学术语时，眼中耀眼的光芒。他这个人，除了医学，不管遇上什么人、什么事，都是一副云淡风轻的神情，即使遇见那种我都移不开视线的超级美女，他也只是轻描淡写地扫一眼，眼中不见任何兴致，以至于我常常有一种错觉，他并不风流多情，只不过有些女人对他一往情深，主动投怀送抱，他偶尔逢场作戏一下也就罢了。

"师兄，我能不能问你个问题？"有个问题困扰了我许久，如今难得有机会和叶大帅哥在夜深人静时促膝长谈，不问点隐私问题有点对不起自己。

"问吧。"

"我怎么从来没见过你女朋友？"

叶正宸微微一怔，随即挑挑嘴角，夜幕下，他的笑带着一种蛊惑："怎么突然问这个，该不会想做我女朋友吧？"

"呃……"我的脸顿时红透了，"师兄，你明知道人家不是这个意思，还总拿我寻开心。"

"好吧，不逗你了。我没女朋友。"他冲我眨眨眼，"傻丫头，我这种男人是不可能交女朋友的。"

说得也是，这年头风流公子都玩一夜情，连名字都不用问，更不必负责任，“女朋友”这个名词对他们来说已经过时了。

我很想问：那我呢？你对我这么好，该不会也想跟我玩个一夜情什么的吧？

叶正宸似乎看出我的担忧，换上了无比真诚的表情：“丫头，你是个好女孩，我只当你是小妹妹，没有其他的想法……你一个人在国外，无亲无故，我们又是邻居，我照顾你是应该的。”

我长长地出了口气，拍拍胸口，有种从狼口脱险的侥幸，同时又有一种淡淡的失落。我极力忽略那种失落，对着叶正宸灿烂地笑道：“师兄，承蒙你不弃，有什么地方用得着小妹，你尽管开口，我一定为你鞠躬尽瘁，死而后已。”

“那正好，我有双袜子还没洗。”

“呃……”

深更半夜，叶正宸穿着睡衣坐在房间里喝清茶，我在他的洗手间里闷头洗袜子，里里外外仔仔细细地洗。

看着阳台上白色的袜子迎风摆动，干净得像新买的一样，我莫名其妙地笑了起来。至于为什么笑，我也说不清，总之就是很开心。

完成任务，我正要回家，叶正宸毫不客气地喊：“丫头，我饿了，我想吃你煮的面。”

“呃……”

这“鞠躬尽瘁，死而后已”八个字不能随便说啊！

忙碌的时间总是过得很快，一转眼，几个月过去了。

一个风流成性的单身帅哥，一个长得还过得去的单身女孩，同在异国他乡，同在一个医学部学习，同住一个屋檐下，中间隔了一道不太隔音的墙。

时而，同桌吃饭，聊医学部教授的奇怪嗜好，聊中日文化的差异。

时而，我询问他的课题进展，他深入浅出地给我讲解深奥的病理学，教我如何准备能让教授满意的报告。

时而，我兴奋地敲响他的房门，见他出现在我面前，我激动地大喊："我培养出HI-1型细菌了，藤井教授夸我勤奋努力。他很可能会让我参与肺癌细胞靶向性治疗项目。"他眉眼都在笑，能看出是真心为我高兴："我带你去吃大餐，庆祝你的努力没有白费！"

时而，我会因为实验失败被藤井教授指责，去找叶正宸发牢骚，而他永远和风细雨地安慰我、鼓励我，直到我斗志昂扬地离开。我们师兄师妹的伟大友谊也在我的牢骚中越发深厚绵长。

时而，他送我一箱提高免疫力的保健品，并慎重提醒我，培养细菌要注意防护，保护自己的生命安全，以免细菌没养活，却感染了病毒。

时而，他为小白鼠做完手术，已是深夜。他路过我的研究室，无意间发现我还在准备报告，便会耐心地等着我，等到我结束工作，载我一起回公寓。我再为他煮一碗热面，驱离午夜的饥寒。

时而，黄昏后，我们半倚着各自的阳台围栏，静静等待着冬去春来，等待樱花的一夜绽放。

时而，我会把音乐放得很大声，让两个人都能听见那涓涓流淌的情歌，不经意间哼出一句："天知道你对我有多么重要，天知道我动了真情……"

时而，我们一同站在门前，轻伏在露天走廊的围栏上，看湖边的人钓鱼，看他们钓了又放，放了再钓。

我用半专业的心理学知识分析他们做如此无聊的事情，究竟出于何种心理动机。叶正宸认真听我分析完，才总结发言："我们看别人钓鱼看了三个小时，岂不是更无聊？"

"对噢！可是我为什么不觉得无聊呢？"我陷入沉思，他也陷入沉思。

时而，他会带给我意想不到的惊喜。

例如某日，我还没起床就听见门铃声，打开门，门外空无一人，门口放着一盆难看得要命的仙人掌，还有一个大大的生日蛋糕。

我惊喜地抱起蛋糕，回身看见一张字条贴在门上：“丫头，晚上我回来吃饭。”

嘴角不自觉泛起笑意，我嘴里还是忍不住嘀咕一句：“讨厌！”

然后，我决定不去实验室，在家里精心准备一顿大餐，请了公寓里熟悉的朋友一起过来吃饭。吃完一顿热闹的晚餐，叶正宸又请大家去卡拉OK唱歌。

大家对着麦克风你争我夺，我和叶正宸坐在角落的位置一边听歌一边聊天。因为房间很吵，我们不得不坐得近一点，有时还要附在彼此的耳边说话，才能听见对方的声音。

“你为什么送我仙人掌啊？”我大声问他。我以为像他这样的情场高手，必然会送那种浪漫得让女人想哭的礼物，而不是仙人掌这样“有创意”的植物。

“因为仙人掌清热解毒，消肿止痛，美容养颜，还能防癌抗癌，保护心脏和肝脏。”

听完他的解释，我由衷地崇拜他，高举拇指说：“叶医生，你这生日礼物选得果然有创意。”

叶正宸笑笑，又忽然想起什么，眼光闪动了一下，便陷入了沉默之中，然后眉峰不自觉地锁紧。这一刻的他让我感觉特别真实，退去了浮华的表象，掩去了虚浮的笑容，如无际黑夜般才是最真实的他，最易让人沉沦的他。

我问他：“师兄，你在想什么呢？”

“我……忽然想起我的一个发小。他也喜欢仙人掌，被刺扎得遍体鳞伤还是喜欢。”他顿了顿，似有若无地叹了口气，“我有一年没和他联系了，不知道他现在怎么样了。上次我们见面，他拿啤酒罐砸我，下次见面的时候，不知道他会不会拿仙人掌砸我。”

我不解地问：“既然是好朋友，你为什么不给他打个电话问问他的近况？”

叶正宸被我问得一愣，随即一脸莫测高深地对我笑了起来：“男人的事，说了你也不会懂。”

我的确不懂。他并不是个心狠无情的人，对一些人却总是决绝得不近人情，而且从来不愿意解释。他对秦雪如此，对田中教授的女儿如此，对自己的朋友也是如此。他洒脱随性的笑意背后，到底在隐藏着什么？

我正百思不得其解，一道光照过来，正好落在我和叶正宸身上，适应了刺眼的灯光后，我看见冯哥拿着麦克风一本正经地说：“我说你们两个，别在这里卿卿我我了，快点选首歌唱。”

我和叶正宸不约而同地开口：“《爱》。”

大家立刻起哄，“情歌对唱，好！好！”

“不是……”我连忙摇手。

叶正宸大大方方地站起来，接过两个话筒，将其中一个递给我：“一起唱吧。”

我只好硬着头皮接过话筒，在缠绵的前奏声中，跟随他走到屏幕前，唱起这首一起听过无数遍的歌。

那是我第一次听他唱歌，声音低沉而深情，尤其是那句：“天知道你对我有多么重要，天知道我动了真情……”

他垂眸，温柔的目光落在我的脸上，我也静静地回望着他，心中免不了大声感慨：这个男人真帅呀！

在一片捧场的掌声中，冯哥又打趣我们：“天时地利人和，你们两个不发展出点什么奸情，天理难容。”

我笑着说：“我把师兄当大哥哥。”

叶正宸补充了一句：“我们是纯洁的男女关系。”

朋友们笑作一团，有人指着叶正宸说：“‘纯洁’两个字从你嘴里说出来，咋这么不纯洁呢？”

他们当然不懂我们之间这种相当深厚的民族和阶级感情，我们也不想去辩解，反正只要我们两个相信彼此的真诚和纯粹，就足够了。

那时候，我的确非常非常珍惜这种纯粹的感情，并加以悉心呵护，希望我们的友情一点一滴慢慢汇聚成溪流，滋润两个异国游子寂寞的心灵。

我常常想，假如有一天我老了，坐在阳台的摇椅上回忆起这段日子，我一定会发自内心地微笑，感谢上天让我在最孤单的时候遇到一个这么特别的朋友。

我相信我们的感情不会变质，假如叶正宸没有受伤，假如吴洋没有出现……

第五章
星火缀

认识他之前，觉得身边很多的男人都还不错，遇见他之后，身边所有的男人都是错的。

我认识吴洋时已是冬去春来。彼时，我已经通过了修士入学考试，作为正式学生就读于大阪大学医学院。

我每日都很忙碌，除了繁重的课程，还要在藤井教授的指导下，在实验室里培养各种变异的细菌，常常忙得没时间回公寓做饭，没时间和叶正宸共进晚餐，畅谈理想人生的机会自然也少了很多。总算一切的努力都没有白费，藤井教授让我参与了他的课题。

但是，我的研究结果与他的预测不一致，我一再用数据向他证明，他想培育的那种抗癌细菌无法在正常环境中存活，他却不相信，在众多学生面前批评我不够努力，应该把学日语的时间也放在实验室里。我无法理解他的逻辑，也不能当众反驳他，只能去实验室里继续努力。

季师姐来实验室找我，坐在我身边，安慰我："小冰，我知道你委屈，你的课程那么多，确实很难抽出时间做实验，可藤井教授就是这个脾气，有什么话就直说，不管你能不能接受。你如果实在受不了，我去跟柴田教授说说，让他安排你退出这个项目，你跟着柴田教授做些理论的研究，压力会小很多。"

我急忙摇头："不，师姐，我受得了。我只是摸不透这些细菌的特性，无法确定细菌存活的条件。我下学期少选些课程，把主要精力放在跟踪观察上。"

"嗯，也好。"她想了想，又说，"小冰，有件事你确实要注意下。你想学日语，看日语资料，以后在寝室学，不要让藤井看见，他不喜欢精通日语的留学生。当初我推荐你的时候，他还特意问过我，你是不是日语系的学生。"

"为什么？"

"其实，日本很多教授都不喜欢招日语好的留学生，因为他们和日本学生讨论敏感课题的时候，不希望我们能听懂。难道你没发现，我们医学部里很多留学生的日语都非常好，却从来不说？"

我忽然想起叶正宸，他在田中教授面前讲英语，也是这个原因吗？我还记得我当初问过他："为什么和田中教授说英语？"他分明不是这么告诉我的。

季师姐走后，我拿出电话打给叶正宸，原想问问他不说日语的原因，可一听说他正在急诊室里包扎伤口，我的脑子顿时嗡的一声，顾不上收起实验器材，我直接从实验室跑出来，飞奔向教学楼前面的急诊部。

阪大医院的急诊室里，叶正宸穿着染满血迹的T恤，端坐于处置室内，右臂大面积擦伤，血肉模糊。我围着他前前后后左左右右地查看了一遍，确定他没有骨折，没有其他伤痕，才筋疲力尽地跌坐在他旁边的椅子上，用袖子抹抹额头上滚滚而下的汗。

叶正宸体贴地把护士刚刚递给他的冷水送到我面前，我接过，一口气全都喝了下去，干涩的嗓子才能发出声音。

“你怎么搞的啊？”我满心关切地问他，只不过语气中的哀怨明显多于关切。

“不小心摔的。”他轻松地回答。

一个可以三秒钟跳到我阳台上的男人，会不小心把自己的手臂摔得鲜血淋漓，鬼才信。我斜着眼睛看看他：“该不是跟人家抢女朋友，大打出手吧？”

他无奈地摇摇头，说：“丫头，你还真了解我。”

“难道真让我猜中了？”

他无语。

我以为自己猜对了，又追问：“你跟谁抢女朋友啊？他们怎么下手这么狠毒？”

他叹了口气，附在我耳边，压低声音对我说：“他们是日本黑社会，那个打我的男人可能是个老大。”

“啊！你怎么会招惹上黑社会老大的？”

叶正宸思索了一下，又靠近我耳边说：“他撞见我和他的女人上床，怒火冲天，让十几个人打我一个。幸亏我跑得快，从二楼跳下来逃命，不然肯定死无全尸了。”

“天哪，这么惊险！”我听得一身冷汗，“我听说日本的黑社会特别无法无天，你以后千万要小心，万一再让他们遇到，他们一定不会放过你……”

“是啊！他们说了，再看见我，要把我砍成一段一段的，丢在海里喂鲨鱼。”

“什么？他们要把你喂鱼？”我被吓得惊慌失措，赶紧拿出电话，“我们报警吧。”

他抢过我手中微抖的手机，满不在乎地说：“报警也没用，警察又不能二十四小时保护我。”

“那怎么办呢？”一想到他有生命危险，我吓得手心全是冷汗，拼命往裙子上蹭，还是擦不净汗水。不知从何时开始，我已经习惯了有他的生活，甚至对他产生了一种深切的依赖，我不敢想象，生活中如果没有了他，世界于我将是怎样的荒芜。

他见我真的着急了，反过来安慰我：“你不用担心，大阪这么大，他们没那么容易遇到我。”

可我还是心急如焚，忍不住苦口婆心地劝上几句：“师兄啊，医院里那么多漂亮女护士还不够你泡的，你非跟那些不三不四的女人混什么啊？以后别去居酒屋那种地方……这里是日本，不是中国，万一出点什么事，你的家人没办法帮你……”

我发觉自己有点朝我老妈的方向发展的趋势，立刻自我鄙视起来，但他好像一点都不烦，兴致盎然地听我唠叨。

“对不起！”一句柔软的日语打断我苦口婆心的劝诫，我好奇地回头，只见一个年轻文雅的日本少妇对我们深深鞠躬，用日语说，“谢谢你，真的太谢谢你了！我代表我的丈夫、家人再次谢谢你。”

说完，她从背后拉出来一个四五岁大的小男孩儿，推推他。小男孩儿很有礼貌地鞠躬：“谢谢你救了我……对不起，害你受伤了。”然后，他特意用别扭的中文说了两个字，“谢谢！”

叶正宸用没受伤的手摸摸他的头，说：“不用谢我。以后过马路千万要小心，要看好红绿灯，还要牢牢牵住妈妈的手，记住没有？”

男孩点点头。

我愣了好久，终于从叶正宸和这对日本母子的对话中醒悟过来——原来他的伤不是因为被黑社会追杀，而是为了救一个闯红灯的小孩子。

母子两个千恩万谢之后，去给叶正宸缴医疗费。

我咬牙切齿地看向强憋着笑意的叶正宸，怒吼：“你耍我！”

“你非要把我想成低级趣味的色狼，我也没有办法。”

“你！”很多种情绪汇聚到一起，有气，有急，有心疼，也有担忧，复杂的情绪让我不知道说什么好，下意识想要伸手打他，手抬起来，对着他一身的鲜血淋漓哪里落得下去。

这时，医生过来给他处理伤口，拿着酒精帮他擦拭、消毒。看见医生用酒精棉为他鲜血淋漓的手臂杀菌消炎，看见他强忍着痛苦，眉峰紧紧纠结在一起的样子，听见他极力压抑疼痛的沉沉呼吸，我真觉那每一下的疼痛都在我心上。

叶正宸看着我的眼睛，问我：“眼睛怎么红了？该不是心疼我了吧？”

“谁心疼你？谁心疼你！我会心疼你？哈哈，开什么国际玩笑。”

我干笑两声，站起来，扭头往门外走。

“丫头，你去哪？”他问。

“买点猪蹄和排骨，回家给你煲汤。”

“记得多煲点。”

“知道了。”

走出急诊室的门，我背靠着墙壁闭上眼睛，眼泪噼里啪啦掉下来，怎么都擦不完。我是真的心疼他，心疼得要窒息了。

我将屈着的无名指咬在嘴里。每次觉得痛苦时，我就会不自觉地做这个动作，可为了一个男人还是第一次。我不明白自己为什么这么心疼他，可就是心疼，疼得受不了。

一只手拂过我脸上的眼泪，很轻，很柔，也很暖。

“傻丫头……”叶正宸把我的无名指从唇齿间拉出来，看着上面深深的齿痕和泪痕，徐徐地叹息，不轻不重，“哭什么，我又没死。”

我哭着把脸埋在他的肩上，极力压抑着抽泣。他的身上染着浓烈的酒精味和血腥味，还有一点点，独属于他的味道。

我在他怀里仰起头，满脸严肃地对他说：“叶正宸，你不许再受伤。你再敢受伤，我和你没完。”

“好，我答应你。丫头，别哭了，你哭得很难看。”

“……”

“你笑的时候特别漂亮。”

我气得笑出来，轻轻捶了一下他的胸口：“色狼！”

他垂眸看着我，在他眼底，我仿佛看见了一抹幽深。那是一种莫名其妙的感觉，心脏仿佛被丝丝缕缕的轻纱缠绕……

手机铃声扰乱了这份奇妙的感觉，叶正宸快速放开我，眼中闪过一丝不安和挣扎。

我手忙脚乱地接通电话，听见冯嫂用溢满兴奋的声音说：“小冰，告诉你一个好消息！”

“噢？什么好消息？”

“我们国家派了一批特优秀的救援武警来日本培训，就住在阪大西门的JICA酒店。”

武警？特优秀的？

换作以前我一定笑得流口水，兴奋地问问冯嫂里面有没有帅哥，此刻我的眼睛却一直盯着叶正宸的手臂——他的伤口还没有处理完，污血中黏着少许尘土。

我认为，此时此刻，此情此景，我至少应该压制一下心中的兴奋之情。

见我无话，冯嫂接着说：“我知道你最喜欢兵哥哥，特意帮你考察了一番，有个叫吴洋的帅哥，二十八岁，身高超过一米八，现在还没女朋友呢。我和老冯正要带他们去学校的食堂，你有没有兴趣来围观？”

“冯嫂，你真是对我太好了！”我有些压抑不住了，笑意在嘴角蔓延开了，“我……”

“要不你过来一起吃饭吧，大家认识认识。”冯嫂热情地提议。

我还没回答，叶正宸一脸阴沉地瞪着我说：“别告诉我，你想把我丢在医院，跑去食堂跟帅哥吃午饭。”

我也没说要去啊，我回瞪他一眼，“哀怨”地对着手机说：“冯嫂，我现在有事，过不去。”

“哦，真不巧……这样吧，我晚上约他们来我家玩，你有空时可以来我家串串门……”

“好。”挂断电话，我没来得及开口，叶正宸转身进去继续包扎伤口，整个下午不说话也不理我。

我以前真没发现，叶正宸不笑的时候挺冷酷的，一张冰山脸让周围的气温好像都降了许多，气压仿佛也低了许多，让人呼吸困难。我又煲汤，又抚慰，又讲笑话，煞费了一番苦心，某人的脸色刚略有好转，我又接到冯嫂的电话，说那几个武警已经到她家了，最帅的吴洋也来了，让我过去认识认识。

想到兵哥哥，我雀跃不已，快速盛了一碗汤端给叶正宸：“师兄，你慢慢喝，我去冯嫂家坐坐。”

叶正宸冷哼一声：“见色忘义！”

“我哪有，这不是给你煲好汤了？”遇上这样难伺候的人，我是满腹委屈无处倾诉。

“晚点去他们又不会跑了，坐下来吃完饭再去。”

“可是……”

他将手臂举到我面前，质问我：“你是个医生，能不能考虑一下病人的感受？”

“未来的医生。”我嘟囔了一句。

虽是未来的医生，但我好歹学了五年医，深知生病的人大都因为身体不适，情绪反常，作为未来的医生兼病人朋友，我深表理解和同情。于是，我乖乖地坐下，狼吞虎咽地吃饭，叶正宸偏偏细嚼慢咽，吃得那叫一个斯文。

盼星星，盼月亮，终于盼到他吃完饭。我快速收拾好餐具，迫不及待要出门，某病人又开始折腾，非说床单被罩脏了，举着条伤残的手臂去换床单。一看他笨拙的动作，我的心疼得七零八落，脑子一热，什么都没想就爬上他的床，干净利落地为他换上一套干净的床上用品。

等我做好一切，从床上爬下来，叶正宸正用一种奇怪的眼光盯着我。

“怎么了？”我摸摸自己的脸，“我脸上开花了？”

脸色阴沉了一个下午的某人忽然笑了，拍拍我的头：“丫头，快点去吧，再不去你的兵哥哥就走了。”

他总算良心发现了。

“我很快就回来，你等我，我一会儿回来帮你换衣服。”

“好，我等你。”

冯哥冯嫂住在五楼，为了加快速度，我选择了乘电梯。电梯缓缓上升，我的心跟着提了起来，第一次这么近距离地接触军人，还是以“相亲”的形式，我紧张得手心微湿。

电梯门打开，我看都没看，低着头往外走，一不留神撞到一副强健的胸膛上。

“对不起！对不起！”我惊慌地抬头，正看见一张陌生的脸，五官端正，眼神清明，丰神俊朗。

“小冰？”冯嫂不知道从哪里冒出来，亲热地拉住我的手，“来，我给你介绍，他们是国家派来受训的武警，前几天刚来日本的。”

我偷偷看了一眼被我撞到的兵哥哥，他没穿制服，一身休闲便装显得他身材健硕，虽然不像叶正宸的身材那么有线条的美感，不过穿上制服肯定特有型，长相也不错，虽然不像叶正宸的五官那么完美……

唉！我这是犯了什么病，怎么总拿兵哥哥和叶正宸那个色狼比？根本没有可比性。

我看兵哥哥的时候，兵哥哥也在看我，对上我的目光后，他急忙收回恍惚的视线，十分礼貌地伸手：“你好，我叫吴洋。”

原来，他就是吴洋。冯嫂的眼光还是不错的。

“我叫薄冰。”我红着脸把手伸到他的手心里，轻轻一握便放开了。

吴洋看来恭谨又内敛，不太善于言辞，只与我简单寒暄几句后，便进了电梯，离开。冯嫂问我：“小冰，这个吴洋怎么样？”

“挺好的。”不知是不是他们没穿军装的缘故，看他们的言谈举止，并非我预想的那么庄严肃穆，甚至还不如叶正宸有那种英挺傲然的味道。

“我刚刚帮你打听了，他是武警学校毕业的，在消防救援支队做了三年，好像回去就能升职了。我跟他聊了会儿，人不错，挺踏实的。”

听上去确实不错，是我一直最想要的那种类型，只是我对他并没什么特别的感觉，没有触电般的感受，没有心跳加速，没有激动。

我还没说话，冯哥埋怨冯嫂说：“你刚刚认识吴洋，还没了解，就介绍给小冰，你也不怕误了她的终身幸福。”

“我只是介绍他们认识，做个朋友，又没说让他们谈恋爱。”

“你懂什么……感情的事要看缘分，你别乱扯红线。小冰，你别介意，你冯嫂总是这么热心。”

我笑着对冯哥说：“冯嫂给我介绍这么帅的兵哥哥，我怎么会介意呢？”

冯嫂也说：“两个人有没有缘分，要相处了才知道。我第一次见你的时候，还觉得你啰唆呢，后来不还是选了你？”

“好了，你别添乱了，快点回家吧。”冯哥有些不耐烦，扯着冯嫂离开，连叶正宸受伤的事我都没机会说。

我不禁有些纳闷，冯哥平时对我挺关心照顾的，为什么今天有点反常呢？他好像不太希望我和吴洋在一起。

怀着满腹的不解，我从五楼的楼梯下来，刚转过楼梯口，便看见叶正宸站在走廊的围栏前，凝神看着楼下。我顺着他的眼光看去，正看见几个兵哥哥离去的背影，吴洋走在最中间，身姿格外挺拔，穿上制服一定更英挺伟岸。

“相亲相得怎么样？”可能因为天冷，叶正宸的声音也冷冰冰的。

“谁相亲了，我只是认识认识他们。”

“那个高个子的看上去不错。”叶正宸指指前方。

“他叫吴洋。冯嫂说他是武警大学毕业的，在消防救援支队做了三年，人不错，很踏实……”

叶正宸捏捏我的脸：“还说不是相亲，了解得这么清楚。”

我捂着被他捏过的脸，恨恨地道：“就算我是去相亲了，不行吗？人家二十三岁了嘛，想找个好男人嫁又没有错。难道像你一样，天天寻欢作乐？”

“是啊，确实不该像我一样。”叶正宸拍拍我的脑袋，“你应该快点找个好男人嫁了。你已经二十三岁了，再不嫁就嫁不出去了。”

我狠狠地白了他一眼。接收到我愤怒的目光，他急忙改口说：“我说错了，你这么年轻、漂亮、可爱的女孩，排队等着娶你的男人多了，不必着急。”

“这还差不多。”

叶正宸又看看吴洋远去的背影，问我：“你喜欢他吗？”

我也不知道。谈不上喜欢，也不是不喜欢。我不知道感情的事是否真的讲缘分，我只知道刚刚和吴洋撞了个满怀，却没有撞出任何火花，但我并不讨厌他，毕竟他是个兵哥哥嘛，我从来不讨厌兵哥哥。

“师兄，你觉得他怎么样？”我向叶正宸征求意见。

“你喜欢就好。”他说完，转身回了房间，关上门。

他居然把我关在门外，这个死没良心的，亏我惦记着他的伤，急着回来帮他换衣服。

有一种人男人，你认识他之前，觉得身边很多的男人都还不错，遇见他之后，身边所有的男人都是错的。

第六章

落花意

男人对年轻漂亮的女人都有好感。

虽然某人非常没有良心，对我未来的幸福生活漠不关心，我却时时惦记着他的伤痛，上课心不在焉，做实验魂不守舍，总想着他的伤口会不会疼，他活动是否方便，换衣服怎么办。教授刚说下课，我第一个冲出教室，去超市买了排骨和水果，直奔他的家。

按了两声门铃，听见里面说“门没锁”，我马上推开门。

叶正宸正在洗头发，右手缠着厚重的绷带，无助地在空中挥舞，左手笨拙地往头上撩着水，水滴顺着他古铜色的脊背流下来，淌过他光滑的肌理。他背上的肌肉竟如此强健，貌似不是文质彬彬的医生该有的。

偷偷欣赏了一会儿某人的好身材，看得快要流口水时，我才放下手中的水果，顺手拿了条毛巾帮他擦擦背上的水：“我帮你吧。”

“这么早回来？不去研究室，你不怕藤井教授剥了你的皮？”他接过毛巾擦了擦脸颊上的水。

“反正已经剥过两层了，不怕再剥一层。”

他对我眨眨眼，问：“你就那么不舍得把我一个人放在家里？”

“别那么多废话！”我冷冷地白他一眼，搬来把椅子让他坐下，“来，坐下！”

他乖乖坐下，我学着美发店干洗的方法，把他头发上的水擦干些，倒了点洗发水在他的头发上，慢慢地揉。他的发质很好，很柔软，磨蹭着手心，让我联想起柔软丝滑的巧克力。揉着揉着，我的眼光情不自禁地移向他裸露的上半身。

说实话，挺有看头的，不是清瘦骨感，也不是夸张的大块肌肉，紧实的肌肤给人一种强势的力量感。

“喂！”某人不满地抹了抹眼睛上的泡沫，“你想什么呢？魂不守舍的。”

“呃……”我这才发现自己把泡沫弄到他的眼睛里了，慌忙拿毛巾给他擦。

我当然不能告诉他，因为他身材太好，把我迷得魂不守舍，我只能窘迫地转移话题：“我今天在食堂遇到冯哥和吴洋他们了，一起吃的午饭。”

“哦，难怪……”他闭上眼睛，对此不置一词。

或许我和吴洋真的有缘，昨天刚认识，今天又在食堂遇到，吴洋本来就高，又穿着作训服，在一群身材瘦小的日本人中间特别醒目。吴洋看见我，特意过来跟我打了个招呼，说他感冒了，问我日本什么感冒药比较有效果。

“我寝室里有感冒药。”我想说让他来取，或者我给他送去，又觉得我们还不太熟，于是说，“等冯哥有空，我让他给你送去。”

“谢谢！”

我笑着说：“为人民服务。”

吴洋也笑了。他笑起来有两个小酒窝，挺可爱的，不像叶正宸，他的笑总让人琢磨不透，而他这个人更让人琢磨不透……

低头细看叶正宸飞扬的眉毛，我想起一个早就想问，却一直没机会问的问题：“师兄，你在国内读的哪所大学？”

“北大医学院。为什么问这个？”

“因为，我有时候觉得你身上也有种军人的气场，还以为你是军医大学毕业的。”

“军人？”叶正宸睁开眼睛看着我，除了面对病人，我很少见到他如此专注的神情，“什么气场？”

“我也说不清，只是一种感觉。比如，你的生活习惯像受过军事化管理一样，站姿总是很直，还有，你很爱护国旗……”我记得有一次，公寓门前有面小小的中国国旗掉在地上，无人去理，叶正宸经过时，弯腰将它捡了起来，擦净灰尘，插在旁边的栏杆上，那动作特别有军人的范儿。

“你小学思想品德课上过没？老师没教过你：国旗是我们民族的尊严？”

似乎讲过，但一般人肯定没他这么细致。

“对了，你的身手怎么那么好？”我指指阳台两米多高的围栏，“那次，你三秒钟就翻过去了。”

“那道围栏不高，爬了五分钟还没爬上去的人不多。”他笑得很讨厌，一定又在回味我当初怎么也爬不上去的糗样儿。

我想了想，又问：“那你爸爸是做什么的？是军人吗？”

他抬头，目光与我的交会，没有什么特别的表情：“我爸爸是个生意人，他希望我做个好医生，所以把我送到日本来读书。”

看来是我想多了。自从认识他我一直有种感觉，他好像是个军人，要不就是出身在军人家庭，才会总在不经意间流露出军人那种气质和习惯。

“你为什么突然问起这个？”他好奇地望着我，“你该不会……喜欢军人？”

“是仰慕！”我更正，“坚毅，自律，刚强，正直，冰冷的外表下隐藏着火一样的热情……”

我在心里偷偷补充一句：军绿色的制服下隐藏着挺拔的身躯，致命的诱惑啊！

我对制服的爱啊，又泛滥了。我蓦然冒出来倒追吴洋的想法。

“军人没你想的那么好，我还是觉得医生好一点……”叶正宸大言不惭地说。

我毫不客气地鄙视他：“嘁，至少军人纪律严明，不会随便勾搭女人。”

他听出我在讽刺他，冷哼一声：“你看见的是他们穿军装的样子，脱了军装，一样是个男人，一样有最基本的生理需求。”

“有需求没关系，关键要能自我控制。连自己的生理需求都控制不住，那和动物有什么分别？”

“有时候，人还不如动物……”他的眼光失去了焦距，思绪也似飘向了远方，“虎毒不食子，狼行成双……有些人，为了权力和欲望，连至亲都不在乎……”

“你在说谁？”

“很多人。”

他说“很多人”三个字的时候，眉头深深地皱着。我帮他抚平眉峰，继续给他洗头，一下一下耐心地揉着，顺便按压他的百会穴、太阳穴、风池穴，以舒缓他的情绪。洗完之后，我帮他擦干头发，再用手指帮他理顺。整个过程，他一直看着我，聚精会神地看着。

“好了，我回去给你煲排骨汤，一会儿给你送来。”

他突然拉住我的手腕，问了一个奇怪的问题：“你为什么对我这么好？”

“因为你照顾我啊！”我不着痕迹地抽出手，对他深深地鞠躬，谄媚地笑着，“师兄，这几个月承蒙你的关照，我感激不尽。”

“你就没有点其他想法？”

“你放心，我从不敢对你有任何非分之想，我一直把你当成哥哥。”“哥哥”两个字，我脱口而出，可当我尝试着把眼前的男人想象成亲哥哥时，内心涌起一阵乱伦的罪恶感。

我的心猛地一乱，目光在慌乱中四处游移，忽见一道人影从窗外闪过，穿着迷彩作训服。

我匆忙跑出门去看，果然是吴洋。吴洋一见我，腼腆地一笑，酒窝深嵌在脸上：“冯哥说他有事，让我自己过来拿药。”

“哦，你等一下。”一看见他的军装，我的脑子就有点迟钝，什么都没想，直接进门拿了药给他。

等他走远我才追悔莫及，这么好的机会，我应该请兵哥哥进来喝杯咖啡，畅谈一下理想和人生。

唉！我错过了千载难逢的好机会。

本以为机不可失，失不再来，没想到接下来的几天，吴洋每晚都给我打电话，虽然开场白都是向我咨询他的病情，可聊着聊着就跑了题，关心起我在日本的生活，弄得我这颗心没着没落的。

很多人都说，在国外，孤独感特别容易让单身的男女互相萌生好感。我不知道身在异国他乡的吴洋是否因为孤独对我有些好感，反正我对他的制服越来越有好感。

某日，初春的风吹过窗前，我站在窗边一边帮叶正宸擦背，一边发呆。

“想什么呢？我的背都让你擦掉一层皮了。”叶正宸提出抗议。

我满心愧疚地放下毛巾，帮他披上外衣，再小心翼翼地帮他穿上：“师兄，你说我跟吴洋靠谱不？他只在日本培训半年……”

叶正宸看都没看我：“半年很久了，泡你这种没心眼的小丫头，绝对够了。”

“我跟你说正经的呢。”

“我也没跟你开玩笑。”

我泄了气，坐在他旁边的椅子上，心事重重地玩着他的袖口：“他想泡我，是不是说明他对我有好感？”

“男人对年轻漂亮的女人都有好感。”

“讨厌！”我鄙视地瞪他一眼，“你以为谁都像你一样好色，人家是军人。”

叶正宸第N遍给我更正：“武警。”

“都一样嘛！”我小声嘀咕，“我不挑剔，穿绿色军装就行。”

某人懒得理我，专心致志地浏览网页。我仍不放弃，哀怨地扯着他的袖子：“师兄，你经验丰富，给我点意见呗。”

“很抱歉，我在这方面没什么经验。”

“你跟我就不用谦虚了，给我传授点呗。”我讨好地笑着。

“……”某人无视我。

“这可关系到我的终身大事，我把你当亲哥哥才问你意见，你不能不负责任啊！”

“我又没把你怎么样，我负什么责？”

“你，你有点良心好不好？我可是为你鞠躬尽瘁，死而后已，无怨无悔……”

“好吧！为了你的无怨无悔——”某人被我缠得没办法，一本正经地坐正，“你告诉我，你到底喜欢吴洋什么？”

我想都没想就回答：“他有军装。”

“是不是任何一个男人穿上军装，你都喜欢？”他指指自己，“那我呢？我穿上军装你也喜欢我？”

我狂点头。心中不由得幻想起叶正宸穿军装的样子，这种幻想让我心里像猫爪在挠，痒痒的：“嗯，师兄，要不改天我把吴洋的军装借来，你穿给我看看呗。”

“别用这种色眯眯的眼神看我。”

“一次。”

“不穿。”

我百折不挠：“就一次，我晚上给你煲汤。”

他想了想，凑到我耳边，呼吸热得烫人：“你晚上帮我洗澡吧。”

“色狼！”

叶正宸满脸无辜地指指自己：“我色？我又没让你穿制服给我看。”

嗯，说得也是。我又凑到他跟前，继续讨好他：“师兄，那你要怎么样才肯穿给我看呢？”

“不如，你也穿件我爱看的吧。”他眯起眼睛，满脸坏笑，连眼睛里都浸透着坏笑，笑得我浑身发毛，“我喜欢你穿白大褂，特别正统……或者，只穿睡衣的时候，灯光一照，该看见的都能看见。”

太无耻了。

我气得一脚踹过去，正踢在叶正宸的小腿上。我明明没有很用力，可他按着小腿一阵惨叫，表情比手臂受伤还要痛苦。

“很疼吗？”所有的羞愤化作心疼，我小声问。

“……”某人赌气不理我。

“我给你揉揉吧。”

“好啊！”这一声回答得别提多干脆，随后，他把腿伸过来，放在我的腿上，让我严重怀疑他到底是不是真疼。

不揉不知道，他腿上的肌肉很结实，即使放松了，仍然弹性十足。轻轻揉了一会儿，我问："还疼吗？"

他没回答。

我抬头，见他正专注地盯着我的脸，好像有火焰在眼底蹿升一般，热得灼人。这种眼神我见过一次，我第一次请他吃火锅时，他就这样盯着翻滚的牛肉。

"师兄，你是不是饿了？"我试探着问。

"嗯，是有点饿了。"某人毫不客气，"我想吃肉。"

"我的冰箱里还有几只猪蹄，你等等，我煮给你吃。"

"我不爱吃。"

我摸摸他的头，柔声哄他："乖，补充胶原蛋白，有利于伤口愈合。"

这位一向挑食又脾气执拗的伤者难得一见地听话，竟然……默许了。

吃过晚饭，我拉过叶正宸的手腕，看看他的手表。某人金灿灿的手表比以前那款还要刺眼，钻石跟不要钱似的，嵌得到处都是。

呃，钻石不是重点，重点是时针已经走过六点了。

"六点多了，我要去便利店打工了。"

"你要去打工？"

"嗯。日本的学费贵得要人命，奖学金又不知道什么时候能申请下来……我先打几天工，撑一撑。"我边说边收拾东西。

"你没钱缴学费？怎么不早点说。"

见他起身去拿钱包，我忙说："我也不是单纯地想要打工，我主要想锻炼锻炼口语。李凯给我介绍了一家便利店，在石桥那边，很近，而且每次三个小时，不会太辛苦。"

"李凯？是工学部的那个李凯？"

"嗯。"李凯是阪大工学部的学生，我和秦雪在工学部食堂吃饭的时候经常能见到他。他身材清瘦，眉目清秀，颇有浙江风流才子的范儿。后来接触过几次，发现他人不错，言谈非常有文化底蕴，不像某人。

“三个小时，那不是要工作到十点？”叶正宸的眉头锁得紧紧的。

“嗯，也不算晚。”我说，“回来还有时间看文献。”

安顿好某伤患，我刚要出门，想起雅虎天气上说有雨，正欲回家拿雨伞，听见叶正宸在屋里喊：“丫头，我三天没洗澡了，记得早点回来帮我洗澡。”

“打电话叫你那些情人来给你洗。”

“我没有，你帮我雇一个女优来吧，要漂亮的。”

我顺手捡起拖鞋丢过去：“你不是有洁癖吗？怎么拈花惹草的时候没见你有心理障碍？”

“我的心理障碍因人而异，我对你就完全没有障碍，不信我们试试。”

“滚！”我见过不要脸的，没见过这么不要脸的。我被他气得头也不回地离开，连雨伞都忘了带！

第七章
流水情

许多人说爱情很苦，那是因为它甜的时候……太甜了。

我打工的便利店位于一条干净的小街上，门口有几棵老枫树，旁边围着整齐的栅栏，颇为精致，尤其风吹枫叶的景色甚美，丝丝凉意，仿佛能消解掉一天的疲累。

便利店的收银工作并不难，只需要扫码收款就好了，可我是第一天打工，不免有些紧张，再加上日语不好，经常和顾客交流了半天也搞不懂人家的意思，犯了很多低级错误。所幸客人和老板都比较宽容，非但没有责备我，反倒一个劲儿地安慰我："没问题，没问题。"

七点多时，吴洋打来电话，刚好那时没有客人，在老板的许可下，我接通了电话。吴洋说，他来日本这段时间颇受冯哥冯嫂以及大家的关照，于是想请大家吃饭唱歌，问我有没有时间一起去。

我告诉他："我在打工，去不了了。"

他沉默了一阵，又说："你可以晚点过来，我们一起去唱KTV。"

"嗯……"从他的语气中，我听得出他希望我去，我倒是也想去凑凑热闹，顺便和兵哥哥加深一下了解，可我今天忙了一整天，累得双腿都麻木了，再加上心里总是记挂着那个一只手不能动的亲师兄，思来想去还是婉拒说，"我下班有些晚了，还是改天吧。"

"晚点没关系，我可以等你。"

我刚要说话，冯嫂把电话抢了过去："小冰，晚点没关系，反正我们打算玩儿通宵呢，你一定要来啊！"

"哦，我尽量吧。"

"好，等你。"

忙碌中，两个小时一转眼就过去了。九点半，李凯提前来接班了，他说怕一会儿下大雨，所以提前点过来，也免得我被大雨淋了。

我连连道谢，收拾好东西，走出便利店。我刚出门，冯嫂又打来电话，告诉我他们都在等我，在我们上次去唱歌的那家卡拉OK。

我这个人从来不太会拒绝别人，看冯嫂那么热心，便坐电车去了他们说的店。

卡拉OK的包房内，我和冯嫂坐在包房最角落听男生们唱歌，一首首豪迈的军歌听得人热血沸腾，一曲曲婉转的情歌让人心生怅惘。

外面下着雨，雨打屋檐，细密而急促，久久没有停歇的迹象，我一次次地看表，总感觉心神不安。

冯嫂悄悄扯扯我，在我耳边说："刚才你没来的时候，吴洋问了我两次你会不会来。我看他对你挺有意思的，你觉得他怎么样？"

"我……"暗光闪烁下，吴洋冲着我笑，笑得两个酒窝深深，情歌唱得也是深情款款，我不禁有些尴尬，"我还不太了解他呢。"

"你们认识也有几天了，总有个大概的印象吧？"

冯嫂这样刨根问底，我猜八成是吴洋让她帮忙探口风，慎重考虑了一下，才说："还是先做朋友吧。"

冯嫂何其聪明，立刻懂了我的拒绝以及拒绝背后留下的一丝余地，她点点头说："这样也好。有些人，一两天是看不透的，要天长日久才能看见真心。"

不知道为什么，听见这句话，我又想起了叶正宸。认识他的前两天，我一直以为他是个处处留情的风流公子，经过天长日久的相处，我才知道他是个——处处不留情的风流公子。

他总是很容易让女人动心，然而，女人一旦对他动了心，便必然会被他伤心，无一幸免。

一曲终结，吴洋坐到我身边，问我："你会唱什么歌？我帮你选。"

"我……"

一阵急促的手机铃声打破了包房里短暂的安静，这是我专门为叶正宸设置的手机铃声。我急忙翻出手机，上面十几个未接来电，都是叶正宸打来的。

我跑到走廊上正欲给叶正宸回电话，铃声又响了，我刚按了一下接听键，就听见叶正宸气急败坏的质问声："你跑哪去了？这么晚了不见人影，也不接电话！"

"我和朋友出来唱卡拉OK。"我小声说，委屈得像个被丈夫斥责的小媳妇。

“在哪家？”

“我生日那天，我们……”我还没说完，电话那边只剩下忙音。

认识叶正宸这么久，第一次见他生气。也难怪他生气，我忘了告诉他要出来和吴洋唱歌，这样风雨交加的夜晚，我迟迟不归，他难免会担心。一想到他会担心，我片刻不敢停留，回去拿了包，不管大家怎么挽留，坚持先回公寓。

外面一片黑暗，雨水细密，没有停歇的迹象，我咬咬牙，冲进雨里。

雨比我想的大，大滴大滴冰凉的雨落在我的头发和脸颊上，顺着脖子淌进衣服里，我忍不住打了个冷战。

“薄冰……”吴洋撑着伞从里面追出来，“太晚了，我送你回去。”

“不用了。我自己能回去，你进去玩吧……”

说话间，我一分神，脚下一滑，差点跌倒，幸亏吴洋伸手扶住我的腰，我下意识地搂住他的手臂。恰在这时，一缕光芒射过来，刺痛了我的眼睛。我忙用手臂遮住眼睛，适应了一阵，等我放下手臂后，只见一辆黑色的轿车里走下一个人，站在大雨里。

细密的水滴摔碎在那张帅气的脸上，一瞬间刺痛了我的心扉。

我以最快的速度挣脱吴洋的手，跑到叶正宸面前，心因为奔跑狠狠地撞击着胸腔。

“你怎么来了？”我的声音也带着受到撞击般的轻颤。

“一个人在公寓有点闷，出来透透气。”

作为一名医学院的学生，我实在不认为一个右手不能动的伤者有必要在雨夜开车出来透气，但作为一个女人，这么帅的帅哥，拖着缠满绷带的右臂，冒着大雨开车来接我回去，我被感动得一塌糊涂。

如果他不是叶正宸，我绝对扑到他怀里，告诉他：我这辈子跟定你了！

可惜，他是！

吴洋走过来，看了叶正宸一眼，又看了看他奢华的名车，雨水模糊了吴洋的表情。

“这是我常跟你说的隔壁邻居，叶正宸。”

叶正宸冷冷地看了我一眼，看得我又打了个寒战。缓了口气，我又指指吴洋，继续说：“他是吴洋。”

“你好。”叶正宸淡淡地打了个招呼，不再多叙闲言，打开副驾驶的车门，用比雨水还冷的语气对我说，“上车吧。”

来不及也不方便说其他的话，我和吴洋简单地告了别：“吴洋，我先走了，你们好好玩，拜拜！”

“好，你到公寓给我打个电话。”

“好的。”

叶正宸的车卷着雨水飞驰而去，溅起的水滴打乱了吴洋在雨中的身影。

我坐在车里，空调的温暖和湿衣服的冰冷交错地撞击着我的身体，寒意让我的身体发颤，不由自主地打了个喷嚏。叶正宸笨拙地用左手脱下身上半湿的外衣，披在我身上，裹紧，又细心地挑出我湿了的头发，放在衣服外面。

“绷带弄湿了没？万一淋湿了，会感染的。”我摸摸他右手的绷带，没湿，幸亏他穿了件外衣。

“如果你再跟那小子缠绵一会儿，那就难说了。”他回答的声音比雨水还冷。

为了缓和气氛，我又冲他甜甜一笑：“你完全可以在车上多等一会儿，等我们缠绵完了再出现。”

“看来我出现得不是时候。用不用我下车，让他来车上继续陪你缠绵？”

咦，这么大的雨，这么冷的天，我为什么嗅到了某人身上浓浓的火药味儿？

我继续笑嘻嘻地缓和气氛：“师兄，不劳烦你了，我们可以明天继续。”

他踩了一脚油门，飞驰的车穿过大雨，撞得雨滴飞溅。我急忙系紧安全带，以防万一。

过了好一会儿，就在我以为叶正宸会一路沉默的时候，他冷冰冰地哼了一声："原来我就是个——隔壁，邻居。"

"你不是吗？"我笑着对他眨眨眼睛，"你该不是想做我男朋友吧？"

叶正宸轻蔑地瞥了我一眼："你想得美。"

"嘁，你以为我稀罕呀！"

在我以为接下来的对话将是针锋相对时，他的态度突然转变了："你真想和他在一起？"

我的思绪没跟上这种突如其来的转变，一时语塞，不知该如何回答。

回答"想"吧，我对吴洋并没有那种心乱如麻、欲罢不能的深情；说"不想"吧，他的确是我一直喜欢的类型，尤其他那身军装，真是让我心向往之。

"唉！"我叹了口气，不愿意再想这件一团乱麻的事，便放音乐听。

婉转深情的歌声传来："天知道你对我有多么重要，天知道我动了真情……"

叶正宸不知想些什么，前方的街口亮起了红灯，他竟然恍然未觉。

"红灯！红灯！"我急忙提醒他。

车子猛地一个急刹，幸亏我系了安全带，不然就要撞上挡风玻璃了。

我转头再看他，他疼得咬紧牙，似乎方向盘撞到了他手臂上的伤口，我又气又急："你怎么开车的呢？你的手不想要啦？"

他不说话，静静地望着我，我在他漆黑的眼瞳深处看到了我的影子：湿发贴在脸上，尖尖的下颌，粉唇微合，眼波流转……

他的视线慢慢下移，眸色倏然一沉，不再移开。我低头，只见湿透的裙子贴在身上，几乎完全透明，清晰地勾画出少女精致的曲线：瘦削的腰肢，纤长的腿。

“我能不能给你提个建议？”他说。

“什么建议？”听他语气诚恳，我以为他会说下次记得带伞，或者回去记得洗澡，以免着凉。

“以你的身材，70C可能更舒服……虽然，从视觉角度说，你穿这个尺码，对男人更具诱惑力。”

这人……

这对白……

是我听过的所有赞美里，最无耻的一个！

我揪紧衣服的手在不停地颤抖，身子瑟缩到真皮座椅的一角，紧依着车门。他仍然注视着我，不眨眼地注视着。

在这个狭窄的空间里，我感觉自己正在被他用语言和眼神一点一点地剥光，一分一分地侵犯。我不知道别的女人遭遇这种情况会不会羞愤得狠狠甩他一个耳光，然后开门下车，从今往后跟他彻底绝交，但我竟然没那么羞愤，只是有点害怕，有点惶惶无措，还有……身体内蹿起了一簇小小的火苗，慢慢温热了我被雨水淋过的身体，蔓延过四肢百骸，烧烫了我全身的肌肤。

这种感觉我从未有过，很舒服，每一根神经都被特殊的痛感刺激着。

情歌在一遍遍循环：“我不在乎你变什么，我要成为你黑暗里那道光，要带着你，远离沙漠的孤单。”

他的手伸向我，拉住我披在身上的外衣，我大惊失色，正欲反抗，他却细心地把衣服整理平整，将衣摆盖在我的大腿上，然后揉揉我的湿发。他笑了，不是坏坏的笑，是那种透着阳光味道的温和的笑。

我乱了，整个身心被搅得乱作一团。

我不知道车子什么时候驶进了学校，叶正宸为我打开车门，我才想起身在何处。大雨里，我和叶正宸撑着他的衣服遮住雨，一路小跑进电梯。一见电梯里的秦雪，我不禁退后一步，刻意与身边的叶正宸拉开点距离。

电梯徐徐上行，我整理好纷杂的情绪，主动和秦雪打招呼：“这么晚才回来？”

“嗯，在自习室写报告。”秦雪看了一眼我身上的衣服，又看看我身边的叶正宸，“你们也刚回来？”

“你们”两个字她咬得很重。

“我和朋友去唱卡拉OK，刚回来。”

“哦。”

叮咚一声，电梯门打开了，叶正宸拥着我走出电梯。我悄悄回头看了一眼，秦雪在看着叶正宸，眼中闪着水光。我以为她早已走出了分手的伤痛，原来她还没有。

我又抬头看了一眼身边的男人。要忘记他，真的那么难吗？

心神恍惚地回到公寓，我脱下被雨水淋湿的衣服，躺在浴盆里，热水漫过身体，淹没了我体内的悸动。我闭上眼睛，清晰地听见隔壁循环播放的音乐——那首意味深长的《爱》，心绪又开始悸动。

我一遍遍提醒自己：叶正宸只当我是妹妹，我也只当他是兄长，我们不可能，绝对不可能。然后，我按住心口，那里传来一阵深切的痛感，很疼，很疼。

我以前不明白秦雪为什么明知道叶正宸是什么样的男人还会爱上他，现在我懂了：有些人，不管他曾伤害过多少女人，他就是能让你爱得死心塌地，义无反顾。

躺在床上翻来覆去不知多久，我不知不觉睡着了，竟做了个难得的美梦。

梦里，空气夹杂着青草的芳香，我穿着白色的婚纱走向一身墨绿色军装的男人，他牵起我的手。我努力仰头，想看清对方的脸，天边突然传来沉重的撞击声，把我从美梦中惊醒。

我擦擦嘴角的口水，听见墙壁又传来两声敲击声。

敲墙是我的习惯，因为懒，我平时有事总喜欢用敲墙来传递信息。

一声：饭好了，过来吃饭。

两声：有点事需要你帮忙，方便的话过来一趟。

三声：有“小强”，救命！

四声或者四声以上：对不起！本人在钉钉子。

某人一大清早叫“救命”，该不是遇到什么事了吧？

一想到他的伤，我骤然清醒，连衣服都没换，穿着睡衣冲进隔壁房间。一进门，只见叶正宸半倚着墙壁站着，帅气的面孔在米白色的休闲衣裤的衬托下格外清爽，有种晨风拂过的感觉，似乎还带着薄荷的清香。

我本来就急得上气不接下气，又看见让人血脉偾张的帅哥，差点被憋死。我使劲儿拍拍胸口，喘过气来，否则一大清早被帅哥惊艳死，我也死得太冤了。

“这么急……找，我什么事？”

“我的冰箱里怎么塞得这么满，我想放几瓶啤酒进去都不行。”

我气得又是一口气没喘上来，憋了好半天才说出话：“你十万火急就为这个？叶大少爷，你难道不知道把东西拿出来，就能把啤酒放进去？再说了，你的伤还没有痊愈，为什么要在冰箱里放啤酒？”

“我……我说过我很急吗？”

“你明明敲了三声。”

“哦。”某人面带微笑地告诉我，“我怕你听不见。”

“……”我要吐血了。

“你快点帮我把这些东西都处理了，我看着烦。”

我深呼吸，对自己说：算了，我一个未来的医生何必跟个病人一般见识。如是数次，愤懑的情绪才算平复下来。

我走到冰箱前，打开一看，里面的确堆满了水果。这些水果都是大家来探望叶正宸时送的，我一直很努力地帮他消灭，无奈大家太热情了，热情得超出了我的能力范围。

我从冰箱里拿出两个大桃子，洗了洗，一个塞进嘴里，一个塞到叶正宸的手里：“吃吧，大少爷，多吃点水果降降火气。”

“咦，你怎么这么了解我，竟然看出我最近火气旺。”

早就习惯了他的一语双关，我冷冷地瞥他一眼：“哼！你什么时候火气不旺过。”

我坐在他床边，狠狠咬了一口桃子，桃肉入口，清凉柔软，甘甜多汁。叶正宸拿着张纸巾帮我擦嘴角的桃汁，他离我好近，无可挑剔的面孔让我有些失神，恍然未觉新鲜的桃汁顺着嘴角往下流，流过我僵硬的下巴，滴在我的衣襟上。他手中的纸巾便顺着我的下巴一路往下，轻轻滑过我的颈项，若即若离的指尖把他的温度留在我的肌肤上……

脑海中又飘过他昨晚的眼神和话语，我顿觉得热血从身上涌到脸上，热辣辣的。因呼吸困难，我的胸口不断起伏，几滴桃汁已在我胸前的衣襟上晕开，像极了一簇簇娇羞的花蕾……

他的眼光落在我的衣襟上，目不转睛地盯着几滴桃汁，就在我以为他会继续向下时，他的手骤然停住。

然后，他攥紧拳头，把纸巾揉皱在手心里。

气氛有点异样，我往旁边蹭了蹭，本着沉默是金的人生准则，低头默默地啃桃子。叶正宸也在我的身边坐下，侧着脸看着我吃桃子，一直看着。他的眼光比X光的穿透力还强，比激光的热度还高，看得我热血一阵阵地往心口涌。

最后，被他看得实在忍无可忍了，我拿手遮住脸：“别看了，人家刚睡醒，脸没洗，头发也没梳。”

“难怪……”

我以为他会说：难怪这么丑。

结果，他说了句标准的叶正宸式的对白：“你连内衣都没穿。”

他的话音刚落，我比来的时候更快地消失了。

跑回公寓，我直接钻进被子里，红透的脸埋进枕头里。我从未尝试过这种感觉：全身滚烫，心跳快得要失去控制，脑子被他刚才热情的眼神塞得满满的。

我的嘴角控制不住地弯起，直到嘴角抽筋。

许多人说爱情很苦，那是因为它甜的时候……太甜了。

爱情？是的，爱情！

尽管我由始至终都不敢面对这个事实，可我确实爱上了他，在很早很早以前。至于早到什么时候，我已无从追溯。

那么现在该怎么办？是该悬崖勒马，明哲保身，还是不顾一切地往万丈悬崖下跳，即使粉身碎骨也无怨无悔？这个抉择让我一个上午心绪不宁，根本没心思听课，连教授什么时候下课离开我都没有留意，直到接到秦雪约我吃午饭的电话，我才从梦游的状态中醒来。

人流拥挤的食堂里，我在秦雪对面的位置上坐下。明媚的阳光从落地玻璃窗射进来，正落在我身上，我却有些冷，骨头都在打战。

“有些话我不该说，可我当你是朋友……”秦雪幽幽地端起茶杯，喝了一口，对埋头吃东西的我说，“小冰，叶正宸换车的速度快，换女人的速度更快。他这个人，喜欢追求新鲜刺激。”

他换女人的速度有多快我不清楚，但我认识他五个月，他换了两辆车。

秦雪凄然一笑，笑得极冷：“女人的美貌兴许能维持十年八年，新鲜感能保持多久？一个月、两个月？”

我回答她：“从生理学角度来说，有些新鲜感和刺激仅能维持十几分钟。”

她苦笑：“看来你什么都明白。”

我和秦雪在食堂聊了一个多小时，秦雪说的话比我们认识的这几个月里说的话都多。她告诉我，她刚来的时候，叶正宸对她非常好，陪她买东西，帮她整理房间，还帮她修家用电器，早上叶正宸载着她去上学，晚上载她回公寓，她犯头疼病，他半夜去给她买药。

有一次，他去北海道开会，也带上了秦雪，他们在北海道玩了半个月，过得很开心。

然而，当她死心塌地爱上他之后，他却失去了最初的新鲜感，对她再也提不起兴趣。

秦雪越是努力争取，叶正宸越是刻意回避，对她渐渐疏远、冷淡。秦雪为此大病一场，在学校的医院里躺了一个星期。叶正宸经常陪同教授去住院部查房，却未踏入她的病房半步。她出院那天，看见他开着崭新的跑车，载着一个女孩经过。女孩染着金黄色的头发，穿着超短裙，浓密的睫毛，大大的眼睛，像一个漂亮的芭比娃娃。

有人告诉她，那是田中教授的女儿田中裕子。之后……

之后，可想而知，没有女人是他最后的终点。

秦雪说，她恨他，同时也忘不了他，毕竟他们经历过沿途美好的风景。

秦雪说，她告诉我这一切没有别的意思，只是不希望看到我步她的后尘，犯她犯过的错。

我岂会不懂?

女人往往很天真，明知他不是你的良人，明明看见许多前车之鉴，明明清楚花花公子的游戏规则——爱只有今天，没有未来，没有承诺，却总是傻傻地以为，像飞蛾一样扑到火里，自己会是他的最后一个。

殊不知，你不是他的终点，但他，是你的终结。

第八章

心难移

有一种巧克力，一小口就能甜到心里；有一首歌，一句歌词就能唱出心声；有一种人，一相识就注定记住一生。

没有污染的夜空，星星格外高远，肆意挥洒着遥不可及的璀璨。

我站在便利店的门口，揉揉酸疼的肩膀和在收银台站得麻木的双腿，呆呆地望着星空。我不想回公寓，害怕看见那个总能让女人爱得死去活来又伤得死去活来的男人。

我很想趁着自己还没泥足深陷尽早抽身，可是，我没法说服自己和他保持安全距离，我太依赖他了。我想象不出，没有他分享的担担面是什么滋味，没有他等我的夜晚有多疲惫，没有他陪我一起看的樱花雨又将是怎样凄凉。

黑暗里，一个高大的人影走向我，我顿时忘乎所以，笑着跑向他。然而，当我看清对方的脸时，我的笑容有点僵硬。

"嘿！"我看着面前的吴洋，勉强笑了笑，"你怎么在这儿？"

"你回公寓吗？我送你。"

我默许了，这条黑暗的路，我确实需要一个人陪我走过去，否则我怕我辨不清方向。

我和吴洋一起走在回去的路上，他问我："昨天来接你的人是你男朋友吗？"

我哑然失笑："当然不是。我们真的是邻居，只不过他是我在医学院的师兄，平时对我多关照些。"

"哦，不好意思，我误会了。"吴洋沉默着走了一段，几次欲言又止，直到送我到门口，他才离开。

吴洋刚转出走廊，隔壁的门立刻打开，叶正宸似笑非笑地看着我："别看了，人已经走了。"

"哦。"我今天身心俱疲，不想跟他讨论我和吴洋的事，便换了个话题，"师兄，你吃晚饭了吗？"

"吃了。别以为你不管我，就没人管我。"叶正宸说，"冯嫂给我送了包子，很好吃。"

我笑而不语。其实，是我打电话给冯嫂，让她给叶正宸送点晚饭。冯嫂知道叶正宸最爱吃她包的包子，特意让冯哥去买了最新鲜的牛肉。我没有告诉他，因为这些事微不足道。

我拿出钥匙正准备开门，叶正宸忽然拉住我的手腕："冯嫂的包子很好吃，你来尝尝。我给你留了两个，还热着……"

"我不饿。"我试图和他保持一下距离，可他根本不给我拒绝的机会，强行把我拉进他的房间。

他用一只手笨拙地把包子夹到已准备好的盘子里，端到我面前，专注地看着我吃。他的眼神让我想起高三时，每天学到深夜，妈妈都会将一碗浓香四溢的汤放在我的桌上，那时，她也是这么看着我，眼神里是最纯粹的关心和疼爱。

我拿起热乎乎的包子狼吞虎咽，怕动作一停下来，我会哭。

"好吃吗？"

嘴被塞得发不出声音，我一味地点头。

我不贪心，真的不贪心，我不求嫁个和叶正宸一样帅、一样优秀的男人，我只希望，那个人能和他一样真诚待我、关心我、疼爱我。

见我被噎得说不出话，叶正宸拿起他的水杯给我。里面还有半杯茶水，我一口气喝了下去。其实他是个有洁癖的人，自己的东西不喜欢别人碰，去别人家做客喝水也只用一次性水杯。记不得从什么时候开始，他用了我的杯子，而我，也厚颜无耻地用起了他的水杯。

"丫头，你为什么想嫁给军人？"他问我的时候，紧紧地盯着我的眼睛。

"呃……"刚吞进去的一口包子又噎住了，我磕磕巴巴地问他，"你……你怎么知道的？"

"刚刚冯嫂送包子过来，和我聊了一会儿。她说你喜欢军人，一心想要嫁个军人。"他看向我的眼神很正经，没有了往时的戏谑。

因为他问得很认真，我特意深思熟虑了一番，才以更加认真的态度回答他："因为别的男人趴在被窝里睡大觉的时候，他们披星戴月在操场上长跑；别的男人守着满桌美味佳肴的时候，他们在冰天雪地里进行野外生存训练；别的男人夜夜笙歌，他们连见见自己的老婆都要等到假期……他们没有自由，不管愿不愿意，一道军令压下来，他们都必须服从……”

不知为什么，叶正宸看我的眼神变得特别幽深，里面多了许多我从未见过的蒙眬。

“我说错了吗？”

“没有，继续。”

我继续说：“他们真的很男人，不管受多少罪，心里有多苦，他们站在人前的时候永远挺拔，正气凛然……我真的很想嫁个军人，不能朝朝暮暮，我可以天天在家等着，等他回来，帮他脱下厚重的军装，再给他做一顿最爱吃的饭菜，然后，我缩在他的怀里，听他讲军队里的事情……假如，偶尔，他能给我个惊喜，突然出现在家里，把我抱起来……”

我沉浸在最美好的幻想里。这是我心目中最浪漫的爱情，不求天长地久、朝朝暮暮，每天在相思中度过，也是一种幸福。

猛然意识到自己失言，我羞怯地拍拍自己泛红的脸颊。我以为叶正宸会嘲笑我，可他没有，反倒以从未有过的郑重口吻问我：“你不觉得寂寞吗？你生病的时候，他可能不会在你身边；你好容易盼来的假期，他可能会告诉你，部队有了其他安排；他也可能突然消失，你没有他的消息，不知道他什么时候回来。你会不会生他的气？”

“不会。”我坚定地摇头，“我知道他们身不由己，他们有他们的责任，有他们的使命……如果可以选择，谁不想天天抱着老婆孩子，过阖家团圆的生活……可他们不行，他们穿上了军装，就要服从命令。”

叶正宸看向窗外，窗外的樱花树在静静地抽丝剥茧，酝酿着一季的短暂盛放。

许久后，他说：“我懂了，你是真心喜欢他。”

“你说吴洋吗？”他不是那个我要等的人，真的不是。

“今晚，我在便利店门口看见你跑向他……你知道吗，你笑得特别开心。”

“今晚？你去便利店接我了？”

“本来想给你个惊喜……”叶正宸垂眸，淡淡地微笑，“没想到，有人给了你一个更大的惊喜。我这个隔壁邻居很识趣，没打扰你们缠绵。”

我无言地苦笑。假如他知道了我跑向吴洋的时候心里想着的人是他，不知会作何感想。

“我打听过，吴洋很不错，平时表现很好，人品也好。”叶正宸笑着拍拍我的头，“丫头，如果你真的喜欢一个人，半年并不短，半年足够让他真正爱上你，愿意和你共度一生。”

我依旧无言，依旧苦笑。

现在，我已明白，真正的爱，不需要半年那么久。

有一种巧克力，一小口就能甜到心里；有一首歌，一句歌词就能唱出心声；有一种人，一相识就注定记住一生。

只可惜，有一种爱，一开始已经注定结束……

看着眼前的男人，我的心口疼得受不了，眼泪含在眼眶里，随时要掉出来。叶正宸大概看出我要哭，轻抚着我的背说：“想哭吗？我的肩膀借你用用。”

我咬着牙根说：“谁说我想哭？”

“你要到什么时候才能不嘴硬？”

他把肩膀移到我面前，我把脸贴上去。他的肩膀和我想的一样宽、一样温暖。我的牙根咬得生疼，但眼泪还是掉了下来，一滴滴滑进他的领口，缓缓流下去……

“为什么哭？是不是吴洋……”

我摇头，对他说：“我害怕，我怕我一旦付出了感情，就再也收不回来，我不怕受伤，可我怕他不再理我……”就像他不理秦雪一样。

“没试过，你怎么知道会受伤？况且，我看得出来，吴洋对你有好感。”

我更用力地摇头。我不想告诉他，我口中的“他”并非吴洋，而是另外一个人，是眼前这个将最温柔的肩膀给我依靠的人。

我不想他知道，一辈子都不想。

我靠在他肩上抹了抹眼泪，笑着问他："你不是说男人对年轻漂亮的女人都有好感吗？"

"傻丫头，只有我这个色狼才对所有漂亮的女人有好感，吴洋是军人，军人都正直，军人都专一。他只对你有好感。"

"他是武警。"我更正。

叶正宸的身体微微颤动，我知道他在笑，不用看我也知道，他笑起来很迷人的。后来，他的手搭在我的肩上，轻轻抱住我："丫头，你是个好女孩，他会珍惜你的。"

"万一他不珍惜怎么办？"

"我帮你教训他，教训到珍惜为止。"

我笑了，眼泪一滴滴滑落在他的颈窝里。

"师兄，你对我真好。"

"我是你隔壁邻居嘛，我能不对你好吗？"

隔壁，邻居？

唉，这个小心眼的男人！

那一夜，我们聊了很久，他并不懂我在说什么，其实，我也不懂他在说什么，可我们都笑得很开心，不停地笑，笑到心疼，笑到眼泪灌满心中的伤口……

那一夜的深谈后，叶正宸说的每字每句都像魔咒，时时刻刻在我耳边盘旋。

"吴洋很不错，人品也好。"

"丫头，半年足够让他真正爱上你，愿意和你共度一生。"

"吴洋是军人，军人都正直，军人都专一，他只对你有好感。"

"你是个好女孩，他会珍惜你的。"

我不确定他如此费心地撮合我和吴洋，是为了我能找个幸福的归宿，还是怕我和秦雪一样爱上他，让他少了一个愿意为他“鞠躬尽瘁，死而后已”的好邻居，抑或，两者兼有吧。

晚上十点多，我带着一身疲惫走出打工的便利店，吴洋毫无意外地出现在门前的一株枫树下。他笔直地站在树下，迷彩作训服衬托得他高大挺拔的身体恍若一个巨大的港湾，让我风雨飘摇的心忽然安定了。

“我来接你下班。”他走到我身边，很自然地接过我肩上的书包。

我轻轻点点头，沿着熟悉的小路默默前行。从便利店回公寓的路并不长，但寂寞的夜很漫长，我悄悄放慢了脚步，细听风吹叶落的声音，吴洋也随着我放慢了脚步。

一个单身男人接一个单身女孩下班，他的目的不言而喻，而我没有拒绝，并非欣然接受，而是不知道该不该拒绝。我承认，我现在对他完全没有爱慕之心，但是我们还有半年时间，半年时间可以让我爱上叶正宸那样人神共愤的渣男，应该也能让我爱上吴洋吧。毕竟，他是我日盼夜盼都想嫁的兵哥哥，我爱上他，一定比爱上叶正宸容易。

一条很短的路，我们走了整整一小时才走到公寓楼下。

吴洋说了一句：“明天见。”便离开了。

或许某人闷在家里太无聊，吴洋刚转过走廊，他便不知从哪里冒出来，站在我的门前，非常八卦地问：“你们发展得挺快，牵手了没有？拥抱了没有？吻……了没有？”

见我摇头，他鄙视地损了吴洋几句，嫌吴洋节奏太慢。

我狠狠地瞪了他一眼：“谁像你行动那么快。要是换了你这个色狼，早吃干抹净，换下一个了。”

叶正宸笑着拍拍我的肩膀，转身欲走。我拿出钥匙准备开门时，他忽然回头，一把扯住我的手，将我按到门上，高大的身躯抵住我，让我无可闪避地面对他的一脸坏笑。

“既然你对我这么有信心，我是不是不该让你失望？”

“啊？你什么意思？”他的步调转变得太过突然，我一时没反应过来。

“把你吃干抹净，换下一个……”他勾起的嘴角距我越来越近，我只觉浑身发软，全身上下使不出一点力气。

“我错了，我知道错了。师兄，你是柳下惠，坐怀不乱。”我被他的举动吓得声音发颤。

见我心惊胆战的样子，叶正宸顿时笑了：“噢？我不是只色狼吗？”

我忙摇头：“不是，不是。”

他十分满意地点点头，放开我：“过来帮我脱衣服，我要洗澡。”

“你……你不是色狼，是色魔！”

“多谢夸奖。”

第二天，吴洋照常来接我下班，送我回家。吴洋刚走，闲极无聊的某人又跑出来八卦：“别告诉我，你们还没牵手。”

我随口说：“我们kiss了。”

叶正宸一怔，眼睛直勾勾地盯着我的唇，有一瞬间，我几乎以为他会扑过来咬我。

几秒钟后，他竟笑了，用云淡风轻的口吻问：“感觉如何？”

“还好。”

“……”叶正宸咬咬牙，什么都没说就摔门进去了。

我茫然地回到房间，怎么也想不通他为什么生气，是觉得我太随便了吗？可他昨天还嫌弃吴洋不够主动。唉！不管为什么，看在他是个病人的分上，我应该安抚一下他的情绪。

我正在房间里徘徊，琢磨着是应该找点什么话题做开场白，打破这种僵持的局面，还是端一碗热腾腾的担担面，问他饿不饿，这时，门铃响了。我打开门，只见叶正宸站在门口，劈头就问：“他真的吻你了？”

“……”如果他这个开场白是为了缓和尴尬的气氛，那么实在太失败了，此刻的气氛冷得都要结冰了。

“他真的敢吻你？”他又问了一遍，语气阴寒。

“没有，我骗你的。”我小声道，“我们刚认识，还需要点时间相互了解。师兄，感情不是方便面，五分钟就能吃。”

“嗯，你说得对，感情需要深入了解。”

说完，某人又回了房间，把一头雾水的我丢在房门口。他这是什么意思呢？难道，是在向我道歉？好吧，看在他肯认错的分上，我原谅他了。

第三天，吴洋仍按时接我下班，送我回公寓。途中，吴洋打破沉默，问我：“你想不想听听我当兵的故事？”

“我很想听。”这个话题选得非常好，我由衷地感谢冯嫂的用心良苦。

一路上，他给我讲了很多他的事。他说他出生于偏远的山村，从小立志考军校，做个顶天立地的军人。遗憾的是，他因为五分之差，没有考上理想的军校，而被一所还算不错的武警学校录取。毕业后，他被分配到武警部队，虽然训练很苦，但那些救人救火、防暴防洪的特训让他每天都过得很充实……

我认真地听着他的故事，当听到他在参加一次救火任务时，被倒塌的货架砸断了左腿，他拖着一条断腿连续救出了三个人时，我不禁仰起头，仰望他的脸。

那一瞬间，他在我心目中是个英雄，而英雄是只能仰望，不能占有和亵渎的。

看来，我没办法爱上吴洋了，因为梦想中的男神，只能存在于梦想中，不能用来谈情说爱。

不知不觉走到公寓门外，我看吴洋没有要走的意思，好像有话想对我说，我也刚好想和他把话说清楚，于是对他说：“进来坐坐吧。”

吴洋也不推辞，跟着我进来。

两个人喝着咖啡，吴洋几次欲言又止，最后一次，他终于开口问：

“我听说叶正宸这个人……风流成性，是吗？”

手中的咖啡杯剧烈一晃，我压下心头油然而生的不悦，语气平淡地回答：“不是的，他人很好的。”

“听人说，你们的关系很好。”

听出他的话里有明显的试探，我仍淡淡回应：“是的，很好。”

吴洋没再问下去，可他质疑的眼神让我极不舒服。那一刻，我不再犹豫。爱情不是选择题，非要在备选的项目里挑出一个，如果没有最合适的答案，我宁愿放弃选择的机会。

轻抿一口黑咖啡，我说出心中酝酿了一整天的话：“吴洋，谢谢你这几天送我回来。我一向不太喜欢麻烦别人，所以……你以后别来便利店接我下班了。”

他讶然地看着我，似乎领悟了我的拒绝，却不懂我拒绝的缘由。

“为什么？是我做错了什么吗？”他小心翼翼地试探。

“不是的。”我低下头，不愿看见他的神情。我向来是个心软的人，不忍心去伤害别人，尤其是伤害真心爱我的人。可有些话，我不得不说，“我是不想你误会。其实，我心里有喜欢的人。”

“是叶正宸吗？”

“……”

门铃声骤然响起，打破了房间里尴尬到了极致的氛围。这个时间会来找我的，只有闲极无聊的某人。我放下咖啡，走过去打开门，毫无意外地看见叶正宸站在外面。

叶正宸没有留意我房里有人，口无遮拦地说：“丫头，你终于回来了，我都想死你了！”

这些暧昧的话我早已听习惯了，若在平时，我一定满不在乎地问他一句：你又想让我伺候你干什么？但现在不是我们斗嘴的时候。

“师兄……”

我刚想告诉他我家里有人，他又冒出一句彻底毁了我名节的话：“我想洗澡，一会儿过来帮帮我。”

叶正宸话音刚落，表情骤然一僵：“抱歉，我没想到这么晚还有人在你家。”

我回头一看，只见脸色冰凉的吴洋拿着外衣走出来：“很晚了，我不打扰你们了。”

没给我任何的解释机会，他走了。这样也好，让他误会我和叶正宸关系暧昧，他便能彻底死心，如果能因此认定我根本不值得他倾心以待，收回所有不该付出的情感，岂不更好。

和叶正宸相处久了，我居然也学会了他这种自黑的拒爱方式，还真是近墨者黑。

“怎么不去追？”叶正宸推推我，见我愣着不动，焦急地追向吴洋离开的方向，“我去和他解释清楚。”

我急忙拉住他：“没有什么可解释的。我们本来就不清不楚的，就算今天解释清楚了，以后他还会误会。”

叶正宸以为我在责怪他，郑重地向我保证说：“我以后绝不会再这样胡言乱语了。”

我笑着摇摇头：“师兄，跟你没有关系。我和他本就没有缘分。”

他无言地伸手，摸摸我的头发，又顺着我的头发渐渐往下，抚过我的颈项。他的掌心滚烫，烙在我的肌肤上，一股热流从我颈上的动脉流过全身，我的每一寸肌肤都因为他而燥热难耐。

“丫头……”

“嗯？”

“对不起！”认识叶正宸这么久，我是第一次听见他说这三个字。即使在以最残忍的方式拒绝秦雪的时候，他都不曾说过这三个字，足见他今天是真的良心发现了。

“就当你欠我一个好男人吧，有机会记得还我。”

他收回手，苦涩地一笑：“好男人我可没有，我只能借肩膀给你靠一下。”

“不用了。你不是要洗澡？我帮你脱衣服。”我说。

“算了，我还是自己脱吧。”

“欸？你自己能脱衣服？那你干吗每天都要我帮你？你故意坑我，是不是？”

“我……先回去洗澡了，晚安。”

我被他气得咬牙切齿，怒火攻心，可是，我的心头又荡漾起一丝甜意……

第九章
情难断

有一种爱，明明是深爱，却说不出来；有一种爱，明明想放弃，却无法释怀；有一种爱，明知是煎熬，却又躲不开；有一种爱，明知结果是伤痛，心却早已收不回来……

自从吴洋离开后，他再没打过电话给我，我们也没再遇到过。我以为事情就这么过去了，渐渐淡忘了。忽然有一天，秦雪又约我去食堂吃饭，我们在食堂坐稳，便听见背后有两个女生在悄悄议论："就是她……你知道吗，她心里喜欢叶正宸，还和一个武警在一起，后来那个武警发现她和叶正宸关系不清不楚，就把她甩了。"

"这女生也太不要脸了。"

"可不，给人家洗衣做饭，甚至给他洗澡陪他上床都无所谓。她也不想想，叶正宸那种花花公子哪会跟她来真的，还不就是玩玩。"

"可不是，免费的全套服务谁不要啊！"

我再也听不下去了，猛地转身，想去问问那两个女人——她们说得这么有声有色，是看见我给叶正宸洗澡了，还是看见我陪叶正宸睡觉了？

秦雪急忙拉住我："小冰，你别这样。不管怎么说，别让日本人看咱们笑话。"

"我……"唉！我的日语的确没有好到可以和人吵架的地步，就算我有，那两位女同学也未必有。一想到日本学生们围观我们用中文吵架，指指点点的场景，我顿时把所有的怒气都压了回去，坐下来，继续吃饭。

秦雪递给我一杯冷水，劝说我："你和叶正宸的谣言也不是一天两天了，比这难听的还有呢。上次我就暗示过你，你不听……"

"我们真的没什么。"我故意说得很大声，让隔壁的女生能听见，"是，我承认我们的关系很好，他受伤这段时间，我天天照顾他，给他做饭，帮他洗衣服，那又怎么样？大家都是中国人，住在同一幢公寓，互相照顾有什么不对？明天我收留条流浪狗，我还跟它关系暧昧？"

"小冰，你应该了解叶正宸的为人。你离他近了，难免有人说闲话，你还是离他远点吧。"

"他的为人怎么了？我看不出有什么问题。谁爱说谁说，我不在乎。"

嘴上说不在乎，事实上哪个女人能真不在乎名声。整个下午，我把自己关在细菌观察室里——我怕别人看见我，即使最简单的一眼，我都会以为他们在嘲讽我。心神恍惚间，我手中的试剂打翻了，几滴试液流入培养皿，我精心培养的细菌无一存活，全部命丧黄泉。当然，我也没幸免于难，被藤井教授狠批了一顿。

没精打采地往宿舍走，我只觉得好累，好饿，连哭的力气都没有。

走到门口，我正低头翻钥匙，突然，叶正宸出现在我背后，声音甚是愉悦："你总算回来了。走，跟我来。"他不由分说地拉起我，一路把我拉上了天台。

站在天台上，城市的夜景尽收眼底。青白色的灯光与星光连成一片，天与地，那般灿烂。

干净整洁的天台上放了一个烧烤架，冒着袅袅的青烟。我无法想象一只手受伤的人是怎么把这些东西搬上天台的。

"没吃晚饭吧？"他拿了一块刚烤熟的牛排给我，一脸得意，"尝尝本少爷的手艺。"

我无言地吃了一口，鼻子酸得发疼。

"怎么样？好吃吗？"他有些紧张地盯着我的表情，"我可是第一次给女人做饭，不好吃也不许说！"

我咽下鲜嫩的烤牛排，终于忍不住哭了出来。他急忙搂住我："我知道我做的东西很难吃，你说实话好了，不用哭得这么伤心。"

我伏在他的肩上，死死地抱住他。有一种爱，明明是深爱，却说不出来；有一种爱，明明想放弃，却无法释怀；有一种爱，明知是煎熬，却又躲不开；有一种爱，明知结果是伤痛，心却早已收不回来……

"丫头，藤井那老不死的又骂你了？"

"不是，"我摇头，"我想家，我想回家。"

"你等我吧，三年之后，我带你回国，我开一家医院，我做院长……"

"真的？"我在他怀中仰起头，直面他被梦想点亮的神采，"那我跟着你混。"

“行。”他郑重其事地说，“我让你做院长夫人。”

“去！”又在跟我开玩笑，我推开他，“没一句正经的。”

“我要是娶了别的女人，你千万别后悔。”

我擦擦眼泪，低头吃牛排。

“告诉我，为什么哭？谁欺负你了？”他扳过我的双肩，让我转过身面对他，皎洁的月光映在他的眼底，其中脉脉真情让人看得真真切切。

“师兄，你相信男女之间有纯洁的感情吗？”

“纯洁？”他陷入深思，良久，他回答我，“当然有，我们之间不就是纯洁的感情吗？”

我用力揉揉眼睛，对他弯着眼睛笑：“有你这句话就够了。来，我给你烤鸡翅吃。”

“我等的就是你这句话。我快饿死了。”

不管心里有多少苦，我们仍在笑，一起烤鸡翅，一起抢鸡中翅吃。这个没人打扰的空间里，没有流言蜚语，我们看着城市的夜景，吃着美味的烤肉，聊着天。那时候，我真的以为没有什么伤痛是过不去的，两个人在一起开开心心就够了……

我们吃得正开心，叶正宸的电话响了。他拿出手机看了一眼号码，神色一寒，拿着手机走到远处，接起，冷淡地问：“什么事？”

听那淡漠的口吻，八成是过了气的女朋友打来的。

“嗯，很忙。”

“……”

叶正宸背靠着墙壁，随意地踢着脚下的水泥板。当一个人的注意力全部集中时，很容易做出一些小动作。

“好吧，下个月，我尽量抽时间回去。”

“……”

他的脚一顿，人猛然站直：“什么？！”

“……”我不知道电话里的人说了什么，他的脸色明显阴沉了，而且越听越阴沉。

“不行，我不同意！”

“……”

他气得对着电话大吼：“你别以为你是我爸，就可以决定我的一切！”

我吓傻了，居然是他爸爸。

“……”电话里又说了句话，他一个转身，狠狠地把电话摔碎在墙壁上，因为用力过猛，牵动伤口，冷汗从他的额头滚落。

我从没见他发这么大脾气，还是对他爸爸。我急忙跑到他身边：“是你爸爸？发生了什么事？”

“没事。”他气得胸口不停地起伏，懊恼地揉乱自己的头发，一副很生气，又无可奈何的样子。

“有什么事慢慢商量，发脾气又不能解决问题。”

“我倒是想和他商量，他根本不给我机会，什么事都替我做决定，也不问我愿不愿意。现在连我……”他深深地吸气，平复一下呼吸，没说下去。

“他也是为了你好，做父亲的不会害自己的儿子。”

“他为我好？他根本就不知道我想要什么。”

“那你想要什么呢？”我问。名校、名车、名表，外加美人，他该拥有的都拥有了，真不知道他还有什么不满足的。

“我想做医生。”

我更加不解：“你现在不就是医生吗？”

他不说话。

我在他身边坐下，背倚着墙壁，告诉他：“天下的爸爸都是一样的。还记得，当初我想学医，我爸爸说什么也不同意。他说女孩子不该学医，做医生太辛苦，要值夜班，而且，不管多晚，都有人打电话……”

他紧贴着我坐下，听我说下去，“可我还是坚持要学医，我想治好所有的病人，让他们远离疾病，远离死亡……我希望送所有的病人健康地离开医院，告诉他们，永远别再见。”

叶正宸望着远方的灯："我和你一样，从小就梦想做个医生，自己开一家医院，尽我所能治病救人，可我爸爸一直反对，我们整整争吵了两个月，最后……"

"你还是报了医学院。你赢了。"

他苦涩地笑笑："赢了又怎么样，还是受他掌控，我不想来日本，可他非逼我来。"

"日本不好吗？我觉得挺好的呀。"

"我不喜欢这里。"

"呃，好吧。"人家是大少爷，叶大少爷向来都是挑剔的，"你爸爸今天又逼你做什么？"

他抬头看看我，想说什么，又忍住了，摇摇头："没什么，老糊涂了……别管他。"

他说最后一句话的时候，有点无奈，有点纵容，也有点无法言喻的爱。毕竟是父子，再怎么争吵，再怎么对立，也抹杀不掉融入血脉的亲情。

我陪叶正宸在阳台上聊了一个通宵，他的心情才略微好些。清晨时分，我回到寝室便倒头大睡，一觉睡到午后。美梦被电话铃声惊扰，我半梦半醒地接通电话："您好。"

"小冰，叶正宸刚刚差点把吴洋打了，你知道不？"冯嫂这句话传入我的耳膜时，我还没睡醒，脑子完全是一团糨糊，第一个想法就是冯嫂在跟我开玩笑。

"别开玩笑了。"我笑着说。

"我说的是真的。今天上午，老冯和叶正宸聊天，说起关于你和叶正宸的传闻，叶正宸一听，当时就火了。老冯说，他从来没见叶正宸发那么大的火，跑去把吴洋骂得狗血淋头，还要动手，幸好老冯拼命拦着他。吴洋一再道歉，说他无意中伤你，可能喝酒喝多了，一时失言。老冯也帮忙劝，说大家背地里议论你们也不是一天两天了。你猜叶正宸怎么说？"

"怎么说？"

"他说：你们非说我和丫头有什么，那就有了！我喜欢她，我爱她，我叶正宸非她不娶！"

如同一盆热水淋下来，我一骨碌从床上爬起来，浑身血液逆行："他，他真这么说？"

"我家老冯亲耳听见的。当时还有不少人在场，都听见了。现在阪大的留学生论坛都在讨论这件事。"

叶正宸是吃错药了吧？让我丢人都丢到互联网上了，以后我再没脸出门了。我一头栽倒在床上，恨不得撞死在枕头上。后来，睡意退去，我用清醒的脑子反反复复思索了好久，终于一拍脑袋，想通了。

叶正宸一定是怕我被人误解，怕我无颜面对那些流言蜚语，所以才会这么说，让大家以为不是我缠着他，而是他在追求我。

这么好的男人，我真想以身相许一万次。

流言这东西，你越掩盖，大家越猜测，越兴致盎然。我和叶正宸干脆光明正大地暧昧，由着别人说，叶正宸不时再添油加醋几句，让"奸情"坐实，大家反倒没什么谈资了。

几天后，我再也听不见什么风言风语，只是偶尔有美女看见我时丢几个白眼，从鼻子里哼上几声，我也权当她们是羡慕嫉妒恨，不放在心上。

某个难得的假日，我不用去实验室养细胞，我站在阳台上，沉浸在隔壁循环播放的《爱》中。

叶正宸的伤已经完全好了，不仅拆了绷带，手也可以自由活动了。连续吃了半个月清淡食物的他走到阳台上，充满希望地问我："为了庆祝我伤势复原，你是不是应该请我吃麻辣火锅？"

我说："好啊，你去买菜吧。"

"我现在就去。"

"等一下，你多买点，我顺便叫上李凯。"

"为什么叫他？"

“便利店的工作是他帮我介绍的，我答应了要请他吃火锅的。”我看他一脸阴森，立刻改口，“你不喜欢的话就算了，不叫了。”

他脸色稍缓，我补充了一句：“改天我单独请他吃。”

叶正宸思索了一下，说：“不如把大家一起叫来，热闹热闹。”

“也好啊！”我兴奋地说，“我们再玩杀人游戏吧？”

“行，我打电话约他们。”

杀人游戏是我们公寓很流行的游戏，大家聚在一起，借着玩游戏，聊聊天，沟通感情。我刚来的时候参加过一次，被冯哥、于哥他们逗得笑了一个晚上。

傍晚，十几个人热热闹闹地围坐在一起，争争抢抢吃了两个小时，终于酒足饭饱。游戏开始，还是老规矩，输的人要喝满满一大杯清酒。没过多久，大家都有了些醉意，唯独叶正宸很清醒，因为他的逻辑思维和判断力超乎常人地敏锐，不管做“杀手”，还是“警察”，从未输过。

有一局，我和秦雪不幸抽中了“杀手”，秦雪被“警察”发现了，我紧张地握着手中的黑桃A。轮到叶正宸说话时，他探究的眼光看过每一个人的表情，最后落在我的脸上。我们的目光在空中交会，我故意对他浅浅一笑，带着几份羞怯，几分情愫。

他看着我，微微一笑，眉间流露出一种特别的柔情与信任……

做法官的马老师怒了：“你们两个少眉来眼去的，快点说话。”

他恍然回神，看向众人，陈述自己的观点：“一定不会是薄冰。”

“美人计”奏效，我的笑意更深……

第二夜开始了。

法官说：“杀手请睁眼。”我睁开眼。

法官说：“杀手请杀人。”

我伸手，指向叶正宸。

法官说：“游戏结束，警察死了。”

叶正宸睁开眼睛，看着我的手指，黑瞳里星光点点。

“我输了。”他深深叹息。

另一个“警察”鄙视他：“死到临头还替杀手隐瞒，你怜香惜玉，人家可没手下留情。”

“你死得一点都不冤，喝酒吧。”于哥落井下石。

叶正宸苦笑一下，端起满满一杯清酒，一口气喝了下去。

冯哥冲着叶正宸挤挤眼睛，操着一口可爱的天津话：“郁闷嘛儿？牡丹花下死，做鬼也风流！”

众人皆笑，我被他们笑得有些不好意思。

“大家的思想别那么复杂，人家师兄师妹是纯洁的兄妹关系。”冯嫂这话一点都不像解围，摆明又在调侃我们。

“纯洁？”冯哥笑得十分夸张，“你问问叶大帅哥，他认识‘纯洁’两个字不？”

叶正宸斜斜地靠在椅背上，看着我，嘴角轻扬，噙着一丝挑逗：“不认识。”

我闷头喝饮料，脸色估计和火锅有一拼。

“事实上……”叶正宸把一条腿架在另一条腿上，不疾不徐地说，“我的动机一直……非常不纯洁。”

我嘴里的饮料差点喷出来。

有人起哄，有人睁大眼睛等着看好戏。

有人问：“有多不纯洁？说来听听。”

有人问：“这算不算表白？”

他这叫表白？他这分明是……是什么意思呢？

“法官”怒了：“去！去！你们两个去隔壁继续‘人鬼情未了’，别耽误我们玩杀人游戏。”

叶正宸真的站起来，理了理衣服：“我还要赶份报告，你们慢慢玩。”

“罪魁祸首”走了，我终于松了口气。

谁知，临走前，他刻意绕到我身边，双手搭在我的肩膀上，倾身贴近我的脸，把“不纯洁”演绎得淋漓尽致：“丫头，一会儿别忘了过来帮我铺床。”

众人用惊诧加暧昧的眼神齐刷刷地看向我。我想说：“你的手不是好了吗？”怕越描越黑，我硬生生把这句话咽了下去，狠狠地掐了他的大腿一把。他毫不在意地笑笑，端起我面前的饮料杯，把剩下的一半喝了，转身回公寓了。

我们这些常在一起玩的人，没人不知道叶正宸有洁癖，所以他们看着他喝我的饮料的表情，不亚于看见他喝了整瓶鹤顶红，那个震惊啊！“法官大人”差点把筷子掉在桌上，冯哥的嘴巴张得能放进一个鸡蛋，而秦雪，她死死地咬着嘴唇，漂亮的大眼睛里写满了难以置信。

可想而知，我一个人整晚是怎么熬过来的。

送走了所有人，我气急败坏地冲到叶正宸的房间，大义凛然地往他桌前一站，一拍桌子：“叶正宸，你什么意思？”

他不紧不慢地保存好写到一半的报告，合上电脑，仰起头，半敞的衬衫领口露出曲线优美的颈项和锁骨……

“你来帮我铺床吗？”

我满腔的懊恼瞬间蒸发了，傻傻地站在原地，忘了后面长篇大论的讨伐词。他站起来，一步步走向我，我则一步步后退，直到背靠在墙上，再无路可退。他左手抵住墙，右手执起我的一缕头发，绕在手指上：“你想问我今天什么意思吗？”

我忙点头。对，是要问这个。经他一提醒，我终于想起自己要说什么了：“我知道你是想帮我，可你当着那么多人的面让我给你铺床，他们以后怎么看我呀？”

瞧我这没出息的语气。我明明计划大吼的。

他用典型的花花公子的语调说：“我就是要让所有人都知道，你是我的。”

“师兄，你别闹了。我知道你是为了替我澄清，可有些事，适可而止就好了……”

“我不是想要澄清，我是真需要一个给我做饭、洗衣服、铺床叠被还不求回报的女人。”

“啊？”我的大脑停止了运转。

“能陪我睡觉就更好了。”

“啊！”一股烈焰燃遍全身，我全身发烫。凭我多年来的从医经验，我此刻的体温至少四十度。

叶正宸的手指从发间移到我的脸侧上，继续说：“我想来想去，你最合适。”

除了叶正宸，绝对没有男人能把这么无耻的话说得这么理直气壮。除了叶正宸，也绝对没有男人说出这么无耻的话，还没人觉得他无耻。

“这么晚来我这儿，你该不是……”他盯着我的双唇，脸渐渐凑近。

就在这关键时刻，我及时清醒了，慌忙推开他：“我……很晚了，我先回去了。”

我惊慌失措地逃出他的怀抱，逃出他的房间，留下他愉悦的轻笑声，还有我遗失的一颗心。

出了门，冷风吹散了燥热，却吹不散寂寞。我望着满天繁星，仰天长叹：神啊，救救我吧，我要撑不住了。

经过一个晚上的冥思苦想，我仍然想不通叶正宸到底哪根筋搭错了，他是兽性大发，饥不择食，还是只想逗我玩？而我又该怎么做，是迎合，抑或是逃避？

想得脑子里一团乱，我干脆拿被蒙住头，什么都不想。他若存心逗我玩，我无力阻止；他若打定主意想吃掉我，我更无力阻止，索性由着他玩吧，玩腻了，他也就消停了。

第二天没有课，我在研究室看了一上午实验规范，和教授讨论了一会儿下一步的研究计划，之后本想去细菌培育室看看我的细胞养得怎么样。经过走廊时，我又看见那道熟悉的背影，一袭白衣胜雪，清逸如流云，一个微微的俯身，低垂的眉目温润如玉。

每当叶正宸穿上白大褂，戴上白口罩，他就会突然变成另外一个人，眼神里再也没有了轻佻，全都是对于生命的珍视和严谨。面对这样的他，有时候，我会有种错觉：这才是真正的他。

走到门前，我偷偷透过玻璃窗看他，一不小心鼻尖还撞到了清凉的玻璃。原来叶正宸正在教一个新来的学生如何给白老鼠做换心手术，我看见他手中的手术刀在轻巧地舞动，周围绕着银色的光环。

我第一次发现血腥味弥漫的手术竟是如此唯美。

换心结束后，叶正宸换上银针，灵巧地缝合好小白鼠的伤口。做完一切后，他将白色的纱布折叠好，轻柔地放在小白鼠的身上，眼睛里流露出怜惜与歉疚。那个眼神让我心神恍惚了很久，就连叶正宸走出来都不知道。

“丫头？你怎么在这儿？”他有些诧异，脱下手套，摘下脸上的白色口罩。

这个动作啊，实在挑战我抵抗力的底线。

“看看你有多残忍。”我故意摇头，叹息，“原来你不仅喜欢摧残无知少女，连一只雌性老鼠的心都要残忍地夺走。男人做到你这份上，无药可救，无药可救！”

叶正宸笑了，用手指点点我的额头：“丫头，你可以侮辱我的人格，但请不要侮辱我的职业操守。我是个医生，一个非常有职业道德的医生。”

“叶医生，我不打扰您治病救人，救死扶伤，请！”我做了个“请”的姿势，示意他可以该干什么干什么，不必和我在这里闲嗑牙。

叶正宸看看手表：“时间差不多了，一起吃午饭吧。”

“好啊！”我很无辜地看着他，“我约了秦雪。”

“那算了，我回研究室喝咖啡。”

“喝咖啡对胃不好。”我暗自叹息，恨自己不该管他的死活却偏偏忍不住关心他，“算了，我带的便当在二楼研究室的冰箱里，你拿去吃吧。”

他的眼中射出喜悦的光芒：“那你呢？”

“我不想吃剩饭，去食堂吃大餐。”

“谢了。”

一个人坐在食堂的角落，面前摆着一碗清汤面，我闷头喝了一口，无比怀念我今天早上五点钟爬起来做的麻婆豆腐和宫保鸡丁。

我深深地叹了一口气，唉！可这能怪谁，还不是自己不争气，抵挡不住“美色”的诱惑。

我恨恨地挑起几根面，放在嘴里，把它当成某无良的男人用力咀嚼，嘴里还不停地骂着：“该死的叶正宸，无耻的叶正宸，花心的叶正宸……通通被我嚼碎了，咽进肚子里。”

倏地，一个玫粉色的便当盒放在我眼前。怎么这么眼熟？我抬起头，接着，一个更眼熟的人坐在我面前。

“吃你份便当而已，不用把我嚼碎了，咽进肚子里吧？”

我硬生生将嘴里的面条咽下去，差点噎死。叶正宸慢条斯理地递给我一杯水：“我骨头硬，你要慢慢嚼，当心噎到。”

我赶紧喝了一大口水：“你怎么来了？”

“我来陪你吃午饭。我知道你没约秦雪，你只不过想拿她做挡箭牌。”

“你怎么知道的？”他这洞察力，真不该做医生，该去做特警嘛！

“秦雪刚找过我。”

“嗯？”我一愣，“她找你干什么？”

他没有回答：“等会儿，我去买大餐给你吃。”

没多久，我最喜欢的炸鸡、烤鱼、咖喱牛肉饭，还有寿司摆了整整一桌。他笑着摸摸我的头：“乖，慢慢吃，慢慢嚼，慢慢骂，别噎到。”

神啊，你睡着了吗？我真的要抵抗不了了，我要沦陷了……你知道吗？

第十章

初吻炽

暗恋是无药可救的，明知前方就是无间地狱，还是一步一步走进去……

暗恋是幸福的，不论心情多么低落，身体多么疲惫，只要远远看着他走近，听见他说一声“嘿”，整个人就像注射了一针强心剂，顿时精神抖擞。

暗恋是酸涩的，即使和他面对面聊天，和他笑笑闹闹，也还是想离他更近，近得毫无距离。

暗恋是精神分裂的，前一秒钟指天发誓要和他划清界限，一刀两断；下一秒钟看见他从窗前经过，立刻冲出门问他：“你回来了？要不要来我家吃饭？”

暗恋是无药可救的，明知前方就是无间地狱，还是一步一步走进去……

我早已预料到自己会沦陷在叶正宸的天罗地网里，却没预料到一切来得那么突然。

时值樱花含苞待放之期，恰是感情酝酿出火花之时。那日，李凯临时有事，我帮他代班，整整在收银台后站了六个小时。

时针指向十一点五十五分，只剩最后五分钟便要下班，四瓶咖啡口味的啤酒放在收银台上，我忙收回揉腰的手，挂着礼貌的笑容向顾客鞠躬：“欢迎光临！”

抬头时，我看清客人俊朗的面容，礼貌的微笑瞬间无限放大，我惊喜地呼唤：“师兄！”

“我刚好路过，有点口渴。”叶正宸付了款，顺手打开一瓶，侧倚着旁边的柜台喝了一口，以表示自己确实口渴，“你几点下班？”

“十二点。”

叶正宸看看手表：“还剩五分钟，我顺路载你回去。”

“好啊，你等我一下。”我从柜台里拿出他刚刚持续盯了三秒钟的烤鸡翅，用包装袋包好，交给他，“我做的，拿回去尝尝。”

他没跟我客套，拿着鸡翅和啤酒走出便利店。结束交接班，我换了衣服，放下自己束起的头发走出便利店。叶正宸坐在一辆宝蓝色的跑车里，向我勾勾手，唇边的笑意让星月都黯然失色。

我坐上车，一股新车特有的浓烈皮革味扑鼻而来：“又换了新车？”

“那天你说我的车太丑了，我回去越看它越丑。”

“少给自己的挥霍无度找借口。”

他不以为然地挑眉，扯了扯我的安全带，确定我系好了，才启动车子。

街上的车不多，他开得很慢，我蜷缩在舒适的真皮座椅上。站了整整六个小时的腰腿又酸又麻，而我连揉的力气都没有，闭着眼睛，好想就这样呼吸着他身上清爽的薄荷味道美美地睡上一会儿。

“累了？”叶正宸问我。

“……”我连点头都懒得点。

“何苦跟自己过不去，找个好男人照顾你吧。”

“你说得容易，找起来很难的。”

“你可以多观察一下身边的人。”他提醒我。

“身边的人？”我睁开眼睛看向他耐人寻味的面容，五官与脸型棱角分明但不生硬，眉宇冷峻又带着点温和。我最喜欢他的眼睛，半眯时蛊惑，微笑时明净，深思时幽深。总体说来，他这个人不仅很帅，而且越品越有味道。

不期然对上他滚烫的目光，我急忙把脸转向正前方。许是夜色越浓郁，星光越灿烂，今夜的星月格外明亮，却仍是不及叶正宸的笑容炫目。

“也对。”为了掩饰心中的凌乱，我随口敷衍说，“李凯约我下周去京都玩，我可以趁机跟他发展发展。”

“他？他连自己都养活不了，还能照顾你？”

“那楼下的马老师呢？我觉得他人不错，挺沉稳的，我和他接触接触？”

叶正宸冷哼一声：“你没搞错吧？他都能做你叔叔了。”

“哪有那么夸张！他才比我大七岁，只不过长得有点显老，可能跟头发少有关系。”

“我就不信你对着他深深的鱼尾纹不会想起你老爸。”

我扁扁嘴，不得不承认，有时会的。

“那你觉得谁合适？”我虚心询问他的意见。

叶正宸笑了，露出雪白整齐的牙齿。一向满脸坏笑的他，极少笑得这么“纯”和“正”：“你不如考虑考虑我？”

“你？”他分明又在拿我寻开心。我不满地瞥他一眼，“少来。火星人都知道，你换车的速度快，换女人的速度更快。我这么天真无知的少女，哪经得住你这色魔的无情摧残。”

“那是世俗对我的偏见。”

“秦雪的观点也代表世俗的偏见吗？”

听见“秦雪”两个字，他无奈地叹了口气，耐着性子解释说：“我和秦雪没什么，不是你想的那种关系。”

“那是什么关系？”

“总之，我连她的手指头都没碰过。”

一个色狼和一个美女在北海道共度半个月，连手指头都没碰，用脚指头想都不可能。我觉得头疼，无力再和他争辩，于是看向窗外，双手按住自己的额头。

车在安静的小街上前行，经过一栋栋和式的小别墅。每一家、每一户门前都种着几株女主人精心培育的鲜花，正是春暖花开之时，各种花香混在一起，浓郁扑鼻。

快到樱花盛开的季节了，我真想看看那最短暂的盛放究竟有多美。

在一条街的转角，叶正宸瞥了眼唯一没有亮灯的和式小楼，停了车。

“怎么了？”我好奇地问。

叶正宸双手伸过来，拨开我的手，轻柔地帮我按摩太阳穴。不愧是田中教授的得意门生，他的按摩手法真不是一般好，力道和穴位拿捏得分毫不差，绷紧的神经在他的抚慰下渐渐松弛下来。

揉着揉着，他的手慢慢向下移，时轻时重地按着我的颈椎、肩胛骨、背……

被他温柔以待的感觉太好了，好得我明知他在占我的便宜，我仍留恋他高超的按摩手法，由着他的手在我身上探索……

在我的默许下，叶正宸更加得寸进尺，伸出一条手臂环到我身前，把我搂到他怀里，唇凑近我的耳垂：“别相信别人说的，要相信自己的感觉。”

我的感觉……我感觉自己像只落在网中的飞蛾，再怎么挣扎都是徒劳，可我还是天真地以为，我再挣扎一次，再坚持一点，我就能摆脱，就能逃过被吞噬的宿命。

“丫头，从今往后，让我照顾你吧。”

“你一直都在照顾我。”否则他怎么会在半夜十二点路过便利店。

他扳着我的双肩，让我面对他认真的神情：“你明白我的意思。”

月光穿过茂密的叶子洒下斑驳的光影，名贵的跑车内亮着冰蓝色的灯，帅得没天理的男人柔情万种。

多和谐的气氛！我似乎应该含羞带怯地靠在他怀里，媚眼如丝地问：“你真的爱我吗？”

然而，我总是不解风情。

我狠狠地白他一眼，推开他：“我感觉你饥渴难耐，就要兽性大发，把我吃干抹净，弃尸荒野。”

他气得咬牙切齿：“我该给你的感官做做全面检查。”

“好呀！我最近正好关节疼，叶医生，你一定好好给我检查一下。”

“那就现在吧。”他作势要来搂我。

看他要来真的，我吓得紧贴着车门，双手紧紧地抱着胸口，慌乱道：“师兄，不用检查了。是我感官有问题，你是个好人，对我更是关怀备至，我三生有幸才遇到你！呃……很晚了，我们回去吧。”

我认为，这午夜时分，无人长街，久留绝对不是明智的选择，但我没有想到，我们回到只有一道围栏之隔的公寓，孤男寡女，漫漫长夜，更不是明智的选择。

叶正宸显然想到了，权衡了一下利弊，点点头：“也好，我们回去再聊。”

“啊？”还聊？聊什么？

我和叶正宸回到公寓，他真诚得不能再真诚地请求：“这个鸡翅凉了，你再帮我热热吧。”

我坚定地拒绝：“回去自己拿微波炉热。”

“我的微波炉坏了。”

“那就用烤箱。”

“也坏了。”

我当然不相信他那台八百年不用一次的烤箱和微波炉放在那里会坏，可我还是特没出息地被他充满期待与真诚的眼神迷惑了，不争气地说：“进来吧。”

然后，我就这么“引狼入室”了。

一进门，他轻车熟路地打开我的电脑，输入密码，放了一首他以前下载的音乐——很煽情、很撩人那种。我走到电脑前，换了一首周杰伦的《双截棍》。

特没情调的“哼哼哈嘿”震耳欲聋。

“你等等，我去热一下鸡翅。”

“好。”趁我给他热鸡翅，他又把音乐换回去，从柜子里拿出两个玻璃杯，坐在我床尾的地毯上开了啤酒，一个人自斟自饮，颇有闲情逸致。

“叶大少，你今晚不是打算睡我这儿吧？”

叶正宸扬扬眉，没有否认，将倒满啤酒的杯子递给我：“坐下来陪我喝点酒。”

“你知道我不会喝酒。”

“所以我才要你喝。”听听，还有比他更厚颜无耻的男人吗？

“万一我酒后乱性怎么办？”

他回答得十分干脆：“我负责。”

我瞪了他一眼。面对这样的无赖，我已经懒得再骂了。

“陪我坐坐吧。”他指指身边的位置，“我明天要回国了。”

“什么？”我以为自己听错了，又问了一遍，“你说什么？”

“我有点急事，明天必须回国一趟。”

“什么事这么急？”我问。

“家事。”他简短地回了两个字，显然对这个话题不想深谈，我也不好再问。

“你什么时候能回来？”

“可能是几天，也可能十几天，或许更久。这段时间我的手机不会通，你不用打电话给我。”

“哦。”深藏的情愫总是很容易被离别勾起，我一时心酸，不自觉地在他身边坐下，背靠着床尾，头枕着柔软的床垫。

音乐真的很煽情，每一个音符都能撩动软弱的神经……

我感觉整个人空落落的，无所依托，无意中端起酒杯喝了一口。苦涩的啤酒入口，冰冷地流过身体，非常清凉。我又喝了一口，一口接一口，不觉间一杯酒被我喝尽了。

他又为我倒上一杯。

看着手中快要满溢的咖啡色液体，我就是再迟钝，也看出他的目的：“你真要把我灌醉呀？”

他笑而不语。

“师兄……”

“嗯？”

我抬头看着他，特别想对他说一句：“我爱你，很爱很爱！”

话就在嘴边，我试了几次却都发不出声音，只能深深地望着他，他也望着我。我不记得我们对视了多久，暧昧的姿势，暧昧的距离，我能清晰地感受到他呼吸的温度……

他慢慢伸手，指尖拂去我嘴角的湿润，仍在我的唇边轻轻流连。我有些慌，急忙挡开他的手，想离他远点。谁知他一反平日点到为止的作风，一把抱住我，将我固定在他的双臂和床尾之间。

我脑子一短路，问了句特白痴的话：“你到底想做什么？”

“为了预防我不在的这段时间有人乘虚而入，我决定把生米煮成熟饭。”

我指指灶台的方向：“电饭煲在那边。”

他摇摇头，双手捉住我的手腕，放在我背后：“等我把你煮熟了，再据为己有，这样我下半辈子就可以不愁吃、不愁喝、不愁没人陪我睡觉……”

这个色狼讲话可不可以不要这么直接，转个弯会死啊！

“你进了监狱也可以不愁吃、不愁喝。”我好心警示他，然而我的威胁不奏效，完全没有阻碍他进一步靠近，“你放心，我一向不爱动强，我会让你心甘情愿……”

见他的唇慢慢靠近，我一躲避，他的唇落在我的耳后，全身立刻传来触电一般的麻痹感。我努力想抽出被他制住的双手，无奈他的擒拿练得炉火纯青，我所有的挣扎都是徒劳。

他的唇一路吮吻到我的唇边，湿润柔软，浸着咖啡啤酒的醇香，我有些醉了。

“丫头，我很想试试你的味道，可以吗？”他迷离却透着坚定的眼神告诉我，这次他不是开玩笑，也不会适可而止。

是迎合，还是拒绝？这是一个非常艰难的抉择。我需要时间慎重思考，至少要五分钟让我权衡一下利弊，可某色狼当然不会给我思考的时间，争分夺秒把我抱了个满怀，炽热的唇强势地靠近……

紧贴的胸膛让我们能感受到两颗心紊乱剧烈的撞击，我的心因为紧张和期待而飞快跳动，而他的心跳似乎更快更乱。对他这样的男人，这样的亲昵不是家常便饭吗？为什么他的心跳会这么乱？为什么他的表情会有些紧张？难道？该不是……他真的喜欢上我了？

在这个关键时刻，我竟然去考虑这么不关键的问题，结果……可想而知。某色狼直接吻了我。

双唇相触的一瞬间，我的灵魂仿佛沉进了火热的熔岩之中，身体则像是跌入了无际的红尘之中，我的眼前恍如展开一幅五光十色的画卷，紫色的风卷起红色的尘，漫天的白色樱花洒落在碧色的湖水上。

唇舌的交缠，激情的涌动，这原来就是吻，这就叫爱……好美，好甜，好醉人！

这个绵长的吻凝聚了太多的期盼和等待——我的期盼，他的等待，所以我没有抗拒，也不想抗拒。我闭上眼睛，双手攀上了他的肩，环住他的颈项，回应着他的痴缠，也回应给他我全部的爱。

不知是怎么样的过程，一阵眩晕过后，我嗅到洗衣粉的清雅茉莉香，才发现自己已不知不觉躺在柔软的床上。我无力拒绝，也不想拒绝，我爱他，不论他的风流情史能写成多厚的书，我都愿意成为其中的一页，因为他是叶正宸，因为我的心早就已经沦陷。

我不计较付出，也不计较结果，只要过程如我期盼的那么美。

"丫头，你爱我吗？"他的声音充满诱惑。

"嗯。"微微睁开蒙眬的眼，我依稀看见他眼底得意的光芒……

他当然该得意。不论什么样的女人，在他面前都只是方便面，只要他想吃，五分钟足矣。

"丫头，从今往后，让我照顾你吧？"他温柔的指尖理了理我凌乱的发。

"嗯。"我微微点头，把红透的脸扭到一边，不敢面对他深深的凝视。

我记起大学室友的一次夜谈，大家一致认为不要轻易和男医生交往，很容易吃亏。

因为生理学和神经课是他们的必修课，让女人无法抗拒的敏感点他们闭着眼睛都能找到，他们想把你弄上床，和治疗感冒发烧一样手到擒来。

我当时完全不信，贞洁烈女般嗤之以鼻：女人不想要，任男人怎么挑逗都没用。

时至今日，我信了。

叶正宸一个温柔加狂热的吻足以让我乖乖就范，何须其他？

他的唇印在我的额头上，凝着湿润的滚烫。我知道下面会发生什么，有些许紧张，些许期待，手捏紧床单，他却在这个关键时刻放开我，含着心满意足的笑意坐起身，整理好纠缠时压出褶皱的衬衣。

“很晚了，我该回去了。若是再不走，生米就真的煮成熟饭了。”

“呃？”我混沌的思维完全跟不上节奏。难道“生米煮成熟饭”不是他今晚赖在我家不走的目的吗？

他笑着捏捏我一阵滚烫一阵冰凉的脸：“虽然我现在确实有点饿，但你……不是五分钟就能吃的。”

“……”我的脑子更凌乱了。

他的指尖滑过我的长发，声音低哑地说：“丫头，一定要等我回来。”

留下这句让人无法理解的话，他开门离开，毫无留恋，留下我躺在床上，整个人飘飘忽忽的，恍如身在梦境之中。若不是身上不整的衣衫上还残留着他的味道，我几乎以为刚刚发生的一切都是幻觉。

我拢好衣衫坐起，拿过叶正宸喝了一半的啤酒，唇印在他留在上面的唇痕上，酒的味道变得冰凉、酸苦。

我喃喃自语：“师兄，在你心里，我到底算是什么？只是一个能给你洗衣、做饭、陪你睡觉的女人吗？”

回答我的只有樱花树在风里飘摇的声音，仿佛在嘲笑我的痴傻。

是啊，这个问题根本无须问他，因为从第一天认识他起，我就已经知道答案了。

他的游戏规则从来都是，爱，只有今天，没有以后。

我仰头，望着落地窗外微笑。

没关系，我可以不要以后，只要今天快乐就够了。

第十一章
分手易

这一刻，我真的什么都愿意为他付出，什么回报都不求。这大概就是真爱吧。

在半苦半甜的睡梦中一觉醒来，晨光乍现，流转在池塘的涟漪间。我推开窗，清新的艾草香迎面而来，吹散了心中的沉郁。

叶正宸经过窗前，停下脚步："你醒了？"

"嗯，你要去机场吗？"

他轻轻点头："我很快就回来，千万别想我。"

"等等，我送你去机场。"

我以最快的速度梳洗打扮，陪他去机场。

大巴沿着海边的高速公路飞驰。巴士上人很少，三三两两分散坐着，叶正宸有意回避别人的注意，拉着我坐在所有人的后面。车厢内除了偶有几句模糊的窃窃私语声，就只剩下发动机的声音和电视里播放的旅程指导。

我蜷缩在靠窗的位置，有很多话想说，又一句都不想说，只望着窗外发呆。

无风的日子里，晨曦在海面上跳跃，不时能看见情侣在海滩上散步，一连串脚印延伸到很远处……

叶正宸的手从我的背后绕过去，搭在我的右肩上。我没有拒绝，慢慢把脸靠在他的肩上。没有正式的表白，也没有郑重地确定关系，就这样自然而然地，我们靠在一起。我喜欢这样的感觉，带有无法言喻的默契。

叶正宸执起我的左手，我垂眼看去，一块耀眼的名表环在我的手腕上，手腕立刻沉重了许多，如同戴上了镣铐。他握着我的手，手腕上的男表与我戴的女表是同款，钻石折射着阳光，有些刺眼。

我皱了皱眉。

"不喜欢？"他说，"先将就戴着，等我回来，我们去选一款你喜欢的。"

"我喜欢海鸥牌的，白色表盘，白色表链……"我说，"记得我很小的时候，我爸爸送过妈妈一款那样的手表，妈妈像藏宝贝一样藏着，摸都不让我摸，可我还是趁她不留意，戴在自己的手上左看右看。那时候我常常幻想，如果有男人送我一款这样的手表，我一定嫁给……”

我猛地意识到，这样的对话有向他索求一生承诺之嫌，立刻闭嘴不言，悄悄观察他的神色。他的脸上没有丝毫的不安，目光中反倒有一丝欣然，轻轻握紧我的手，他说：“好，我回国买一对。”

“师兄，我不是那个意思。我只是很喜欢那块手表，不是想要什么承诺。”我不想给他任何压力，也不想他对我有任何误解。我希望我们能在两情相悦时，轻松地在一起，将来，也能轻松地分开。

“我明白。丫头，不管你喜欢什么，我都可以给你，包括承诺。”

我明知男人的甜言蜜语都是假的，还是被他的话感动。我双手搂紧他的腰，埋头在他胸前，听着他的心跳，这一刻，我真的什么都愿意为他付出，什么回报都不求。这大概就是真爱吧。“师兄……”

“嗯？”我的声音很小，他可能听不清，于是把耳朵凑到我的唇边。

我说：“我不要求你承诺什么，我知道你做不到，但你和我在一起的时候，千万别和其他女人纠缠不清。如果你不喜欢我了，或者喜欢上了别人，直接告诉我，我们好聚好散……我最恨被人欺骗。”

他握紧我的手，目光异常坚定：“我对你是认真的。”

“我也是认真的。”我微笑着低头，“我这人天生认真，对什么事都认真。”

“我刚好相反，我只对你认真。”明知他在哄我，我心里还是很甜。

他的唇慢慢靠近，温柔地含住我的唇。我闭上眼睛，依偎在他怀里。巴士的一角，没有人留意的地方，我们亲吻，聊天，再吻，再聊……

笑声、感慨声、不稳的呼吸声，时断时续。

后来，我们聊起小时候，我给他讲老爸老妈陈旧但温暖的爱情，那个年代的感情，最简单也最动人。他认真地听着。

我又问他小时候怎么过的。他深思了很久，才告诉我，从他记事起，他的爸爸就很忙，每月只有两三天回家住，对家里的事情一概不管，他的妈妈身体不好，要操持家务，还要照顾孩子，照顾两位老人，很辛苦，但她是个坚强的女人，身体不舒服从不告诉任何人，一个人咬牙挺着。

叶正宸七岁那年，他的妈妈得了急性盲肠炎。他看到妈妈在房间里满头大汗，嘴唇毫无血色，顿时吓傻了，一边给爸爸打电话，一边抓着妈妈的手，不停地说："妈妈，你不能死，你不能死……"

很快，救护车来了，两个穿着白大褂的医生用担架把他妈妈抬上救护车，也让他摆脱了死亡的恐惧。从那天之后，叶正宸喜欢上了那一身白衣，立志要做个医生。

我默默地看着眼前的人。他好像不愿意提及他的过去，每一件关于他的事都要深思熟虑之后才说出口。我想不通他为什么要把自己掩藏得那么深，但我相信，绝对有原因。

两个小时的车程太过短暂，我们满腹的情话还没说完，大巴车已经停靠在机场前。

登机前，叶正宸旁若无人地抱住我，我有点不太适应当众亲热，急忙推开他。他倒也不强求，小声说："等我回来，我们继续昨晚没做完的事。"

"……"

这个男人，真是本性不改！

叶正宸走了，房间骤然变得格外空旷。我每天忙着上课，写作业，和教授讨论，还要打工，基本没有时间去思念一个人。只有每天回家，看见隔壁门上的名字，内心才会如对面的湖水，荡起丝丝涟漪，甜蜜而酸涩。

十天后，我兴奋地数着日子，还有五天、四天、三天、两天、一天，又一天，再一天……

二十天过去了，叶正宸没有回来，他的电话始终关机。我开始忧虑，时常梦见他出了意外，或者家里出了事，他不能再回日本。这种忧虑如同春天的野草，快速地蔓延，直至漫山遍野。我再也无法控制情绪，上课时集中不了注意力，打工无精打采，饭都懒得做，饿了随便买个便当充饥。

明知他的手机不会开，我还是无数次打过去，总希望奇迹会出现。然而奇迹没有发生，我只好发短信给他。

“我今天煮了担担面，很好吃。我有煮你的份，虽然你不在。”

“窗前的樱花要开了，我让它一定要再等等，等你回来陪我看。”

“我养的细胞竟然没死，它很坚强地活着，大概也在等你。”

“我在听《爱》。”

“你有没有想我？说吧，不要不好意思。”

“今天有个帅哥约我去东京，你再不回来，我就要和他私奔了。”

我一直期望他能回条短信，哪怕只有一个字，让我确定他好好的，而他始终没回。

深夜，我一个人走在回公寓的路上，寂寞地仰起头，一晃神，发现有几朵樱花已经开了，好美！我又拿出手机发短信给他：“樱花开了，好美！”

等了好久，没有回音。

我叹了口气，走过空旷的走廊，站在门口，拿出钥匙刚要开门，手一抖，钥匙掉在地上。因为，隔壁的灯亮了。

我兴奋得快要跳起来了，两步跑到他的门前，去拉他的门。他的门锁着，我迫不及待地按着门铃，急促的门铃声听来也充满了喜悦。

仿佛等了漫长的一个世纪，门才打开，我一见期待已久的人站在门口，早把矜持抛到九霄云外，高兴地扑过去：“你终于回来了！我还以为你不回来了呢！”

他的手放在我的肩上，犹豫了一下，轻轻推开，沉默着走回房间，坐回桌前。

“你什么时候回来的？”我仍沉浸在喜悦里，完全不在意他的冷淡。

“昨晚。”

“昨晚？”我笑着摇摇头，“你别骗我了，你回来怎么会不找我？”

我看了一眼他放在桌上的手机，发现开着机，顿时有点蒙了：几分钟前我还发短信给他，他为什么不回？

我环顾他的房间，发现一切早已收拾整洁，行李箱也收到了看不见的地方。

“我没骗你。”他回答，毫无温度的语调让我有点慌了。

“那你为什么不打电话给我，也不找我？”我试探着问，眼睛紧紧地盯着他，一种不祥的预感油然而生。

他走到通往阳台的落地窗前，拉开窗帘。樱花含苞待放，非常绚烂，那美好的风景和他军人一般直挺的背影，像是被文在我的心头，一针一针地文上去。

“我们分手吧。”他的声音非常淡漠。

我仿佛被人狠狠扇了个耳光，一阵头晕目眩，双腿无力地退后一步。

良久，我才明白发生了什么事，却不愿去相信，仍对他傻傻地笑着，尽管笑容真的很难维持：“这个玩笑不好笑。”

“我说真的，我们到此为止吧。”只有这么平静的一句话，仿佛什么都可以一笔勾销。

这就是叶正宸，不会给任何女人自欺欺人的机会。

我想冲过去打他，骂他，或者歇斯底里地哭着问他：为什么？为什么要这么对我？

可是，何必呢？何必去问那个已经知道答案的问题。

“新鲜劲儿过了？”我平静地问。

他不说话。

“又遇到新欢了？”

他沉默良久，才答：“我不想伤害你。”

言外之意，别再问了，答案只会让你更受伤。我用力擦擦溢出的眼泪，摘下手腕上沉重的手表，放在他的桌上，用轻松但发颤的声音说：“没关系，反正我也不是很喜欢你，我们还可以做朋友。”

他转过身，看着桌上金灿灿的手表，我在他眼底看见了血丝以及深深的愧疚。

为了证明我没有受到伤害，我尽量在他面前笑得可爱一点：“你吃晚饭了吗？我去煮面给你吃。”

“丫头……”他的呼唤声很嘶哑，“对不起！”

我没有停留，跑出他的公寓。回到房间，我紧紧地关上门，一滴眼泪掉下来，接着，一串一串。

我蹲在门前，脸埋在膝盖上，死死地咬紧嘴唇，不让自己哭出声音，我怕隔壁会听到……

我猜到了这个结局，也做好了准备承受，却没有猜到它来得这么快。

哭了一会儿，我擦干眼泪，为他煮了一碗担担面。我真的竭尽全力想煮好，煮面时我尝过很多次，可我尝不出味道，吃什么都是苦涩的。

担担面煮得有失水准，又咸又辣，叶正宸不停地喝冷水，一杯接着一杯。

“面是不是有点咸？”

他摇头，低头继续吃，大口大口地吃。

“不好吃就别吃了。”我去抢，他条件反射地一挡，我的手撞到碗边，一大碗面洒得满桌都是，血红色的面汤肆意流淌，红得惨烈。

“对不起！”我仓惶失措，想快点去拿纸巾帮他擦擦，一不小心腿绊到了桌子，差点跌倒。

我到底在干什么？脑子一团糨糊。我明明想让自己表现得平静，不让他看出我的脆弱，偏偏我越控制，就越失态，越手忙脚乱。

叶正宸捉住我颤抖的手：“别这样。”

我深深地吸气，笑了笑：“我没事，我很好……”

他的手一点点收紧，捏得我的骨头都要断了，我不争气的眼眶快要囚禁不住眼底的湿润。

“想哭就哭吧，别硬撑着。”

“谁说我在硬撑？”我挣脱他，身体有些失衡，但我扶着椅子站稳，“我真的没事。”

他看着我，深邃的眼神带着洞穿一切的犀利。在他的注视下，我再也撑不下去了，不争气的眼眶湿透了。我忙低头，眼泪掉在桌上，像细密的雨水。

“很晚了，我不打扰你休息了。”我想逃离，不让他看到我的伤心，他却不给我机会，伸手扯住我的手臂。

“丫头，一切都会过去的。”

“我知道。”我点头，“我知道……”

然而现在心很疼，疼得受不了，我该怎么办?

“对不起！是我的错，你打我吧，或者骂我，狠狠地骂，骂我祖宗十八代都行。”

我笑了，摇摇头：“师兄，我该谢谢你，你至少没等到生米煮成熟饭再抛弃我。”

我狠狠地甩手，欲挣脱被他扯住的手臂，他却用力一拉，把我拉到他怀里，他的怀抱还是那么温暖。

“丫头，我该拿你怎么办……”他搂着我，很紧，紧得我的肋骨都要碎了。

我以为他会说点什么，挽留或者解释，可他什么都没说，只是抱了我很久。不知是不是我的错觉，我在叶正宸长久的沉默中感受到了一种爱——比过去更真实的爱。

我之前没和人恋爱过，当然更没分过手，我不知道别人分手要不要交代理由，也不知道别人分手是否需要表现出一点留恋之情，但我敢肯定，别人分手的时候绝对不必来一个比恋爱期更深切、更紧密的拥抱。

第十二章
冷夜漫

弯腰不代表恭敬，道歉不代表屈服……有些委屈要记在心里，不要摆在脸上。

分手第一天。

我一整天都躺在床上，不吃，不喝，不睡，也不哭，满脑子想的只有一件事："他为什么抛弃我？"

他离开之前告诉我：等他回来。

他还说：做什么事都不认真，只对我认真。

他深情的表白那么真挚动人，为什么短短二十几天，一切都变了？这二十几天里发生了什么事？

他又遇上另一个让他心动的女人了？他为什么不直接对我说，就像他当初对秦雪那样，看似残忍，却也是一种仁慈。

又或者，他有不得已的苦衷吗？所以他说他不想伤害我，他给我的最后一个拥抱才会那么深情。不，叶正宸绝不是轻易顺从的个性，他能为了学医跟父亲对抗到底，还有什么人、什么事，能让他隐忍退缩，想爱不敢爱？

那么，他是真的不爱我了，不想跟我在一起了，所以干干脆脆地跟我分手，彼此不牵不绊，无恨无怨？

……

我想了一天一夜，没有答案。

分手第二天，窗外的樱花一夜绽放，我站在阳台上，想起了很多事。

我想起我们一起吃火锅，蒙蒙热雾里，我们聊着彼此的世界。

我想起三更半夜，他用了三秒钟从阳台跳进我的家，还告诉我，他练过擒拿，能让人束手就擒，无法反抗。

我想起吴洋送我回来的某一晚，我告诉他，吴洋吻我了，他的眼神是那么阴寒，充斥着嫉妒。

我想起最后一个午夜，他吻上我的唇，那时候，他的心跳那么热烈……

往昔的快乐一幕幕重现，我再也无法控制自己，一口气冲到他的门前，按响他的门铃。

我不想卑微地乞求他回到我身边，我只想明明白白地问一句：“为什么分手？”

在漫长而刺耳的门铃声中，他缓缓打开门，垂首看着我，眼中是永不可及的冷漠。

“有事吗？”他的声音也是冷的，比他和秦雪说话时还要冷。

在他冰天雪地一样的冷漠中，我彻底清醒了。

是啊，我怎么忘了，他是叶正宸，从我第一天认识他起，我就知道，他昨天能对我万般柔情，今天就能和别的女人翻云覆雨，他能给我的只有现在，没有未来和承诺。

选择他，就该知道会是怎样的结局，我还有什么可问的？

我轻笑着，仰头看着他说：“没什么事。我……要去买菜，问问你想吃什么。”

他犹豫了一下，告诉我：“我晚上有事，不用准备我的饭菜了。”

我点点头，转身回了家，紧紧地关上门。

背倚着门，我的眼泪汹涌而出。我哭，不是因为被他抛弃，也不是因为来不及开始的爱情转瞬即逝，而是，那个我最依赖的“师兄”再也不会出现在我需要他的时刻了。

我们伟大的“革命友谊”到此为止。

分手第三天。

我想通了，既然过去的时间不能倒流，分手的爱人不会回头，我流多少眼泪都不能改变现状。于是，我振作精神，顶着大大的黑眼圈去实验室，却发现我精心培养了半个月的细菌集体“阵亡”了。藤井教授毫不留情地把我狠批了一顿，说我不够努力，让我以后多花点心思做研究，不要总想着打工赚钱。

我满腹辛酸无处倾诉，只能一遍遍向他道歉，解释说：“这种细菌对环境的要求太苛刻，非常难培育。”

藤井教授更生气了，声音震得细胞培育室的玻璃乱颤：“你不会多细心观察，多动动脑子？不懂就问问前辈，多跟人交流。”

我当然查过，相关的不相关的我都看遍了，然而关于这种细菌的资料太少，对我来说全都没有用。

藤井教授当然不会给我解释的机会，丢下一句“我们研究室不会养废物”便愤愤离去。

空旷的房间里只剩下飘浮在空气中的消毒水味道和我这个“废物”。我摘下防护口罩和手套，脱下身上的防护服，对着空气发呆。

这半年多来，我不分昼夜，连节假日都在这里观察细菌的繁殖，认真地写着研究报告，可是，除了叶正宸，没有人看到我的付出，自然也没有人肯定我的努力。

我特别特别想念叶正宸，想念不久之前，我一边用叶正宸的袖子抹鼻涕，一边骂道：“教授有什么了不起的，凭什么这么欺负人？我是他的学生，又不是他的奴隶！”

我哭得涕泪横流，叶正宸反而笑了出来。

我可怜兮兮地看他：“师兄，你能不能有点同情心？想笑也忍着点。”

他安慰地拍拍我的肩膀：“我没笑你，只是你让我想起以前的自己……”

“是吗？”

“我年轻时信誓旦旦地说：除非爆发战争，否则我绝不会踏上日本的土地！”

“那你为什么要来？难道和我一样，为了振兴中国的医疗事业？”

他笑得一点不给我面子，差点喘不过气来：“傻丫头！”

看他笑得很开心，还那么帅，我决定不告诉他这句对白是骗我老爸的。

我其实是为了逃婚。

笑够了，他告诉我：“我在日本人身上学到了一件事。”

“什么事？”我好奇地眨着眼睛。

“弯腰。”他说，“弯腰不代表恭敬，道歉不代表屈服……有些委屈要记在心里，不要摆在脸上。”

……

美好的回忆不会再回来，所以想起时，我的嘴角泛着微笑，眼泪却像瀑布一样泄下，掉进培养细菌的器皿里。我蹲在地上，用膝盖抵住心口，空荡荡的房间回荡着我无声的抽泣……

哭得没了力气，我扶着桌子站起来，结果脚下一个不稳，差点跌倒，幸好一只手扶住了我的手臂。

下一秒，一罐冰可乐被塞到我的手心里。

“哭很费体力的，补充点能量吧。”叶正宸的声音轻飘飘的。

我想擦眼泪已来不及了，只能尴尬地揉揉湿润的眼睛，说：“我养的细菌又死了，我哀悼它们一下，让它们走得安心。”

“我知道，它们会想念你的。”他依然在云淡风轻地讲着笑话，但我品不出可笑的味道。

我僵硬地扯扯嘴角，挤出点笑意：“谢谢！”

没有多看他一眼，我独自走出细菌室，手心里握的可乐罐变了形，棕色的液体漫过手指……

我把可乐倒掉，把可乐罐丢进垃圾箱。

这个时候，我需要的不是冰冷的可口可乐，更不是他的同情和怜悯。

分手的第十天。

一夜的雨打落了满树的樱花。我戴着耳机，骑着自行车去便利店打工，叶正宸的车从我身边经过，丝毫没有减速的车轮碾碎了满地的残花。

我把耳机的声音调高，用尽全力蹬着自行车，耳边充斥着激情狂热的摇滚乐，可还是能听见他远离的引擎声。

晚上八点，便利店里没有客人，我正望着漫天繁星发呆，店里来了一个日本男人，三十几岁，穿着体面。

“欢迎光临！”我礼貌地打招呼。

没想到这个日本人干的事让我彻底目瞪口呆，他居然要用一百日元买一本色情杂志。

“不卖！”我冷冷地拒绝。

“拜托了。”他翻开杂志，指着其中一页不堪入目的图片说，“这个很好看。”

“笨蛋！色狼！你快点走！不然我报警了！”

“请你帮个忙，拜托了。”

“变态！”我气得口不择言，“没钱就别看色情杂志！”

他对着我傻笑，似乎很开心。

日本话不会骂了，我干脆改中国话，也不管他能不能听懂，我把这辈子会骂的中国话都骂了一遍。

他仍赖着不肯走。

我实在没办法，干脆自己贴钱让他把杂志拿走了。

一小时后，他又回来了，拿了另一本色情杂志冲我继续傻笑。

在无人的黑夜独自面对一个疯子，我害怕极了，一时情急，拿出手机拨通了叶正宸的手机号。

他的手机响了好久才接通，冷漠的声音隔着电波仍寒意入骨：“有事吗？”

“我——”所有的害怕和焦虑都被他的冷漠冰冻，求助的话再说不出口，我忍住不稳的呼吸声，说，“对不起！我打错了。”

“哦……”

尴尬的沉默中，那个日本男人见我不理他，拿着杂志在我面前晃，嘴里咕哝着日语，我只听懂了其中几句：“我喜欢……很好玩……这些钱够不够？”

我刚想说话，手机那边就挂断了。

在这个陌生的国家，再没有人可以依靠。我咬咬牙，抢下变态手中的杂志，狠狠砸向他的头：“滚！你这个笨蛋，流氓！你再不滚，我就要报警了！”

他还是不走，捂着头到处乱跑，把货架上的东西撞得乱七八糟。

正纠缠中，突然门口传来一声巨响，一道黑影卷着强大的气流冲了进来。我定定神，才看清来人是盛怒中的叶正宸。

“师兄？”

没等我从震惊中回神，叶正宸一把揪住日本变态的衣服，把他拖了出去。我追出去时，正看见那个日本男人捂着关键部位，痛苦地在地上翻滚、惨叫，呻吟着求饶、认错。

认识叶正宸这么久，他始终温文有礼，我从未见过这样的他，凶猛得就像野兽，张开利爪，亮出獠牙，吓得我不敢靠近。

叶正宸见我出来，整理了一下衣服，走过来，拿了张纸巾给我。

“不用。”我仰起头，固执地没让眼泪掉下来，“你怎么来了？”

“……”他看向别处，白色的月光映照出他的隐忍和压抑。

“算了，当我没问。”

我走回便利店，关上门。隔着玻璃门，我看见他愤怒地转身，狠狠地踹了一脚地上的变态，然后将人拖着丢进车里，开车走了。

后来我听说，他找了个精神科的权威给变态做了鉴定，直接把他丢进疯人院里关了起来。

分手一个月后。

除非教授找我，我尽量不去研究室，没课的时候泡图书馆，在那里上网、看书或者写作业。为了更容易打发难以入眠的长夜，我向便利店的老板申请了两个班：六点到九点做便当，九点到十二点收银。李凯为了迁就我，改成六点到九点收银。就这样，我每天一大早出门，晚上十二点多回公寓。

我的公寓好长一段时间没有了烟火味。早上，我在校园的休息区喝杯热牛奶，午餐在食堂吃，晚餐在店里吃我自己做的炸鸡或者套餐。即便如此，即便叶正宸也刻意避开我，我们还是在食堂、在种满樱花树的小路，或者在医学部门口不期而遇。

我仍然笑着跟他打招呼："师兄，这么巧啊！"

他匆匆的脚步缓慢下来，脸上漾着疏离的浅笑："你很忙吗？最近都是凌晨才回来。"

我每天回去，他都已经熄了灯，我以为他不知道。

原来他还关心我，我心里又有点热了。

"嗯，挺忙的。等不忙的时候，再请你吃火锅。"

"好——"长长的尾音。

我想他一定和我一样，不确定"不忙的时候"需要等多久。

没有多余的寒暄，我们擦肩而过……

我对自己说：总会过去的，总会过去的。

当然，我也有想他的时候，特别想见他。有时，我实在控制不住自己，去无菌实验室找他。他穿着白色的大褂，站在墙边拿着手机看，很认真，比做手术还要认真。

"师兄，"我走进去，把为他做的鸡翅套餐放在桌上，"我在便利店做的，给你尝尝。"

"谢谢！"他合上手机，握在手心里。

我没什么话说，礼貌地欠身，退出去。

我再次对自己说：总会过去，总会过去的。

我相信分手还可以做朋友，假如心不再撕扯，假如没有从对方眼里读出刻意隐藏的情愫，没有从简短的对话中感觉到对方有道不出口的难言之隐……

所以，我和叶正宸不可能做朋友，避而不见是最好的方式。

之后的日子里，我们见面的机会越来越少，起初三五天能见一次，后来半月见一次，再后来，一个月都见不上一面。原以为没有他的日子会很难熬，事实上……日子照样过，只不过回家的路变得漫长而让人疲惫。

新学期到来了。许多留学生离开，陆陆续续又有新人搬来。叶正宸的楼上搬来了一个年轻女孩，尖尖的瓜子脸，清雅秀美，说话时总噙着让人舒服的微笑。

我们第一次见面是在午夜，我刚从便利店回来，在电梯口遇到抱着笔记本电脑的她。她黑色的长发束了起来，穿着贴身的牛仔裤和白色的T恤，一身清爽，站在电梯口笑吟吟地看着我："Hello。"

听她讲英文，我试探着用英语问："你是中国人吗？"

她点头："是的。我叫白凌凌，昨天刚搬来的。"

"我叫薄冰，住322，你呢？"我用中文说。

"421。"叶正宸的楼上？我隐隐为这位美女担忧，挺想提醒她一下要注意楼下的色狼，但为了不引起误会，我还是忍住了。

凌凌也是工学部的博士，来日本不久，这个假期才申请到阪大的留学生公寓。得知她的寝室网络不通，每天都要在自习室上网上到深夜，我就把叶正宸的账号和密码告诉了她。

我和凌凌的性格挺合拍，没多久就混熟了。她是个挺特别的女孩，有时很聪明，有时很迷糊，平时很爱笑，却常常在深夜里站在阳台上发呆，一站就是一个晚上。

自从有了凌凌，担担面又有人分享，回公寓的路又有人相伴，寂寞的午夜又有人聊天，分手的日子倒是过得快了些，但"叶正宸"三个字依然是心中不能触及的痛处，我不敢去问，不敢去听，更不敢去看。

分手的第一百天是一个雨天，假日，我约了凌凌去京都岚山看风景。

微微细雨里，岚山处处苍翠，已不见当年漫山遍野的绯红。

凌凌望着远方，一滴泪悄然从白皙的脸庞滑落。我静静地伫立，恍惚间似乎看见了去年的自己，看见叶正宸牵着我的手跑过渡月桥、紫竹林……

"你在想什么？"我问凌凌。

她恍惚地望着远方："想起一个人，不知道他过得好不好。"

我也刚刚失恋，所以我特别熟悉她眼中的无奈与无悔。我相信，那个男人也一定让她痛得百转千回仍无怨无悔。

我仰头看着天空，深深地吸着潮湿清冽的空气，不知对自己还是对她说："没事，总会过去的。"

她笑笑，擦干眼泪。我牵起她的手，快步走向桥尾："走吧，带你去看看周恩来写的诗，很美。"

石碑上镌刻着飘逸的中国字：人间的万象真理，愈求愈模糊，模糊中偶然见着一点光明，真愈觉娇妍。

面对这首诗词，我不禁想起叶正宸说过：周恩来失意之时，从未放弃对理想的坚持和抱负，相信中华还会崛起。叶正宸还说，"民族"这个词到了国外才有了真正的意义。人与人之间的互助单纯得像一张白纸，没有目的，不求回报，只因为我们都是中国人，流着相同的血脉。

我想，叶正宸一定很爱国，所以每每提起"民族"这个词，总是神采奕奕，俊美的脸庞勾魂摄魄……

凌凌的手在我恍惚的眼前晃了晃，问："小冰，你在想什么，这么出神？"

"想起一个人，不知道他过得好不好。"我坐在石碑对面的长椅上，大发感慨，"唉！真想知道他过得怎么样，可惜离得太远了。"

"多远？隔着太平洋还是日本海？"

"隔着一道墙……"

凌凌眨眨眼，满眼茫然。

"走吧，带你去吃回转寿司，我请客。"

寿司店里，不管什么生鱼片从我眼前过，我一概不放过，拿过来几口吃光，一转眼，面前的盘子就叠得像个小山一样高，我还在不停地往嘴里塞寿司。要不是凌凌硬把我拖出寿司店，我绝对不只在洗手间吐一个晚上，也绝对不止胃疼三天。

那晚，凌凌坐在浴缸的边沿，冲着面如死灰的我摇头："何苦折磨自己呢？你弄成这样，那个男人又看不见。"

我拼命冲她摇手，食指放在唇边做了个“嘘”的动作：“小点声，小点声。”

“为什么？”

我指指墙壁：“隔音不好。”

凌凌进房间把电脑里的音乐放出来，调成最大声。

“烦扰之中我似乎听见你的苦，哭着说苦你的无助……天知道你对我有多么重要，天知道我动了真情……”

音乐声很大，我坐在洗手间的地上，吐得死去活来，几乎把淤积在五脏六腑里的伤心彻底吐净了。

我在床上整整躺了三天，怀里抱着日语资料，床头摆着一排药瓶。学医就是好，病得多严重都不必去医院，自行解决即可。凌凌每天都来看我，陪我聊天。冯哥和冯嫂也来看过我几次，还拿了瓶日本的胃药给我，说效果不错。那药真的特别有效，我只吃了两颗，胃立刻不疼了。

后来，秦雪也来看我，劝我休息几天，一切都会过去，她的语气比我还像医生。

我靠在墙上，笑着说：“我就是胃疼，生鱼片吃多了。”

第十三章
爱难收

时间是一条永无回转的路，过往多少快乐终究留在已经过去的路口，无法寻回，但没关系，还有下一路口。

经历了一场大病，劫后余生的我终于懂得了一个道理——时间是一条永无回转的路，过往多少快乐终究留在已经过去的路口，无法寻回，但没关系，还有下一个路口。

清晨时分，我爬起床，把头发梳得一丝不乱，涂了一层薄薄的粉遮住苍白的脸色，又涂了樱色的唇膏，神采飞扬地出了门，路上刚好遇到冯哥和凌凌。

冯哥在我们面前摇了摇他超级大的饭盒："你嫂子蒸的包子。中午我们在食堂聚餐，尝尝我家糟糠的手艺。"

一提起包子，我又记起叶正宸看我吃包子时宠溺的眼神，胃又疼了，又不好拂了人家的好意，只能勉强点头："好，中午联系。"

刚过十一点，冯哥在MSN上群发消息："正宗的天津包子，先到先得，过期不候。地点：医学部食堂。"

下面一群人回消息，强烈要求占座，群里一时间好不热闹。凌凌也在上面呼唤我，说先去给我占座位，我把回消息的人从头到尾翻了好几遍，确定没有叶正宸，才收了资料去食堂。

食堂里，八九个人围坐在拼起的餐桌前聚餐，桌上摆满了各种各样的食物，大家抢得不亦乐乎，其中还有穿着作训服的吴洋。我刚想走，凌凌向我招手："小冰，快来。"

见躲不掉了，我干脆含笑走过去，冲吴洋微笑着点点头，在他和凌凌之间的空位上坐下来。

"嘿！"吴洋先跟我打了个招呼。

"嘿，好久没见。"

吴洋拿了个包子递给我，我伸手去接，眼光不经意瞥见玻璃门外的叶正宸，手里的包子差点掉下来。他也看见我，微怔一下，推门而入。

那一刹那，我的周围顿时寂静无声，我什么都看不见，什么都听不见。

叶正宸看看吴洋，又看看我，面无表情地走过来，眼光陌生得如同素昧平生。我本想跟他打招呼，但一见他的表情，Hi这个音节顿时卡在了喉咙里，怎么也发不出来。

叶正宸也没跟我打招呼，在离我最远的位置上坐了下来。

数道好奇的目光扫向我们，在我们的脸上来来回回地打转。我慌乱地站起来："我去弄点茶水给大家喝。"

"我和你一起去。"凌凌说。

我在服务区取了九个杯子，凌凌数了一下，以为我少拿了一个，正要去拿，我拦住她："够了。"

她以为我不喝，便没有多问。

我俩端了茶水回来，每个人都伸手去接，唯独叶正宸一动未动。

凌凌刚好站在他旁边，于是端了一杯递向他。可能出于礼貌，也可能不忍拒绝美女的好意，叶正宸起身，可他的手刚伸出一半，我直接从凌凌手里把杯子抢过来，递给冯哥。

气氛有点尴尬，就一点点。

为了缓和尴尬的气氛，我干笑了一下："师兄不喝这个……他从来不用食堂的水杯。"

"哦。"凌凌顿悟，眼光落在我的左手上。

我的左手上拿着一瓶刚买的纯净水，上面还凝着冰冷的水珠，塑料瓶已经被捏得变了形。

"这个，给你。"我把水放在叶正宸的桌边。

"谢谢！"

他跟我说谢谢。

我给他煲汤，帮他脱衣服，为他擦背洗头发，他从未说过一句"谢谢"，一瓶一百日元的纯净水竟换来他一句客气的"谢谢"。

我笑得更干："不客气。"

一顿饭下来，叶正宸几乎没吃东西，也没有喝水，只是时而看一眼纯净水的瓶子，变了形的水瓶在餐桌上慢慢恢复了原来的形状。

瓶子还能恢复原来的形状，至于我们呢，恐怕再也找不回过去那样纯净的友情。

“这周有个假日，三连休，冯哥，咱们组织点什么活动吧。”有人提议道。

“据说京都的清水寺不错，是日本有名的古寺。”吴洋说。

叶正宸看向我，我低头吃包子。

“神户动物园也很有名，里面还有座熊猫馆。”又有人提议。

“不如去神户爬六甲山，泡温泉吧。”冯哥提议。

冯哥最有号召力，提议一出，大家一致赞同，最后决定这周日去神户爬六甲山，野餐，然后泡温泉。

“你们师兄妹呢？去不去？”冯哥看向我和叶正宸。温泉我没去过，叶正宸问过我想不想去，被我严词拒绝，因为我听说日本人泡温泉都是“裸泡”的。

我不说话，等着叶正宸先答。

“我周一有个报告，可能没时间……”

我说：“我有空，我去！”

我的话音刚落，叶正宸接着补充了一句：“我尽量。”

我暗暗咬牙，这人说话怎么不把重点放前面？

吃完了饭，在大家的强烈要求下，叶正宸去买冰激凌给大家吃，每人一盒，唯独没有我的。

其实我当时正好胃疼，正拼命喝热茶往下压。吴洋大概见我受此冷遇，于心不忍，于是把自己的那份放到我面前：“我不喜欢吃甜食，给你吧。”

“她胃疼，不能吃冷的食物。”叶正宸用标准的医生语调说。

一听这话，我的胃火烧般灼痛起来。今天之前，我还在努力让自己相信，叶正宸一定不知道我病了，他若是知道，无论如何也会来看我一次，哪怕买点水果问候一下。

毕竟，我们还是朋友；毕竟，我们还是邻居。

“谢谢！”我笑着对吴洋说，然后捧着冰激凌大口大口地吃了起来。

一团团的冰冷入腹，冷热相冲，胃开始痉挛，疼得我冷汗淋漓，但我忍着疼继续吃。

吃完之后，我发现凌凌正对着半融的冰激凌发呆，睫毛上凝着水珠。

“凌凌，你怎么不吃？”

“我减肥。”她笑得很甜。

“那也别浪费，我帮你吃。”我又把凌凌的冰激凌捧过来闷头吃了起来，巧克力口味，很好吃。我吃得正欢，叶正宸突然站起来，简单地收拾了一下东西，拿了桌上的纯净水就走：“我回去赶报告，你们慢慢聊。”

我抬头，盯着他桌上的那盒冰激凌——抹茶口味的，我最喜欢，甜而不腻。

谁知叶正宸一看我的眼光，当即拿走了冰激凌，经过垃圾箱时，丢了进去。

真败家！

还有，垃圾应该分类丢，他忘了……

周日，好日子，天空晴朗无云，空气清新，宜出游。我一早起来，穿上运动装，戴上遮阳帽，背着一大书包零食下楼和大家集合。

远远的，人群中，只需要一眼，那道英挺的背影又一次文在我心头，一针一针，血往外渗。

他不是明天要做报告吗？他不是很忙吗？他不是一直在躲避我吗，为什么还要来？

他就不能让我开开心心地爬爬山，泡泡温泉吗？

“小冰，这里。”冯嫂看到我下楼，冲我招手。

“等下，我忘了带东西。”几步跑回公寓，我简单化了个妆，涂了一层轻薄的粉底，涂了点遮瑕膏，又涂了粉红色的口红。我在镜子中左看右看，确定自己神清气爽，我才再次出门。

第二次到楼下时刚好八点整，大家集合完毕，朝着车站的方向走。男生们拿着东西走在最前面，我和凌凌、冯嫂、秦雪走在最后面。

我挽着凌凌的手臂，和她们说笑，尽管我根本没听清她们在聊什么。

刚出大门，迎面走过来一对甜甜蜜蜜的小情侣，两人手挽着手。他们看见叶正宸都很开心，女孩子几步跑过来，热情地打招呼。她很漂亮，亚麻色的头发，超短的迷你裙，看上去像个芭比娃娃。男孩子个子不高，清清秀秀，一看就是日本小男生。

秦雪悄声问冯嫂："冯嫂，那不是田中裕子吗？"

"嗯。"

听到这个名字，我悄悄加快了脚步，走近一些，听见田中裕子说："正宸哥哥，我去医学部找过你很多次，你都不在。"

日本的女孩很少这么称呼男人，除非关系特别亲密。

叶正宸微笑着答："我最近很忙，找我有事吗？"

"嗯。"女孩特意从包里找出一个精巧的红色绣袋，"这个是我在清水寺帮你求的，送给她，她会一生幸福的。"

"谢谢！"叶正宸双手接过，反复翻看，然后收了起来。

"新乡考上京都大学了，我爸爸也同意我们交往了，正宸哥哥，谢谢你。"

"别忘了请我喝喜酒。"

"一定一定。"

叫新乡的日本男孩儿对叶正宸深深鞠躬，超过九十度："谢谢！"

"不用谢我。好好对裕子，她为你不知道流了多少眼泪。"

男孩儿不停鞠躬："我知道，我会对她好的。"

路上，我听冯嫂她们聊天才明白事情的原委。

原来，田中教授十分欣赏叶正宸，想把自己的女儿介绍给他。而田中裕子已有了一个相恋两年的男朋友，自然是不愿意的。田中教授非但逼迫自己的女儿，还欺骗新乡说田中裕子已经和叶正宸订婚了。

叶正宸听说这件事后，带着田中裕子去了东京，又暗中约了新乡，给他们充分的时间好好倾诉彼此的感情，他还对田中教授说他有了女朋友，感情很好。

我悄悄看了一眼秦雪，她望着窗外飞驰的景物，脸色越来越白，直至惨白。

“田中教授怎么这样啊？”凌凌说。

“你别看叶正宸平时像个富家大少爷，听老冯说，他这人不简单，才来日本两年，在日本就很有势力了，新宿的华人帮都特别给他面子……要知道，新宿的华人帮可不好惹，山口组在日本势力这么大，跟他们从来井水不犯河水。”

“不会吧，他什么来头啊？”

“不知道，他从来不说，但肯定有钱有势。”

“那他为什么在这里学医？”

“纯粹个人爱好，他说在这里玩五年再回去做正事。”

我偷偷看向叶正宸。他究竟是个怎样的人，几个月的朝夕相处下来，我竟然还是一点都不了解他。

神户的六甲山久负盛名，号称日本三大夜景之一。

走了半小时，山已经爬了大半，凌凌说：“这也叫山？还不如泰山的一半高。”

我擦擦额头的汗：“别说泰山了，我们四川随便拿出一座山都比它高。”

冯嫂回过头：“日本的高山本来就不多，这座已经不错了。”

我和凌凌一起点头。

走了几步，凌凌忽然在后面扯扯我的衣摆：“你隔壁的帅哥在看你呢。”

我抬头，山路弯曲，丛林密集，我一眼便看见了叶正宸。

他站在高处，风吹乱了他的衬衫，我想读懂他的表情，然而，我能读懂的只有淡漠。

“小冰，他一定很喜欢你。”凌凌悄声说。

“他不喜欢。”

“这一路上，他偷看你很多次。刚刚你的衣服挂在了树枝上，你轻轻一叫，他立刻回头看。”

我笑了笑，对此不置一词。

“小冰。”凌凌轻轻推推我，“以我多年的暗恋经验，他肯定暗恋你。”

“你暗恋过人吗？为什么不表白？”

她笑了，那是落寞的苦笑：“他是我的导师。”

“师生恋？很浪漫啊！”

“是啊，浪漫……”凌凌没有多说，把我故意转移的话题转了回来，“给他个机会吧，这么千载难逢的男人，错过了多可惜。”

“我给过他机会……现在，我们分手了。”

确定我的表情不是开玩笑，凌凌大惊：“不是吧，你们……分手？吵架了？”

我摇摇头：“没有。突然有一天，他和我说，‘我们分手吧’，我们就分手了。”

“你没问为什么？”

我叹了口气：“他不想说，一定有他不想说的理由。”

“那你还喜欢他吗？”凌凌又问我。

我坦诚地点点头：“喜欢。”

“喜欢就去找他问清楚呀，说不定你们之间有什么误会。”

我摇摇头。我不傻，看得出他的在意，看得出他的有苦难言，可是，归根结底，他还是不爱我，真爱一个人，天塌下来都不会放手。

爬过山，我们又去泡温泉。有马温泉，历史悠久，日本的三大名泉之一。我虽屡次对日本久负盛名的东西失望，但有马温泉是个例外：群山环绕，樱花成林，清净的温泉静静流淌，绝对是个疗伤养心的好地方。

叶正宸请客，订了最好的温泉山庄，吃、住、玩，一票到底。反正他有的是钱，大家也没跟他客气，一人选一间客房。

爬了一天山，大家都累了，吃饱喝足，再泡个温泉，一个个心满意足地进入梦乡，唯独我，一躺在床上，就会想起好多好多事情，无法安睡。

深夜，我一个人游荡到温泉边，脱下身上的真丝浴袍，躺进浮着白色花瓣的泉水中。头枕着矿石，身体浸在温热里，疲惫渐渐消散，没多久我就昏昏欲睡了。

蒙眬中不知几点，我睁开眼睛，迷迷糊糊地去摸池边的衣服。

一只手把衣服递到我的手里。

“谢谢！”

刚说完谢谢，我猛然惊觉，扭头去看身后的人。我一看见那张脸，胸口如同被重物撞了一下，喘不上气来。

“你，你……你……”我对着叶正宸连说了三个“你”，却怎么也说不出下文。

“介意我坐一会儿吗？”他郑重地询问我，脸上再也找不到曾经的坏笑。

“我说介意你会走吗？”

他在池边坐下，掌心托了一汪透明的泉水，看着水从指间流尽。他的沉默就像泉水，无边无际地缠绕着我，把我吞噬。

我往下缩了缩身子，让泉水没过我的肩，但迟疑了一下又坐直，让肩膀露出水面：“水温正合适，不介意的话，一起洗吧。”

叶正宸抬头看着我，似乎在慎重考虑我的提议。许久之后，他的嘴角抽动了一下，噙着嘲弄：“还是算了吧，我对自己的自制力不太有信心。”

我别过脸，看向远方，虽然除了一望无际的黑暗我什么都看不见。

仿佛隔了一个世纪，他才开口：“恨我吗？”

“不恨。”

伤过，痛过，从不恨他。

他笑了：“我们还能做朋友吗？”

“我们不是朋友吗？”

我们离得很近，只须伸手，就能触碰到彼此的手，我像是被一种巨大的吸力蛊惑了，慢慢伸出手，就要触碰到他时，他说：“丫头。”

“嗯？”我抬头，望着他。

“回去吧，夜里冷，小心着凉。”

“谢谢！”我扶着温泉的石沿缓缓站起来。叶正宸迅速转身，正人君子得不能再正人君子。

我苦涩地笑笑，披上衣服，赤着脚走回房间。一路上，我没有回头，但我感觉得到他的目光一直追随着我。

回到房间，我心绪未平，脚心又传来剧烈的刺痛。我坐下，借着晕黄的光细看，脚心上密密麻麻的都是细碎的伤口。在温泉里泡了两个小时，赤脚走过矿石铺的小路，怎么可能不被石头尖锐的棱角刮破。

我爬到书包前，忍着疼一顿乱翻，想找张湿巾给伤口消消毒，却意外地看见书包最隐蔽的一个夹层里塞了什么东西。我翻出来一看，是一个精巧的红色锦囊，上面绣着汉字的“爱”。我拆开锦囊，发现里面有一张符，画着我不懂的图案。

如果我没记错，这是清水寺的爱情符。

我蓦然想起田中裕子交给叶正宸的绣袋，我还记得她说：“这个是我在清水寺帮你求的，送给她，她会一生幸福的……”

叶正宸竟把这张符送给了我。

那天是我和叶正宸分手的第一百一十一天，我捧着鲜红的爱情符，开始恨他了，我真想抓着他狠狠地摇他，告诉他：爱我，就光明正大地爱，能怎么样？天又不会塌下来！

就算天真塌下来，也好过我们这样彼此折磨。

可他显然不这么认为，他更希望我能忘记他，重新开始一段真正幸福的爱情。

第十四章
烟火燃

干柴和烈火放在一起，迟早要燃烧，尤其在风雨交加的夜晚，在与世隔绝的天地里。

有马温泉之旅结束后，我和叶正宸再也没有偶遇过。他应该很忙，不论我每天回公寓的时间有多晚，都能看到他的窗口映出清冷的灯光。

我也很忙，忙着为藤井教授准备一份研究报告，汇报我与细菌总是“天人永隔”的缘由。一天，我为了准备隔天的报告，奋战了一个通宵，早上八点多才睡下，睡得天昏地暗。

一阵断断续续的门铃声将我唤醒，我睁开眼，迎着刺目的阳光打了个哈欠，问：“谁呀？”

“我，吴洋。”

吴洋？我用被细菌占据的脑子思考了很久，才想到吴洋是谁。我急忙下床，匆匆换了件衣服，打开房门。吴洋站在门外，穿着一身迷彩作训服，笑容一如既往地温暖，俊朗的身影被日光刻成一道沉寂的剪影。

“我前几天去了京都……”吴洋边说边将手中的购物袋递给我，“在清水寺看见八斋桥店铺，想起你喜欢吃八斋桥的果子，就给你带回来两盒。”

我愣住，有些茫然地看向他。大概是最近写报告写傻了，我有点搞不懂他看见八斋桥，为什么会想到给我买果子。

他尴尬地笑笑，又说：“那次的事……我一直想跟你道歉。我不是有心说那些话的，我当时多喝了几杯，自己都不知道说了什么。”

我顿悟，原来是想跟我道歉。然而时隔这么久，经历了这么多变化，这份道歉早已毫无意义。我摇摇头：“算了，都过去那么久了，我早已经忘了。”

“这么说，你已经原谅我了？”

“我从来也没怪过你。”

吴洋原本因为紧张而绷着的脸顿时如沐春风，他笑着向我走近一步，刚要说话，望向我身后的视线突然凝住。我扭头，顺着他的视线看过去，只见叶正宸一步步走近，直到走到我身边。他身上熟悉的气息充满侵略性地扑进我的心里，然后膨胀，仿佛把我的心胀裂出一道口子。

我用尽全力才跟他打了个招呼：“师兄。”

“嗯。”没有多余的回应，连一个眼神的停留都没有，他从我的身边走了过去，打开房门，又砰的一声合上。吴洋张口结舌地看着闭合的房门，再看看我。我望望碧蓝的天，望望澄澈的湖，完全想不起刚刚和吴洋聊的是什么话题，当然不知道如何继续，只好对着吴洋勉强扯了个笑脸，说了句：“这果子看起来很好吃，谢谢！”

吴洋也尴尬地笑笑：“不客气。”

回到房间，我打开手中精美的包装盒，拿出一块果子塞进嘴里。我以为那甜蜜的味道能稀释满嘴的苦涩，却不想甜甜的香草味吃在嘴里也是奇苦无比。自从和叶正宸分手之后，我虽然痛苦，但还心存希望，以为时间能改变一切，它能让很多事情成为历史、许多情感了无痕迹，自然也能让我和叶正宸忘记那段偏离主题的故事，重新做回团结友爱的好邻居。

分手的三个多月里，不论心里有多难过，我从来没在公寓里哭出声音，因为我不想他听见。我傻傻地以为，只要我坚强一点，乐观一点，我和叶正宸还可以继续做师兄师妹，他还会继续关照我、欺负我、调戏我，就像以前一样。

原来，我错了。他不想再和我做朋友了，无论我怎么假装，怎么掩饰，他都不会让我靠近，就像他不让秦雪再靠近他一样。

眼泪再也无法抑制，一滴滴掉落在桌上，之后，我抑制不住地抽泣起来，再然后，我抑制不住地失声痛哭，一直哭到天色暗淡。雨打窗沿，隔壁的房间始终寂静无声，仿佛里面根本没有人。

从那天以后，我对叶正宸彻底死了心。我在不会有他的世界里认真地生活，上课认真听讲；去实验室认真做实验；认真准备给藤井教授的报告；认真地和身边那些同在异乡为异客的人做朋友，比如凌凌，比如吴洋；我也认真地打工赚钱，风雨无阻。

半个月后的一个夜晚，外面下着暴雨，我和往常一样在便利店打工，细心地把做好的便当分类摆在柜台里。

“小冰，你明天有空吗？”等待交接班的李凯忽然问我。

“明天……”我不觉看向日历。明天是叶正宸的生日，我很想请他吃一顿麻辣火锅，和他像以前一样谈谈课题，谈谈理想和人生，但我不知道，以我们目前的关系，麻辣火锅能不能动摇他逃避我的决心。

见我不言，李凯又说：“冯哥说明天是叶正宸的生日，大家想请他吃饭，唱卡拉OK，为他庆祝生日，你去不去？”

“我明天有事，不去了。”犹疑良久，我才回答。不是我不想去，而是我很有自知之明，深知自己的出现会把生日宴弄得气氛尴尬，更会让叶正宸不悦。

“小冰，你和叶正宸……”

我猜到李凯想问什么，打断他的八卦：“李凯，你吃饭了吗？”

“还没有。”

“你想吃什么便当？我给你做。”

他也不跟我客气：“炸鸡翅吧，辣味的。”

“好！”

我躲进里间做便当，炸煳了好几块鸡翅，鸡翅便当才做好。我端出去放在他手里：“你坐那边吃吧，我帮你招呼客人。”

“谢谢！”他接过便当，在柜台上刷了一下，付了款，然后坐到便利店角落的位置上。盖子一打开，便利店里油香四溢，我忽然想起自己还没吃晚饭。

最近的记忆力真的很差，总是记不住很多事，骑车上学时会走错路，在实验室做实验会忘记时间，和人聊天时会忘记自己正在说什么，唯独一件事不会忘——有一个叫叶正宸的“陌生人”，他住在我的隔壁。

门被推开，清脆的铃声响起。

“欢迎……”我一边鞠躬，一边用日语打招呼，可当我看清走进的人时，我僵硬地顿了几秒，才说出后面的词，“光临。”

因为走进来的人正是住在我隔壁的“陌生人”，他穿着黑色的T恤，没有笑意的脸上浸透着夜的凉薄，视线落在我身上，眼神是看不透的深邃。

我悄悄握紧双拳，换上职业的微笑，以面对陌生人的口吻问：“您需要什么？”

他站在我对面，看看手上的表，环顾周围，最后，他看见李凯正吃着的便当，问我：“那种炸鸡翅，还有吗？”

“对不起！今天没有。”

他又看了一眼便当，冰凉的黑眸中泛起深切的渴望，我终究还是被他的眼神蛊惑，轻叹一声，问：“你赶时间吗？我再做一份给你。”

“不用了。”他指了指柜台，“随便给我拿一份就行。”

“好的。”我从柜台里拿了一盒，又跑去拿了两罐他平时最喜欢的咖啡啤酒，和便当一起装在购物袋里，双手递给他。见他拿钱包，我笑着说，“不用付钱了，我请客。”

他微怔，恍惚中伸手，指尖不经意地划过我的手背。我的手一颤，同时明显感觉到他的手指微颤。我抬起头，视线与他的交会，心有灵犀之间，有些东西从未改变……

他清了清嗓子，又看了一眼手表，问：“你什么时候下班？”

“还有十分钟。”

“好。”

没有别的话，他拿着东西走出便利店。我看着他洒脱离去的背影，直到他的背影在黑夜里消失了很久，我被他触碰过的手指仍然传来一阵阵的麻痹感。

经历了漫长的十分钟，换班的时间终于到了，我收拾好东西从便利店走出来，撑开伞，走进雨里。

熟悉的白色跑车停在雨里，尾气被狂风吹乱，玉兰树在风里矗立，白色的玉兰花瓣却被雨水打落，凌乱地砸在我的雨伞上，恰如我的心绪。

我垂首绕开拦在路上的车，拖着僵直的双腿向公寓走去。我刚走了两步，车门打开了，叶正宸从车上走下来，轻唤了一声："丫头。"

我一遍遍提醒自己不要过去，双脚却还是不争气地走向他。

"又路过吗？"我浅浅地笑着。

"嗯。"他打开车门，"上车吧，我载你回去。"

"谢谢！不必了。"我转身走向人行道的方向，狂乱的风吹得雨伞在飘摇。

"丫头……"他追过来，拉住我的手腕。我的手一痛，雨伞掉在地上，密集的雨水落在我的身上和脸上。

隔着风雨，叶正宸直直地看着我，我看不清他的表情，只见他几次欲言又止，终于开口："我听说你和吴洋在一起了，你爱他吗？"

这个话题太玄妙，我被问得一愣，好半天才回过神来。一时间，怨恨和委屈从心底冒出来，我很想大声告诉他：我和吴洋在一起了，我很爱他，我们很幸福。

不知道他会是什么样的表情。

努力把烦乱的情绪沉淀下去，我诚恳地告诉他："师兄，谢谢你的关心。我不爱他，也没有和他在一起。"

我的回答也让他怔了一下，之后，他的嘴角依稀露出一抹似有若无的笑意。他在开心，还是天太黑，雨太大，我看错了？

当我想仔细看清他的表情时，他的脸上已经恢复了毫无情绪的冰冷："上车吧。"

"我说过不用了，路不远，我自己可以回去。"

"这么晚，又下着大雨，你走回去会感冒的。"

"你今天能接我回去，以后也能吗？每天都能吗？"

他沉默不语，只紧紧握着我的手腕，紧得我的骨头都要裂了。

"你如果做不到的话，今天就不要管我。放手！"

我的态度坚决，他的态度更坚决，直接拖着我，把我拉到车门前，推进车里。

“你到底想干什么？”我的声音因为生气而变得尖锐。

“我只是不想看着你三更半夜在狂风暴雨里走回公寓。”

我看着他，说不出心里是什么滋味，想哭，也想笑：“你这算什么？关心我？”

“就算是吧。”

“你的好意我心领了。你不用这么关心我，你忘了你和我说过的话？你忘了当初怎么对秦雪的？”

“你跟她不一样。”

“有什么不一样？”

“……”

一见他又沉默，我更生气：“你说话啊！有什么话不能说清楚？”

“……”他用力砸了一下方向盘，顿时响起刺耳的喇叭声。

我受够了他的沉默，直接开门下车，却被他用双手从背后搂住腰，抱回来。被雨水淋透的衣服贴在身上，挡不住他深深注视的眼光。

我被他的眼光吓得瑟缩了一下：“放手！你再不放手，我告你非礼！”

“放手！”我大叫，他仍不放手，我气得又推又打，“叶正宸，我已经如你所愿，远离你，跟你形同陌路，你还想怎么样？”

我越挣扎，他搂得越紧，强健的手臂把我按在真皮座椅上，双手捏着我的手腕。

我气急，有些语无伦次：“你是不是非要我说：我恨你，恨你连分手的理由都没有就把我抛弃；恨你像躲避瘟疫一样躲避我；恨你让我的生活一脚天堂，一脚地狱……你是不是非要我说：我真的爱你，很爱你，我从来不奢望你能爱我，就算不做朋友也没关系，只要看见我的时候，若无其事地跟我打个招呼，假装我们还是医学院的同学；或者偶尔来我家吃个饭，假装我们还是关系不错的邻居，我就很满足了……为什么？为什么你要对我视而不见？我到底做错了什么？”在我所有假装的坚强崩溃的一瞬间，他吻了下来。

这一吻，注定了压抑的感情一发不可收拾，注定了理智的沉沦，注定了毁灭……

叶正宸的吻比暴风骤雨更猛烈，似乎压抑已久的渴望突然找到了宣泄口，如洪水决堤，烈焰迸发。我用尽了全力反抗，可他的力气太大，我的挣扎除了让手腕更疼，别无他用。

大雨和黑夜模糊了他俊朗的轮廓，可他的眼神我一生都不会忘——流转着渴望与绝望……

是的，绝望！

我认识的叶正宸一向不优柔寡断，更不是个轻言放弃的男人，他会果断地结束我们之间的感情，一定有他的情非得已。

所以他才会告诉我：他不想伤害我，他不想欺骗我。

所以，分手那天，他留给我一个最深情的拥抱，告诉我一切都会过去；他听到日本疯子骚扰我，不到五分钟就赶来了。我想，他站在无菌实验室里认真看的……正是我发给他的短信。

今晚，他来接我，可能并没有其他的意思。

他也和我一样，想要退回好朋友的位置上，希望能再像过去那样站在各自的阳台上侃侃而谈，一起吃一碗担担面。

可惜，我们再也回不到过去了……

干柴和烈火放在一起，迟早要燃烧，尤其在这样风雨交加的夜晚，在这样与世隔绝的天地里。

叶正宸抱着我，身上散发出淡淡的咖啡啤酒味儿，是记忆中难忘的味道，心底某处一软，我闭上眼睛，松开紧咬的牙关。舌尖一刹那的碰触带来的是他更加狂野的索求，好像今天就是世界末日，我们没有了明天……

我的心被他搅得天翻地覆，忘了自己身在何处。我控制不住地伸出双手，慢慢缠上他的颈项，手指轻轻插进他的发丝中。

天地间，只剩下雨滴凌乱的敲打声。

我的意识全部被他的炽热占据，体内缕缕热流随着逆流的血液攀升。

感情走到这一步，我不想再考虑明天，只要我眼前的男人是叶正宸，只要他爱着我，我也爱着他，这就足够了！

我回吻他，迎合他的深情。

他的试探，他的探索，他的占有，我都没有拒绝。

疾雨帘幕一样倾泻，折射着近处的灯光，如烟似雾。飘摇的樱花树荡漾在半空中，如缥缈的流云。

天窗外，方寸之间的天空好美。我看见点点星辰，飘飘摇摇……

雨夜怎么会有星星？

可我确实看到了，很亮，很亮。

我被黑夜蛊惑了，麻痹的大脑一时间冒出个念头：我想把第一次给眼前的男人，不要结果，也不要承诺，只求年轻的身体如樱花一样在他面前绽放，让最短暂的激情刻在我的身上，刻在他的记忆里，这样，至少我不会成为他的过眼云烟，了无痕迹……

把自己的第一次给最爱的男人，我也没有遗憾。

多年后，我想起这一夜，觉得自己实在傻得可笑，可能爱过的人，总会痴傻那么一次吧。

飘摇的樱花树，飞落的残叶……

深切的痛楚遍及全身，刮过最敏感的神经。我痛得全身僵直，却还是咬紧嘴唇，咽下痛苦的呻吟。眼泪从眼角坠落，眼泪和雨水最大的区别在于眼泪是滚烫的。

他惊呆了，难以置信地看着我。或许他觉得一个长得还不错的女孩，即使不随便，也该交过男朋友。二十三岁仍是处女，他可能没经历过。

“你放心，我不会让你负责的。”我有几分赌气，语气冰冷，“我是自愿的……”

几秒钟的失神后，叶正宸的目光倏然坚如磐石，似乎在短短几秒内，他做了一个重要的决定。

他深吸了口气，然后长长地呼出来，用指尖拭去我的眼泪，抚摸着我额前被雨水打湿的刘海，小心翼翼地触摸着，充满怜爱。

难怪有那么多人痴迷，那个过程真的很美，尤其，配上他明知道答案又让人无法回答的问题。

宁谧的世界里，仅剩我们沉重的喘息声。

一切结束的时候，他与我十指紧扣，濡湿的掌心相抵：“丫头，对不起！”

“你不用道歉，你又没强迫我。”我不后悔把自己交给他，当时不后悔，后来也没后悔过。

“对不起……我不该放弃你。”他双手扶着我的肩，把我抱在怀里，让我的脸埋在他的肩窝处，“不管发生什么，我都不该提出分手。就算要分手，也该由你先说……”

他这话有很多层意思，如果我没理解错的话，其中包括他想复合。

“你能原谅我吗？”他问。

“不能。”他说分手就分手，他说复合就复合，那我多没面子！不过，面子再重要，也不如自己的幸福重要。我犹豫了一下，话锋一转，“除非……你跟我解释清楚，我看看有没有原谅你的理由。”

“有些话我确实不能说。”他的表情相当为难，思索了很久，才开口，“我只能告诉你，在日本这五年，我没有自由……我所做的一切都要受别人摆布。”

“谁？你爸爸？”

“可以这么说。”

“你必须听他的吗？”

“必须！”他的口吻非常坚决，可见这个事实毋庸置疑。

“为什么？”

他叹了口气，说：“以后我再告诉你。”

他一直没告诉我原因，很多年后我仍想不通，是什么样的胁迫能剥夺一个男人的自由，能让叶正宸甘心受人摆布。

我又问：“他让你和我分手吗？”

“你可以这么理解。”他的答案有些含糊。

“那你还要和我在一起？”

他笑了，又换上漫不经心的语调：“大不了粉身碎骨，万劫不复。牡丹花下死，做鬼也风流。”

“你呀，活着也是个色……鬼……唔……”

他吻住我，用极尽缠绵的吻攻陷我最后的抵抗。

好吧，就为他一句“大不了粉身碎骨，万劫不复”的豪言壮语，我原谅他这一次。

结束了抵死缠绵的热吻，他问我：“丫头，你饿不饿？”

总算问了个有人性的问题。

“我饿死了！”我都没吃晚饭，刚刚“运动”那么激烈，能不饿吗？

“想吃什么，我带你去。”

“你想吃什么？”

他满脸期盼地看着我：“我想吃你煮的面。”

经他一提，我也有点怀念热辣辣的担担面。

“好。”

他帮我整理好衣物，处理好一片狼藉，我们回家了。

我的公寓里重新飘起了烟火味。

我们坐在窗边，缠绵悱恻的《爱》循环播放，他搂着我的肩与我吃同一碗面。

这是我有生以来吃过的最香的一碗面。

食物及烟火的浓香还未散尽，我的房间又多了点沐浴乳的玫瑰香。我穿着保守的睡衣睡裤走出浴室，叶正宸仍坐在电脑前专心致志地修改他的病历报告，浓密的睫毛低垂，半遮住因思索而显得深邃的黑眸。

他已经回去洗了澡，换了质地柔软的棉质衬衫和休闲裤。这时的他一身闲适，半湿的头发光泽流转，领口微微敞开，衬衫袖口卷到手臂中间，让我不禁想起他手臂光滑的触感。

见他没有离开的打算，我红着脸走过去，委婉地提醒他："这么晚了，还在忙啊？"

他的眼睛还盯着屏幕，自然而然地说："我很快写完，你睡吧。"

"那你呢？"我的意思是，我要睡了，你是不是也该回自己的房间了。

他闻言，关了电脑上的病历报告。

我正暗自赞赏他的识时务，想不到他回了一句："我陪你。"

我呆了。

虽说刚刚结束了一场让人血脉偾张的激情戏，可我还是有点不适应这种角色的突然转变。

"不用了。"我的手指暗暗绞着睡衣的衣襟，小声说。

"哦。"他点点头，"那你陪我好了。"

"……"

他从桌上拿起一个白色的盒子，在我面前小心翼翼地打开，小心翼翼地问："喜欢吗？"

纯白的手表如海鸥般圣洁，白色的表盘极薄，纯钢表链嵌着晶莹剔透的白瓷，扣环处刻着一个字：宸。

我惊喜地取出来，指尖拂过手表上的海鸥标志和镌刻的名字。真美！

这才是我梦想中送给爱人的表。

手表扣在我的手腕上，他的唇浅吻着我的眉心，渐渐移到我的脸侧。

灯熄了，薄被盖在我们身上。

他从我的背后抱住我，轻声问："丫头，你睡觉时喜欢穿着衣服吗？"

"嗯。"我以前没这个习惯，自从那天他用三秒钟翻过阳台，我便养成了这个习惯，"隔壁住了个色狼，穿着衣服睡觉比较有安全感。"

"安全感？"他在我耳边轻声重复了一遍，手指顺着衣襟探了进去，"我让你知道什么叫安全感。"

一缕薄光穿透密布的云层，雨滴悬停在初现的晨曦中，为淡青色的天空蒙了一层混沌的轻纱。衣物与薄被窸窸窣窣的摩擦声暗含着我的羞怯和他的固执。

"别闹了，天已经亮了。"我轻声说，为这栋建筑隔音设施不佳深感忧虑。

"可是我想抱着你睡，不想抱衣服。"

"……"

终于，我脆弱的衣物敌不过他的坚持，一件接着一件呈抛物线飞了出去……

没有了衣物的阻隔，滑腻的肌肤相触，我忽然发觉他的身体好暖，我冰凉的肌肤贴在上面极舒服，身子也自然而然缩了过去。他的指腹轻轻刷过我的颈项，温柔地抚摩，又顺着我脊背的曲线缓缓往下潜行……

感觉到他身体的自然反应，余痛犹在的身子开始战栗。

"不要了，我好累……"

他贴在我耳后的唇顿了一下，轻呼口气后撤离。

"睡吧。"他轻声说，将一只手伸到我的枕上，让我枕着他的手臂，另一只手从背后绕至我胸前，抓住我的手，把我整个人囚禁在他健硕的身躯中。身体的曲线紧密地贴合，我始终没有勇气转过身去与他面对面。

世界陷入了岑寂之中，静得能听见树叶落地的响声，能嗅到淡淡的芬芳，还能感觉到他逐渐沉稳的心跳声。在我全身放松的同时，一整天的疲惫伴随着强烈的睡意袭来，将我席卷。

我沉沉地闭上眼睛，感受着体温与体温的不断融合，心跳与心跳的契合，呼吸与呼吸的相伴。

来日本这么久，我从来没有过这样安稳和踏实的感觉，这就是所谓的安全感吗？

安心地把自己交给他，在他怀中安静地睡下。我仿佛回到了小时候，躺在妈妈的怀里听着她的童谣入眠。我的呼吸渐渐平稳，沉沉地睡着，没有梦。

不知几点，我醒来了一次，晨曦照在我们身上。我眯着眼睛，看见我们的手搭在被子上，他还把我的手攥在手心里，肤色一深一浅的手腕上戴着一黑一白两块海鸥牌的手表……

他的表扣上也刻着字：丫头。

那是一种从未有过的感动，尤其是想到这只手腕属于叶正宸，那个炫目得像天上皓月一样的男人，他真的属于我吗？完完全全属于我？

我知道不是，我只是他生活里的一个过客，用来填补他寂寞的空白，可是在这段爱情的空白期，我曾完完整整地占据他就已经足够，至于其他的，什么都不重要。

看看时间，才六点，贪恋甜蜜的我允许了自己再小睡一会儿，我重新闭上眼睛，噙着笑意很快睡去……

再次醒来时，阳光已经变得刺眼了，我一看手表，九点了！

我的病理课啊！那个爱拿着名单提问的老头啊！我死定了！

我匆匆坐起，正欲裹着被子爬去拿我的衣服，一条手臂搂着我的腰将我拖回床上，重新用被子把我裹进去。

“我要去上课啦。”

“嗯。”他闭着眼睛应了一声，手上的力道一点未松。

“这门课很难通过的。”我说。

“嗯，我知道。”他把腿搭在我的腿上。

“我要是挂了，教授会骂死我的。”

他动了动身体，我以为他终于良心发现，谁知他直接压在我身上，笑眯眯地看着我：“你不如请我帮你补习，我包你通过。”

“真的？”我怎么没想到呢。

“先交补习费吧。我收费很公道，一次……一节课……”说着他的手伸向我的胸口，扣住那片只被他采撷过的柔软，语调明显透露出想我现在肉偿的意图。

我推开他万恶的手。

“万一不过呢？”那我岂不是很亏。

“我再还给你……一节课，两次。”

“你耍……诈……唔……”

接近中午，我们才在最快乐的巅峰结束极致的缠绵。他细心地帮我处理好一切，趴在我的胸口上享受着难得的安宁。

休息了一会儿，我伸手从床头柜上摸了支笔，爬到床沿处，在墙壁上画了一横，想了想应该把昨天的也加上，于是又画了一竖。

“你在画什么？”他好奇地看着墙上写了一半的“正”字。

“记上补习的次数，免得你赖账。”

他发出一阵清朗的大笑，抢过我的笔又画了一笔，又把我拖回怀里。

“你？”

“丫头，你放心，我一定让你把我们辉煌的历史写满整面墙。”

“你确定你是全职的医生？”

他深深地望着我，一滴热汗滴落在我的眉心：“为什么这么问？”

“你没在新宿的歌舞伎厅兼职过？！”

他笑了：“你不要对他们寄予这么高的期望，他们服务一次不知道要喝多少兴奋剂。”

“……”

可是，我还是觉得一个医生不该有这么强健有力的身躯、这么好的耐力和体力。

要不是冯哥及时打来电话，提醒叶正宸今天是他的生日，并告知他大家今晚为他设了饭局，让他一定到，我八成会死在他的床上。不对，是我自己的床上。

挂断冯哥的电话，叶正宸又把我从床上捞起来，用右手揽着我的肩膀，我凭着最后一点力气，找了个最舒服的姿势，趴在他的胸口，把脸埋在他的肩窝里。我感觉全身的骨头都像被他拆过一次似的散落在床上，就连动动手指盖上被子的气力都没有。我不禁暗暗叹息：这补习的代价太高了！

相比之下，日本高额的学费还算人道，便利店每小时800日元的报酬也绝对公道，我以后再也不抱怨生活艰辛了。

“生日快乐，”我用的是疑问句，“吗？”

“嗯，很快乐。”他理了理我凌乱的发丝，印上一吻，“早知你脱了衣服这么诱人，我一定不会等到今天。”

“早知你脱了衣服这么禽兽，我一定不会让你有机可乘。”

他挑挑眉，抿嘴一笑，握住我的手，放在他心口的位置。

掌心下，是他火热而沉重的心跳。

两块手表指针的跳动节拍完全同步，分毫不差。

在日光的映射下，表扣上的名字熠熠生辉：

宸。

丫头。

“你的表扣上为什么要刻上‘丫头’？你怎么不刻我的名字？”虽然我觉得“丫头”两个字看上去那么温暖，但“冰”字与“宸”字更搭一点。

“万一哪天我换了女朋友，还要把你的名字磨掉，换成下一任的，多麻烦。”他云淡风轻地告诉我，“‘丫头’好，千篇一律，什么时候都不必换……”

我累得实在没力气了，哪怕有一点点，我都要用电饭锅砸他的头。所幸我的舌头还有点力气，所以我用和他一样云淡风轻的口吻称赞他：“师兄，你太有远见了。你一定要把我这块表一任一任传下去，假如她们不嫌弃这是个N手货。”

他悠悠地叹息一声，伸手捏捏我的脸颊：“你就是煮熟的鸭子，嘴硬。”

“……”

硬有什么用，还不是让人家煮熟了！

“这世上除了你，还有许多叫‘冰’的女孩，但我的‘丫头’只有一个，独一无二。”

我和叶正宸在一起的日子里，辉煌的“正”字画了满墙，笑声和泪水倾注满屋，而真正肉麻的话，他只在这一天，说过这一句。我每次回味时，都会被感动。

我正被感动得一塌糊涂，他随即来了句特煞风景的对白：“丫头，我饿了。”

我真想拿面条勒死他。

忍着浑身酸痛下床，我披上睡衣钻进浴室，洗完澡出来，从冰箱里翻出前几天买的烤蛋糕的用料，谨慎地按照说明书上的步骤做了一块小蛋糕。

蛋糕烤好后，我又从抽屉里找出某日逛百元店“顺便”拿的一包生日蜡烛。

叶正宸洗完澡出来，我正忙着搅奶油，他从背后抱住我，深吸一口蛋糕的奶香。

“丫头，三年之后，嫁给我做老婆吧。”他半真半假地说。

我的心陡然一颤。三年之后，他就能恢复自由，这句话算是承诺吗？为什么叶正宸的承诺听上去那么虚无缥缈？

我害怕失望，所以不敢让自己有任何期望，只能装作满不在乎地白他一眼：“想娶我当老婆的人多了，排队去。”

“别吹了。二十三岁还是处女，也就我不嫌弃你……”

“你！”我的脸红透了。

他又得意了。

他拉着我的食指摸了一下奶油，伸进他的嘴里，用舌头缠着我的手指，慢慢吮尽奶油。

“好甜。”他贴近我，含糊地说，“我想把它涂遍你的全身……”

酥麻从指尖迅速传遍全身，我的脸更红了。

他就一个披着色狼外衣的禽兽，鉴定完毕！

第十五章
春夜暖

如果爱情没有信任，所有的承诺都是空中楼阁，再美轮美奂也会坍塌，迟早而已。

在叶正宸毫不让步的要求下，我跟人换了个班，在衣柜里挑来选去，总算找出一件能把我包裹得密不透风的高领针织衫，也不管外面阳光有多璀璨，将它套在了身上。没办法，谁让我全身上下都被禽兽啃得青一块紫一块。

我简单梳洗了一番，没化妆，只涂了一层果冻色的唇彩，掩饰了一下我略显红肿的双唇。

可惜还没下车，唇彩便被他吃干抹净了。

他牵着我的手走进一家中餐小店。店面本就不大，二十几个人坐进去显得十分拥挤。我几次尝试抽回手，都没有成功。

于是，我们的关系在所有人理所当然的表情中公开了。

冯哥打量了一番我的高领针织衫，冲叶正宸调皮地眨眼："哟！搞定了？"

叶正宸回以"明知故问"的眼神。

众人顿悟。可见面对这些经验丰富的人，高领的针织衫完全是欲盖弥彰。

吴洋一直在看菜单，秦雪低头喝茶。我努力想看清秦雪的表情，可她始终低着头，让我无法窥见她低垂的睫毛后面隐藏着什么。

饭菜端上来，是地道的粤菜。叶正宸刚夹了一块鸡肉放在我碗里，他的手机忽然响了。他拿起电话看了一眼来电显示，我顺便瞄了一眼，是大阪的市区号码。

叶正宸显然对这个号码很陌生，接电话的时候十分客气地用日语打招呼："喂。"

"生日快乐！"是一个女人的声音，标准的普通话。

会有女人打电话祝他生日快乐，我并不觉得稀奇，也不介意，可他的反应让我极不舒服——他几乎在对方发出声音的同一时间敏捷地用手掩住手机，并立即起身走到门外。

我用吸管搅动着冰可乐，一下一下，黑色的液体绕成急速旋转的漩涡，我的心就像块石子，沉进黑色的旋涡里。

认识他的第一天就知道他是怎样的人，爱上他之后更知道他是怎样的人，我告诉过自己一万遍别去介意，可怎能不介意呢？

毕竟爱不是用嘴说的。

叶正宸走出去后，绕至饭馆后面僻静的停车场。

我第一次对日本人的洁癖肃然起敬，因为那扇擦得一尘不染的玻璃窗让我能够清晰地窥见他每一个细微的动作，甚至眼神。

我曾以为叶正宸有双重人格：穿上医生白大褂的他神圣不可侵犯，脱下白大褂的他全身上下散发着轻佻。今天，我才知道他还有另一面——沉寂如黑夜的冷。

他讲了很久的电话，由始至终维持着一成不变的站姿和冰冷表情，嘴角连半丝笑意都没有。

他开口的时候不多，多半都在沉思，手指时而在停车场的白色栏杆上轻叩，缓慢而有节奏——我以前并不知道他有这个习惯。

讲完电话，叶正宸回来了。我什么都没问，叼着吸管喝可乐，他倒是主动向我解释："她是我的普通朋友。"

"嗯。"我知道。

他和情人讲电话不会那么冰冷。

"她遇到点麻烦，想找我帮忙。"他小心翼翼地研究我的反应。

"哦。"见他看了一眼手表，我说，"你去吧，别让人家等着。"

"你跟我一起去吧。"

我摇摇头，对他笑笑："我在这儿等你。"

"也好。"他和众人交代了一声，匆匆离开。

其实，他如果稍微坚持一点，我可能会和他去。

因为我对电话那边的女人充满好奇，我很想知道，究竟是什么样的女人会让叶正宸收起所有的轻浮，严阵以待。

这个女人，一定对他有着非凡的意义。

天色越来越暗，外面的街灯、车灯都亮了。

在大阪，亮多少灯，过多少车，城市都是冷清的，因为安静。

唯独我们所在的小店，气氛异常热闹。

出了国才知道，有中国人的地方，总是充满了快乐的笑声，充满了人情味。

小店的灯全开了，一束冷青色的光正落在秦雪白里透红的香腮上，许是喝了几杯啤酒，她笑得又娇又媚，艳惊四座。

叶正宸离开后，她的心情似乎很好，和旁边的男生有说有笑，左右逢源。

以往的秦雪并不喜欢和男人说笑，尤其在这种人多的场合，不论别人讲的笑话有多好笑，我笑得多么前仰后合，上气不接下气，她最多掩口轻笑，尽显女人的矜持。

不知道从什么时候开始，秦雪变了，变得不再像秦雪。

看了一眼旁边空空的座位和碗里一口未动的食物，我才惶然发觉自己也变了，变得不再像我……

我拿起筷子，夹起碗里的冷菜送到嘴里，大口大口嚼着。可乐喝多了，酸疼犹在的骨骼透着冰冷。还未及把饭菜咽下去，略显醉意的冯哥端着一罐啤酒坐过来，也不征求我的意见，直接把啤酒倒在我面前的空杯里。

“弟妹，哥敬你一杯。”一句“弟妹”让我的骨骼都在震颤。

我还没来得及说话，和冯哥关系最好的林锐，也就是杀人游戏里的“法官”大声嚷道：“老冯，你又趁着你家冯嫂不在调戏美女了。你看冯嫂回家怎么收拾你。”

冯嫂笑而不语。

冯哥一副大义凛然的神情：“大不了回家跪搓衣板，我习惯了，一天不跪我浑身不舒服。”

林锐的女友笑问：“冯哥，你家搓衣板在哪买的？我怎么买不到？”

冯哥说：“我家糟糠从国内来的时候带了十几块，你要不？送你两块。”

林锐立刻说："你的好意我心领了，你自己留着慢慢用吧。"

我终于被他们逗笑了，尤其是听见冯哥口口声声"我家糟糠"。

其实冯哥和冯嫂的感情特别好。两人是大学同学，大学毕业就去领了结婚证，是没车没房没婚纱但又幸福的"裸婚"。冯嫂是个特别懂得爱与付出的女人，冯哥读完硕士又想出国读博士，她便辞了国内待遇优厚的工作陪他来日本。

他们的公寓里没有什么奢华的家具，但床头摆满了可爱的玩偶，墙上贴着一张结婚照片：穿着质朴T恤的冯嫂和穿着不太合身的西装的冯哥一本正经地站在国徽前宣誓……

那么可爱，那么美好。

冯哥一提起他老婆，总是满面春风："我家糟糠……我家糟糠……"

这个称呼中包含了多少真爱，无人能懂。

你可以选择在宝马车里哭泣，你也可以选择抱着柴米油盐坐在他的自行车上，和他一起笑着憧憬未来。

你可以选择一个能带你天天吃海鲜大餐的他，也可以选择一个愿意把最后一只冰虾剥了皮放在你碗中的他。

相信生活，还是相信爱情，取决于你如何选择，更取决于你是否坚守你的选择。

冯哥把我的酒杯端起来递到我手里，故作崇敬之态："哥必须敬你一杯。我干了，你喝多少随意。"

冯哥举杯干了，带着北方男人常见的豪爽。

以前有一次聚会，我拂了叶正宸的面子，大家便知道我不会喝酒，都等着看我的反应，看我如何拂冯哥的面子。

我咬咬牙，把酒杯放在嘴边，就凭冯哥这半年来的照顾，我也不能拒绝。

日本的啤酒口感比较柔滑，但还是很苦，我干脆闭上眼睛，一口气喝进去。我把空空的酒杯往他面前一放，冯哥立马直了腰，一脸得意。

男人在酒桌上，总有一股可爱的纯真劲儿。

冯哥又给自己倒上一杯，压低了声音对我说："哥太佩服你了，哥以为这个世上没有女人能搞定叶正宸。"

我揉揉有点发晕的头："可能，近水楼台先得月吧。"

"我告诉你个秘密。叶正宸很喜欢你，真的……非常喜欢。这段时间，你们闹掰了，我几乎没见他笑过，整天魂不守舍……"冯哥在我耳边小声说，"昨晚，我告诉叶正宸，你和吴洋交往了，而且已经同居了。"

"什么？"这绯闻编得也太离谱了吧。

"我不这么说，他能去找你吗？"冯哥说，"他听到这个消息，不停喝酒，不停在看外面的雨，我问他看什么？他反问我：'冯哥，如果当初你因为某些阻碍和嫂子分开了，你现在会做什么？'我说：'想她。想她一辈子！'"

冯哥顿了顿，又把酒干了，继续说："他什么都没说，跑出门，我追出去，问他去哪？他说：'我不能让自己一辈子想她。'"

我从旁边找了罐啤酒，打开，拿着酒把自己的酒杯倒满，我的手颤个不停，白色的酒沫漾出来。

我端起酒杯，仰起头，冰冷甘苦的啤酒刮过舌蕾、喉咙，滚烫的眼泪扑簌而落，滑进鬓发。为了冯哥，为了叶正宸，为了男人最简单也最直接的爱。

冯哥按下我手中的酒杯，对我说："我不知道你们到底怎么回事，哥只想说一句话，叶正宸是个非常好的男人。"

"我知道，我一直都知道。"

大家聊着各自的话题，冯哥只陪我聊天，且滔滔不绝，他说："好色是男人的天性，男人都喜欢美女。美好的事物谁不喜欢？然而张柏芝再漂亮也只能过过眼……真正想娶回家的，还是那个陪你哭过、笑过的女人……给我十个美女，我也不换我家糟糠……美女遍地都是，她就一个，丢了就没了……"

我胡乱点头："你绝对再找不到比冯嫂对你更好的女人。"

"那当然了！其实，很多人都说叶正宸花心，见一个爱一个，我和叶正宸认识两年了，我确实经常看见他帮美女修电器，请美女吃饭，载美女上街……”

我仍在乱点头：“我知道。”

“还有你不知道的。我刚来大阪时刚好是冬天，一句日语都不会说，东南西北也分不清，一个日本学生把我送来这栋公寓。那天我遇到叶正宸，他送了我一部旧手机，让我遇到困难给他打电话。他帮我把行李抬进去，看见我直接往床垫子上铺床单，回去给我拿了一条毛毯。他帮我买日用品，帮我买吃的。他还开车载我到处去转，告诉我什么地方能买到便宜的电器，什么地方能买到便宜的食物，什么地方是家乐福，什么地方是千里中央购物中心……他带我去办ID卡，帮我给我老婆申请签证手续……”

“我老婆来了，他请我们吃饭……没事也赖在我家蹭饭。”冯哥又说，“我骑车摔伤了腿，他天天背我去学校，背我去医院做检查……”

冯哥嘲弄地看了秦雪的方向一眼：“难道他也喜欢我？我们有一腿？”

我笑，一边笑，一边摇头。

我捧着啤酒罐，莫名的热度遍及全身，血液好像沸腾了，就要冲出血管。

半醉的冯哥又大发感慨：“有时候，看男人别看表面，别信他说什么，更别信别人说什么……他可能不在乎别人怎么看，只希望……你知道他是什么样的人。”

我喝醉了，我用两罐啤酒把自己灌醉了，幸亏我酒量虽然不好，酒品还凑合。我不哭不闹，一个劲儿地对着冯哥傻笑，一个劲儿地乱点头，脑子混沌不清，眼前的场景都是模糊的，唯一不模糊的，就是叶正宸。我记得叶正宸回来的时候，我还在那傻笑，凌凌劝我不要再喝了，我却不依不饶：“冯哥，来！我再敬你一杯，谢谢你为我做的……如果没有你，我可能这一辈子都解不开这个结……”

叶正宸一挥手，抢走我手里的酒杯："我替你敬他。"

我揉揉蒙胧的眼，叶正宸阴寒的脸在我面前晃来晃去，晃得我头晕。我一把揪住他的衣襟，可笑地以为这样他就不会晃了。

"你回来啦？"

叶正宸没搭理我，用日语对服务员说："再来五瓶清酒，十罐啤酒。"

林锐指指冯哥，笑得幸灾乐祸："你死定了！"

后来，桌上的酒全都喝光了，冯哥喝多了，趴在桌上不起来，林锐只得把他扶走，我仍执迷不悔地叫他："冯哥，别走啊，咱们再聊会儿天呗。"

叶正宸扯住我，牙齿咬得咯咯响，我还在稀里糊涂地喊："冯哥，我还没和你聊完呢，你腿摔伤了之后呢？你再多说点……"

之后的画面，我记得非常清楚。

我趴在叶正宸的背上，絮絮叨叨地说："你是个好人，你对每个人都好，有人懂你，有人不懂你，没关系，我懂，我懂就够了！

"师兄，你怎么不开车？

"哦，对了，酒后不能驾车。"

他一路没说话，估计烦我烦得不行了。

我还在说个不停："师兄啊，有机会你借套军装呗。"

"……"

"我要给你解扣子，一颗一颗，为你解……"

"……"

"我要为你脱下军装，脱下一身神圣庄严。"

"……"

"哦，其实你穿白大褂也很神圣……有机会我也试试。"

他终于忍无可忍了："你给我闭嘴！"

我把头埋在他肩上，哭了，眼泪掉在他的颈窝里。

"师兄，我真的很喜欢你。如果有一天我们分开，我可能会想你，想你一辈子！”

他不说话，我又说：“你千万别想我，比我漂亮的女人遍地都是……”

最后一段记忆最模糊……

我依稀记得，他带我回公寓，轻轻放在床上。他劝我喝下很多酸酸的液体，我喝下去后，翻江倒海的胃舒服多了，靠在他肩上睡着了。半梦半醒中，我感觉到他小心地帮我脱下衣服，换上一件柔软的T恤，上面染着他独有的味道，我最爱的味道。

他温柔地搂着我，滚烫的掌心拂过我的长发，他说：“丫头，我不在乎别人懂不懂我，只要你懂就够了……会有那么一天的，我会穿上军装给你看……你相信我，我不会离开你，永远都不会……”

我被感动了，伸手搂住他的肩膀，吻上他的双唇。

入骨的爱一发不可收拾，我迫切地扯他的衣服，他也扯我的衣服。他疯狂地啃咬我的颈项、肩膀、胸口，我也咬他的肩膀、手臂、肋骨。

那一夜，我笑过，哭过，我也说过：“师兄，我爱你！我就爱你禽兽不如！”

我这辈子醉过三次。

第一次是在大学毕业的散伙饭上，我醉了，抱着室友哭成一团。

第二天头疼欲裂，我发誓再不喝酒。

这是第二次，我深深体会到何谓“不胜人生一场醉”。

我真想天天醉死在他怀里，不要清醒。

第三次……

我从不愿意去想起。

宿醉和纵欲之后醒来，感受可想而知。头疼欲裂，肠胃抽搐，除此之外整个人如被抽筋剔骨，浑身酸疼乏力。我按着太阳穴睁开眼，首先映入眼帘的便是淡绿色的窗帘，窗帘紧合，不露一丝缝隙。

一阵暖意在心底荡漾。因为我的记忆中，只有叶正宸的房间才会挂着淡绿色的窗帘，且不论黑夜还是白昼，始终紧合着。我记得他手受伤的那段时间，我帮他收拾完房间，会顺手拉开窗帘，让午后的骄阳照进他的房间。

他马上把窗帘拉回来，遮得密不透风。

我问他为什么。

“习惯了。”他说。

“习惯不见光？”

他笑了，狭长的眼眯起来，脸上是让人心惊肉跳的坏笑：“习惯做见不得光的事。”

如果不是他的一只手动不了，我定会吓得夺门而逃。

当时，我怎会想到自己会在他的房间里醒来。

环顾房间，只见叶正宸正坐在电脑前聚精会神地看日文资料。

他的右手放在鼠标上，并没有滑动鼠标，而是变换着手指在鼠标上轻轻叩着，缓慢而有节奏。我双手撑着床坐起来，尽量不去惊动正在电脑前的叶正宸。

自从四月份入学开始，田中教授给了他很大的压力，临床实习，看资料，做发表……这些事情把他缠得快要透不过气了。

他从不抱怨，也不烦躁，不管教授交给他多少任务，他全都做到最好、最完美。

然而我知道，他很累。

我拉了拉被子，轻微的摩擦声惊动了叶正宸。

“醒了？”叶正宸见我醒了，从桌上端了半杯清茶走到我床边，探探我的额头，“头疼吗？有没有什么地方不舒服？”

我拉高被子，盖过裸露的双肩：“疼，全身都疼！”

“喝点吧。”他把茶水送到我嘴边。

我喝了一口，苦中带酸，酸得发涩，凭我多年的学医经验，这不是普通的茶水：“这是药？”

“嗯，解酒止痛。乖，都喝了。”

他像哄着小孩子一样柔声细语地哄我，简直想拿温柔淹死我。

我一咬牙，咕咚咕咚全咽了下去。做他的病人，别说喝苦药，喝砒霜我都认了。他对我的表现很满意，一个奖赏吻印在我的额心。

我们正甜蜜着，他的手机响了，他淡淡地扫了一眼手机号。

“我接个电话。”他拿着电话走到阳台上，尽管只是寥寥数语，他的表情却十分凝重，简直与平时的他判若两人。

很快，他回来了，匆匆收拾东西：“丫头，我有点事，要去趟东京。”

“哦，什么时候？”

“现在。”他拿了衣服就准备出门，一分钟都等不了。

“这么急……吃过早饭再去吧。”

“不了。”他走到门口，又转回来，在我的额心印上一个浅吻，“我会尽快回来。”

他没告诉我去做什么，我也没问。他想说自然会说，不想说，我又何必去问。为他收拾好房间，锁好门，我去了研究室，做我该做的事。

本以为他会很快回来，没想到，转眼三天过去了，他还没回来。我打过电话给他，他要么不接电话，要么关机，我隐隐感觉到有事发生。

每次情绪紧张，我的月事就会紊乱，不是提前就是拖后，这次提前了整整一周。

一个人在公寓，下腹坠疼得厉害，我无心看资料，抱着电脑坐在床上浏览网页。

我正在研究雅虎天气，无意间看见雅虎新闻上弹出一条消息，说三天前死于东京新宿街头的两名死者已经正式确定身份，都是中国籍男子，签证早已过期，无业，目前尸体已经交给中国大使馆处理。

消息还透露，这次事件极有可能与东京新宿的中国帮派争斗有关。

想到叶正宸正在东京，我不免有些担忧，又打电话给他。电话好容易接通，里面很吵，有女人尖锐的哭声，十分凄凉。

太阳穴传来一阵尖锐的疼痛，我忍了又忍，才没问那个女人是谁。

“你在哪？”我尽量让声音听上去很平静。

“我现在有点事，一会儿打给你。”说完，他挂断了，再没有消息。

我等得全身都僵硬了，手机铃声终于响了，我急忙扑过去看，手机上晃动着季师姐的名字。

电话接通，她的声音有些紧绷：“小冰，你看新闻了吗？有两个中国人死了。”

“看到了，怎么了？”

“那两个人我认识，是山口医药公司的员工。我上次去东京开会见过他们，因为大家都是中国人，一起吃了一顿饭。”

“山口医药公司？是和藤井教授合作研发抗癌细菌的公司吧？”我刚接触肺癌靶向治疗课题的时候，季师姐和我聊过一些，她说这个项目是由山口医药公司资助的。那家公司成立不久，资金却非常雄厚，投入了几亿日元的资金请藤井教授研发这种抗癌药物。

“对，就是那家公司。”季师姐压低声音对我说，“小冰，不知道为什么，我刚刚看到这条新闻，心里特别慌。我和他们一起吃过饭，他们都是去年从东京大学毕业的高才生，毕业后就进入山口公司工作，应该跟中国黑帮争斗没有关系。”

听师姐这么一说，我也有些紧张：“师姐，照你这么说，他们既然有了稳定的工作，签证就不该过期，新闻上也不该说他们无业。这里面是不是有什么误会，或者新闻是故意混淆视听？”

“我也这么想。”季师姐又说，“我以前还听研究室的学生聊天时说起过，山口医药公司幕后的投资人是山口组，日本最大的黑帮。”

我越听越心慌，忙说：“师姐，要不然你给大使馆打个电话，把你知道的跟他们说一下，我觉得大使馆的人应该在调查这件事。”

电话那边安静了片刻，应该是季师姐在思考利弊，最后，她坚定的声音传来：“好，我现在就给东京的大使馆打电话。”

挂断了电话，大概半小时后，季师姐又给我打来电话，这次她的声音平和了许多，她告诉我，大使馆那边说她提供的信息很有价值，这件事他们一定会调查清楚，还让她留下电话，说他们有问题会随时跟她沟通。另外，大使馆的人提醒她，因为两个人的死因尚未查明，为了确保她的人身安全，请她千万不要把这件事对其他人提起。

我立刻说：“师姐你放心，我绝对不会对任何人说。”

挂断电话，我完全没有心思看资料，眼前虽是满篇的细菌研究，脑子里想的却是两个死者的身份，还有山口医药公司，还有日本黑帮山口组。我想不出这其中到底有什么关联，但总觉得这两个人的死与山口医药公司有关，否则他们应该第一时间站出来澄清死者的身份，而不是由着新闻来误导世人。

心烦意乱到了晚上十一点多，感觉有些饿了，我爬起来烧了开水，打算喝点热牛奶平复一下心情。

刚泡好牛奶准备喝，我听见阳台上传来一声响动，未及回头，灯忽然灭了，房间里陷入了一片黑暗。我的视觉还没有适应这种突如其来的黑暗，一股阴寒的气流冲过来，紧接着一个人从背后抱住我，冰冷的衣服上有一股浓浓的血腥气。

“啊！”“救命”两个字还没来得及喊出口，嘴已经被人捂住。

从未遇上过这样的事，我当即吓得全身发软，大脑一片空白，所有的感官都失去了功能，只能本能地在一片漆黑里挣扎、撕扯，可是那个人的力气好大，一把将我抱起来往床上一丢。

我还没从惊吓和眩晕中回神，他已压在我身上，一阵凄冷的寒意瞬间从裸露的肌肤传至脚底，我像陷入了梦魇之中，急得连喊都喊不出声音。冰凉的手掌覆在我裸露的肌肤上，狂野的唇压在我的双唇上，熟悉的味道和熟悉的气息充斥着我的口腔，我才恍然从惊骇中回神。

这个该死的男人，电话不开机就算了，居然这样吓人！

我气得狠狠捶了叶正宸的胸口两下，又紧紧地抱住他，不舍得放手。

“丫头，我好饿，我想吃一碗面。”

“我去给你煮面，你先去洗个澡吧。”

“好。”

叶正宸洗完澡出来，我已经煮了一碗热腾腾的担担面。看着他捧着面狼吞虎咽，我所有的郁闷顿时散尽——一个人如果不是忙得不可开交，怎么可能把自己饿成这样。

“慢点吃。”我倒了杯水给他，“你到底去了东京，还是埃塞俄比亚？”

他闷头吃东西，显然对这个话题不想深谈。

我只好换了另一个话题：“我看新闻，说东京新宿死了两个中国人，你听说了吗？”

他没有任何表情，夹在筷子间的面条却坠了下去：“嗯，听说了。”

“是日本华人帮的仇杀吗？”

叶正宸抬头看看我，目光是少见的深邃：“你听谁说的？”

“雅虎新闻上说的。”

“哦，都是些传闻，具体是怎么回事，我也不太清楚。”我本想告诉他季师姐跟我说的话，可是想到大使馆对她的郑重提醒，我犹豫了一下，最终决定保守秘密。

吃过饭，我脱了衣服爬上床，他走到床边，帮我把被子盖得严严实实的：“我今晚回去睡。”

“别走。”我拉住他的手，可怜兮兮地看着他，“我想你了……”

他犹豫了一下，最后还是留了下来。

安静的夜晚，我钻进他的怀里，让他身上独有的味道把我保护起来。有些东西一旦尝试就会上瘾，很难戒掉。

他不说话，只是把我抱得很紧，身上独有的味道把我包围，感觉特别安心。

我轻轻摸他的脸：“师兄，你怎么了？好像心情不好。”

“没有。”他含糊地回答。

他不想说，我也不想追问。

“你的细菌养得怎么样了？”他换了个话题。

“别提了，又死了，我从没见过这么难培养的细菌，我几乎模仿了所有活体的环境，可就是养不活。”

“你把实验记录拿给我看看。”

“哦。”我爬下床把电脑拿来，细致地给他讲述我的实验过程。

无眠的夜，我们坐在床上讨论学术问题。后来，我缩在他怀里静静地睡着了，半夜里，他忽然抓住我的手，冷汗从额头滚滚而下。

“你相信我，我能帮你……”他闭着眼睛，在梦中呓语。

我忙坐起来，推他：“师兄，你怎么了？”

叶正宸皱紧眉，仍未醒，口中反复只有一句话：“我能帮你……你要相信我！”

“我信你，一直都信。”

得到我的回答，他安稳下来，放开我的手。

我依偎在他怀里，头枕着他的肩膀，手放在他的胸口，感受他沉重的心跳。

我信他，可他不相信我，他什么都不肯跟我说。

如果爱情没有信任，所有的承诺都是空中楼阁，再美轮美奂也会坍塌，迟早而已。

从那天后，我每天都会关注雅虎新闻，希望可以看见关于那两个中国人死因的报道，可是这件事再没有出现在新闻上，一切就像是石块沉入汪洋，无影无踪。我问季师姐是否有新的消息，季师姐摇摇头，说大使馆的人没再联系过她，她也就没再问过。

我还试着在网上搜索这次事件，倒是有些人在网上提问，却始终没有后续的官方报道。

有一天，我又想起这件事，心里总是像有什么东西悬着，放不下，我便问叶正宸：“我听冯哥冯嫂说你和东京的黑帮有关系，关于那两个中国人的死因，你应该有点消息吧？”

他原本在浏览网页，拿着鼠标的手一顿，网页快速滑动了几页。

“你为什么这么关心这件事？”

我说：“两个中国人死得不明不白，日本的新闻根本不报道，中国的新闻也找不到任何消息，我当然想知道原因了。”

他神色凝重地叹了口气，缓慢却有力地握住我的手：“丫头，因为国际关系复杂，很多事调查起来难度很大。既然新闻没有报道，应该就是真相还没有调查清楚，你急也没有用，不如暂时忘了，说不定哪天你就突然知道真相了。”

我仔细想想，不无道理。世事就是这样，当你急迫地想要知道答案时，一切却被重重迷雾掩盖，什么也看不见，许久之后，当你几乎遗忘了这件事时，真相却不经意间出现在你眼前。只是，那时的你，已经不再在意了。

第十六章
最钟情

不要自作聪明地剥开谎言华丽的外衣，因为那丑陋不堪的真相未必能带给你快乐，相反，它可能会撕碎你为自己编织的美梦。

恋爱后，我和叶正宸的关系除了睡在同一张床上，和以前没有任何区别，他照常开着他的豪车去研究室，我照常挥汗如雨骑着八成新的二手自行车去上课，去打工。不是叶正宸没心没肺，也不是我矫情。他说要送我去学校，我当然高兴，可转念想想，我们都很忙，作息时间又不同，想要一起去、一起回，时间安排自然要相互迁就，我这人独立惯了，不喜欢被束缚，更不喜欢束缚别人。

叶正宸也曾指着一辆酒红色的奢华跑车问我喜不喜欢，那口吻比送我名表时还轻松，我非常诚实地告诉他："我不会开车。"

"我送你去驾校学学。"

"你饶了我吧。"我说，"我路痴，至今分不清东南西北，骑着自行车在阪大校园都能迷路。"

不待他反驳，我又对他说："自行车没什么不好，又环保，又不担心堵车，锻炼体能，还能防止身材发胖。"

有时还能跟冯哥或凌凌他们搭伴回来，一路有说有笑，自由自在。

自行车的确有很多优点，除了雨天，作为岛国的日本，免不了不时被大雨"关照"一下。

没过几天，我就在回公寓的路上遇上雷阵雨。我以为雨来得快，去得也快，便在一家名车专营店门口避雨。

我正哆哆嗦嗦地躲在背风的一角，抱怨日本的鬼天气，店里的服务人员走出来，非常客气地问我要不要进去避雨，我低头看了一眼脚上湿淋淋的鞋子，再看看人家全景玻璃房内红色的地毯，忙向他鞠躬："非常感谢。我在这里可以的。"

目送着店员进去，我又看见那辆酒红色的奢华跑车，奢华的金属烤漆，柔美的线条，还有那一眼数不清位数的标价。

在这样华丽的灯光的烘托下，它确实比我的八成新二手自行车漂亮一点点。

雨下了一个多小时，不但没有停歇的迹象，反而越下越大，夹杂着呼啸的风铺天盖地。雨水在街上纵横，街上空无一人，汽车也在减速行驶。

放眼望去，自己仿佛置身于黑乎乎的水上世界。

又等了十几分钟，确信这场大雨没有停歇的可能，我拿出手机想给叶正宸打个电话，问他能不能在百忙之中抽出时间英雄救美一下，拿出手机一看，上面赫然有十几个未接来电，都来自他的手机。

我打过去，不等我开口，他先问："丫头，你在哪？怎么不接我电话？"

"没听见，在MB的专营店门口。"为了不让他误以为我是来买车的，我补充了一句，"躲雨。"

"在那等我，我马上到。"

没多久，一辆飞驰而来的越野车停在台阶前，叶正宸拿着一件我的毛衣，撑起伞，从车上走下来，一尘不染的休闲鞋踩着还未被水漫过的水泥地面走向我。我低头看看自己的运动鞋——它早被雨水溅湿了，"满目疮痍"。

两双鞋相聚，脚尖对着脚尖，没有距离，但有点滑稽。

"这么大的雨，在这里傻站着干什么？怎么不骑着你又环保又锻炼体能的自行车回家？"他带着笑意的声音在我的头顶环绕。

我扭头看看自己被雨水洗得一尘不染的自行车，仰起头对他吐吐舌头："不好意思，防水性稍微差了一点。"

"稍微差一点？你还挺谦虚。"他笑了，眼底都是浓浓的笑意，"那么，你现在是打算坐在宝马里哭呢，还是继续骑着你的自行车笑？"

我分析形势，权衡利弊。

"师兄，我能不能坐在你的宝马车里笑会儿？"

他伸手揉揉我的头发，眼里都是宠溺。

毛衣披在我身上，他用柔软的温暖把我包裹住，一只手撑着伞，一只手搂着我的肩膀几步跑到他的车前，打开车门让我上车，又把我水淋淋的自行车塞进后备厢。我怀疑我的自行车卖八次都不够清洗他后车厢里高档的毛毡垫子。

我拉紧身上的毛衣，甜蜜地笑着，笑得下巴差点脱臼。往往女人索要的物质越少，从男人身上享受的温暖就越多。

叶正宸常常说：丫头，我什么都没给过你。

其实，他给过我很多，每一个雨天，坠下的雨滴都凝聚着温暖，每一次思念，跌落的眼泪都是千年凝成的琥珀，镶嵌着破碎的甜蜜。当然，如果能再选择一次，我会让叶正宸把这些温暖换成那辆奢华跑车，至少我能把它换成人民币拿回家孝敬父母。

当时真傻，傻傻地追求着舒婷笔下橡树般的爱情。

以为爱他，就不能攀附他的伟岸和辉煌，更不能借他的光彩炫耀自己。

以为爱他，就要与他做两棵树，根，相握在地下；叶，相触在云里……

以为……

初夏时节，玉兰花开满枝头，远远望去，皆是一团团的白色。

我站在便利店里，一边看表，一边向窗外张望，等着叶正宸来接我。店门轻动，一位极美的女客人走进门，我顿觉眼前一亮，连职业性的“欢迎光临”都忘了说，视线不自觉地追随着她比月华还要皎洁的素净面孔。

她不仅有着绝色的容颜、高挑的身材、玲珑的曲线，气韵更是淡漠出尘。那种与生俱来的清高，怕是秦雪见了都要赞叹一番。如此高雅的气质，即便不穿奢侈品牌新一季主打款的连衣裙，也能看出她出身不凡。

我正猜测这样的名门闺秀为何纡尊降贵来我们的小小便利店，她已随意选了一些食物，挑了几样日用品，又拿了几罐朝日的咖啡口味啤酒走到柜台前。

我立刻躬身，恭恭敬敬地说：“您好，欢迎光临，很高兴为您服务。”

她微笑着颔首，指指我胸前的名字。

“薄？”她用不太标准的日本语问我，“你姓薄？”

“嗯。”我用日语答，“我是中国人。”

她嘴角一弯，笑意暖如春风拂面。

“我也是。”她的声音比我想的还好听，语调舒缓，一口标准的普通话。

“这是你做的吗？”她指指玻璃柜台里的炸鸡便当。

“是的，刚刚做好。”我问，“需要来一份吗？”

她想了一下：“两份吧。”

“好的。”我从柜台里选了两份最新做的，连同她买的东西一起结算一下，“谢谢！六千一百日元。”

她打开包看了一眼，随即眼眸微暗，满脸歉意地看着我：“对不起！我忘记带钱包了。”

“没关系。”我仍把东西交到她手里，“下次再付也可以。”

她微怔，随即垂眸一笑：“谢谢！我一会儿拿来给你。”

她走后，淡淡的香气久久不散。这款香水正是我非常喜欢却从舍不得买的那款。

一小时后，她又来了，掀开钱夹，从厚厚一叠万元大钞里抽出一张：“不用找了。”

她的语气简直和叶正宸一模一样，好像生怕几千日元的纸钞会撑破他们的名牌钱包。我知道自己没必要替人家惋惜，直接把手中刚找出的零钱放进旁边的零钱罐里——这是店里的规矩，我们不能收小费，客人不要的零钱必须放进零钱罐，由老板处理。

她淡淡地扫了我一眼，浅浅一笑。

我深深地鞠躬：“欢迎下次光临。”

从那以后，她几乎每周都会来一两次，买些日用品、食物，有时还会选一两件男士用品。她选其他的东西总是很随意，唯独选男士用品总要挑来选去，连选条内裤也要细细研究说明书，有时还会咨询一下我，问问我的意见。

日子久了我们便熟悉了。通过平时的观察和简单的攀谈，我得知她叫喻茵，刚来日本一个多月，与一个男人在附近租了栋和式的小楼。

那个男人很忙，每月只能抽出一两日陪她去市中心的商场逛街购物，她又对大阪不熟悉，所以能在我们便利店买到的东西，她不会去别处。

有一个周末，我帮李凯代班，喻茵又来买东西。结账时，她郑重地邀请我：“薄冰，你什么时候有空，去我家里坐坐吧。”

“我？”我不认为我们很熟。

“嗯，你是我在日本唯一的朋友。”

我从她的话里听出了孤独，不禁想起我刚来日本的时光。我比她幸运，我有热闹的公寓，有志同道合的同学，还有相互照顾的朋友，最重要的，我有个好邻居。

有些人，总是禁不住想，我刚想到他，他就推门而入。

初夏的午后，骄阳格外明媚，叶正宸推开门，一缕金色的阳光随之而入，暗影落在他略带吃惊的脸上。

他的目光落在喻茵的脸上，难掩惊讶之色。我以为他被眼前的美女惊艳到，早已忘了我的存在，没想到他马上把目光转到我脸上，直直地看着我。

“你来了？”幸福已经在我脸上荡开，我含笑说，“再等我一会儿，李凯有点事，晚点过来。”

“没关系。”他走向我，脸上挂着特别平静的微笑，“不急。”

喻茵淡淡地看了叶正宸一眼，刚好他也看向喻茵，两个人的目光在空中交会了一下，很快错开。

出于一点小女人的危机意识，我特别留意了一下他们的表情：很淡，很冷，完全没有火花。

“你男朋友？”喻茵笑问，眉若远山，“很帅啊！”

我被她说得有点不好意思，脸上一热：“这是我男朋友，叶正宸。”

我又向叶正宸介绍说：“她叫喻茵，也是中国人，住在附近，是我们店里的常客。”

叶正宸向美女略一欠身，难得一见地彬彬有礼道：“你好。”

“你好。”喻茵脸上挂着礼貌淡雅的笑，主动伸手。

叶正宸象征性地握了一下她的指尖便立刻松开，正人君子得不能再正人君子。

嗯，我很满意。

“累不累？”叶正宸问我的时候，掌心轻轻覆在我放在柜台上的手上，一黑一白的手表靠在一起，表针轻盈地同步跳动。

“还好，腿有点疼。”我抬起头，迎着他充满深情的目光，身心顿时被甜蜜填满，满得容不下其他人和事。

“回去泡个热水澡，我给你按摩一下……”他故意把语调拖长，显得意味深长。

我悄悄翻过手，暗中捏了他的手掌一下，示意他当着外人的面收敛一下他的“无耻”。

古人有云：是禽兽不要紧，好歹要装成衣冠禽兽。是不?

他满不在乎地挑眉，俨然在向世人宣告：我是流氓我怕谁!

喻茵到底是个年轻有教养的女人，一听他如此赤裸裸的调情，神色瞬间变得不自然了。

“我不打扰你们了。”她尴尬地笑笑，从我手中接过新买的东西，“我们有空再聊吧。”

喻茵的手指好美，柔若无骨，可惜有点凉。

冰凉，冰凉。

从叶正宸身边经过时，喻茵半仰起头，静静地看了他一眼。

“再见。”

喻茵将这两个字咬得很重。

“再见。”

同样两个字，从叶正宸的口中讲出，让人感觉格外冷漠。

喻茵走后，我半羞半嗔地甩开叶正宸的手：“讨厌！调情也不知道回避一下外人，你让人家怎么看，怎么想。”

“管她怎么想。”叶正宸想了想，又补充了一句，“我们光明正大地谈恋爱，又不是偷情。”

说得也是。要是叶正宸一看见喻茵，立刻拒我于千里之外，我才应该担心。

这时又来了客人，店里有规定，我们工作时间不可以和朋友聊天。

“我要工作，你去外面等我吧。”

“嗯，你忙你的，我随便转转。”

我忙着招呼客人，叶正宸一个人悠闲地绕着商品架观看，或许是为了打发时间，他站在日用品的柜台前，每一样商品都看得很仔细。

李凯来了，我们交接完，我走过去，见叶正宸正拿着一款样式别致的便笺纸，神情若有所思。这款便笺纸是仿真树叶的形状，浅绿色的暗纹纸中嵌着金丝线做的叶脉，清新唯美。

喻茵最喜欢这款便笺纸，买过很多次。

其实我也喜欢，几次想买又因它昂贵的标价望而却步。

“这款便笺纸很漂亮吧？一般的地方没的卖，是我们老板的朋友专门供货给我们的。”

可能是听出我语气中的喜爱，叶正宸拿了两沓去付账，一沓送我，一沓放进口袋里。

那沓便笺纸我一直不舍得用，叶正宸的书和资料里倒是夹满了这样的便笺纸。

上车后，我收好他送我的便笺纸，系好安全带，又按捺不住小女人小心眼的天性，问叶正宸：“你觉得喻茵漂亮吗？”

“喻茵……”他重复了一遍喻茵的名字，语调异常淡漠，像是已经记不起这个陌生的名字属于谁。

我提醒他：“就是你在便利店见到的美女。”

“哦。”他恍悟，“没留意。”

“少来，你明明看了人家两眼。”而且第一眼给人的感觉特别惊艳。

他哑然失笑，沉思片刻后摇头：“不漂亮。”

“骗人！虚伪！”一千度的近视眼都能看出喻茵漂亮，更何况他5.2的视力。

“好吧，她很漂亮。”他趁着红灯凑过来吻吻我的脸颊，“可不管她有多漂亮，在我眼里，你都比她漂亮。”

“真的吗？”明知他在哄我，我还是乐得嘴都合不拢。

叶正宸凝神看着我的脸，也笑了。我眼前的万物似乎都静止了，我的呼吸也凝固了。

有时候，男人的话是真是假并不重要。

不要自作聪明地剥开谎言华丽的外衣，因为那丑陋不堪的真相未必能带给你快乐，相反，它可能会撕碎你为自己编织的美梦。

他说你想听的，你就信了他想说的。

他哄你开心，你就笑给他看。

两个人的甜蜜就是这么简单。

不知何时，他的指背抚过我的脸颊，拇指抚过我上扬的嘴角：“我……”

他的话戛然而止，目光凝在车窗上。

我顺着他的目光看去，街边是一家车行，许多名车都停在广场上，挡风玻璃上贴着各种豪车的性能参数和标价。

“怎么了？”我问。

叶正宸没有回答我。绿灯亮了，后面的车按了一下喇叭表示催促。

他还在思索什么，食指和中指在方向盘上轻轻地叩了两下。

“你喜欢那款车？”我又问。

“啊？”他终于回过神，“嗯，喜欢。”

很明显，他根本没听见我的问题。

恋爱之前，我认为叶正宸做事很有条理，细心又谨慎，然而和他恋爱之后，我才发现完全不是那么回事。他做过许多让人费解的事，比如：他经常爽约，电话关机，让我在咖啡店里傻等一个小时，等我找到他之后，他竟然说不记得约了我。

还有一次，他明明说要带我出去玩，没过几分钟，他又突然说有事，把约会取消了。

他好像还有点精神衰弱，容易从梦中惊醒，醒来之后要把我紧紧抱在怀里，久久不放。

凌凌说："这有点像第三者出现的征兆，你留心些。"

我说："不会的。如果他有别的女人，一定会告诉我的。"

我相信他，始终相信。

迟疑了一下，叶正宸将车掉转方向，驶进车行的停车场。车刚停稳，一位年轻的员工快步跑过来，为我打开车门，然后恭恭敬敬地鞠躬，用日语说："欢迎光临，叶先生。"

"你好。"叶正宸从钱包里拿出张银行卡，指指展示区的一辆白色跑车，"我喜欢这辆车，帮我办一下手续。"

我擦了擦汗，我在超市买白菜也要挑来选去，他买车居然只看一眼。

年轻员工似乎早已见怪不怪，毕恭毕敬地接过银行卡："我马上去办。"

年轻员工一路小跑进了全景的玻璃展厅，透过明亮的玻璃墙，我看见一位穿着件紫色夹克的年轻人，他正在和客人聊天，员工进去和他说了几句话，又指指我们的方向，年轻人点点头，迎了出来。

午后的阳光格外晃眼，却远不及他身上的衬衫和耳朵上的钻石耳钉晃眼。

等他走近，半眯着眼睛打量我时，我才看清他的样子：典型的日本帅哥，身材瘦削性感，肌肤细白，眉目秀美，但他的眼睛很亮，比钻石更加光芒四射。

"嘿！"他和我们打了个招呼，很随意。

"他是井上，这里的老板。"叶正宸为我们介绍说，"她是我女朋友，薄冰。"

我鞠躬，用日语疏离地打着招呼：“初次见面，请多关照。”

井上热情地向前一步，伸手与我握手，并用中文说：“幸会，幸会！能见到叶的女朋友，我实在三生有幸。”

他的发音十分纯正，语调还有点上挑，颇有调笑的意味。

“你的中文说得很好。”

“我是中国人，井上是我继父的姓。”

“哦！”

“美女，你喜欢哪款车？我送你。”听到井上这个问题，我再次擦汗，这人送车的口吻比叶正宸更轻松。

叶正宸也不客气：“你喜欢哪款尽管说，不用跟他客气。”

我很诚实地回答：“没有。”

“那你喜欢什么车，我可以给你订购，定制也可以。”

“自行车行吗？最好有上坡助力的。”

井上笑着与叶正宸交换了一个眼神，叶正宸解释说：“她开玩笑的，你不用当真……我们验车吧。”

“OK。”

两个人没有任何交流，直接走到那辆白色的跑车前，停住。他们之间好像有种难以言喻的默契，叶正宸什么都不必说，井上就知道他想要什么。

直觉告诉我，他们很熟，不是顾客和老板那种熟，也不是莫逆之交那种熟，至于是哪一种，我想不出来。

验完车，井上搭在车门上的手指屈起来，有节奏地叩了两下，叶正宸看了一眼他的手指，走过来搂着我的肩告诉我：“我进去办手续，你等我一下。”

“我和你一起去。”

“不用了，你在这儿和井上聊会儿天吧。”没给我拒绝的机会，他匆匆进去办理手续。

“你觉得这辆车怎么样？”井上不知何时走到我身后。

我不太懂车："很漂亮，师兄最喜欢这种张扬的车。"

"你错了，他不喜欢。"

我微愣，井上冲我意味深长地笑笑："在所有的车里，他最喜欢越野。"

"越野？"

"有一次他让我从英国给他订一款他心仪很久的车，谁知他才开了三天就送回来了。你猜为什么？"

我想起有一天，我熬了一个通宵，刚睡下，叶正宸一脸兴奋地拉着我下楼向我炫耀他新买的越野车，我看都没看，随口丢了一句："丑死了。"转身回寝室继续睡觉，之后，我便再没看见那辆车。

"因为你说那款车太丑了。"井上收起笑意，换上一本正经的神情，"他把你看得很重，而你并不了解他。"

阳光刺得我眼睛酸疼，我微微侧身，避开直射的阳光，看见叶正宸站在玻璃门后望着我。

"离开他吧，这对你们都好。"井上说。

我讶然转脸，看向井上："你说什么？"

"离开他吧。"

我笑了出来："好啊，假如井上君爱上了他，而他爱的人也是你。"

井上无奈地笑了笑，没再多说什么。

回去的路上，叶正宸问我和井上聊了什么，我把我们的对话重复了一遍，叶正宸笑了好久。

"井上为什么让我离开你？"我问。

"大概，他爱上我了。"

我哑然："到底为什么？不许骗我，否则我永远不会原谅你。"

我不认为自己的话多么有威胁性，他却收起了玩世不恭的表情，专注地看着我的眼睛："他怕我对你用情太深，会被你伤到。"

"我伤到你？"我冷哼，"他才不了解你。"

叶正宸淡淡地望向远处："是啊，我这样处处留情的色狼，怎么可能被女人伤到。"

他落寞的声音让我的心莫名刺痛了一下，我忽然想起井上的话："他把你看得很重，而你并不了解他。"

我轻轻地靠在他的肩膀上，对他说："别的女人有没有伤过你，我不知道，可我一定不会。"

他握住我的手，没再说什么。

傍晚。

浴室里，水雾蒙蒙，弥漫着淡淡的薰衣草香。

我躺在浴盆里，让温热的水漾过完全赤裸的身体，驱散全身的隐隐阵痛。

叶正宸坐在浴盆的边上，小心地托起我的腿，用掌心掬了一捧浴盐，沁了水，慢慢在我站了整整六个小时的小腿上按揉。

看着帅哥低垂的眉宇、嘴角噙着的温柔浅笑，感受着细腻的颗粒融合了恰当的力道按摩过每一寸酸疼的肌肉，那是一种人间的极乐享受……

揉着，揉着，细腻的磨砂颗粒被他揉化了，滚烫的掌心由按揉变成抚摸，酥麻的暖流一遍遍侵袭我的理智。

"喂！"我动了动腿，踢了他一下，"专业点，别占我便宜。"

哼！当我没上过按摩课？当我不知道按摩和挑逗的区别？！

他无奈地摇头，开始给我按穴位，拇指刚一用力，一阵剧痛从小腿的穴位直入中枢神经。

"啊！"我忍不住惨叫。

他心疼地看了我一眼，发出一声幽幽的叹息，用毛巾浸了热水敷在我的腿上，拇指隔着毛巾按压着我腿上的穴位。

"丫头，把工作辞了吧，这么大的工作强度，久了容易得骨病。"

"辞了工作我靠什么生活，靠什么缴学费啊？"

"下学期的学费我帮你付，别做了。"

我把手臂搭在浴盆边缘，撑着右腮对他抛了个媚眼：“对不起！小女子只卖艺，不卖身。”

他抬头，冲我嘲讽地一笑：“就凭你这点‘技术’，还好意思出来卖艺？”

我差点气吐血。

他看向我的胸口，玩味地道：“幸好你有得天独厚的先天条件……”

“你！”我气得撩起水往他身上泼，没几下他的衬衫就湿透了，半透明的浅灰色下隐约可见六块强健的腹肌。

我以前一直怀疑他这六块腹肌是在女人的床上练出来的，后来他说我体力太差，每周三带我去健身房健身，我才知道他的好身材是健身房里练出来的。

“怎么？不服气？”他笑着捉住我的手，把我从浴缸里拖出来，放在他的腿上，双手环住我的腰。隔着薄薄一层半湿的衬衫，我完全能感受到他身体的火热。

他的气息顺着我光裸的肩吹进我的后颈，又麻又痒：“还想再和我切磋一下‘技术’？”

“你想得美。”我恨恨地说，“给我按按肩膀，肩膀疼。”

他又一次叹气，耐着性子给我按肩膀。

过了一会儿，他又不死心地游说我：“丫头，听话，把工作辞了。我可不希望等你老了，我每天用轮椅推着你去看夕阳。”

“谁要你推我……”我猛然回味到他话中的深意。

“你说什么？”我转过身，捉紧他的衬衫袖子，“你再说一遍。”

“等我们老的时候，我不想每天用轮椅推着你……我希望你能挽着我的手，陪我去周游世界。”

会吗？会有那么一天吗？

我们面对着彼此布满皱纹的脸，抚摸着彼此花白的头发，扣紧彼此的手，一黑一白的情侣表仍戴在手腕上——它们和我们一样成了老古董。

“真的吗？你说真的吗？”如果能有那一天，我愿意用一切去换。

“真的。”他对我说，“答应我，不管发生什么，都要留在我身边……三年之后，我一定娶你。”

我吻上他，全心全意。室内弥漫着薰衣草的幽香，乳白色的雾气在半空中悬浮，潮湿而温暖，透着让人窒息的暗香。

我依在他肩上，许下我认为永不会变的诺言：“我等你。无论三年，还是三十年，我都愿意等你！”

第十七章
爱正浓

我坚信医学与爱情不同，它没有毫无缘由的爱恨嗔怨，只有用付出换回的成果。

夏去秋来，大阪医学院前的银杏林又落了一地的金黄。转眼间，我已经来日本一年，人累得比季师姐还要瘦，细菌却还是养得半死不活。叶正宸不止一次劝我换一个课题来做，但我不想放弃，我坚信医学与爱情不同，它没有毫无缘由的爱恨嗔怨，只有用付出换回的成果。所以，医学的世界没有真正的失败，只有放弃。

第N批细菌又开始活跃了，我松了口气，从实验室走了出去。刚轻轻关上门，季师姐便匆匆唤我："小冰，柴田教授叫你去他的办公室。"

"他找我什么事啊？"

"我也不知道。"

自从被藤井教授"剥削"开始，我极少有机会和柴田教授交流。原因之一是他很忙，除了去开会、申请经费，其他时间都在研究室里准备他的新项目启动。另一个原因是他和藤井教授之间产生了一些矛盾，两个人承担的项目互不相干了。

我曾悄悄问过季师姐缘由，她也是一头雾水，只说她无意中听见过柴田教授和藤井教授争论，以她所学有限的日语判断，是柴田教授不赞成藤井教授研究新型的抗癌细菌，至于原因，季师姐也没有听懂。

怀着满心的疑惑，我走到柴田教授的办公室门前，敲了一下门便耐心等待，直到听见里面说"请进"，我才推开门说："打扰您了。"

"没关系。"

柴田教授坐在会客桌前，从堆积如山的资料堆里抬起头，一双深灰色的眼睛从黑框眼镜后打量着我。黑色的西装显得他的身材更加清瘦，这半年来，他的头发又白了许多，皱纹似乎也更深了。

"您找我有事吗？"我恭恭敬敬地行礼，用英语问。

"坐吧。"

他的办公室非常乱，资料摆得到处都是，我好容易找了一把没放资料的椅子，拉到他的会客桌前，坐下。

"这是池田公司给你的奖学金。"他拿了一份池田奖学金的协议给我，并告诉我，“你看看有没有问题，没有的话请签个名，再把有效的银行账户填上，前两个月的奖学金这周内会补发到你的银行账户上。”

我难以置信地拿起协议细看。协议起草得非常明确，每个月二十五万日元，按月发放，上面已经写好了我的名字，银行账户和账户名空着。

“教授，您是不是搞错了？我没申请过池田奖学金。”刚开学的时候我虽然申请了几个奖学金，但因为成绩不够好，又没有突出的研究成果，所以被驳回了。而且，我根本没申请过池田奖学金——这个奖学金的要求非常苛刻，不仅要学习成绩好，还对英语、日语、社会活动能力、个人素质等好多方面有要求，我连想都不敢想。

柴田教授闻言也显得十分惊讶，又拿起协议看看，之后特意打了个电话向系办公室确认。

系里也不明白是怎么回事，专门去确认了之后才给他回复。

挂断电话，他告诉我：“没有错，这是池田奖学金的负责人指定要给你的。他们让你看清楚协议内容，尤其是第十条。”

我翻到第二页，找到第十条，上面赫然写着：拿到此奖学金的学生禁止打工。

我终于懂了。

叶正宸还真是煞费苦心。日本不比其他国家，它有非常严谨的体制和规则，一切都有严格的规矩，包括奖学金的分发制度。想要把奖学金破格给特定的人，这是一件非常难运作的事情，远非几百万日元可以解决。

震撼于叶正宸为了我煞费苦心的同时，我也震撼于叶正宸在日本的势力。

一个在日本医学院读书的留学生，竟然能打通上上下下的关系，太匪夷所思了。

“还有问题吗？”柴田问我。

“没有了。”既然叶正宸为我做到了这一步，我再故作清高就有点矫情了。我提笔在上面签了字，又将银行卡的卡号填上去。

填好之后，我将材料交给柴田教授。他确认了材料没有问题，又问我："最近有没有遇到什么困难，如果有，可以告诉我。"

我想，柴田教授既然反对这个抗癌细菌的研究项目，证明他对这个项目有深入的了解，难得有这次机会和他见面，不请教他一些问题岂不是浪费机会？

"教授，请问您有时间吗？我的课题遇到了很大的困难，我想和您讨论一下。"

他犹豫了一下，才点点头说："可以。"

我把这半年来的结果都给他展示了一遍，也把遇到的所有难题统统说了一遍。柴田教授听后，仔细问了我许多细节问题，我都详细地回答了。

他的表情十分满意，夸我观察得很仔细，也很有想法。

"可是我根本找不到相关的资料，这样漫无目的地尝试下去只是在浪费时间，浪费我们研究室的资源。"我不忘恭维他几句，"教授，您对这种细菌的特性了解吗？能不能给我一些指点？"

他思考了很久，进去了里间。

过了好久，他拿出几页纸交给我。

"这是一个博士生毕业论文中的一部分，讲述了他在研究过程中观察到的细菌特性，你回去参考一下，应该对你有帮助。"我接过资料时，他郑重其事地拍拍资料，"这份资料是我整理的，对你的课题很有帮助，但是你只能看一下，不要复印，也不能给其他无关的人看，明白吗？"

"我明白。"我说，"我会为您保密的。"

"不是为我，是为我们研究室，为了你自己。"

我郑重点头。

从柴田教授的办公室离开时已经是下午三点多，我先去便利店感谢了一番老板的关照，然后把工作辞了。

我本想做一顿佳肴慰劳一下为我煞费苦心的叶正宸，可他说有事，晚上不回来吃饭，我也懒得做一人份的晚餐，随意吃了点零食，便开始埋首苦读资料。几页纸的内容，我读了三四遍。原来这种细菌适宜在25~30摄氏度的环境中生长，这就说明在人的活体上不能形成芽胞，难怪我总是养不活。

叶正宸一回来，我不等他开口，先把他拉到书桌前："师兄，你快来帮我看看，这种抗癌的细菌怎么这么奇怪？"

柴田教授，不是我不帮你保守秘密，我这可是帮你找个高手分析，还是有偿的呢。

叶正宸拿起资料看了看，问我："这是什么细菌？"

"副教授说这是他整理的一些重要资料，关于抑制癌细胞病变的，可是我仔细看了一下资料，发现这种细菌在无氧环境下的繁殖能力特别强，我觉得数据好像有点问题……"

"繁殖能力特别强？"叶正宸坐在床上，仔细阅读，十分钟、一小时、两小时……

他越看越认真，越思索表情越深沉。

"师兄，你看明白了没？"看不明白就说嘛，我又不会嘲笑他，何必把眉头皱得这么紧。

他根本没搭理我，从桌上拿了支笔，在我的资料上圈圈点点。

我闲着无聊，坐在电脑前面浏览八卦。看到当红女星李菲菲和某大学老师吃饭的绯闻被曝光，我一时好奇点进去，照片上只照见一个男人的侧影，与李菲菲对面而坐，没有任何暧昧的动作。

哇！这男人太帅了，太有气质了，那坐姿，那喝水的动作。这些记者眼神有问题吧，他一看就不是大学老师，我的大学老师没一个有这种气质。

我正欢快地看帅哥，叶正宸毫不客气地把我从椅子上拎起来："我用一下电脑。"

我恋恋不舍地看了一眼电脑屏幕，站起来。本想等他看完资料，我继续看帅哥，谁知他这一坐下，一晚上都没站起来。

我不知道那几页纸上有什么引起了叶正宸的兴趣，他废寝忘食地搜索资料，一查就查了一整夜。我等他等得睡着了，醒来时，他还坐在电脑前写东西，面露疲倦之色。

我有点心疼了，从背后抱住他，小声劝他："别看了，休息一下吧。"

"等一下。"

过了一会儿，他打完最后一行中文字，点了一下存盘，转身把我抱到他的腿上，指着上面的文字告诉我："这是我给你总结的关于这种细菌的详细资料，你按照上面的培养步骤试一试，如果没有意外，应该能成功。"

"你找到资料了？"

"嗯，Bacillus anthraci（炭疽杆菌）。"他说，"具有极强的传染性，曾被美国军方作为致死战剂之一勒令彻底销毁。

"什么？致死战剂？日本人还想养活它？"

他犹豫了一下，揉了揉额头："最近这段时间又有研究发现Bacillus变异之后能对抗癌细胞。照资料上的特性分析，你们研究室想要培养的不是纯正的Bacillus，应该是一种变异细胞。"

"哦。"那我就放心了，我还担心有人又要展开细菌战呢。

"丫头，"他郑重地嘱咐我，"我给你写的注意事项一定要看仔细。这种细菌传染性极强，通过皮肤、呼吸都能感染，一旦感染且发现不及时……"他看着我，慢慢地说，"百分之九十九活不过一个月。"

这么恐怖，难怪细菌培养室的级别那么高，有专门的人帮我们消毒，副教授还一再交代我要小心。

"师兄，你不是学临床的吗？怎么对细菌这么了解？"

我刚想表达一下我对他如滔滔江水般连绵不绝的敬仰，他看看手表，淡淡地说："十四个小时。嗯，你又欠我十四节课……"

我晕！加上这十四节课，我已经整整欠他二十次了。我明明每天都在努力，墙上明明画满了"正"，我为什么还是还不清我的债？

我满脸堆笑地讨好他："师兄，你懂的好多啊，我崇拜死你了！我——"

他冷笑："没用，欠我的，一次都不能少。"

"Bacillus，快毒死我吧。"

他伸手把我搂在怀里，笑嘻嘻地说："在被毒死之前，你先去给我煮碗面吧，我饿了。"

我飞快地奔去给他煮面，等到面煮好后，他却已经半倚在枕头上睡着了。他睡得很沉，额前的黑发随着有节奏的呼吸轻动。那一刻，一切都仿佛变得温柔了，阳光也温柔，空气也温柔，我们的时光也温柔。

温柔的时光易逝，温柔的人心易碎，我深谙这个道理，故而格外珍惜和叶正宸在一起的每一天，但是无论我如何珍视，搭建在流沙上的楼阁终究会倒塌。

自从辞去便利店的工作，我再没见过喻茵。偶尔，我会打个电话问问她的近况，她的声音听上去很开心，和我聊上好久才挂电话，但她从不主动给我打电话，我也渐渐不再联系她。我以为再不会遇到她，没想到一个月后的晚上，我又见到了她。

那天，叶正宸说要等我吃晚饭，我一路骑着自行车飞驰。途经一个十字路口，绿灯刚刚变成红灯，我算着十字路口的红绿灯变换有个延迟的时间，想趁这个时间差加速冲过去。

我刚骑到一半，交通灯由红灯变成了绿灯。一辆停在路口的白色轿车突然启动，朝我驶过来。就在马上撞到我时，司机急忙刹车，车头转向别处。

一切来得太快，我还没来得及做出任何反应，车已经撞到了我的自行车尾。尽管冲力不大，我和自行车还是顺势跌出两米多。

模糊中，我看见一道翩然的人影跑向我，我还以为是仙女来带我走，吓得浑身发抖。我还没活够，我还欠叶正宸二十几次补课费没还，他该有多郁闷啊？

“薄冰？薄冰！”一声声轻柔的呼唤，将我从骤然撞击导致的短暂晕厥中唤醒。我睁开眼，看见喻茵漂亮的脸。忍着头上撕裂的疼痛坐起来，我看看周围，还是我刚才要过的街口，扭曲的自行车躺在旁边，我躺在地上，而喻茵正在探视我头上的伤口。

“对不起！”喻茵拉着我的手不停地道歉，说她刚刚开车不够专心，没看到我。

“没关系。”我深呼吸一下，五脏六腑没有剧烈的疼痛，尝试着动动四肢和各个关节，都还能动，“你不用担心，我伤得不重，皮外伤而已。”

“我送你去医院好好检查一下。”喻茵扶着我坐进她的车。

去医院的路上，我才留意到她苍白的脸色，还有她红肿的眼睛，忧伤写在眼底。

不待我问，她先开口：“对不起！今天发生了一些事，我心情不好，开车时精神有点恍惚。”

我不知道发生了什么事，不敢唐突地询问，试探着问：“发生了什么事？我能帮你吗？”

“他有了别的女人。”

“你确定吗？也许你误会他了。”

她摇头：“我亲眼见到的。”

“亲眼见到的也未必是真的。”

“他亲口承认的。”

我深深地叹息，喻茵这样的美女都留不住男人的心，这到底是什么世界啊？

沉默了一阵，她问我：“换作是你，你会怎么做？”

我尝试着易地而处，尝试着假设叶正宸移情于别的女人，便立刻懂了喻茵的悲恸和矛盾。可痛苦又如何，终是无法改变他决绝的心。

我说：“如果是我，我会放手，再去寻找懂得爱和珍惜的男人，和他结婚生子，共度此生。”

她看着我，飞掠的街灯在她脸上投下忽明忽暗的光。

“薄冰，有时候我真羡慕你，活得简单、乐观。”

我以为以我的伤情，医生顶多给我头上的伤口缝几针，打一针破伤风就把我打发回家了，可到了医院，医生从上到下、从里到外仔仔细细地检查一番，确定没有内伤，没有骨折，没有脑震荡，还建议我住院观察几天。

眼前穿白大褂戴白口罩的男医生让我想起叶正宸，于是更加心急如焚，不停地看表，祈祷他再有点耐心，千万不要打电话追查我的下落。

神又一次无视了我的祈祷，我的手机还是响了。

医生正在给我处理手臂上的伤口，我不方便动，焦急地盯着我的包。

喻茵看出我心急，放开握着我的手，从我的包里翻出手机看了一眼来电显示。

“是你男朋友，我帮你接吧。”

我记得我的手机里存的是“师兄”两个字，她居然能猜出是我男朋友，厉害!

“别说我受伤了。”我忙说，“你帮我告诉他，我有事不方便接电话，过会儿打给他。”

“好。”喻茵接通电话。

医院很静，静得没有声音，我清晰地听见叶正宸含笑的声音。

“我限你半小时内回来，否则别怪我禽兽不如。”

我……有这种男朋友真是人生莫大的耻辱。

我的脸火辣辣地烫，绝对可以和麻辣烫媲美一下。

我估计喻茵从来没听过这么无耻的话，脸都吓白了。不过，人家终究是大家闺秀，很快恢复了原有的矜持，柔声说："你好。"

"……"

电话那边是长久的沉默。

估计某色狼正在那边捶胸顿足外加羞愧难当，我要是他早把电话挂了，拿块豆腐撞死。

喻茵清了清嗓子，语调平缓地说："你好，我是喻茵，薄冰的朋友。"

"她呢？"叶正宸再次开口，声音里没有一点羞愧也就罢了，居然还冷若冰霜，"让她接电话。"

"她有点事，不方便接电话，过一会儿我让她打给你。"

"让她接电话，现在。"

他的声音不仅冷，而且果决，完全不给人反驳的余地。我从未听过他用这样的语气说话，突然间有点陌生和惶然。我被他的气势震慑到，急忙从医生手下挣脱手臂，从喻茵手中接过电话。

"师兄，"我压低声音说，"我现在有点事，一会儿就回去。"

"你在哪？"一听见我的声音，他话语的温度明显上升了十摄氏度，"你不是说很快回来，怎么和她在一起？"

虽然他的语气好多了，可一想到他刚才的语调，我仍心有余悸，立刻坦白交代："我过马路的时候闯红灯，出了点意外。"我怕他担心，忙补充了一句，"我伤得不重，一点点皮外伤——"

不等我说完，他马上问："在什么医院？"

"丰中医院。"我乖乖地答道。

"等我。"

没有其他的话，他挂了电话。

丰中医院距离我们的留学生公寓非常近，我计算了一下，他十分钟应该能到，想不到他七分钟就到了急诊室。

他一进门，先从上到下检查了一遍我的伤口，又向医生详细地咨询了一番我的病情。和医生聊完，他才想起和我说话："怎么受伤的？"

他问我的时候看了喻茵一眼，似乎料定了这事与喻茵脱不了干系。

“不关喻茵的事。我闯了红灯，幸亏她刹车及时，才没有撞到我。”怕他心疼，我故意笑着说，“要不然，我欠你的补习费要等到下辈子才能还了。”

他想说什么，张了张口又说不出话，干脆把我抱在怀里。

他抱得太紧，压到了我的伤口，可我一点不觉得疼，只觉得自己很幸福。

喻茵站在一旁看着我们，没有任何表情，仿佛站在天际的仙子，落寞遥望着尘世间男欢女爱的喜怒哀愁。

我猜，她一定想起了那个人，因为她的眼睛里又有了泪光。

在叶正宸和喻茵的一致决定下，我被迫留在医院观察一周，顺便养伤。住院的费用除了医疗保险承担的部分都是喻茵缴的。我特意告诉叶正宸，这次的意外不怪喻茵，让他帮我把钱还给她，他只冷淡地嗯了一声，没有一句多余的话。

住院这几日，我发现叶正宸和喻茵有点八字不合，准确地说，是喻茵有点忌惮叶正宸。她每天都来陪我，照顾我，我们有说有笑很开心，可只要叶正宸一来，喻茵一见他冷若冰霜的脸，举止便难掩慌乱，有点坐立不安。

叶正宸只要冷冷地看她一眼，她便立刻借故离开。

我总觉得他们这种毫不掩饰的疏离有些刻意，但具体是什么地方不对，我又想不出来。

有好多次我都想问问喻茵到底为什么那么忌惮叶正宸，又不知如何开口，终于有一天，我忍不住了，试探着问叶正宸：“你很讨厌喻茵吗？”

叶正宸吹着牛奶杯里的热气，雾气遮住了他的眼睛：“不是。”

“那你怎么对她那么冷淡？”

他笑着捏捏我的脸：“我怕你怀疑我们有奸情。”

“嘁！”我不屑地撇嘴，“我才不是那种小心眼的女人。”

“嗯。”叶正宸十分“认同”地点点头，“不知道是谁一个劲儿地追问我喻茵漂不漂亮。”

我望天，望地，望牛奶杯：“师兄，牛奶凉了没？”

他把牛奶送到我嘴边，慢慢喂我喝。

我刚喝了两口牛奶，喻茵来了，她见叶正宸在这儿，打了个招呼，放下手中的水果。

她从水果篮里拿出两个新鲜的水蜜桃：“我去洗桃子。”

水蜜桃粉红得诱人，我禁不住多看了两眼。恰是这多看的两眼，让我留意到喻茵用一只手拿着两个硕大的桃子，空出了一只手。

我正琢磨她为什么不用两只手拿，就见她经过叶正宸的身侧时，有意倾了一下身子，屈着食指和中指，轻轻在他后肩上叩了两下。

这样类似的小动作我见叶正宸做过几次，因此印象特别深刻。

叶正宸毫无反应，拿了张纸巾帮我擦擦嘴角的牛奶。我也没有提醒他，继续喝牛奶。

几分钟后，叶正宸的手机响了，他看了一眼手机号，犹豫了一下，才起身说：“我去接个电话。”

他出去之后，女人天生的敏感让我隐隐感到一阵不安。我不是个多疑的人，可直觉告诉我：这个电话是女人打来的。

我下床穿上鞋子，一瘸一拐地走到门口。说不清是意料之外，还是意料之中，叶正宸果然在和喻茵说话。

喻茵背对着我，仰头看着他，我看不见她的表情，而叶正宸面朝着我的方向，他唯一的表情就是没有表情。

我刚想走近些，听听他们聊什么，叶正宸便看见了我。他没有任何慌乱的反应，从容地从衣袋里掏出钱包，拿了一张银行卡给喻茵，说了一句话。

既然已经被他看见，我也不好回避，慢慢走到他们的身边问：“你们在聊什么？”

喻茵听见我的声音，立刻扭过脸，擦擦双颊，我看见一滴泪掉下去，落在地上很轻，落在我疑虑重重的心头却很重。

“没什么，我把你的住院费用还给她。”叶正宸说。

她接过银行卡，转头对我笑笑，眼睛还是红的：“对不起！我有点事，先走了。”

喻茵脚步凌乱地跑进电梯。那一刻，我发现她实在太美了。飘逸的浅灰色衣裙，漂亮的棕色长发，高雅脱俗的气质，即便哭泣，动人的脸庞也是光华无限。

“她怎么哭了？”

我之所以这么问，是因为我答应过会相信他，我不希望任何误会让我们错失彼此。

事实证明，不要试图让男人去解释误会，那是在逼他们一次次用一个谎言去圆另一个谎言。

他深深地皱了皱眉，似乎不愿意说。

“不说算了。”我冷冷地转身。

每走一步，我就感到心往下沉了一些……心不停地下沉，沉进看不见的黑暗中……

“她希望我原谅她。”他急忙追过来，挡在我面前，“她说当时天太黑，你的自行车没开灯，她根本看不见有人……”

我清楚地记得，我的自行车开了灯。黑夜里不开自行车灯是违法的，我为此被交警拦过一次，教育了十几分钟，所以从不敢忘。

我不知道喻茵是没看见，还是想找借口给自己推脱，但这不重要，重要的是叶正宸和她到底什么关系。

我转回脸，问他：“那你怎么说？”

“我让她不要再出现在我眼前，我不想看见她。”

我半晌无言：“你怎么能这么说？太没风度了。”

“她差点撞死你！难道你让我笑着跟她说，没关系，撞死了也没关系？”

我被他弄得更无语，最后憋不住笑了出来。

“天底下女人那么多，撞死我你再找一个呗。”

他抓住我的手，青白色的灯光照在他黑色的表扣上，照见清晰的两个字：丫头。

后来，他非常认真地问我：“丫头，你真的忘了开车灯？”

“是，我忘了。”我说，“师兄，你有点风度，去和人家道个歉。”

“好吧，你是病人，你最大，我都听你的。”

“我只是一个病人吗？”我不满地瞪着他。

他伸手扶住我的肩膀，笑吟吟答：“你当然不只是病人，你是唯一能为我做饭、洗衣服、铺床叠被，还每天陪我睡觉的女人。我后半生的幸福，全指望着你了。”

虽然他的甜言蜜语说得不太甜，可我还是笑得比蜜糖还甜。

叶正宸向来是个遵守承诺的人。第二天，喻茵来了，他主动给她搬了把椅子，非常客气地说了句：“请坐。”

喻茵愣了愣，连忙说：“谢谢！”

我又对他挤挤眼睛，他无奈地点头，对着喻茵挤出一个挺勉强的笑容：“喻小姐，我非常抱歉，昨天对你说了一些不该说的话。我是因为太在意丫头，看不得她受到一丝一毫的伤害，才会口不择言，希望你不要介意。”

“我明白。”喻茵苦笑着看向我，“她对你来说……太重要了。我不会介意的。”

叶正宸看她一眼，目光让人不寒而栗：“明白就好。”

眼看着气氛又要不和谐，我赶紧扯了扯他的衣袖，叶正宸收回目光，留给我一个深情无限的眼神：“既然有人来陪你，我先去研究室了。你想我的时候给我打电话，我随叫随到。”

“嗯。我知道啦，你快点去吧。”

他若是再不走，喻茵恐怕无地自容了。

从那之后，叶正宸和喻茵的关系改善了很多，偶尔也会聊聊天，虽然只有只字片语的寒暄。然而叶正宸还是不喜欢喻茵，经常明示暗示我不要跟她走得太近。

我问他：“你为什么不喜欢喻茵？”

他说：“因为她的心机太深，你被她整死了还不知道为什么。”

我还是想不通。喻茵与我往日无冤近日无仇，她没有理由要整死我，我只要诚心诚意待她，她自然不会害我。怀着对喻茵的真诚之心，出院之后，我特意请喻茵来我家里吃饭。

她细细地研究着我的家，当然也包括叶正宸挂在衣架上的外衣和墙上写满的“正”字。

“这是师兄给我补课的次数，写着玩的。”我一边收拾东西，一边不好意思地解释。

“你们的感情一定很好。”

“还好吧。”我随口说，“没你想的那么好，我们在一起还不到三个月。”

“三个月，刚好是热恋期。”

“是啊，三个月是爱情的保鲜期。爱情一旦过了保质期，说不定会发生什么事。”

喻茵没说什么，看着满墙的“正”字。

几天后，喻茵也请我去她的家，我欣然同意。

她开车载我去她家，途经好多便利店，哪个都比我以前工作的便利店近。

喻茵的家和我梦想中的一样，白色的镂空围栏圈着小小的花园，里面种满了黄色的郁金香。经过一条砖红色的小路，我们走到她家门前，白色的喷漆木门上挂着金属的风铃。她打开门，铃声轻扬，一阵风迎面而来，夹杂着梦幻的香气。

门的对面是一扇落地窗，窗上挂着淡绿色的暗花窗帘，此刻正紧合着。风一过，窗帘迎风飞舞，青翠的阴影落了满地。

喻茵说："不好意思，他一向不喜欢打开窗帘。"

淡绿色的窗帘，常年不拉开，这让我不由自主地联想到另一个房间——我的隔壁。再看一眼眼前的窗帘，我暗暗晃头，让自己尽量不要把毫无关系的事情往一起联想。

"请进。"

喻茵拿了一双女士的拖鞋放在我脚边，自己则穿了一双墨绿色的男式拖鞋。我穿上，踩着白色的暗纹实木地板走进去。喻茵应该特别钟爱暗纹的东西，连这两双同款同色系的拖鞋都是暗纹的。

喻茵先带我参观了一下这个家。一楼是客厅和厨房，厨房里的东西都是一对，且只有一对：一对嵌了金边的古瓷咖啡杯，一对透明的琉璃碗，一对白漆的筷子，连餐桌两侧都只摆了一对红木的椅子。显然，这是属于两个人的世界。

而且，根据我所学的有限的心理学常识来判断，这里的主人内心有一种强烈的暗示，排斥外人介入他们的二人世界。

跟随在喻茵身后，我们走上二楼。楼梯口的两侧有两间卧房，一间和式，一间西式。和式的房间里只有榻榻米，窗边垂着竹制帘子，把房间遮得严严实实，除此之外空无一物，足见自过去的主人搬走后此屋再未用过。西式的房间则被精心打理过，梳妆台上放满名牌化妆品，正中是一张看上去柔软舒适的双人床，淡绿色的薄被铺得没有一点褶皱，洁净如新。

"你喜欢绿色吗？"我问喻茵。

喻茵笑了，放下那高不可攀的矜持："不，他喜欢。"

我静静地看着那张温馨浪漫的双人床，生硬地牵动嘴角，微笑："师兄也喜欢绿色，可我不喜欢，我喜欢粉色。"

我的床单是叶正宸陪我买的。那时，我对着两种款式左右为难，其中一款自然是纯净的浅绿色，我猜叶正宸一定喜欢，可是另一款真的很漂亮。

“你说我该选哪一套？”我问他意见。

他指了指另一款，淡紫色印着甜蜜的粉色碎花，典型的小女人风格。

“你不觉得很幼稚吗？”

他伸手摸了摸上面的碎花：“有一点，不过……这种粉色总会让我想到你，然后，我就有种想睡在上面的冲动……”

我红了脸，偷笑着将那套粉色的放进购物车。

我想对喻茵说：人，不会永远只喜欢一种颜色，他会改变，直到遇见能改变他的人。迟疑了一下，我选择先对自己说：人和人不一样，叶正宸和喻茵的男朋友也不一样。

参观完卧室，喻茵又带我去了他们的书房。书房的书柜几乎都空着，里面只放了一两本日文书，其中有一本《临床病理学》。

“咦？你学医的？”我有点好奇。

“是的，我是北大医学院毕业的。”

“这么巧，师兄也北大医学院……”说着，我拿出《临床病理学》随手掀开一页，只看了一眼，我便将书快速合上，放回书柜中。

我深吸口气，说：“对不起！我想去一下洗手间。”

“那边。”

她指了指走廊最里面的位置，我顺着她指的方向快步走过去。

站在卫生间里，我背倚着门，双腿不住地颤抖。视线所及之处，一套男式的洗漱用具整齐地摆在右侧，毛巾折好，搭在一边——这也是叶正宸的习惯。我和他住在一起之后，不管我的化妆品摆得多乱，洗手池右侧的位置都是专属于他的，他必定把自己的东西整齐地摆在一侧，毛巾也要折好放在一边，不许我动。

这些习惯我可以全当它是巧合，可是那本书上批注的字迹不会是巧合，那刚劲有力的笔锋我再熟悉不过。

用冷水拼命洗脸，直到纷乱的思绪被冷水冷却，我才走出洗手间。喻茵站在走廊尽头等我，背着阳光，阴影下的轮廓让我想起台湾的某名模，同样充满诱惑力的还有性感的双腿、名门闺秀的高贵气质和甜美的嗓音。我要是男人也会动心，也会想去征服，然而，能把这样的女人藏在金屋之内，绝非等闲男人能做到。

叶正宸，我太低估他了！

和喻茵品了一下午的苦茶，聊天。聊了什么我完全不记得，只记得茶很苦，苦得我无法下咽，可我还是一杯接一杯地喝。

傍晚时分，我回到家，坐在床上呆呆地数着满墙的“正”字，嘴里的苦味才慢慢淡去。

叶正宸打电话说他回来吃饭，我才洗了洗脸，在厨房做了几个他最爱吃的菜，摆好了碗筷等他回来。

吃饭时，我夹了一块辣子鸡放在他碗里，笑着说：“我今天去喻茵家喝茶了。”

“哦。”叶正宸的筷子顿了一下，夹起鸡肉放在嘴里慢慢嚼。

“她的家很温馨。”

他咽下嘴里的食物：“是吗？有我们的家温馨吗？”

我环顾了一下我的房间，太简陋了，简陋得连墙都不隔音。

我摇头：“没有，她的家没有你……”

叶正宸蓦然抬头，眸色幽深，随即笑了，嘴角噙着调侃的味道：“她的家也没有你。”

我也笑了，冲他甜蜜地笑着。叶正宸不该做医生，他该去混演艺圈，以他傲人的外表、绝佳的演技，说不定能混个影帝当当，再配上某方面的超常能力，想不大红大紫都难。

吃过饭，收拾好房间，我去洗澡，在浴盆里躺了四十几分钟，才围着浴巾出来。叶正宸坐在桌前看资料，窗帘已合上。我走近他，从背后抱住他的腰，他刚刚沐浴过，味道清爽极了。

油腻的烟火味散尽了，清爽的薰衣草香中夹杂着另外一种淡香，不是窗外的青草香，是另外一种香，我最爱的那款香水的味道。

法国香水有个最大的优点，淡而不散，久而不觉。

或许是女人天生钟爱香气，我对香气极为敏感。我瞄了一眼他看的资料，如果我没猜错，那是香气的来源。我感到有点悲哀，纵然叶正宸把一切都掩饰得滴水不漏，终不如女人更了解女人，不如喻茵心思独到。

只是我想不通，喻茵如果有意让我知道她和叶正宸有染，直接告诉我就行了，何必做这样弯弯绕绕的暗示，万一我是个没心没肺的女人，岂不是辜负了她的一番苦心？

难道，她是不敢说吗？想起前几日在医院里，喻茵见到叶正宸时那种低眉顺目的样子，我心中涌起一股恨意，我朝着叶正宸的右颈狠狠咬下去。他一惊，急忙躲开。一咬一避间，齿痕反而更深，甚至沁出了紫红色痕迹。

他摸了摸齿痕，扑过来，扯下我围在身上的浴巾，在我身上留下更多青紫色。

整个过程中，我对着他又亲又咬，恨不能在他全身每一个隐私处都留下欢爱过的痕迹。他说我难得一见的狂热简直让他受宠若惊，故而格外温柔，格外动情。

我触摸着他额边的汗珠，轻缓地用指尖描绘他脸上的棱角和唇际的线条。烟火在黑暗中燃放，我仿佛回到了那个疾风骤雨的夜晚，摇晃的天地间，落花簌簌。

清晨时分，我拉开窗帘，沉睡中的叶正宸立刻伸手遮住眼睛。

“这么早？”他问。

“我今天要去神户。”

“去神户？”他坐起来。

“我上次不是跟你说，我有个同学在神户大学，她约我过去玩……”我确实有个同学在神户大学，来大阪玩过一次，叶正宸见过她。

“我陪你去吧。”

“我晚上住在她的公寓，你去不太方便。再说了，女人和女人的约会，你去了也不合适。”

见我没有让他去的意思，他也不再坚持。

吃了早饭，我换上运动服，穿上运动鞋，背上双肩包，还不忘带上一大瓶水。临走时，叶正宸帮我戴上遮阳帽，笑着拍拍我的头：“早点回来。”

“好。”我走了两步，站住，又跑回来，踮起脚吻了吻他的唇。

我真的很留恋，留恋他柔软的滋味……

第十八章
风声起

年轻时，我们对真相有一种近乎痴傻的执念，宁愿被真相的冷硬刺得遍体鳞伤，也无法说服自己沉溺于虚假的温柔中自欺欺人。

年轻时，我们对真相有一种近乎痴傻的执念，宁愿被真相的冷硬刺得遍体鳞伤，也无法说服自己沉溺于虚假的温柔中自欺欺人。所以，那一天，我没有去神户，而是去喻茵居住的地方寻找真相了。

从清晨等到午后，我耐心地等待，一直等到傍晚过后，夜幕降临。

每每听到车声靠近，远去，我都踮起脚，悄悄从一人高的围墙后探出头，看向另一条街角处的小楼。叶正宸没有来，一直都没来。

我仰起头，看着头顶纯白的玉兰花，一簇一簇，很是漂亮。拿出剩下的半瓶水喝了一口，我内心窃喜：也许是我猜错了，也许是我过于敏感了，也许一切都不是我想的样子，也许……我勾勒了很多美好的也许，在心里不断地把这些窃喜放大，我甚至打算离开，回去给叶正宸煮一碗热腾腾的担担面。

一声轻微的刹车声阻断了我的窃喜。我悄悄探头，正看见叶正宸的车子驶进喻茵的庭院。接着，车门打开，叶正宸走下车，手上拿了把钥匙，走到门前插进钥匙孔。门锁旋开，他打开门，喻茵笑盈盈地站在门口，极尽妩媚。叶正宸看了她一眼，从她身侧走进去，自然得像走进自己的家。

我借着惨白的月光看着手上的表。深夜十点，一个男人来一个女人的家，会做什么，可想而知，但我还在试图帮他找一些合理的解释，比如？比如……我竟然找不到任何理由。

我站在飘摇的玉兰花树下，想起了很多事。

我想起喻茵第一次去便利店，想起她轻若无物的淡笑，想起叶正宸和喻茵在便利店遇到，那个彬彬有礼的握手。我想起那个夜晚，喻茵开车冲向我……她大概是看见了我，而且看得很清楚。我还想起她冰冷的手指握着我的手，说她有时候很羡慕我的简单。

我不是简单，是愚蠢。

男朋友已经另结新欢，在外面金屋藏娇，风流快活，我还傻乎乎地跟他的情人做朋友，笑着帮人家挑选内裤。更可笑的是，我竟然以为叶正宸会娶我，以为在两鬓斑白时他还能牵着我的手，与我周游世界。

他是谁？他是叶正宸，全世界的人都知道他换车快，换女人更快，只有我愚蠢地相信他的承诺。

我一步步走过去，站在街的对面望着他们的家。黑暗里，灯光在窗帘上映出两道人影。我正犹豫要不要进去，让自己面对更残酷的画面，门从里面打开，叶正宸出了门。

我没想到他这么快就出来了，有点不知所措地僵在原地。

喻茵从后面追上来，拉住他的手："很晚了，你今晚别回去了。"

叶正宸沉静地回答："喻茵，做好你该做的，我的事情你别管。"

他拉开车门正要上车，喻茵忽然笑了。

"你怕了？"月光落在她的脸上，笑意让人毛骨悚然，"你怕她知道我们的关系？"

叶正宸没有回答。

喻茵的笑意更深："你不是说她爱你，她信你，无论你做什么，她都会死心塌地跟着你……你怕什么？"

叶正宸一个字一个字地说："我警告你，别做伤害她的事。"

我觉得阴冷，一阵阵森然的冷风从我背后席卷而来。

我的双腿剧烈地颤抖起来，人像被掏空一样虚软，我这才想起自己一整天都没有吃饭。早知伤心这么耗费体力，我该多吃点再来。

"你是怕我伤害她，还是怕她离开你？"喻茵撩了撩头发，走近叶正宸，"我有意接近她，没有别的目的，我不过是想知道，她是个什么样的女孩。现在我知道了，她的确是个可爱的女孩，聪慧，善良，天真。哦，最重要的，我相信也是你最喜欢的：她很正直，懂得自尊自爱。"

叶正宸冷声打断她："你想做什么？"

"我跟你打赌，"喻茵平淡地说，"如果她知道我们的关系，她一定会离开你。"

"你威胁我？！"

黑夜里，我看不清叶正宸的表情，但我能感觉到一种骇人的气势。

喻茵摇摇头，语气是近乎卑微的哀求："我只是想你留下陪陪我。"

叶正宸看了喻茵很久，终究没有上车，而是狠狠摔上车门。

看到这一幕，我再也支撑不住了，双腿一软，整个人跌坐在地上。叶正宸被这细微的响声惊动，看向我这边。我也看着他，明明只有几米的距离，为何我觉得他那么远，遥不可及？

我慢慢扶着旁边的树干站起来，慢慢地走向他。前方是一座美丽的花园，我却仿佛站在悬崖边，往前一步就是万丈悬崖。

看清我的脸，叶正宸一怔："丫头？你怎么会在这里？"

"我怎么会在这里并不重要，重要的是——"我指指喻茵，"你为什么在这里？"

"我……丫头，你不要误会，我和喻茵没什么，我只是来拿点东西。"

叶正宸还想解释什么，喻茵却打断了他："事到如今，你还想骗她？"

"你给我闭嘴！"叶正宸连看都没看她一眼，双手紧张地抓住我的手腕，怕我会逃走一样。

喻茵真的闭了嘴，什么都不再说。

我的目光穿过沉默的他，看向喻茵。喻茵也在看着我们，沉默地看着，我无法从她脸上看出一丝一毫的喜怒哀乐。

我忽然害怕，怕极了，因为我有种感觉，她并不惊讶，也不惊慌，她由始至终都在等待，等待着这一切发生。

我傻傻地看着她绝美的容颜，想要看清她那张美丽的面具下又是怎样的世界。

叶正宸问我："你信我吗？"

我当然信他。即使在喻茵的家里看见合着的窗帘，看见他的书，即使嗅到他资料上的香水味，我仍然对他抱着一些期望，仍心有不甘地跑来确认，可是，现在……谎言华丽的外衣终于被掀开，比我想象中更丑陋的真相赤条条展示在我面前，我还能相信他吗？

我擦擦眼泪，对他说："我相信你，所以你也别骗我，跟我说实话，你和她到底是什么关系？"

他坚定地回答我："没有关系！"

"你为什么拿着她家的钥匙？你为什么在我面前装作不认识她？她为什么心甘情愿为你隐瞒？她为什么让你留下来陪她？"

叶正宸握着我的手，紧紧地握在手心里。

他说："丫头，很多事……我都无法决定。"

他说："你说过，不管发生什么，你都会相信我。我现在只问你一句话，信不信我？信的话，就什么都别问。"

什么都不问？我做不到，我没有喻茵的宽容，更学不来她的虚伪。

我慢慢抽回手，努力想把手腕上的手表解下来，可我的眼前一片黑暗，我的手在不停地发抖。

"丫头？"

我总算解开了表链，把手表塞到他的手里，说了最后一句话："对不起！我做不到你想要的'宽容'，我们分手吧。"

他说过，分手是我才有的权利，而我除了这个权利，没有其他。我离开，仰起头，看向天空，不再让眼泪掉下来。

我们完了，彻底完了……我们真的结束了吗？

一想到我们真的结束了，我的腿越来越软，好像支撑自己的力量被瞬间抽走。我加快脚步，想快点逃离，却忽觉天地旋转。我实在撑不下去了，摇摇欲坠的身体跌了下去，却被一双有力的手臂托住，之后，我就什么都不知道了。

昏迷中，我感觉有人在吻我，随着滑腻的舌尖固执地侵入，一股股热热的甜牛奶淌过我的味蕾，滋润了我干涩的嗓子。空荡荡的胃渴望那种香甜，我迷迷糊糊地咽下去，热流流进胃里，非常舒服。

一次又一次，我想睁开眼看看那个人是谁，是不是叶正宸，但眼皮沉得睁不开。后来，我沉沉地睡着了。

再次醒来时，我躺在自己的床上，叶正宸坐在我床边。他见我醒了，从桌上端了一杯牛奶给我。我坐起来，冷笑："现在献殷勤，你不觉得太迟了吗？”

“先把牛奶喝了，我们好好谈谈。”

“我们已经谈得很清楚了。叶正宸，你想让我和喻茵一样装聋作哑、不闻不问，我做不到。”

叶正宸喝了一大口牛奶，我愣了一下，等到反应过来时已经太迟，愣神的几秒钟已经足够他托着我的后脑，强硬地吻过来。牛奶渗入我的口腔，甜得腻人，我咬着牙不肯接受。

他放下牛奶杯，双手捏住我反抗的手腕，控制住我的身体，永无休止地吻着，吻到我窒息，屈服，不得不咽下去。

他达到目的，终于放开我，端起牛奶杯，用挑衅的眼神看着我。当一个男人清楚地表明了自己是个无赖时，你真的拿他没办法。我别无选择，只能从他手中抢下牛奶杯，自己喝光。

喝完牛奶之后，我剧痛的脑神经舒缓了很多，可见这杯纯牛奶里有“添加剂”。

他坐近一些，缓缓开口：“对不起！喻茵的事情我不应该瞒着你，但我和喻茵的关系并非你想的那样。”

他的眼神真诚坚定，坚定得让人无法抗拒地信任他。

“我们两家是世交，我和喻茵又是大学同学……”

我大惊：“你们早就认识？！”

“嗯，认识十几年了。”

“青梅竹马？”我讽刺地笑笑，暗暗握紧手心的空杯，等着他说下去。

“不是。我承认她是个不错的女孩，我父母喜欢她，可我反感别人摆布我的生活，自然而然对喻茵也有些反感。自从我和喻茵考上同一所大学，我对喻茵就很冷淡。”

我突然想起了印钟添，想起老妈没完没了的唠叨，我不得不承认，父母的压力确实让人窒息又无奈。

“两年前，他们想让喻茵陪我来日本读书，被我断然拒绝……可是，他们还是安排她来了日本。你记不记得，我生日那天，有个女人给我打电话？”

我点点头，认真地听下去。

“那天，喻茵刚到大阪，在机场打电话给我，我虽然不喜欢她，可也不能把一个女孩子丢在国际机场不管。”叶正宸叹了口气，带着几许无奈，“我跟她确实没什么，也没想刻意瞒你……我只是怕你误会。”

他悄悄扯扯我的被子，围在我身上，接着说：“那栋小楼是我刚来日本时买的，一直空着没住，我本想让喻茵先在那里安顿下来，等她熟悉了环境，自己可以照顾自己时，我再跟你说清楚，没想到你遇到了喻茵。那天在便利店，我看见你们聊天，好像很熟，我更不知道该怎么解释。”

我有点理解他的想法了，却不得不指出一个他忘了说的重点：“她喜欢你，是吗？”

“是，这种关系更尴尬。”他苦笑，“我知道你肯定容忍不了我去关心照顾一个喜欢我的女人，所以那天在便利店我才装作不认识她。”

“你真的一点都不喜欢她？”

“我要是喜欢她，两年前就带她来日本了，怎么会等到遇上你才让她来？”他叹了口气，“丫头，我们在一起这么久了，我对你的心思，你应该明白。我若是有心和喻茵在一起，直接和你说清楚就行了，何必骗你？”

如果他说的是真的，好像并没有犯什么不可饶恕的错误，可是喻茵说，如果我知道他们的关系，我一定会离开他，而叶正宸似乎有什么把柄握在别人手上。我隐隐觉得他还有事瞒着我，一件至关重要的事情。

“那……你们上过床吗？”

我等着他的答案，忘了呼吸，忘了眨眼，甚至忘了心跳，手心里全都是汗水。我怕他点头，怕极了。

“你当我是什么人？！我不喜欢她，怎么会碰她？”叶正宸义正词严地否认。

我绷紧的心稍稍松弛下来，可想起叶正宸和喻茵之间那种无言的暧味，仍觉得堵得慌。我又不确定地问了一遍："真的没有吗？喝醉了酒，或者一时把持不住，或者她——"

没有任何迟疑，他直接打断我："没有，一次都没有。"

没有心灵的背叛，也没有肉体的出轨，我找不出任何理由责怪他，除了善意的隐瞒。我隐隐从叶正宸听似合情合理的解释里品出了一些隐瞒的味道，因为他的解释太理所应当，如果事情都按照理所应当的方向发展，他不需要担忧、隐瞒，更不必受喻茵的威胁……

我仔细思索，一个男人不爱一个女人，又与她保持着来往，他们一定有什么关系。我突然想到了一个重要的问题。

"你们有过婚约吗？"

我仔细看着他的反应，欲捕捉他眼光中的闪烁，以判断他是否骗我。事实上，没有这个必要，叶正宸根本没有打算骗我，他沉默了，垂下脸，避过我探究的眼神。

这就是答案，火热的期待随着这个答案的揭晓骤然冷却，思维也如被冰冻了一般冷静下来。

"难怪……难怪你从国内回来就跟我分手。"一个男人，迫于家庭的强势，与一个自己不爱的女人订婚，偏又遇上喜欢的人，他挣扎过，矛盾过，最后情感战胜了理智，背弃了自己的誓约。

我找不到责怪他的理由，毕竟，一个男人犯的错缘于爱你，那么，无论他做了多么不该做的事情，都可以谅解，至少我能谅解。至于喻茵……我无法理解她长久的沉默，更读不懂她对着我时浅浅的笑意，换作我是她，我早已选择放手。

我双手捏着被子，收藏好内心汹涌的酸楚："你走吧。"

他倏地抬头："你……还是不能原谅我？"

"我不怪你。"我给他最后的微笑，尽管很难看，"你该向她请求原谅，而不是我。"

他有些急了，急着向我许诺："你给我点时间，我可以处理好这件事。"

“你想怎么处理？”

“你能不能相信我，给我三年时间，三年之后，我一定——”

一股怒火急涌而上，我的手比思维快了一拍，一个耳光扇过去：“叶正宸，你当我是什么？小三？”

我太失望了，在他眼里，我就是这样一个没有自尊、由他随意践踏感情的女人。

“我知道这很委屈你，可是，我真的身不由己。”

好一句“身不由己”。他身不由己，就可以欺骗我的感情，就可以背叛他的未婚妻。我曾经愿意付出一切去爱的男人，竟是这样不堪的人。是我瞎了眼，还是他的演技太好了？

悔恨的眼泪夺眶而出，他皱着眉为我擦去泪水：“丫头，你想我怎么做？”

是啊？我想他怎么做？

我跑进洗手间，里面还摆着属于他的东西。我把冷水放到最大，拼命用冷水洗脸，逼着自己冷静。不停有水从脸上往下落，我不停地用冷水洗脸。

我从镜子里看见他，他站在我背后，似乎有无数的话想要说，却无法说出口。

我说：“你走吧。去好好做她的未婚夫。”

“我不走！”他冲过来，从背后抱紧我，他对我说，他不是没有努力过、挣扎过，为了不伤害我，他选择跟我分手，与我形同陌路。他听得见我哭泣，看得见我瘦削，却不敢对我说一句安慰的话，就是害怕控制不住自己。

他坚持了四个月，煎熬了四个月，理智一秒钟的脱轨，便铸成了无法挽回的大错。明知是错，他只能一步步错下去。

他对我说：“丫头，就算背弃责任，我也要跟你在一起。”

听他说出这样不负责任的话，我再也控制不住自己，抓起他的东西，回身砸在他身上，“滚！拿着你的东西，滚！”

他一动不动，东西从他身上摔在地上，沉闷的撞击声接连不断……

我用尽全力对他大吼："叶正宸，你记住，我永远不会做你见不得光的情人，永远不可能！"

他说："我们在一起这么久，我在你眼中究竟是什么样的男人？你为什么不能相信我一次，相信我不会辜负你？"

我坚定地摇头："我不会再相信你。"

他走了，轻轻地锁上我的门。

落寞的背影又一次文在我心头，一针一针地文上去。

水龙头里的水不停在流，漫过洗手池，流在地上。我扶着墙壁，慢慢蹲在地上，一样一样捞起被水漫过的牙刷、毛巾、破碎的玻璃杯……丢进垃圾桶。

我真的希望水能漫过我，淹没我的心跳，那样，我的心才不会再想他。

那天后，我再没见过叶正宸，他好像从我的生活中安静地消失了，又像是从未出现过。不计算哪天假日，不去想今夕是何夕，我专心去上课，专心记笔记，专心在研究室看资料，全心全意养我的细胞。

叶正宸给我写的总结我也专心在读，他的每一条注释我都会读上无数遍，上面画满了重点符号。对我来说，他写下的一个感叹号都是重点中的重点。

养细胞养到关键的几天，我干脆搬了被褥住在研究室里，每隔三个小时就穿上防护服去观察它们一次。有一次，藤井教授一大早来研究室，看见我正在收被褥，非常奇怪。我告诉他我在养细菌，要时时刻刻关注。从此，他对我的态度变了，越来越亲切，居然还告诉我：要注意休息。

我也客气地对他说："谢谢！"

在日本待得久了，我变得越来越虚伪。我笑着和朋友聊天，兴奋地拉着凌凌去逛街，让别人以为我过得很好，其实，我几乎每次躺在床上，裹紧毫无温度的被子，都会记起叶正宸经常被我枕麻的肩膀，记起枕头上我们相扣的两只手。失眠时，我在黑暗里盯着满墙的“正”字，一笔一画地慢慢数数。

有时候，隔壁传来歌声，是婉转动人的《爱》。

我咬着自己的手背默默流泪，虚伪得连哭也不肯让隔壁的人听见……

还有一次，我煮了满满一锅面，想给他送去一些，又咬牙忍住。我打电话给秦雪，她说吃过了，我又打给凌凌，她说在研究室做实验。

我索性一个人吃，把面全都吃光。凌凌回来找我的时候，我刚把面吃完，红着眼睛对她笑笑。

她叹气，深深地叹气，我还虚伪地说：“我没事。”

“你和叶正宸吵架了？”

我继续摇头：“不是吵架，是分手。”

她并不惊讶，笑着寻我的开心：“又分手了？”

“凌凌……”我认真地看着她，“要是你爱的那个人突然冒出来个未婚妻，你会怎么做？”

凌凌不再笑，她走到阳台上，看向对面那片樱花林。鲜花已经不再，徒留满枝绿叶。

“那要看他想怎么样。”

“如果他让你等呢？”

“他……”提起那个人，她眼中浓浓的哀伤无法掩饰，我想她一定爱惨了那个人，“如果是他让我等，我会等他，多久都可以……”

我不知道她说的那个“他”是谁，但我相信他一定是个值得等的人。

她幽幽地叹息：“因为，有些人，你爱过了他，就没法再爱上别人……”

凌凌走后，我站在阳台上，一夜未眠。

我对自己说：有些人，你爱过了他，就没法再爱上别人。比起一生的遗憾，三年的等待并不漫长……

然而一想到喻茵的神情，我就没法说服自己，真的没办法。

天亮了，我洗漱完毕，强打精神准备去上课，冯哥跑来敲我的门，问我见没见过叶正宸。

“我十几天没见到他了。”我告诉冯哥。

他说昨晚大家在食堂聊起叶正宸，都说好久没见过他了，就连医学部的小林也没见过他。昨晚冯哥打他电话，他的手机关机了。我猛然想起隔壁偶尔传来的歌声，轻飘飘如天籁。

天色阴沉，天空中布满了灰蒙蒙的浮云，走廊恍若在我的脚下塌陷，我忙扶住围栏，勉强站稳。

下一秒钟，我鞋都没顾上穿，冲到叶正宸的门前，用尽全力按门铃，一边按，一边拍打着他的房门。

“师兄，师兄！你在不在？你开门！”

里面没有回答，没有声音。我开始砸门，疯了一样地砸：“叶正宸，我知道你在，你开门。”

他还是不回答。我周身的血液凝成了冰，冰凉的手死死地拉住门把手，声音都变了调：“你不要吓我……你开门，快点开门！”

冯哥把我拖到一边，狠狠地用脚踹门，对着里面大吼：“叶正宸，你开门！”

里面死一般宁静。我吓得连连后退，这一次真的犹如坠入万丈悬崖，摔得粉身碎骨。

“你等等，我去楼下的办公室借钥匙。”冯哥说。

我盲目地点头，根本听不清他在说什么。

冯哥跑下楼。我一秒钟也不能等，我要知道他怎么了，我没法等。踉跄着跑回房间，我拿了把椅子跑到阳台上，踩着椅子往那道两米高的挡板上爬。我都不知道自己是怎么爬上去的，只觉身后有股巨大的力量推着我，我一下子就上去了。

身体伏在隔板顶端，再看看下面，我一阵头晕。

叶正宸的房间，淡绿色的窗帘合着，里面什么都看不到。我一咬牙，闭着眼睛跳了下去。身体一沉，我摔在了地上。顾不上脚踝尖锐的刺痛，我以最快的速度拉开阳台的落地窗冲了进去。

我认识的叶正宸从来都是衣装整洁，挂着最阳光的笑容，我从未想过有一日，他面无血色地躺在地上，像个死人一样。他一向整洁的家里摆满了啤酒罐，满地都是，房间里还有一股刺鼻的酒气。

我扑过去抱住他。他的身体还是软的，还是热的，我才算找到点力气，拼命摇他："你到底在干什么？你到底想怎么样？"

然后我伏在他身上，放声大哭。我什么都不想做，只想哭。

这不是我认识的叶正宸。我认识的他不该这么脆弱，只因为感情上遇到了一些挫折，就把自己折磨成这样。

我以为我很了解他，原来，我真的不懂他。

冯哥和公寓办公室的人从外面打开门，跑进来。冯哥看见我，有点惊讶，又看看开着的窗子，这才明白过来。

冯哥二话不说，背起叶正宸就往丰中医院的方向跑。我当时已经彻底乱了，脑子里空白一片，也忘了救护车的事情，就知道跟在他后面跑。

医院里，急诊室的医生紧急给叶正宸输液，一边输液一边检查。我追在医生后面问："医生，他怎么样？有没有生命危险？"

"没关系，还有救。你去外面等着……"

我这才松了口气，坐到外面的椅子上，揉着红肿的脚踝。

冯哥跟着我出来，抹抹额头上的汗，喘着粗气道："两个人在一起，闹别扭，吵吵架，这很正常，你们两个至于弄成这样吗？"

我不说话，没有语言能表达我的心情。

冯哥气坏了，气得满地绕圈："你，唉——我真没见过像你这么铁石心肠的女人，他都已经这样了，你还不能原谅他！"

"……"

当时我脑子里乱七八糟。之后再想起这件事，我特别佩服冯哥的推理能力，只看到这一幕，就知道叶正宸把自己折磨得半死不活是为了我，知道我和叶正宸闹别扭，还能猜到是我不肯原谅他。

理工科的男人，逻辑思维果然强悍。

冯哥见我还不开口，泄气地坐在我身边："你想想，万一我今天没找他，万一他真的死了……你就一点都不后悔？"

我岂止后悔，一想到叶正宸死在我怀里，我就想抱着他从楼上跳下去。

"我真没想到他会这样，他平时看上去没这么脆弱。"

"唉！"冯哥叹息着递给我一张纸巾，"我不知道你们发生了什么事，但我知道他对你一心一意。"

一心一意又如何，和他有婚约的人终究不是我。

叶正宸醒来的时候，看见我，嘴边露出一丝微笑，慢慢把手伸向我。我把手垂到床下，冷冷地告诉他："以后别做这种傻事。"

"我没做傻事，我只是不想出门……不想见任何人、做任何事。"

"那我先走了，你好好休息。"

我站起来，他突然用正在输液的手扯住我的袖子，没太用力，可能是没有力气。我却被他扯住了，冷静在逐渐融化。

"我去打电话给喻茵，让她来陪你。"

他松了手，苦涩地笑了笑："算了，你想走就走吧。"

我真的想走，可脚像生了根一样，无法移动。

他问我："你知道失去自由的感觉吗？"

我摇头，我不知道。

"所有的言行都要受别人控制，所有的决定都要经过别人的允许……"

"你为什么要受人摆布？"

他笑了，笑得非常讽刺："你以为我愿意？我这辈子最恨受人摆布。"

"你到底有什么苦衷？"

"以后我会告诉你。"

我咬牙，忍着脚踝上的疼痛站起来，走向门外。

我听见他说："丫头，我很想你……"

我咬牙，死死地咬着牙，心里呐喊了一万遍：不可以！不可以！他有未婚妻！他有未婚妻！

我说出口的话却是："想什么想，我去给你煲汤。"

这句对白一说出来，我恨不得给自己一个耳光。没出息啊！简直无药可救！

"我想吃排骨冬瓜汤，多放点排骨。"他的嗓音变得清澈无比。

"知道了。"

唉！我肯定是上辈子欠了他的。

已入秋季，大阪的骄阳仍旧火热。我骑着自行车去超市，挥汗如雨载了满满一堆排骨、牛肉，还有各种蔬菜水果回家，在蒸笼一样的厨房里忙忙碌碌。

锅里煲着汤，我失神地盯着徐徐升腾的热气，一圈圈的气泡在锅内翻滚。

我不知道自己做得对不对，我也不知道在叶正宸心目中，我和喻茵处于什么位置。

我是人，不是神，亲眼见着心爱的男人为了我把自己折磨得不省人事，醒来后又说了那样一番情真意切的告白，我怎么可能不感动，怎么可能继续虚伪地告诉他：我不想和你在一起。

然而，感情上能接受，不代表理智也能够接受，毕竟他有个名正言顺的未婚妻真实地存在于我们之间。

以前，我被蒙在鼓里也就罢了，现在，事实摆在眼前，我才是那个见不得光的女人，我又该怎么面对喻茵——叶正宸的正牌未婚妻。

人越怕面对什么，就越会遇到什么。中午，我捧着刚煲好的热汤走进病房，正巧撞见喻茵出现在病房里。

我从来没遭遇过如此无地自容的情景。三个人站在明媚的阳光下，他们是名正言顺的未婚夫妻，他们相识十多年……而我，恨不能把自己的脸藏在永远没人能看见的地方。

见我进门，喻茵端坐在病床边的椅子上，抚平裙子的下摆，优雅浅淡的微笑背后透着一种似有若无的讽刺。我想找地缝钻进去也来不及了，只好硬着头皮垂首走到桌边，把煲好的汤放在桌上。

"师兄，汤你趁热喝……我先走了。"说完，我片刻不敢停留，直接往门外冲。

"丫头。"叶正宸叫我。

我回头，对他僵硬地笑笑，又对喻茵僵硬地笑笑，笑得脸部肌肉都麻痹了。

"你们慢慢聊，我不打扰了。"

出了门，我还特别有礼貌地帮人家关上门。这就是做小三的感觉吗？真够贱的。

心情闷到极点，我一脚踢在走廊的墙壁上，一阵惨烈的刺痛直入中枢神经，我抱着脚踝，一边跳，一边咬牙切齿。幸好没人看见我现在的样子，不然我更没脸见人了。

一瘸一拐地走出医院，回到自己的公寓，房间里还残留着排骨冬瓜汤的香气。我想起自己没吃午饭，于是打开锅盖，把里面仅剩的半碗骨头渣子和残汤倒出来，一勺一勺喝进去，骨头也嚼碎了咽下去——书上说这样补钙。

喝完汤，我翻出老爸特意为我准备的药箱，找出红花油，坐在床上，慢慢用红花油揉自己的脚踝，一边揉，一边骂："该死的叶正宸，狼心狗肺的叶正宸，你怎么不死了！"

我骂得正爽，手机响了，我单腿跳着去拿手机。一看来电显示，正是某狼心狗肺的负心男人。

我气得磨牙，扶着椅子坐下，接通电话：“喂。”

“排骨汤很好喝。”他说，“晚上还有吗？”

“有，花心萝卜煮狼心狗肺汤。”

他笑了，清朗的笑声在电波里格外好听，溪流般清冽，我听得有些痴了。

“要不要来我这里取点原料？”

“你漂亮优雅大方外加宽容的未婚妻走了？”

“走了，以后也不会再来。”

“……”我无言以对，低头慢慢揉搓着脚踝上的红花油。

见我不说话，他郑重地向我道歉：“丫头，对不起！我保证今天这种状况再不会发生。”

“嗯。”我吸了口气。他有本事把喻茵打发走，能让这种尴尬的三人行不再暴露在明媚的阳光下，不代表喻茵不存在。她永远都在，像一个解不开的死结横亘在我和叶正宸的爱情线上。

“你不信？”

我无声地摇摇头：“我晚上给你送晚饭。”

挂了电话，我继续揉，揉得脚踝火辣辣的。

晚上，我煲了西红柿牛肉汤，还准备了两人份的饭菜带去医院。进门前，我特意看了看里面。叶正宸正在病床上看专业课的书，不时看看手表，他的精神状态比早上好多了，足见排骨冬瓜汤功不可没。我将各个方向都仔细看了看，确定任何角落都没有喻茵。

我推开门走进去，忍着脚疼让自己尽量走得平稳。叶正宸一见我，脸上顿时有了光彩。

我刚坐下，叶正宸惊奇地凑近我嗅了嗅，又把我从上到下打量了一番，目光最后停在我红肿的脚踝上：“你的脚受伤了？”

我这个笨蛋，怎么忘了他是医生？我不该用红花油，更不该穿裙子。

我若无其事地坐下：“没事，脚踝扭了一下。”

他的身子往旁边挪了挪，拉开床上的被子，拍了拍空出的位置：“坐这儿，我看看。”

见穿着病人服的他俨然一副主治医生的架势，我乖乖坐在床边，脱下鞋子，把受伤的腿放在床上。他在红肿的地方轻轻按了一下，微微的刺痛令我的腿不禁一颤。

他抬头看看我，眉头深蹙：“怎么受伤的？”

“早上爬阳台，不小心扭伤的。”我没告诉他，中午我又在墙上踢了一脚。

他用双手裹住我受伤的脚踝，一股暖流舒缓了上面的阵阵胀痛。透过他苍白的脸色和自责的眼神，我完全能感受到他发自内心的在乎和疼爱。

我相信，什么都可以是假的，他对我的感情一定是真的。即使这份信任如同搭建在沙滩上的城墙，随时可能在暴风骤雨中坍塌，我仍不断加固着城墙。

“明天不要来了，在公寓里好好休息。记住，至少三天不能走路，一个月不能骑自行车。”他一边给我按摩，一边叮嘱。

“那谁给你送饭啊？”

他揉揉我的头发，宠溺地低声道：“傻丫头！”

我宁愿自己是个傻丫头，傻傻地守着自己想要的幸福，什么都不知道。

他从枕头下面拿出我的那块海鸥手表，又一次把手表缠在我的手腕上，扣紧。我愣愣地看着跳动的表针，说不清是什么感觉，似乎胸腔空着，填多少东西都无法填满。

他的手慢慢移到我的脸上，托起我的脸，唇渐渐靠近……

就在他的唇马上要贴近我时，喻茵的身影突然出现在我的脑海中，心口传来一阵撕裂般的疼痛，我下意识地扭过脸，避开他的吻。

“还在生我的气？”他试探着问。

我摇头，默默下了他的床，拿出汤来，一口一口喂他喝。

两天后，叶正宸出院回来了，我正在他的房间给他挂窗帘。我早已把他的公寓收拾得整洁如常，啤酒罐扔了，地面彻底清洗了一遍，床单被罩和衣服都洗得洁净如新。

他直接把我从椅子上抱下来，丢在床上："不是让你在家里休息，不要乱动，怎么还爬那么高？"

"我知道啦，叶医生！"我作势推他，"你快去洗个澡吧，换洗的衣服我放在浴室了。"

一听说洗澡，他眼睛一亮，直奔浴室而去。没几分钟，他洗了澡出来，看了一眼合着的窗帘，无声无息地从背后抱住我，把我按在墙壁上，力道大得惊人。

这，这……

他怎么能恢复得这么好？要不是大夫说他体质特殊，恢复能力强，要不是我自己学过几年医，知道那日他苍白的脸色和虚无的脉搏无法作假，我几乎要怀疑他在装病骗我。

"丫头，"他的唇贴在我的耳侧，用富有磁性的低沉嗓音问，"想我了吗？"

我冷淡地推推他，垂下脸："别闹了。"

他仔细地看了看我，发现我脸上没有一点"想他"的迹象，便没再勉强，松开了放在我腰间的手。

我可能天生不是做小三那块料，我不会偷别人的幸福，不会自欺欺人，不会遗忘另一个无辜的女人。

所以，我只会折磨自己，折磨他。

第十九章

相信难

不是我不想给他三分钟，我怕给了他三分钟，我就再没有勇气离开这座城市，离开他。

之后的日子，我们仍一起吃饭，聊天，讨论我的课题研究进展。他越来越忙——课题研究进展到了最关键的时刻，教授给他的压力很大。我也忙，藤井教授给我安排了正式的课题——研究如何靶向性杀灭人体内的肺癌细胞。藤井教授对这个课题非常重视，每周都要求我向他和项目团队汇报最新的研究结果，讨论研究计划。

我们经常在深夜不约而同站在阳台上拼命揉额头，然后，他看着我笑，我也看着他笑。我有种错觉，我们穿越了时空，回到恋爱之前的那段时间，恢复了那种纯洁的感情。

当然，他有时也试图与我发生点进一层的关系，但他从来不勉强我，偶尔摸摸我的手，有意无意地碰触一下我的身体，见我没有任何反应，他便不再有任何逾越。我知道，他怕惹怒我，也怕伤害我，所以只好耐心等着我慢慢习惯，适应并接受我们之间尴尬的情人关系。

其实，有时候我更希望他再强硬一点，像以前一样热切地吻我，不给我任何反抗余地地索取和侵占……我很想知道，那样狂热的爱是否能融化我心头的冷，点燃我的热情，是否能让我感觉到我对他的爱依然热烈……

然而他没有，一次都没有。就连我午睡，他也只敢悄悄坐在我床边，摸摸我的头发，指尖眷恋地触摸一下我的唇。我醒来，睁开眼睛，看着他退开一定的距离，告诉我："你的幻灯片和报告我帮你改好了，好好讲，我标了红色的地方全是重点。还有，教授可能问的问题和答案我也帮你整理好了，你可以参考一下。"

"师兄……"我不知道什么话能表达我的感动和酸楚，"谢谢！"

他自然地揉揉我的头发，又捏捏我的脸："你居然谢我！"

我没躲也没避，仰头看着他："你真的喜欢我？"

"能不能不问这么俗的问题？"

"我漂亮吗？"

"还有更俗的吗？"

我认真想了想："你有房吗？有车吗？你家有多少钱？"

他笑了，开怀大笑。

我说："我等你。"

他的笑声戛然而止。

"我不是非要你抛弃她，我只是等你，等你能自己做决定。"

叶正宸轻轻捧起我的脸，他掌心的温度还是记忆中那般滚烫。

我浅浅一笑："三年，也不算很久。"

叶正宸猛然放开我，起身："我去找喻茵。"他坚定地说，"不论用什么方法，我都要让她回国……我不会让你受委屈。"

"师兄？"

我想阻止他，可他的态度无比坚决："这件事情，我一定能解决。"

我知道他解决不了，如果能解决，他也不会等到今天。我一个下午都忐忑不安，直到喻茵打电话给我，很诚恳地表示要和我谈谈，约我在学校里的一间咖啡馆见面。我隐约猜到了什么，果然，十几分钟后，叶正宸回来了，他说给喻茵买好了飞机票，后天早上回北京的。

我知道完了，喻茵一定不会放过我，搞不好会拿硫酸泼我，言情小说都这么写。

比起商业区的咖啡馆，校园里的相对安静些，客人也不多，虽然也有许多学生在里面看书、上网、写报告，但都是安静地做自己的事情。我和喻茵点了两杯Latte，选了一个靠近窗子的位置，坐下。

她的脸上仍然带着最浅淡的笑意，眼光落在我手腕上的表扣上，无喜无忧也无怒。我低头喝咖啡，不敢直视她的眼睛。

"我有时候真佩服他……"喻茵的语气中真有几分佩服的意思，"无论什么样的女人，他都能掌控在手心里。"

鉴于我目前第三者插足的身份，做人要低调，我低眉顺目地说："很抱歉，我是其中最蠢的女人，蠢得连他有未婚妻都不知道。"

"未婚妻？"喻茵听到这三个字，忽然笑了，"未婚妻？他告诉你的？"

我惊讶地抬头："不是吗？"

她没有回答，可是那轻蔑嘲讽的笑容明显告诉我：当然不是。

我又糊涂了。难道叶正宸骗我？不，他不会的，这次一定不会。

喻茵问我："他是不是告诉你，他从来没爱过我，我们的婚约是家里逼他定的，他迫于无奈不得不接受？他是不是还说，我喜欢他，纠缠他？"

我点头。难道这不是事实？

"你信吗？"她讶异地看着我，像是看着一个白痴，"你相信他不爱我还要跟我订婚？你也相信我明知道他不爱我，明知他爱的人是你，还要不知廉耻地缠着他……你不觉得这种谎言很荒谬吗？"

"我相信他，他不会骗我。"

喻茵笑得更开心，笑得我的心越来越慌乱。

"你知道吗，他大学不只主修临床，还修过心理学专业。他可以通过别人的言行举止读出他们的内心世界，也可以随意地控制自己的表情和举止，让人无法通过他的表情读出他真实的情绪波动，他还可以把谎言说得连测谎仪都测不出来……"

我傻了，她确定她说的是叶正宸，不是特工？

咖啡混合牛奶的香气漫过鼻翼。

凌凌说Latte不苦，我低头品了一口，满口浓郁的苦涩，但我喜欢这种苦涩，它能提神。

我也学过心理学，我岂会不明白什么叫"心理暗示"，岂会不明白喻茵这个女人有多厉害。

我放下咖啡杯，呼出的气息都带着咖啡的香。

"他的谎言能瞒过测谎仪又能代表什么？"

先不论喻茵的话有多少是真多少是假，就当她说的全是真的，测谎仪毕竟只是仪器，它感觉不到爱，感觉不到疼，更不会感觉到他拥抱的温暖。我不是仪器，我是人，我有感觉。

喻茵勾勾唇，再无笑意："你既然相信他，我也无话可说……"

我也不想和她继续玩这种心理游戏："我能不能问你个问题？"

“你问吧。”

“叶正宸骗我，我能够理解……可你为什么要帮他隐瞒？你完全可以在第一次来便利店时对我兴师问罪，告诉我叶正宸是你的未婚夫，让我离开他……你为什么不说？”

喻茵怔了一下，之后幽然一笑。

“一直以来，我都把你当成朋友……但我知道你没有，你来便利店买东西，你开车撞我，去医院照顾我，你带我去你家喝茶……这些事情都不是偶然。”我缓了口气，待自己平心静气后，接着问，“你为什么放着光明的大道不走，要绕阴暗的小路？”

她垂首尝了一口咖啡，往咖啡里面放糖，一勺接着一勺，我数不清她放了多少勺。当我以为她不会回答这个问题时，她将一个档案袋放在我面前。

我看着它，就像看着一个随时会炸开的定时炸弹。我做好了心理准备，坚信自己不论看到什么都能镇定，可是，当我打开文件袋，各种签证文件、银行协议、手机协议……那些写满了“夫妻关系”的纸张一一散落，最后，鲜红得宛如滴着血的结婚证书在我剧烈颤抖的手中展开，上面贴着他们的照片，写着他们的名字，还有他们的结婚日期——正是叶正宸回国的那段时间。

我木然地靠在椅背上，脑海里像经历了地震，什么都毁灭了，徒留一片废墟。

没有眼泪，没有愤怒，人悲伤到了极致，就会变得麻木。

一双紫色的高跟鞋出现在眼前，纤长的腿缓缓屈下，喻茵一页页拾起地上的文件，放进文件袋。

我张开嘴，试了很多次才发出声音：“这些都不是真的，我不会相信。”

“如果这样能让你心里好受点，你就继续相信他吧。”喻茵拾起东西，站起来。

我抬头，蒙胧中，不知道是不是我的错觉，喻茵似乎在笑。临走前，她还留下一句话："我知道他喜欢你，为了你他什么都敢做，可我不会和他离婚，总有一天他会回头……"

记不清过了多久，我走出咖啡厅。

夜幕降临，我的眼前全是黑暗……

手机响了，我在包里翻了好久才找到电话。电话是叶正宸打来的，他说带我去吃晚饭。我没有回答，他当我默许了，直接说："我在楼下等你。"

医学部的大门前，一个人笔直地站在一棵银杏树下，比银杏树还要笔直。他的目光锁定在我身上，夜风撼动不了他，只能不安地撩动他的衣襟。

不用去细看，我已看出是谁。我走向他，走到他面前。细碎的星光中，他的轮廓很模糊。

心口一阵刺痛，我伸开双臂，抱住他，脸埋在他温热的胸口。片刻的惊讶后，叶正宸伸手拍拍我的背："怎么了？藤井又骂你了？"

我在他怀中仰起头，轻轻摇了摇。喻茵没说错，他很会把握人的内心世界，这样的男人最让女人无法抗拒。在银杏叶的清香里，他把我拥入怀中，一个浅吻印在我的眉心。

白色的月光落在他的笑容上，其中溢满了兴奋的期待。我笑了笑，觉得不够，又笑了笑。

"回来的路上，我不断问自己。我爱你的底线在什么地方……"

他不懂我在说什么，专注地听下去。

"你有未婚妻，我可以原谅，可以等你；你和她上过床，我也可以当你一时冲动；哪怕你爱过她，我想，我也不会怪你。可有一件事，我不可能原谅——"我怕他听不清楚，刻意缓慢地说，"你是个有妇之夫。"

他的笑容退去，惨白的不知是月光，还是他的脸色。

我等着他解释，等着他坚定无比地告诉我，他和喻茵，没有关系。

这一次，他沉默了。在我最希望他骗我的时候，他反而不骗了……

“为什么不说话？”我看着他，紧紧抓住他的手，“告诉我这不是真的，告诉我你们没有结婚。”

只要他说，我就信。我可以当那本结婚证书是伪造的，那些协议都是伪造的，只要他说一句：“我没有结过婚。”我真的信。

“你见过喻茵了？”他问。

“是的，她说的是真的吗？”

他沉默了。在他的沉默中，我的世界天塌地陷。

“为什么要骗我？”我松开手，踉跄着退后一步，“你让我相信你，我什么都相信……”

他轻轻摇头：“我承认我隐瞒了你很多事，但我没骗你。”

“有区别吗？”

他望着地面，沉吟良久，才抬起头看着我：“是不是无论我说什么、做什么，也不可能挽回你了？”

“不可能了。”就算我再爱他，也不可能做一个破坏别人家庭的小三。

“对不起！是我的错……我早想到事情会弄到这个地步，”他的嗓音非常低沉，“我不应该赌这一次……”

“不用再说了。”我不想再听下去，不想。

我原以为，我亲眼看着他走进喻茵的家，看清了现实的残酷，最伤心也不过如此。

我以为喻茵是他的未婚妻，心疼得像是裂成了碎片，我以为再不会有什么事能让我比这更痛了。然而，我太低估他了，比起这番话，之前的痛苦根本称不上“痛苦”。

真的称不上。与一个你最爱、最相信的男人口口声声只爱你一个人，却不能和你在一起相比，还有什么称得上痛苦?

我默默离开，他没有纠缠和挽留，只问了我最后一句：“你能原谅我吗？”

“能。”我告诉他，“等你死的时候。”

这段感情以最丑陋的方式彻底结束以后，我再笑不出来，也哭不出来。有时候，我真的希望自己能大哭一场，发泄出心里的愤懑，可眼泪就像干涸了，一滴都掉不下来。

叶正宸没有再找过我，但有时我会收到陌生的E-mail，没有正文，没有署名，附件里存着关于我研究的抗肿瘤细菌的最新资料，某些重点地方标了红色。我下载下来，细细地读。

我还收到过东京寄来的包裹——Leonidas的现制巧克力，包裹上没有邮寄人信息。可可脂仍丝滑香浓，但我已吃不出甜味。

还有一次回家的途中，我的自行车链子断了，我推着车子走回公寓，用了整整一个小时。第二天，我问清楚哪里有修车的地方，正准备推着自行车去修理，却发现它已经被人修好，连不太灵敏的刹车闸也被修好了，很多磨合处还加了润滑油……

我当然知道是谁做的，可我不明白他为什么要这么做，想挽回，想补偿，还是已经习惯了对我好，就像我已经习惯了接受这种好？

大脑被太多想不通的问题纠缠着，我站在细菌培育室里看细菌，恍恍惚惚，忘了时间。等我发现对面楼里的灯灭了，我才想起看表，竟然凌晨一点了。我从实验室走出来，脱下防护服，站在电梯门口，整栋楼里死气沉沉的，不时飘过消毒水的味道。

我用双臂环住胸口，背后似有一阵阴森森的风。电梯到了，门打开，我急忙向前迈了一步，随即又退回原地，因为我看见一身白大褂的叶正宸站在里面。白色穿在他身上永远是那么神圣，与阴森的黑夜格格不入。

我深深地望着他，从来没有这么想念过一个人，明明站得很近，迈出一步就能站到他身边，我却只能远远地看着。电梯门就要合上的一刻，他快速按住了“开门”键，我在他眼中看到了期待。

我不动，他也不动，我们维持着等待的姿势。

我看着他手腕上的表，黑漆漆的海鸥表，秒针在一下下跳动。我悄悄把手放到身后，拉了拉袖子，盖住手腕上的手表。

我们就这么僵持着，直到电梯尖锐的警示音响起，五声、十声……声声刺耳。他松开手，沉重的门在我们面前关上，如同沉重的命运之门，关闭了就再也不会开启。

眼泪终于掉了下来，我捂住脸，决堤的泪水从指缝里涌出。不是我不想进去，我怕自己进去了，会控制不住告诉他：我想他。

我想抱着他，哪怕仅有一秒钟。

电梯又一次打开，我放下捂住脸的手，走进去……

等我看见他站在电梯里时，已经来不及了，来不及出去，来不及擦眼泪，更来不及用袖子遮住手腕上的白色手表。我退到最里面，低着头，抵着角落站着。

电梯在下坠，心也跟着下沉，沉得见不到底。

“你的脚还疼不疼？”他问，没有表情。

“不疼了。”我答，也没有表情。

电梯门打开，我以最快的速度跑出去。

他追上来：“我送你回去吧。”

“不用了。”

“万一……”

“你放心，不会遇到比你更坏的人。”我绕过他，走到大门口。透过半透明的玻璃，我隐约能看到他的影子，他还站在那里，看着我的背影。

我们默然而立，不足两米的距离。

“丫头。”叶正宸的声音随着暖暖的夏风掠过，有些飘忽。

我咬紧牙，握紧拳头，却还是忍不住回了头。看着眼前的男人，我忽然觉得他好陌生。曾经我以为这个世界上只有我懂他，不管别人怎么看他，不管多少人说他风流成性，我都相信他是个好男人，我死心塌地地爱着他，然而，我现在有些不确定了，我已经分不清他哪一句话是真，哪一句话是假。

“你能再给我一次机会吗？”

“机会？”我苦笑，作为一个有妇之夫，他还想要什么机会，“偷情的机会？你还没偷够吗？”

我刚要走，叶正宸上前一步，抓住我的手：“我和喻茵的关系并非你想的那样。”

“那是什么样？”

“不管你信不信，我从来没爱过喻茵。”

“不爱她？那你为什么要娶她？”

看着他欲言又止的神情，我竟有了些期待，我真的希望他能告诉我这一切都不是真的，只要他说，我就信，可他出口的半句话竟然是：“我会跟她离婚……”

“离婚”两个字从他口中说出来，淡若轻风，落在我耳中却沉如巨石。

“你！”

“等我……”

这是我跑进黑夜前，叶正宸说的最后两个字。绵长的两个字像一团细丝，紧紧勒着我的喉咙，让我有种随时会窒息而亡的感觉。

一路上，我骑着自行车在前面，他的车一直跟在后面。我知道他在等我的答案，有好几次，我差点就跳下自行车奔过去，告诉他我可以等，可我没有。我不知道自己应不应该去等，等来的结果又是什么。

夜寂静而漫长，隔壁的灯一直亮着，幽幽的光从阳台上漫过来。我呆坐在地板上，听见墙壁另一边传来低沉的音乐：“听你说声爱我真的好难，曾经说过的话风吹云散……站在天平的两端，一样的为难，唯一的答案，爱一个人好难……”

满墙的“正”字在我眼中越来越模糊，我抬起手，手表上白色的海鸥图案还是那么明亮……

我们只隔着一道墙，只要我说“我爱你”，他一定听得见。然后呢？我该怎么做？

我脑子一热，去论坛上发了个帖子：“我爱上了一个有妇之夫，很爱，很爱。他说会离婚，让我等他……我该怎么办？我可以等他吗？”

不到一个小时，下面已经有了很多条回帖。有些让我悬崖勒马，也有些人让我洁身自好，更多人把我骂得狗血淋头，“贱货”两个字还算骂得委婉含蓄的，最让我郁闷的是连累叶正宸被骂，而且被骂得特别难听，我又发神经替他解释：“你们不要骂他，他不是你们想的那样。他不是玩弄我，他是喜欢我的……”

结果，下面一连串回帖让我见识了中国文学的博大精深。在我准备删了帖子的时候，有一段回帖出现在页面上。

“我可以理解你，尽管你确实做错了……已婚的男人很懂女人，很浪漫，会甜言蜜语，如果再加上一点修养、金钱和个人魅力，女人自然难以抗拒。然而，对成熟的男人来说，妻子永远是妻子，情人永远都是情人……不管他现在多么信誓旦旦地说爱你，都是暂时的。等到激情退却，他仍然会回家，继续爱他的妻子和孩子……苦果只有你一个人承受……”

我一遍遍读着这段话，直到屏幕上出现一个经受过丈夫背叛的女人留言，讲述了一段她的亲身经历。那个女人说，当她亲眼看见自己的男人出轨时，好像天一下子塌了，整个世界全都毁了。她想过自杀，却放不下父母；她想过离婚，又不想孩子失去父亲。她整夜整夜不睡觉，坐在沙发上等她的丈夫回家，可他丈夫即使回来，身上也带着那个女人的香水味。她还问我有没有经历过那种疼——燃着的烟烙在手心上……她试过。比起默默忍受丈夫和别的女人私会，那点疼根本算不上什么。

看完这段留言，我去楼下的二十小时便利店买了一包烟。我拆开粉色的烟盒，用指尖夹出一根纤细的香烟，纯白色的烟散发着薄荷的清香，一如他的味道。

点燃香烟，我深吸了一口，颤抖着把燃着火星的烟放在掌心处，用力按下去……嘶嘶的声音响起，伴随着皮肉烧焦的味道。

很疼，疼得汗水湿透了衣服，比叶正宸跟我说分手时疼，比知道他和喻茵同居时疼……为了不让隔壁的人听见，我死死地咬着牙，不敢发出一点声音。

等到疼痛缓解了一些，我坐在电脑前回复了那条留言："谢谢！我知道该怎么做了……你再给他一次机会吧，他会回头的。"

手心疼了一整晚，直到天亮。我刚迷迷糊糊睡了一小会儿，隔音效果非常不好的墙壁那边传来了喻茵的声音，她说她在中国物产店买到了四川的麻辣火锅料，还买到了神户的肥牛，还有蒙古进口的羔羊肉。

我握紧受伤的手，却只感觉到胸口撕裂般的疼痛……那个留言的女人说得没错，和有些痛比起来，这点烫伤确实不算什么。

在这个房间继续待下去，我一定会疯，于是我下床，以最快的速度穿好衣服，出门。

逛了家乐福，逛了药妆店，逛了Sports店……我累得脚都软了，才晚上六点。我还是不想回家，于是跑去一间居酒屋喝酒。电视上失恋的人都会喝酒，可见酒精可以麻醉自己，让人遗忘痛苦，我不知道有没有效果，所以想试试。

效果一点都不好，我喝了整整一瓶梅酒，眼前还是叶正宸和喻茵在家里热热闹闹地吃火锅的情景。喝到第二瓶，我竟然想到喻茵晚上会留宿在叶正宸的公寓，还有，那堵墙，那堵不太隔音的墙……

喝到晚上九点多，两瓶梅酒见了底，我还是不想回家。前几天凌凌去别的城市开会，也不知道回来没有，我翻出电话试着打给她，电话响了很久都没有人听，我锲而不舍地打，终于，电话接通了。

"您好。"一个非常让人遐想的男人声音，淡而不冷。

我一怔，又看了一遍手机屏幕上的电话号码，显示的"凌凌"没错啊，难道我真的喝多了？对方似乎感受到我的惊讶，解释说："凌凌在浴室，她让我告诉你，一会儿打给你。"

"哦，不用了，我没什么事，改天我再打给她。"

挂断电话我才反应过来，浴室？浴室……

这年头，都流行速战速决吗？

我飘飘忽忽，脚下一深一浅地走回家。经过叶正宸的门口，我无意间从窗户往里面看了一眼，淡绿色的窗帘合着，映出两道半重叠的人影。

可能那幅画面太和谐，我看得有些痴了，许久，才扶着墙壁，走到自家门口。我把手伸到包里摸了好久也没摸出钥匙，我气得把东西全都倒在地上，跪在地上一样一样地找。

终于找到了，我摇摇晃晃扶着墙壁爬起来，正欲开门，隔壁的门开了，叶正宸站在门口看着我。我急忙装作蹲在地上捡东西——很幼稚，不喝酒的话我不会做这么幼稚的事情。

"你又喝酒了？"他的语气有些阴森，隐隐透着恼怒。

我抬头，想看清他的表情，可眼前太模糊。我揉揉眼睛，揉出来的竟是一滴滴液体。然后，我又幼稚地装开门，钥匙却在手中发抖，试了好多次都插不进钥匙孔。我越是心急，钥匙越插不进去。

一股力量袭过来，他抢下我手中的钥匙，为我打开门。

"谢——"

我话还没说完，他直接把我推进去，回手锁上门。

"丫头……"房间里没有开灯，他的呼唤格外动情，连被酒精麻痹的心都有了强烈的感觉。我靠着墙壁慢慢缩到墙脚，慢慢蹲下去，用膝盖抵住心口。

叶正宸在我面前蹲下身子，手放在我的头顶，不轻不重，掌心的炙热穿透了发丝："我还能为你做什么？"

他的声线带着颤音，比我的还要颤。

有句话，不是喝醉了我一定不会说，死都不会说，可我喝醉了，醉得胡言乱语。

"师兄，我求求你，别让她在这儿过夜……我受不了……"我咬着自己的手指，哭着往角落里缩，"太疼了，疼得受不了……"

他看着我的眼神一沉，一把拉过我的手，死死地盯着我的手心："你……怎么弄的？"

混着酒精的热血直冲大脑，心理防线在那一瞬间崩溃，感情如决堤的洪水倾泻而出，把理智冲散。我仰头望着他，滚烫的泪水悄然滑下……

他避开我的视线，起身打开房间的灯。

我眼前的一切都是模糊的，只有他的表情那么清晰。我看见他对着我一片狼藉的房间微微蹙眉；看见他俯身拾起地上的半支烟时，眉头蹙得更紧；我还看见，他从我的床上抱起笔记本电脑，对着骤然亮起的屏幕，怔住了……

我思维迟钝，想了半天才想起昨晚睡不着，抱着笔记本电脑看回帖……

“别……”我想去抢电脑，可是他一把抓住我的手腕。

网页上堆积如山的留言把我彻彻底底出卖了。

“我爱上了一个有妇之夫，很爱，很爱。他说会离婚，让我等他……我该怎么办？我可以等他吗？”

“你们不要骂他，他不是你们想的那样。他不是玩弄我，他是喜欢我的……”

“谢谢！我知道该怎么做了……再给他一次机会吧，他会回头的。”

……

眼泪从脸上一串串滑落。

叶正宸突然把电脑往床上一丢，托起我的脸，未等我反应过来，他已吻上我，唇一罩下来就是天翻地覆般的蹂躏，固执强势的舌尖闯入我因惊讶微张的口中，势不可当地深入，再深入，似乎要把这段时间压抑的热情全部释放出来。

我放弃了挣扎，是无力反抗，也是不想反抗。我承认我不是什么贞洁烈女，天知道我有多思念他怀抱的温度，我有多想念他唇齿间的味道，我有多怀念和他谈恋爱的日子。那时候我们可以光明正大地腻在一起，即使在喻茵的注视下。

一想起喻茵，什么热情都冷了，我用力挥开他落在我领口的手，从他的怀抱里挣脱。

叶正宸深深地看着我，黑眸里还跳动着欲望的火焰：“我们别再彼此折磨了，我知道你根本放不下我。”

“怎么样才是不折磨？做你见不得光的情人？”我坚定地摇头，“你回去吧，喻茵在等你。”

他急切地张口，想要反驳什么，然而片刻的停滞后，又把差点出口的话咽了回去。他伸手，轻轻抚摸我的长发，充满眷恋：“丫头，我知道我没资格要求你什么，以我目前的处境，我说让你等我，太自私了……可我希望你再信我一次，等我恢复自由的时候，我一定娶你。”

我不知道隔壁的女人是否能听到，如果听见了，又会作何感想？是否和我一样，有多深的爱，就有多深的恨，多深的痛？

长久的沉默后，我给了他答案：“你是有妇之夫，我没办法答应你任何事。你走吧，以后不要再打扰我。”

叶正宸走后，我胃疼如绞，捂着嘴跑进卫生间吐得天昏地暗。红色的梅酒溅在白色的洗手池上，血一般鲜红。

电话响的时候，我正坐在洗手间的地上吐胆汁，根本没力气接电话，可电话响了一遍又一遍，看打电话的人那么执着，我硬撑着爬出洗手间，伸手抓过地上的包包，摸出电话。

手机上显示的是国内的号码，如果我没记错，是印钟添的手机号码。记得刚来日本的时候，印钟添经常打电话给我，或者在网上给我留言，自从我告诉他我交了男朋友，他再没主动联系过我。

“嘿！”我尽量让自己的声音听上去精神抖擞。

“小冰……”他顿了顿，问我，“你在日本忙不忙？”

“还好，最近有点忙。”

“能不能抽时间回国一趟？”他的声音听上去格外凝重，让我有种不祥的预感。

“发生了什么事？”我的手开始发抖，电话都快要拿不稳了。

“薄叔叔，刚刚动完手术……”

我顿觉浑身的血液都冻住了，眼前的一切都是模糊的。

这段时间，我每次打电话回家，妈妈和爸爸的声音都很平静，简单问问我的近况就迫不及待挂了电话。我因为心情不好，也没有多余的心思胡思乱想。

“他得的什么病？”我急忙问。

他沉默了一会儿：“你回来再说吧。”

如果是一般的病，我父母不会瞒着我，印钟添也不会让我回去。

“有没有生命危险？”我不断地默念：没有，没有，一定没有。

“手术很成功，医生说……暂时，没有。”

印钟添的一句“暂时没有”，像地狱的钟声一样恐怖。

“我现在就买机票。”

我立刻挂断电话，查航空公司的电话，我订了最早的一班飞机——第二天早上十点。这时候，我真的什么都顾不上了，手忙脚乱地收拾行李，见了什么都往我的行李箱里塞。

凌晨四点，我收拾好东西，拖着行李箱出门。经过叶正宸的门口，我看了他门上的名字一眼，缓缓放下行李箱，按了他的门铃。

门打开，门口站着一身红色睡衣的喻茵。她的衣服真红，红得刺眼。

“有事吗？”还是浅淡的微笑。

“叶正宸在吗？”

“他还在睡觉，需要我叫醒他吗？”

天刚蒙蒙亮，远处全是雾气，一片蒙胧，树也蒙胧，湖也蒙胧。

“不用了，谢谢！”

我坐第一班前往国际机场的大巴去了机场。这个国家，这座城市，这栋公寓，我再不想回来……

换登机牌的时候，服务人员提醒我：“你没有办理再入境手续，离开之后，需要再次办理签证才能入境。”

“我明白，没关系。”

还有两个小时才能登机，我坐在椅子上打电话，把回国的消息告诉了凌凌、秦雪、冯哥还有李凯……

最后一个电话，我拨给了叶正宸。电话响了一声，我便后悔了，正要挂断，那边接通了。

“我要走了……”

“丫头？”我听见电话里的他重重地出了口气，接着问我，“你要去哪？”

“さよならは（再见）。”这句话在日语里是“再见”的意思，日本人只在一种情况下会说这句话，那就是确定两个人永远不会再见。

广播正在催促某航班的乘客登机，我听到叶正宸说了两个字：“等我——”

我挂断电话，却一直握着手机。

我在机场度过了一生最漫长的两个小时，我害怕看见他，却又不由自主地看向航站楼的大门，每看到一个匆匆而来的人影，心都会收紧。

登机时间到了，我走向登机口，工作人员检查我的登机牌时，他来了。我看了他最后一眼，很多次午夜梦回，我都会想起他那时的样子：他的脸上都是汗，衣服也被汗水打湿了，他拼命挤过人群，一遍遍喊着我的名字。

“薄冰，薄冰……”我第一次听他喊出我的名字，才发现我的名字透着深切的寒冷。

我接过工作人员递给我的登机牌，走进登机口，他想要追过来，却被几个工作人员合力拦住。

“薄冰！”他顾不上别人的眼光，焦急地喊着，“你等等，我有话跟你说！很重要，真的很重要！”

我手中的行李如千斤巨石，我提着它，步履维艰。

“你给我三分钟，我跟你说真话……三分钟，只需要三分钟。”

这是他最后的要求，而我，没有给他。

后来，我常常会想，如果我再给他三分钟，他会告诉我什么，但我想不出来。

飞机在跑道上呼啸而起。大阪，这座让我尝过最甜和最苦的滋味的城市，渐渐在我眼前变小，最终埋葬在一片碧蓝的汪洋之中。

之后，汪洋越来越模糊，淹没在我的眼泪里。不是我不想给他三分钟，我怕给了他三分钟，我就再没有勇气离开这座城市，离开他。

伴随着剧烈的颠簸，飞机终于降落在中国。我推着行李车走到出口，第一眼便看见了站在接机口的印钟添。他一点都没有变，和记忆中一样西装革履，儒雅沉静，而我已不是离开时那个笑得没心没肺的丫头。

眼中凝着泪水，我急切地奔向印钟添。越是心急，行李车越是执拗地不肯前行，我干脆丢了行李，跑到印钟添身边。

“我爸爸到底怎么了？”我的声音颤抖而尖锐。

他无言地看了一眼我红肿的眼睛，把我的行李车推到旁边，缓缓取下车上的行李箱。他越是不说话，我心中的恐慌越是蔓延。我死死地抓住他的衣袖，近乎恳求地问：“你告诉我吧，他到底得了什么病？”

他握住我的手，叹息一声：“我带你去医院，路上再说吧。”

从机场去医院的路上，印钟添告诉我：“薄叔叔得了淋巴瘤，病理化验的结果刚出来，II期。”

我的脑子里轰隆一声，整个人都蒙了。

我用力掐自己的手臂，希望能将自己从噩梦中唤醒，可无论我怎么掐，睁开眼睛看到的都是印钟添。

印钟添安抚地搂住我的肩膀，告诉我：“小冰，你不要太担心。医生说，癌细胞没有扩散到其他器官，放射性治疗或者化疗的治愈率很高。”

我努力在一片混沌的大脑里搜寻着关于淋巴瘤的信息，除了想起这种癌症的五年存活率很高，但老年人和孩子的存活率低，生存周期一般只有五至十年，剩下的就是一片空白。

印钟添不停地安慰我："小冰，你应该知道，现在医学发达，癌症已经不是必死的绝症了。"

"我知道。"我当然知道，就是因为知道癌症的存活率有多低，我才不敢期待这样的幸运。

癌症！这是我每天都要看上数百遍的词汇，以前它对我来说只是个专业词汇而已，此刻它却像传说中的魔鬼真实地出现在眼前，张着血盆大口，随时要把我啃得尸骨无存。

车轮驶过尘土飞扬的街道，终于停在南州市人民医院的门前，车还没有停稳，我已冲下车，跑进医院。我跌跌撞撞地跑来跑去，根本分不清方向，最后印钟添拉着我的手，带我走进一间病房。

病床上，脸色灰白的爸爸正在浅睡，瘦削的身体蜷缩着，眉心的皱纹上积满了病痛的印记。

我记忆中的爸爸高高瘦瘦，笑起来总是那么温柔。我还记得他送我去机场那天，一手提着我超大的行李箱，一手揽着我的肩膀叮嘱我："到那边好好照顾自己，没有钱就给我打电话，我给你寄。"

不过一年时间，他已瘦骨嶙峋，似乎连站起来走路的力气都没有了。

听见声音，爸爸睁开眼，一见到我立刻挣扎着坐起来："小冰？你怎么回来了？"

胸口憋得无法呼吸，我扶着床，拼命地喘着粗气，接着眼前天旋地转，一片漆黑，我听见有人喊我"小冰"，是妈妈哽咽的声音。

我努力伸手去抓，想要抓住些什么，但抓到的都是黑暗。

从昏迷中醒来的时候，天已经黑了，我躺在病床上，印钟添坐在床边的椅子上陪着我。

输液瓶高高悬在半空，冰冷的液体顺着滴管流进血液中，一滴一滴，就像眼泪，缓缓流进我的血液中。

见我醒了，印钟添倾身坐近一些，问我："你想吃点什么？"

“担担面。”伤心也是需要力气的，所以我急需补充更多的力气，“我要一大碗。”

“好，我马上去给你买。”

那天晚上，我坐在爸爸的病床边吃了好大一碗担担面，连面汤都喝干净了。

爸爸心疼地望着我，感叹：“你怎么瘦成这副样子了？是不是日本的东西吃得不习惯？”

我用尽全力挤出笑脸，说：“日本的饮食毕竟不同，教授还压榨我，我能不瘦吗？还是祖国好。”

爸爸心疼地摸摸我的头：“是啊，哪里都没有自己家好。”

“爸爸，我不想回日本了，我想留在南州工作。”

爸爸想问什么，犹豫了一下，说：“你想怎么样都随你。人这一辈子很短，一定要过自己想过的生活。”

或许只有当生命进入倒计时，我们才会后悔自己把太多时间浪费在不想做的事情上，而想做的事，哪怕是一次简单的旅行，也成了遥不可及的梦想。

我不想自己后悔，为了所谓的修士学位，把时间浪费在不知道能不能养活的细菌上，更不想浪费在和别人的老公纠缠不清上。

我唯一想做的就是陪着爸爸，帮他对抗身体里的癌细胞。

第二天，我请季师姐帮我办理了退学手续，把我留下的东西处理了，她没有提及任何人，我也没问她任何有关叶正宸的事。

后来，我在人民医院的肿瘤科做了医生，肿瘤科是一个不断有人进来，几乎没有人出去的地方。我送走过很多人，送他们去了天堂；我也挽留住很多人，看他们出院时兴奋的样子，我终于明白，活着比什么都重要。

人在忙碌的时候总是容易遗忘。我在忙碌中渐渐忘记了许多日本的人和事，快乐的、伤心的，都淡忘了，只有看见手表上的“宸”字时，心还会被扎疼，但也仅仅疼一下而已。

三年，当初被叶正宸一遍遍提起时，我总以为太漫长，不敢去期待，而当手腕上的表针在忙碌中一圈又一圈地旋转，日历在生存与死亡的挣扎中被一页一页撕去，恍然看见日历上的时间时，我才发觉，一千多个日夜并不是特别漫长。

知我如你，情深不负

[下册]

叶落无心 著

青岛出版社
QINGDAO PUBLISHING HOUSE

第二十章
意难决

或许只有当生命进入倒计时，我们才会后悔自己把太多时间浪费在不想做的事情上，而想做的事，哪怕是一次简单的旅行，也成了遥不可及的梦想。

这三年里，我似乎忙得天旋地转，可细细回想，能记起的似乎只有三件事。

第一件事发生在我回国的两个月后。

我在医院巡查病房时，听见电视里播报一则新闻：中日国际刑警经过两年的联合调查，已查证日本山口药业与大阪大学医学院教授藤井更一共同培育生化细菌……

巡查完病房，我迫不及待地搜索起日本的新闻网站，查找相关信息。原来，两年前，山口药厂将生产基地建到中国，在生产过程中，因为一次意外，导致一名研发人员感染细菌死亡。尸检的结果引起了中国警方的注意，他们联合日本警方进行深入调查，终于找到了确凿的证据。

一条条触目惊心的文字出现在我眼前，我才知道藤井想要培育的细菌是一种新型病毒，这种病毒或许对癌细胞有一定的抑制作用，但同时也会使人体细胞逐渐萎缩。最重要的是，这种细菌可以通过任何载体传播，具有极强的传染性。

我忽然想起还在日本的季师姐，急忙打电话给她，但打了很多遍都没有人接。

第二天，她才回电话给我，不等我问，她一股脑告诉我很多事。

她说她的手机被限制使用，接打电话要经过批准。

她说藤井自杀了，藤井的研究室也被查封，所有的资料都被日本警方搜去调查，她现在被大使馆保护起来，等待协助调查。

她还说："幸好你中途退学了，不然你就算不被培养出来的细菌毒死，也肯定会被藤井牵连，难逃一劫。"

她还问我："小冰，你是不是也在协助警方调查？"

我说："没有，我是在新闻上看见了消息，没有人找我调查。"

季师姐十分不解："怎么会呢？藤井研究室的学生都被调查了，我们还被要求写一份情况说明，详细写明在藤井研究所做的所有实验的情况。你直接参与过这个项目，至少要写一份报告吧。"

我仔细琢磨了好久，才算消化了如此庞大的信息量，然后，我想起一件事：“师姐，那上次在东京新宿死的两个中国人，是不是也和这件事有关？我记得你说他们是山口药业的员工。”

“是啊，大使馆的人告诉我，那两个中国人就是为了帮助警方调查细菌事件被杀的。警方怕打草惊蛇，才没有深入追查，草草结案，现在中国警方已经派人来重新调查了。大国威武啊！”

听起来真的很威武，而我只是这威武势力中的一粒尘埃，即使身涉其中，也不用协助调查。

尽管如此，我还是认真写了一份报告发给季师姐，请她帮忙转交给警方。

又一个月后，我接到季师姐的电话，她说：“还是祖国的气候宜人，东西好吃，男人也帅。”

我惊喜地问：“你回国了？”“回来了。”她告诉我她在哪座城市，我立刻买了飞机票去看她。久别重逢，我们聊起了很多事，聊起第一天去日本，聊起细菌培养室中不灭的灯光，也聊起凌凌和她的科学家男友，唯独叶正宸，我们只字未提。

第二件让我印象深刻的事，发生在我回国一年以后。

深冬的夜格外阴寒，我一边往冻僵的手指上哈气，一边浏览国外关于癌症的最新研究成果。

突然有QQ消息弹出来，提醒我秦雪的空间更新了照片。我一时感慨万千，点开来看，都是公寓里的朋友一起玩的合影。

冯嫂和冯哥还是那么恩爱，两个人都胖了，像一对福娃。凌凌身边多了个男人，她笑看漫山红叶，男人低头，悄然摘下她头发上的一片落叶。秦雪也有了男朋友，很帅气，从某些角度看，有点像叶正宸，我失神良久。点到下一张，我看见了叶正宸……心疼得抽搐，可是下一秒，我看见了他身边的喻茵，顿时什么知觉都没有了。

我麻木地点着下一张、下一张……我的手僵住了。

电脑上显示出一张唯美的照片，背景是喻茵的住处。无比温馨的家中处处鲜花，七彩的蜡烛在一个草莓蛋糕上燃烧，大家围在桌前唱生日歌，唯有叶正宸弯下身子，唇贴在喻茵耳际，手放在桌上，手腕上戴着限量版的国际名表。

喻茵的怀里抱着一大束娇艳欲滴的玫瑰，叶正宸的嘴角噙着一丝坏坏的笑意。

我盯着电脑上的照片看了好久，忘了眨眼，眼睛干涩刺痛。

秦雪刚好在线，我发了条信息："最近好吗？"

她很快回复："好久不见啊！"

"刚看完你空间里的照片，你男朋友很帅。"

"还好，医学院的。"

"医学院"几个字在我眼前旋转，我的手放在键盘上，脑子里一片空白，消息发出去我才发现，那行字是："叶正宸好吗？"

想收回已经太迟，她告诉我：我离开后没多久，叶正宸便搬出去和一个叫喻茵的女人住在一起，就是照片上的女人。喻茵又漂亮又有气质，出身高贵，叶正宸这一次好像动了真心。

她还告诉我：他们感情很好，经常在校园、超市、图书馆出双入对……听人说他们已经结婚了。

电脑上的文字像一枚炸弹，毁了我所有的期待。我手忙脚乱翻出电话，拨给凌凌。

电话刚刚接通，我就迫不及待地问道："凌凌，秦雪说叶正宸和喻茵在一起了，他们感情很好，是真的吗？"

凌凌在电话另一端长叹了口气："我以前没告诉你，是怕你伤心。小冰，过去的就过去吧，叶正宸这样见异思迁的男人根本不值得你爱……"

剩下的话，我已经完全听不清了，耳边全是轰鸣声。伤心，失望，可这能怪谁呢？我才是那个见不得光的小三，我愿意相信男人信誓旦旦的承诺，如今的背叛是我该有的结局。

那晚我做了一个可怕的梦，梦见自己回到了日本的公寓，我靠在墙壁上，墙壁的另一面不断地响起喻茵忘情的呻吟，每一声激情难耐的喘息都那么清晰。

她每呼唤一遍他的名字“叶正宸”，我就用指甲刮一下墙壁上的字迹，一下一下，刮得血从指甲里流出来。

深冬的清晨，我穿着一件单薄的针织衫坐在老榆树下，却一点都不觉得冷。经过的人都在看我，用看疯子一样的眼神看我。我也觉得自己疯了，不然怎么会对叶正宸还有幻想？被骗过那么多次，我还相信他给我的承诺。

一件温暖的外衣搭在我身上，印钟添在我身边坐下来。

“叔叔说你一早就走了，医院的人说你没去上班，我一猜你就在这儿。”

我想说话，但嘴唇已经麻木了。

“你从小就这样，心情不好就跑来这里……”他宽大的手掌捧住我的手，搓着，“为了那个男人，对吧？”

我摇摇头，声音冻得发颤：“我只是想让自己冷静点。”

印钟添继续揉我的手：“小冰，别再傻了。他不爱你，他哪怕有一点爱你，都不会把你伤得这么深。”

我又何尝不知道呢？从头至尾，那段所谓的爱情都是欺骗，刻骨铭心也是骗人的，我早该清醒了。

枫叶鲜红的色泽会随着时间暗淡，眼泪会慢慢干涸，激情当然也会随着时间消退，最后埋葬在漫长的生命里。

或许，多年后，我就记不起他的样子，甚至名字了。

即便在路上擦肩而过，也只当他是陌生人……

第三件事，在我回国后第三年零一个月，我接受了印钟添的求婚。

那天，晨雾初散，妈妈挽着爸爸的手走在鹅卵石铺成的小路上，斑驳的晨曦落在他们身上。我坐在旁边的椅子上，低头看着手机上的新闻。

其中国际新闻中的一条消息吸引了我的注意：“日本警方以贩毒、走私等多项罪名正式批捕山口集团社长山口梨木。”

我打开新闻随意扫了几眼。原来，两年前的山口药业涉嫌制毒事件仅仅是日本警方调查山口集团的开始，这两年来，日本警方全面搜集山口集团的犯罪证据，近期终于将这个日本最大的黑社会组织全面瓦解，从此以后，山口集团将成为历史。

爸爸走累了，妈妈扶着他坐到我身边，我微笑着抬头，将手中的保温水壶打开，为爸爸倒上一杯温水。

如此美好的时刻，如此美好的一家三口，妈妈自然又要问一些美好的问题。

“最近有没有遇到中意的男人？”

这个问题妈妈问过我很多次，我每次的答案都一样：“暂时没有。”

“你年纪也不小了，别太挑剔……找个真心对你好的男人就行。”

我低下头看着手腕上的表，用纸巾轻轻擦拭着上面镌刻的名字，“宸”这个字，从未褪色。

我承认我太挑剔了，这个世界上毕竟只有一个叶正宸。我笑笑，说：“要过一辈子的人，不挑剔一下能行吗？”

每次我这么说，妈妈便不再说话，爸爸则会轻轻叹口气。

“我们回家吧。”说着，我站起身，爸爸突然抓住我的手，他的手心里都是汗。

接着，他从椅子上栽倒下去。

抢救进行到傍晚，爸爸的生命体征才算稳定下来。

寂静的医院里弥漫着消毒水刺鼻的味道，我筋疲力尽地走出重症监护室，扶着墙壁慢慢地蹲下。

这三年来，为了爸爸的病，我去国外请过专家，去长白山寻觅过偏方，甚至去求神拜佛，祈求神佛恩赐奇迹……然而，癌细胞还是在一点点吞噬爸爸的生命。

“小冰，你没事儿吧？”印钟添不知何时站在我身后，伸手过来扶我。

"没事儿，我就是有点累了。"我试了两次，才勉强扶着墙壁站稳。

"你别担心，薄叔叔会没事的。"

我无力地摇头。没有人比我更了解爸爸的病情，多次化疗没有彻底抑制癌细胞，反倒让他的身体越来越虚弱。他的心脏多次出现房颤，情绪也开始不稳，整天叨念着让我好好照顾妈妈，好好照顾自己，尽快找个好的归宿。

"是不是薄叔叔又催你嫁人？"印钟添问我。

我垂首看着光可鉴人的大理石地面，上面映着我苍白的面容。短短三年，我就老了，脸上再也找不到年轻人该有的生气。

我苦笑："难怪他着急，我这副样子，可能真的嫁不出去了。"

"我们结婚吧。"

毫无浪漫可言的病房门外，印钟添突然执起我的手，没有任何动情的表白，只有简简单单的一句话。

我被这突如其来的求婚惊呆了。眼前的男人，我当他是至亲，我对他的感情是纯粹的，没有一点杂质。

"我……"

他从口袋里掏出一枚戒指："我准备很久了……虽然现在有点乘人之危，但我是真心的。如果没有更好的选择，就给我个机会吧。"

冰凉的戒指套在我的手上，大小刚好。我承认我对印钟添有感情，有亲情、友情，也有感恩，唯独没有爱情。

年轻时渴望爱情，期望有一个人让我爱得肝肠寸断，欲罢不能，等到看过太多的生离死别、人情冷暖，我才看透这个浮华的世界。

我不再年轻，不再为爱肝肠寸断，可我从不后悔年轻过。

爱过，痛过之后，忘记那个人。

然后，平淡地生活。

我很感激命运，让我在阳光灿烂的美好日子里遇到了叶正宸，他让我明白了什么是爱情，肝肠寸断亦无怨无悔；我也感激命运让我在人生最灰暗的日子里遇见印钟添，他就像一束暖光，无论多么黑暗，我都知道哪里是前方，还能继续走下去。

几分钟的思考后，我对印钟添点点头："好，我们结婚吧。"

从那之后，我和印钟添就开始紧锣密鼓地筹备结婚的事情。

印钟添在南州市政府的秘书处工作，因为职业习惯，他每次和我约会都像安排领导日程一样，绝对顺着我的时间，尊重我的意愿，安排得井井有条。我从不担心突如其来的变故，因为他会把一切都计划得非常周密。

我和印钟添的恋爱也像是规划好的，按部就班地进行，包括我们订婚、买房、装修。周末，印钟添约了我九点去看装饰材料，我按时换好衣服，下楼。毫无意外，他的车已经停在楼下，印钟添正坐在车里聚精会神地研究地图，估计在计划今天的路线。

见我面带微笑坐进车里，他放下手中被圈圈点点过的地图："在想什么？好像心情很好。"

"我在想，你这么善于规划的男人，一定不会突然冒出个同居女友、未婚妻或者老婆。"

他有点茫然，认真思索了一下才接道："除你以外，不会再有。"

我相信，深信不疑。印钟添从不会胡言乱语，任何话从他口中说出之前都要经过慎重的考虑，做不到的他不会说，不确定的他也不会说。

爸爸妈妈口中印钟添的优点不胜枚举：沉稳，细心，言谈举止得体，待人处事真诚……其中有一点我最赞同：他是个值得女人信赖的好男人。

我靠在椅背上，等着他慢慢地发动，慢慢地把车并入主道。

熟悉的风景缓缓掠过，我微笑，心里惦记着今天转院离开的病人怎么样了。临走时，她的老公帮她换好衣服，扶着她出门，她笑着跟我说：再见。

有些人，再见了，今生便不会再见。

就像那个人……

因为印钟添早已做好了前期调查，我们很快定下了整套橱柜和玻璃拉门。发现时间还早，我们顺便去看了看窗帘，窗帘的款式多得让人眼花缭乱：温馨的韩式版，华丽的欧式版，还有简约的古朴版。

“你喜欢哪一款？”他一如既往征求我的意见。

我认真看了一圈，认真看了每一款，然后指着其中一款：“除了这款绿色，其他的都很好。”

“这款灰色的怎么样？”他指着右边一款浅灰色的窗帘问我。

我扫了一眼，是印钟添喜欢的风格，素雅，沉静。不知为什么，我的眼光又不自觉地转回左边，淡绿色的轻纱微合着，垂落在地，墨绿色的流苏被挽起，直垂而下。

有人开门进来，带起一阵气流，轻纱飘动，流苏荡漾，两个字：唯美。

“小冰？”

“呃？”我回神，“好，挺好的。”

“那就定这款吧。”

我想了想，指着那款绿色的窗帘问身边的售货员：“这款窗帘有没有其他颜色？”

“您想要什么颜色？”

“除了绿色，其他的都行……”

售货员立刻调出图样给我看：“有紫色和蓝色，这种……淡粉色也不错。”

画册上的图样不仅颜色很俗，款式更俗，完全没有让人惊艳的感觉。

“谢谢！”我把图样还给她，“还是右边那款灰色的吧。”

出门前，我又看了一眼淡绿色的窗帘，合着，合着……

美得让人惊艳，就像那扇窗前永远合着的窗帘。

吃过午饭，印钟添接到他开婚纱店的朋友打来的电话，说新到了一批婚纱，让我们过去欣赏欣赏。婚期还没定，我不想这么早订婚纱，可婚纱店的老板强烈要求我们去看看，说现在是淡季，给我们打三折。话都说到这个份上了，我们也不好太不给人家面子，于是顺路去看看。

“随便选，全场三折。平时我们最多打八折，这可是真情价了。”

“我们的婚期还没定，现在订婚纱有点早。”我说。

老板跟我开玩笑说："婚纱不像别的，早晚要穿的，不嫁给钟添，也要嫁别人……"

印钟添气得给了他一拳，不重。我极少见他跟人打闹，可见他和老板的关系相当不错。

"这是欧美今年最流行的款式。"老板指了指橱窗里展示的婚纱，"绝对适合你，不信你试试看。"

印钟添小心地摸了摸下摆："要不，你试试吧。"

不等我回答，老板直接把我推进换衣间，跟店员说："拿这件婚纱给她试试。"

欧美一向流行简约低胸的款式，裙摆下垂，化妆师为了效果更好，让我换上一双三寸的高跟鞋，把我及腰的鬈发松松绾起，自然地垂了一缕落在脸侧。

走出更衣室，印钟添的目光落在我身上，难掩热切……

我尴尬地避开他火热的注视，别过脸看向窗外。盛夏的午后，暖洋洋的阳光从落地的橱窗射进来。橱窗外，一个英挺的人伫立着，一身墨绿的戎装。我无意间瞥了一眼，心口顿时感受到一阵狠狠的撞击。

我眨眨眼，想确定那张午夜梦回经常看见的脸是真实还是错觉，他已经转过身，留给我一道酷似那个人的背影。

太像了！明知不是他，我还是悄然踱至窗口，多看了几眼……

深沉的气质，配上墨绿色的制服，再加上肩上隐约的星星杠杠，不必看长相，一道背影足以完美诠释这个男人极致的魅力。

他穿过人行道，上了街边一辆白色的越野，车牌也是白色的。

男人上车后启动了车，但没有开走。时间像是凝固了一样，眼前的一切都静止了。不知何时，印钟添走到我身边，顺着我的目光看去。

"在看什么？"他的手轻轻搭在我半裸的肩上，声音听上去比平日温柔。

"没什么，那辆车不错。"

我话音刚落，那辆车突然启动，加速并入主道，驶向十字路口。

第二十一章

重逢时

活着，也许艰难，也许困苦，但比起那些死去的人，我们至少还活着。

逛了一整天，晚上我又去医院值夜班。刚换上白大褂，我还没来得及坐下歇歇，就有人来拍值班室的门。我打开门，一见门前面色暗黄、泪痕斑斑的女人，心里不禁长叹一声。

她的老公是我们医院的病人，肝癌晚期，癌细胞扩散到肺和食道，现在已经出现消化道出血，回天乏术。主任昨天通知过病人家属准备后事，说他可能熬不过昨晚。

“薄医生，你救救他。”女人扯着我的袖子，哭着求我，“你再想想办法，不能救他的命，让他多活两天也好。”

“你放心，我会尽力的。”我走进病房，病人已经说不出话，一见到我就拼命地嘶喊，似乎想告诉我他还舍不得两岁的女儿，不甘心就这么走。

见他的亲朋好友把整个房间堵得水泄不通，我压低声音和病人家属说：“让他们先去走廊吧，病人需要安静。”

人陆陆续续离开，我让护士再给他注射一些止疼药。我不确定病人的听力如何，贴在他的耳边告诉他：“这是美国最新的抗癌药，很有效。”

他安静下来，哀求地看着我。

“再坚持一下，明天给你安排了二次手术，我们请了国内最权威的专家……”

他点头，用干枯的手抓住我的手腕。我知道我救不了他，唯一能帮他的就是陪着他，给他一点希望，陪他度过生命中最后一个安静的黑夜。一小时后，病人呼气渐渐困难，只能竭尽全力吸氧。

我笑着安慰他：“别紧张。我爸爸三年前也得了癌症，淋巴瘤……他曾说，他最大的遗憾就是看不见我嫁人……现在，他还健健康康地活着……等着抱白白胖胖的外孙……癌症不是不治之症，你千万别放弃。”

他努力地呼吸，心跳却越来越微弱，我对护士大喊：“强心针！”

“薄医生？”

“去拿。”

明知这一切不过是徒劳，我还是想尽自己最后的努力，为他们多争取一秒……

他扣紧我的手腕，眼睛绝望地睁大，我拿下他脸上的氧气罩："你还有什么话想说吗？"

他点点头，看着他快要哭休克的妻子，说了两个字，是他女儿的名字，非常清晰。

他走了，他的妻子再也哭不出来，坐在地上喃喃念着："我怎么办？我以后怎么办……"

这个问题我听过无数次，答案只有一个："为了父母，为了孩子，还得活着，好好活。"

活着，也许艰难，也许困苦，但比起那些死去的人，我们至少还活着。

情绪低落到极点，我疲惫地走出病房，刚好听见两个小护士在八卦。

"你说哪个帅哥？我怎么没见到？"

"就是站在走廊上的那个，特别帅，特别酷，比印秘书酷多了……"另一个小护士春心荡漾，"那个眼神啊……"

我不知道该说些什么。

见过太多生离死别的她们已经麻木，大概过段日子我也会麻木，所以我不想责怪她们什么。

"是吗？我光在里面忙了。"小护士语气幽怨。

另一个送药的回来了，一听到这个话题，马上加入："你们说的是七号病房外的男人吧？太有型了。他是不是病人的同事？"

"不是，他来找……"

她的话说了一半，一看见满脸寒意的我立刻噤声："薄医生。"

"嗯。"我点点头，尽量让自己语气平静，"还没交班吗？"

"一会儿交。"

小护士犹疑了一下，似乎有什么话想问我，又不好意思开口。

我一夜未睡，头昏脑涨，也无心跟她们闲聊，匆匆换了衣服走出医院大门。

胸口憋得透不过气，我很想哭，可是哭不出来……三年了，从我离开大阪，我再也哭不出来了。我坐进车里，摇下玻璃窗，努力地吸气，让充足的氧气舒缓内心的窒息感。本想靠在椅背上休息一下，谁知一闭上眼就睡着了。

梦里，有个人牢牢扣住我的手腕，我看不清他的脸，只能听见一声声细碎的呼唤："丫头……丫头……"

我难过得手都在发抖，想挣脱，又动不了。委屈和郁闷堆积到了极限，就势宣泄而出。我哭了，眼泪大滴大滴往下掉，所有的郁闷都被释放出来。醒来后，我伸手摸摸湿润的眼睛，冰凉的订婚戒指差点划伤眼睛。

我又摸摸手腕上病人留下的勒痕，猛然想起一件重要的事。两周前，有位病人家属情绪失控，把我推倒，手表刚好撞在铁架上，表壳撞碎了。我拿去修表店，店里的人说机芯也撞坏了，他们没有配件，让我找海鸥厂商的售后。我又拿去专柜，店员一见十分惊讶，一再表明没卖过这款表。我告诉她，这块表对我很重要，只要能修好，多少钱都无所谓。

她打电话问了厂家，厂家的人让拿回去验验，她让我半个月后过去取。一想起那块表，我片刻都等不了，立即开车驶向商场。

走进商场，我直奔海鸥表的柜台，问售货员："我上次拿来修的表，修好了吗？"

"请问您说的是哪一块？"

"白色的表盘，表扣上刻着一个'宸'字。半个月前拿来的，你说送去厂家验验真假。"

店员顿悟："请等一下。"

没多久，经理拿着一个精致的盒子出来了。

"修好了吗？"我忙问。

"对不起！"经理把表退回来给我，"我们厂家没有配件。"

我不解："这款表不是海鸥的吗？"

"是。厂家的人说这款表是他们老总指定让做的，客户十分挑剔，时间又很急，所以，这款表除了外壳和上面的商标是海鸥的，其他部件全是从瑞士名表上拆下来后组装的。”

难怪那外壳轻轻一碰就粉身碎骨，原来只有外壳和商标是海鸥的。

“很抱歉，”经理满脸歉意，“不是我们不负责修，这款表我们只做过一对，实在没有配件给您更换。”

“我明白。”我又问，“如果我愿意出钱呢？”

“机芯是Jaeger精密度最高的一款，价格非常昂贵。如果这块表对您意义重大，不如留作纪念。”

我苦笑。为什么他留给我的从没有表里如一的东西，就连这款手表，也是一块披着海鸥外衣的Jaeger，实在太可笑了。

出了商场，我走到垃圾桶前，最后看了一眼手中已经破碎的手表，便把它扔进了垃圾桶，一声沉重的撞击之后，这块我三年来从不舍得摘下的表终于没有了。

他说：“这世上，除了你，还有许多许多叫‘冰’的女孩，我的‘丫头’只有一个，独一无二！”

现在，这块独一无二的手表，这个独一无二的人，再也没有了。我与他，从此再无任何联系。

眼前一片模糊，什么也看不见，我下意识地扶住旁边一辆白色的车。站稳后，缓了口气，我才发现刚巧是昨天那辆白色的越野，白色的车牌，和婚纱店门口那辆一模一样。

蓦然想起那道酷似叶正宸的背影，我下意识地看向车内。可惜，车上没有人。

命运从不会放过任何一次捉弄我的机会，就连我躲在最安稳的港湾里，它也要用暴风把这港湾击垮。

在我们的房子马上装修好的时候，印钟添因为贪污巨款被上面特派的专案组带走——我刚从手术台上下来便得到了这个消息。我完全不信，做任何事都谨小慎微的印钟添绝不可能贪污巨款，更何况，他若是有巨款，何须我们两家一起凑足买房子的钱。

然而，事实摆在眼前，不容我不信。我想尽一切办法打听他的消息，可没有人知道印钟添为何突然被秘密提审，提审的结果如何。

连续三天，我爸爸忘了吃药，天天坐在电话旁边，不是给他所有认识的人打电话，就是等着接电话。妈妈悄悄哭过很多次，虽然没当着我的面，但我看见了她眼底的湿润。

印钟添的父母就更不用说了，短短三天便变得苍老萎靡，一见到我就老泪纵横地一遍遍告诉我："钟添是被冤枉的，钟添不会贪污。你再想想办法，再想想办法……"

就在这风雨飘摇的时候，我接到一个检察院的朋友的电话，他说刚刚打听到消息，印钟添好像要被判刑，难有转圜的余地。

还没等我挂电话，妈妈急得用颤抖的双手扯着我的袖子："你朋友怎么说？钟添没事吧？"

我看看她，又看看刚从房间里走出来的爸爸，他正屏住呼吸等着我的答案。

我笑着说："没事，没事。案子快要查清了，钟添很快就会没事。"

爸爸的眉头终于松了，忙说："快给你印伯伯打个电话……哦，还是我来打吧，你快点进去睡会儿。"

"嗯。"回到房间，我锁上房门，才敢卸下脸上的强颜欢笑。这欢笑又能强撑多久呢？纸包不住火的。

已经三天了，我在焦虑中度过了三个不眠的夜晚，仍然没有印钟添的任何消息，不知道他接受怎样严酷的审问，不知道他是否已经为别人承担下了所有的罪名。

检察院、法院、市政府……上上下下有点关系的人我全都找遍了，统统千篇一律的回答："放弃吧。这个案子已经没有转圜的余地了，死刑！"

死……那个前不久刚执着一枚钻戒说要陪伴我一生一世的男人，就要被剥夺去生存的权利，我怎么可能放弃？

“不！我不会放弃。我相信他是无辜的，我一定要救他，不管用什么方法。”我对律师事务所的陈律师说。

“你能交出全部的赃款吗？如果能交出来，有机会改判无期。”

赃款？那可是上亿啊！我捏着银行卡的手心浸满了汗。这张卡里存着我们这几年的全部积蓄，二百万，加上我正挂在中介出售的房子和家当，也不过三百多万。

我有些急了：“他根本没有贪污那些钱，我怎么拿？他根本没有罪，为什么要判他死刑？”

“你真的确定他一分钱都没拿吗？你确定他没有半点罪责吗？”

“我相信他。”

陈律师无奈地沉吟良久：“对不起！我真的帮不了你，要不你去北京上诉吧？”

仔细思考了一番他的提议，我点点头。几日后，我到了北京，几经辗转，仍求助无门。在我近乎绝望的时候，我意外地和一个不肯透露真实姓名的中间人联系上。我们约在一个僻静的茶楼见面，只见他四十左右的年纪，穿着便装，言谈举止不凡，身上也有种居高临下的霸气。

“你就是薄冰？”他问。

“嗯。”我点点头，把手中的资料双手递给他。

他一边喝茶，一边看着我的材料，不时陷入沉重的思考。

“这个案子还有希望吗？”

他抬眼，一双精明的眼从银框的眼镜背后细细地端详着我：“有点难办，所有的证据都对他不利，但……”

这一个“但”字，是我连续一个多月里听到的最美妙的词：“但？您的意思是？”

“也不是完全没有转机。如果能往深了追查，也许……”他顿了顿，意有所指。

我点点头，明白他的意思。

这个案子明眼人都能看出来印钟添一个小秘书没有那么大的胆子，欺上瞒下，贪污巨额的款项。可所有的罪证指向他，案子已经基本定了性。谁能有这么大的能力，翻云覆雨？

我刚刚燃起的希望，又剩下残留的火星。

“我想……有个人能帮你。”

“谁能帮我？”我迫不及待地问。

他郑重其事告诉我：“我帮你联系一下，你等我消息。”

两天后，有人将一张国际饭店的房卡辗转交到我手上时，我几乎不敢相信自己的眼睛，又仔细确认了一遍，确实是房卡。我只是想要伸冤，想救我正被隔离审查的未婚夫，如此光明正大的事情，为何要选在酒店这么隐晦且暧昧的场所？

难道？

一丝本能的戒备在心中浮起，我感到一种强烈的不安，但一想到音信全无的印钟添不知正承受着怎样的煎熬，还有中间人郑重无比的提醒：“此事成与不成，只看他肯不肯帮你，这是你唯一的机会。”再想想自己这不值一提的姿色，我立刻放下所有的疑虑，匆匆换上一套宝蓝色的套装，略施淡妆遮掩住憔悴的面色，赶去约定的国际饭店。

踩着光可鉴人的大理石地面走到2319号房间门前，我深吸口气，略略平复一下紧张的情绪，再次整理了一遍文件夹里的资料，确定该带的都带齐了，才刷了一下房卡，输入密码。一声清脆的电子音响起，房门自动打开，我尽量放轻脚步走进去。

时值午后，套房内的光线却极暗，只因所有的窗帘都紧合着，不透一丝光。原本奢华的欧式古董柜、古家具以及墙上那幅古典油画都被阴影笼罩着，凝聚着一种让人窒息的压迫感。

我搜寻的目光掠过暗色的陈设，投向窗边，只见一道英挺的背影被笼罩在暗淡的阴影里。那人笔直地站着，那是军人惯用的站姿，带着傲然的挺拔。

“您好。”我试探着开口。

男人的背影轻颤了一下，之后，他慢慢转过身。当那张冷峻的面容再次出现在我的视线所及之处时，我猛地后退，直到背紧紧地抵在门板上，我仍无力站稳。

叶，正，宸！

为什么是他？为什么会是叶正宸？这个我以为再也不会有交集的男人，偏偏出现在我最孤立无助的时候，是幸运，还是劫数？

不，不可能是幸运，他从来没给我带来过好运，他带给我的全都是劫，一个又一个劫。

叶正宸慢慢走向我，像一匹蓄势的野狼慢慢走向它的猎物。他每走一步，我的呼吸就会急促一些。在距离我一步之遥处，他站定，轻唤："丫头……"

又是这一声梦魇里最常听见的呼唤，我捂住耳朵，转身想要逃走。他先我一步按住房门："我们谈谈吧。"

"我没话跟你说。"

"我有。我想告诉你：我现在自由了，我们可以——"

"我要结婚了。"急促出口的五个字，阻断了他所有想说的话。

"叶正宸，"我尽量让自己的语气平静，尽管我的心绪已经乱得天翻地覆，"不管你想说什么，都和我没有关系了。过去的事情，我不想再提，也不想再和你有任何瓜葛。请你不要再打扰我了。"

说完，我用力推开他，走到门前。此刻，我只想快点逃走，生怕慢了一步就来不及了。门锁在手心旋转的一瞬，他平淡的询问声传来："你不想救你的未婚夫了？"

我像被点穴一般定在原地。不论我多么想逃离，只要提起印钟添，我就再也无法向前一步。

"你能救他吗？"明知一切索求都需要付出代价，我还是期待着他的答案，就像溺水的人捡到一根稻草，明知无用，还是不舍得放弃最后的希望。

他没有回答，从桌上拿起一个遥控器，对着墙壁上悬挂的液晶屏幕按了一下开关，又按了播放键，电视上立刻出现了印钟添的脸。他坐在狭窄阴暗的密闭空间里，双手在破旧的木桌上紧紧交握，眼睛里血红一片，尽显疲惫与憔悴。

“我想喝水……”嘶哑的声音从他皴裂的双唇发出，充满哀求。

一个严肃的声音告诉他：“把你知道的都说出来，你就可以离开这里。”

“我……”电视画面被定格，屏幕上只留下印钟添最后的姿态：他的双手埋入头发中，那种惶恐矛盾的神情像是在乞求我救他。

那个不久前执着一枚钻戒说要陪伴我一生一世的男人，才几日不见，竟变得如此憔悴不堪。我不自觉地咬住自己屈着的无名指，咬到渗出血丝。据说无名指有一根神经通往心脏，碰到了就会很疼，可我完全没有感觉到疼，我只是看着印钟添空洞的眼睛，就像看着我病入膏肓的病人。

叶正宸握住我的手腕，看看我手指上红色的齿痕，又看看那颗闪耀的钻戒，冷冷地牵动嘴角：“现在有话跟我说了吗？”

“他是被人陷害的，他只是个小秘书，是刘副市长——”

“是不是被人陷害不是你说了算，也不是我说了算，专案组要看证据。”

“我有证据。”我将手中早已准备好的材料递到他面前。他伸手接过，看都没看就直接丢在旁边的柜子上。显然，他对所谓的证据毫无兴趣。

我戒备地看着他：“你想怎么样？”

他笑了，但我感受不到一点笑意，只从他的眼神里读出了滚烫如岩浆的占有欲。我顿时明白了他想要什么，将手指上的钻戒送到他眼前，郑重地提醒他：“叶正宸，我要结婚了。”

“不是还没结吗？”他嘴角噙着笑，凑到我的耳边，字字句句夹杂着滚烫的气息，“丫头，我很想你。”

我下意识地捂住耳朵，想要闪躲，却被他一手揽住腰，继续在我耳边说：“你知道我想要什么。”

“你——”三年了，他一点都没变，想要就一定要，而此刻的我似乎没有选择的权利，“你真的能救他？”

“除了我，没人能救他。”

再看一眼定格的画面，我想起律师说过：一旦定案，印钟添不是死刑也是无期。与生命比起来，耻辱显得那么微不足道。

我伸手解开领口的扣子，用自以为冷静却明显带着颤抖的声音说：“只有这一次。”

他捉住我的手，阻止我的动作：“我是要你回到我身边。”

“不可能。”

“如果我一定要呢？”

“你休想！让我跟你在一起，我宁愿和钟添一起死了。”我毫不让步，因为我太了解叶正宸，一旦我让步，一定会被他逼到无路可退。

我转身就走，态度坚决。在我拉开门，一条腿正准备迈出时，我听见他说：“等一下。”

他终于还是让步了。

我的手禁不住一颤，门把手从我的手中脱离，紫檀色的门在眼前一点点合上。我顿觉眼前这间奢华的总统套房就像一个金丝牢笼，把我和一头野兽关在了同一处，而我能做的只有退后一步，让金丝牢笼的门自动锁紧，免得泄露了即将开始的丑陋。

在叶正宸的注视下，我一颗颗地解开衣扣……

电视机上的画面定格，我未婚夫颓然的表情在我眼前无限放大，我紧紧地闭上眼睛，然而那副颓然的表情依然那么清晰。

我不知道这样做到底对不对，也不敢想以后印钟添得知今天发生的事会是怎样的心情。他会感激我今天为他做的，还是会怨恨我的背叛？

我想，换了是我，极有可能选择后者。毕竟，对一个男人来说，自己的未婚妻跟别的男人上床，是莫大的耻辱。

然而，我已经顾不上以后，这是我眼前唯一的路。

叶正宸握住我的手，阻止了我脱下身上最后的遮拦。我讶然地睁开眼，四目相对，我清晰地看见他眼中的渴望与克制。我能读懂他的渴望，可我读不懂他的克制，或者说，我不愿意去读懂，害怕自己又掉入他精心设下的陷阱。

“丫头……”又是这声最熟悉的呼唤，叶正宸将我纳入他温暖的胸膛，一个浅吻印在我的额心，依旧是我熟悉的温度、熟悉的柔软，还有熟悉的对白，“想我了吗？”

“想。”怎么会不想？每天要想他无数遍，一想起他，五脏六腑没一个地方不疼。

“恨我吗？”

“恨。”我当然恨他，不然怎么会每想他一遍，都要在心里骂上一千遍“浑蛋”。

“能原谅我吗？”他捧起我的脸，让我不得不面对那张近乎完美的画皮。谁又知道，在这个许多女人迷恋的外表下，隐藏着一个卑劣的灵魂。

“能，”我抬头，轻轻一笑，“到你死的时候。”

他笑了，眼中那千山暮雪般的阴寒竟然消融了。恍惚中，我又看见了初见时的他，那个总笑得让人捉摸不透的叶正宸。

“好吧，那我可以在活着时为所欲为了。”

“你——”我还没来得及反驳，他的双唇狠狠地压了上来，吸血一般啃噬我的唇瓣。我痛呼，声音却被他吞没，徒留破碎的轻哼。他的唇有种吞噬一切的火热，让我心底的某一个角落被点燃，这时我才猛然醒悟，今日，他想要的并非一场权色交易，他想要确定我对他的爱还剩下多少。

“不……不要。”我拼命挣扎，怕自己一旦放弃挣扎，就会在他的火热里融化。

“现在说不要，你不觉得太迟了吗？”

他横抱起我，丢在床上，然后一颗颗解开自己的衣扣。衬衫半敞，刚硬的轮廓呈现在我眼前，我看见他的胸口上有一个伤口，以伤口的形状和缝合的情况看，像是手术留下的，从疤痕的颜色判断，时间超过一个月。我来不及多想，他已捉住我推拒的双手，按过头顶，俯身压下来。

“你脱了衣服，还是这么诱人。”

“你脱了衣服，还是这么禽兽！”

他扬扬眉，轻吻我的嘴角：“你一点都没变。”

然而他变了，变得我完全不认识了。

床下，衣物七零八落。床上，肢体纠缠，分不清是撕扯，是挣扎，还是渴望……

我闭上眼睛，眼泪顺着眼角落下。伤痛，并非源自被他欺凌，而是我憎恨自己又怀念起那一季坠落的樱花，又渴望与他继续纠缠下去，不管经历多少欺骗，多少背叛，都没关系，只要不再分离。

“喜欢吗？你不是最喜欢这个姿势？”他握紧我的手指问。

我咬牙切齿地反驳：“这分明是你喜欢的姿势。”

“原来你还记得。”

“你！”

他细密的吮吻连绵不绝，我再也无话可说，也说不出话。

激情跌宕，欲断难断。我在他身下，终于融成一汪温泉，忘情地与他相拥。早知经历那么多矛盾煎熬，到头来还是会越过这条底线与他在床上痴缠，当初何苦要逼自己放手，也逼着他放手？

记不清过了多久，一切终于结束了。他把我搂进怀里，眷恋地亲吻着我的肩膀，抚摸着我的头发，深嗅着我的味道。

身体被汗液浸透，滚烫的肌肤腻在一起，很难受，可我没力气挣脱。我太累了，真想在这个久违的怀抱里再睡上一次，梦里一定不会有心痛的感觉，可闭上眼睛，我却想到了印钟添，想到了喻茵，想起了很多过往。

悔恨席卷而来，我无言地退出他的怀抱，一件件拾起我的衣服，穿在身上，梳理好自己的头发，拍拍惨白的脸颊。整个过程中我都不敢看他，可我能感受到他的目光一直停留在我的身上。

我正欲离开，他握住我的手腕，力道重得让我无法摆脱。

我依然不愿直视他，望着门的方向问：“你想要的我都给你了，你还想怎么样？”

“离开他。”

啪！一个耳光扇在他的左脸上，这就是我的回答。

他微微侧过脸，忽然笑了：“你的未婚夫如果知道你用什么方法救了他，不知道作何感想？”

我倾身靠近他，鼻尖轻触着他的耳郭，也微笑着对他说：“让你的亲朋好友知道你逼我做了什么，不知作何感想？”

他牵动嘴角，一副嘲弄的神情，不知是在嘲弄我，还是在嘲弄他自己。

“叶正宸，别再逼我，玉石俱焚的结果，你我都不想看到！”

他握着我的手渐渐放松，我甩开他的手，头也不回地离开。当门在我背后合上之时，我听见他说了一句话，很轻，却重重地砸在我心头：“丫头，我该拿你怎么办？”

我该拿你怎么办？

耳边久久萦绕着他沉沉的声音，我一路恍惚地回到暂住的小旅馆。我在浴室里洗了不知多少遍，但身上密密麻麻的吻痕洗不掉，他的味道冲不去，还有他的最后一句话，在耳边一遍遍重复。

我闭上眼睛，捂住耳朵，但脑子里仍然全是我们往昔相处的场景，每一个细节，甚至他的每一个表情都清清楚楚。

不知洗了多久，我的手机响起信息提示音，我以为有了印钟添的消息，急忙抓过手机细看，屏幕上显示的是一条来自陌生号码的短信息：“好饿，想再吃一碗你煮的面。”

我看着信息，看了很久。

暖风从半启的窗口掠入，仿佛吹来了樱花的淡香，我看着蒙了一层水雾的玻璃，依稀看见那年窗外盛放的樱花，在他的窗外，也在我的窗外。

犹豫良久，我放下手机，一小时后又拿起来，慢慢打了句话：“回去找你老婆煮。”

手指放在发送键上，我却没有按下去，最后我把编辑好的信息一个字一个字删了，披上一件衣服，走到窗前，拉开窗帘。

前方不远处的街边有一株老榆树，叶子枯黄，月光在上面投下星星点点的光影。树下停着一辆黑色的越野车，深沉的黑色配上强悍的线条，有种所向披靡的霸气。我无法从墨绿色的车窗玻璃窥见车内是否有人，但车子一直没有熄火，淡淡的青烟从排气管中飘出，消失在黑夜里。

冷风吹在未干的头发上，带来丝丝凉意，颈子、肩膀及胸口那些灼烧似的微痛也像是被冷敷过一般，不那么难受了。我仰起头，想起小时候，我家院子外也有一株这样的老榆树，一到盛夏就枝繁叶茂。印钟添常常坐在树下看书，斑驳的阳光洒在他的脸上，宁静而悠远。

年少时的天空总是阳光明媚，如今却只有一望无际的雾霾。

在这充斥阴霾的三年里，每一次我筋疲力尽时，都是印钟添在我的身边陪伴我。

爸爸生命垂危时，我六神无主，跪在寺庙祈福，求神佛能保佑他平安。印钟添陪着我跪下，他说："小冰，如果求神拜佛有用，我天天陪你来求。"

我思念叶正宸入骨的时候，整夜整夜失眠，坐在医院门外的长椅上发呆，陪在我身边度过漫漫长夜的也是印钟添。

我心如死灰地坐在老榆树下，冻得嘴唇发紫，为我披上温暖外衣的，还是印钟添。他让我相信这世上除了叶正宸，还有人能给我温暖，给我未来，给我幸福。

而今，印钟添身陷牢狱，即使最终水落石出，他被判无罪，恐怕也再难在官场上有所作为。对一心要在官场上混出点名堂的印钟添来说，这无疑是致命的打击，而我，他用心呵护疼爱的女人，却在这个时候背叛了他。

想到这里，我的悔恨又一次像巨浪席卷而来。身上全是青青紫紫的吻痕，多少水都冲不掉我身上的印记，多少悔恨也无法改变已经犯下的错误。

从此后，我要怎么去面对印钟添？假装什么都没发生过，和他继续筹备婚礼，做一对相亲相爱的夫妻？我真的能做到吗？我能彻彻底底忘记叶正宸，全心全意去爱印钟添吗？

我该如何抉择？

我没有答案。

天亮了，榆树下的那辆车还没离开，淡淡的青烟从排气管散出，消失。我关上窗，掩上窗帘，给爸妈打了个电话报平安，告诉他们："你们别轻信外面的谣言，他们都是乱说的。我北京的朋友帮忙问了，专案组重点放在上头的人身上，钟添只不过是协助调查。"

他们放了心。

收了线，我又不由自主地翻出叶正宸的短信息："好饿，想再吃一碗你煮的面。"

迟疑良久，我回了条短信："别忘了答应我的事。"

短信刚发出去，我马上收到回复："我答应你的事，从来不会忘。"

他答应我的事，从不会忘吗？那么他说的那一句"等我"，他应该记得，他这时候出现，是否代表他自由了？

我低头，看着手指上晶莹剔透的钻石，不管他为什么出现，都已经太迟。

第二十二章
真相显

他一个转身，阳光落在他漠然的俊脸上，他淡淡的目光落在我身上。

在焦虑中等待了一天两夜，南州那边终于有了消息：专案组查出副市长有来历不明的巨款，副市长在审查过程中突发心脏病，被送去医院紧急抢救，目前正在重症监护室，现在南州人心惶惶，人人自危。这个状况让我有些急了，不确定目前的状况对印钟添是否有利，也不知道他到底会不会被判有罪。而且，叶正宸一个留日的医学博士，到底有多大的能力我也不敢确定。

我问北京的熟人，他让我再等等消息，不要心急，可我怎么能不急？万分焦虑之下，我一个人在北京的街头漫无目的地走着。一辆出租车停在我旁边，问我要去哪。

我一时冲动，说："中纪委。"

本想去看看有没有上访的可能性，但到了纪委的门口，我远远看着庄严的大门，再看看门口一脸严肃的武警，不敢越雷池半步。我正在门口徘徊，一辆黑色的越野车停在大门口距离我不远的地方。门前的武警一见车牌，立刻一路小跑过来，毕恭毕敬地行了个军礼。

驾驶室的车门打开，一个年轻威武的军人从车上走下来，躬着身子打开后车门，一个男人从车上缓缓走下。

我见过很多军人，却没见过这么有气势的，举手投足自然流露出首长的感觉。

武警看见他便退后一步，向他恭谨地敬了个军礼，让开路，示意他进去。那个人没有进去，而是转过身，看向我。

庄严肃穆的大门前，他一个转身，阳光落在他漠然的俊脸上，他淡淡的目光落在我身上。

叶正宸！

我连退数步，只觉得阳光晃得我头晕目眩，墨绿色的军装上金色的纽扣刺得我睁不开眼。

我难以置信地揉揉眼睛，确实没有看错，眼前这个佩戴两杠三星肩章的男人正是叶正宸。

一个刚留日回国的医生怎么可能摇身一变成为这样气势万钧的军官？这三年里发生了什么？

我用犹疑的眼光望着他，他锐利的目光也未从我的脸上移开，似乎在等着我的反应。一时不知该如何是好，我弯了弯身子，算是打了个招呼。叶正宸弯了一下嘴角，正欲以相同的方式回礼，忽然想起什么，挺直身体，转而向他的司机低语两句，迈着稳健的步伐跨进大门。

军人的淡漠，军人的誓不低头，军人的凛然正气，这样的叶正宸对我来说太陌生了，我不知该如何去面对。

我很想追上去问个究竟，又不知自己该以什么样的立场去问，正犹疑中，那名司机走到我面前。

这个高大清瘦的年轻人没有叶正宸慑人的气场，但也有种迫人的气势。我留意了一下他的肩章，应该是个士官，大概是叶正宸的勤务兵。

“薄小姐，您好。”他恭恭敬敬地开口，“参谋长想约您共进午餐。”

完全是陈述的语气，没有留给我回绝的余地。

“很抱歉，我还有事。”我婉言回绝。饭局应酬本没有什么，然而叶正宸的饭局就另当别论了。不久前国际饭店的一场会面，已经让我深刻体会到，只有你想不到的，没有他做不到的，这个危险的男人，离他越远越好。

我还未及转身，年轻的勤务兵先我一步挡在我身前：“薄小姐，请留步。”

“还有事吗？”

他斩钉截铁地告诉我：“参谋长的话就是军令。”

我说：“我不是军人。”

“可我是。”

他立正，如高山一般矗立在我眼前，带着岿然不动的坚定。看到这样的一幕，我骨子里的军人情结又冒了出来，让我对眼前这个年轻的勤务兵肃然起敬。

见我有些犹豫，他干净利落地做了个请的姿势。

“请上车。参谋长进去打听点事儿，很快出来。”

听他这么说，我料想叶正宸是为了印钟添的案子来的，便不再拒绝。走到车前，看见不透光的车窗玻璃，我恍然想起这辆车我见过——前天夜晚，它就停在我住的旅馆楼下，没有熄火，没有离开。

原来是他？为什么是他？我越来越不懂：他有老婆，我也即将嫁人，他到底想要干什么？

带着满心的疑惑，我上了车，在后座上坐稳。年轻的勤务兵立刻双手递上一份《晨报》，问：“您要不要看一看报纸？”

“谢谢！”我接过，逼自己什么都不要想，耐心看报纸。看了约半小时的《晨报》，勤务兵把车门打开。

叶正宸站在外面，毫不意外地看了我一眼，坐到我身边。浩瀚无边的橄榄绿混合着独属于他的气息，充满了侵略性，我急忙低头，掩着鼻息往里侧坐了坐，拉开点距离，过了半天呼吸才通畅起来。

一路上，叶正宸出奇沉默。我专心看报纸，字迹伴随着车身的微摇轻轻晃动，我仔仔细细辨认了好半天才能读完一句话。

“没有问题想问我吗？”他终于开口，沉着冷静的语调间没有一点点曾经的轻佻。

当然有，而且有很多问题：为什么你会穿这身衣服？为什么军衔这么高？为什么你用这样的身份闯进我的生活？你现在自由了吗？是要兑现当年许下的承诺吗？

然而，这不是我该关心的。他的过去，他的现在，在我戴上钻戒的那天便与我毫无关系，我现在最该关心的是印钟添的案子。

我清清嗓子，开口道：“我未婚夫的案子进展怎么样了？”

一阵凉意渗入肌肤，我努力平复了一下杂乱的心绪，抬头直视他寒冷的目光，等着他的答案。

“案子还在调查中，暂时没有结果。”

“他认罪了吗？”

叶正宸想了想：“不管他认不认罪，这件案子他脱不了干系。”

“这我明白。我想见见他，可以吗？”

他深深地吸了两口气，不知是不是领口处的衣扣扣得太过严实，让他呼吸困难？

“等结果出来后，他们会让你见他。”

“要等多久？”我试探地问了一句。我不急，但我怕我爸爸等不了。

叶正宸没回答，抽走我手中的报纸，接下来的一路他都在读报纸，不再理会我。开车的勤务兵从后视镜看了我很多次，目光充满了好奇。

我看着车窗，玻璃上映出他模糊的影子。一身不容侵犯的肃穆，不苟言笑，俨然充满了纪律严明的军人风范。若不是那张化成灰我都认得的脸，我真怀疑自己认错了人。

车开到四环外，停在一栋看上去很高档的住宅区楼下。我举目四望，没有见到一家挂牌匾的饭店。我全身一僵，犹疑地看看四周的豪宅：“不是吃午饭吗？”

叶正宸看了我一眼，见我一脸紧张，黑眸里闪过一抹隐隐的笑意：“这里有家不错的私房菜馆。”

刚巧勤务兵开门下车，他贴近我一些，语调淡定得不能再淡定：“不用担心，我穿着这身衣服，什么都不敢做。”

我冷眼瞪他：“该做的，不该做的……你一样没少做。”

车门被从外拉开，叶正宸下车，他极力抿紧薄唇，压抑住嘴角荡起的笑意。

勤务员先行到楼下按了门铃，我们到门前时，楼门已经打开。叶正宸带我上至二楼，已有一位十七八岁的女服务员迎出来，脸上染满了惊喜：“您请进。”

待留意到我后，喜色从她年轻俏丽的容颜上退了下去。服务员将我们引进一间包房。与其他的饭店不同，这里装修素雅，没有一点烟酒味，反而有股家的温馨。

“请稍等，我去沏茶。”不消片刻，女服务员端了一壶极品的铁观音进门，为我们斟上，随后拿出菜单，见叶正宸对着我仰了仰下颌，她立刻把菜单递到我面前。

我接过一看，全是川味：“你们这里是川菜店？”

“不是，中西餐我们都做。不过……”她偷看一眼叶正宸，水汪汪的大眼睛含情脉脉，“叶参谋只吃川菜。”

我一时间说不出是什么滋味，只觉得菜未入口，辛辣已满腹。我放在桌下的手暗暗捏紧，根根手指都酸涩不已。

“随便做吧。”我把菜单递还给她。

她看向叶正宸，他点头：“那就随便吧。”

服务员退出去，我们又一次面对面坐着，很近，又很远。

房间里安静得能听到彼此的呼吸，我低头喝茶，心绪就如同开水中徐徐展开的茶叶，慢慢被酸涩浸满。

他再次开口，语调和表情仍是我读不懂的平静无波：“你不想问我为什么穿这身衣服吗？”

手里的茶杯一颤，茶水漾过手指，滚烫。

叶正宸仍然淡定地轻吹着漂浮的茶叶末，慢慢说着：“我爸爸是个军人，我从小在军区大院里长大。十八岁那年，我想考医学院，他让我考空军学院，我们僵持了两个多月，他终于同意我报医大。我读大三那年，因为综合素质突出，被送去进行特殊培训……我能说的，只有这些。”

我恍然地望着他，一时间，被我强行封存的记忆全都如熔岩迸发般涌了出来：他整洁的房间，他不凡的身手，他始终合着的窗帘，他对细菌的了如指掌，还有他反复提及的“自由”与“责任”，还有总统套房再见那天，他胸口上初愈的伤口。

他敏锐的目光直视着我，我知道他想在我脸上寻找什么，但除了不知所措，我还能有什么反应？又一个真实的谎言被掀开，又一个意外的真相摆在我眼前，我已经完全乱了。

我的心防又开始动摇。不是我的防御不够强大，而是有叶正宸的地方，根本没有牢不可摧的城墙。这三年来，我做过无数次的假设：假如叶正宸来找我，假如他还爱我，我真的可以什么都不在乎，不在乎他欺骗我，不在乎他和喻茵究竟发生过什么；假如他来找我，假如他还爱我，我可以原谅他，一切都可以原谅。

现在，我知道了他想说却无法出口的真相，真正懂了他当年所说的“身不由己”。说我没有丝毫动摇，不想回到叶正宸身边，那是假的，毕竟叶正宸是我唯一爱过的男人，但我与印钟添有了婚约，我无论如何都不能在这个时候离开他。

可是，我选择印钟添，真的对吗？这种“善意”的欺骗，是他想要的吗？

“丫头——”又是这声呼唤，我有种将被卷进一个旋涡的错觉。

我惊慌失措，口不择言地问：“喻茵……她好吗？”

可能我的问题太过突兀，叶正宸目光沉了沉，细细地琢磨着我的表情。

“听说你们夫妻感情很好，恭喜。”

叶正宸愣了一下：“谁告诉你的？喻茵？”

“这个重要吗？”

他看向窗外，过了一会儿，转回脸看着我：“我和她是工作关系，除了工作，我们什么都没有。”

什么都没有……耳畔响起阵阵轰鸣。如果是三年前听到这句话那该多好，可惜，当时他什么都不能说，只能用一个谎言去圆另一个谎言。现在说出真相，让我如何回答？

我低下头，看着手指上的钻戒，他也顺着我的眼光看向我的手指。冰蓝色的灯光折射在上面，五光十色。一块沉积了千万年的石头会这么美，是因为它经过了千万刀的切割和千万次的打磨，所以它代表着永恒、一生一世的承诺，是印钟添对我的承诺，也是我对他的承诺。

服务员将饭菜端上来，我们再也无话，安静地吃饭。吃过食之无味的午饭，叶正宸送我回到住处，仍是一路无话，直到离开时，他突然攥住我的手，戒指硌疼了我的手，可能也硌痛了他的。

最终，他放了手："不用担心，你未婚夫的事，我会帮你解决。"

"谢谢！"我转身，向前走了两步，终于还是忍不住了，我回头叫住他，试探着问，"你身上的伤，没事吧？"

"没事。田中教授亲自做的手术，怎么会有事？"

我无言地点头。田中教授是国际上首屈一指的胸外科专家，需要他亲自做手术，怎么会没事？

回到旅店的房间，我躺在床上，望着天花板。我努力去回忆我和印钟添这三年来的点点滴滴，可叶正宸的影子总会把我的思绪扰得支离破碎，我越是想把他从我的记忆中挤出去，他的影子就越清晰，甚至每个细微的表情和眼神都清晰得让人心颤。

我逼自己什么都不要想，拿起手机打给妈妈，电话刚接通，我还没开口，就听见断断续续的抽泣声。

"妈？"

"你爸爸心律失常，在急救室……"

"怎么会这样？"整个人仿佛被巨大的力量勒紧，无法呼吸，我用尽全力才发出声音，"医生怎么说？"

"陈医生说，他没有生命危险。"

我总算能呼吸了。

"都是因为你爸爸在检察院的朋友说，说，钟添可能会坐牢……你爸爸受了刺激，又心率失常了……"电话里只剩下哭声。

我一只手拿着电话，一只手抓了衣服塞进行李箱，拖着行李箱跑出房间，一边走，一边安慰她："妈，没事的，钟添没事，我爸也不会有事，我马上回去，你等着我。"

"好，我等你。你也别着急，路上小心！"

"我知道，你不用担心。"

坐飞机，又坐汽车，当晚十一点多我赶到医院。

爸爸刚刚睡着，妈妈守在他身边，一见我，眼睛又红了。爸爸似乎听见响动，睁开眼睛，双唇颤动了一下，手伸向我。

我明白他的意思，握住他的手："爸，你别听别人乱说，我在北京的朋友说了，钟添没有罪，他很快就能出来。"

"是不是真的？"妈妈忙问。

"真的。"我坐下来，小声说，"我朋友是军区的参谋长，他帮忙打听过，这宗案子和钟添无关。"

"钟添什么时候能回来？"

"这个还不确定，要看案情的进展情况。这两天应该就会有消息的。"

爸爸终于安稳入睡了，妈妈在陪护的床上歇下了，我毫无睡意，坐在医院门口的长椅上等待天亮。

冰凉的夜里，我坐在长椅上翻看手机中的短信息："好饿，想再吃一碗你煮的面。"

我想把这条信息和电话号码都从手机上彻底删除，手指起起落落了几次，始终没有点下"确认删除"的按钮。

最后一次下定决心想要删除，却不小心点到了号码，手机显示正在拨号，我慌忙挂断。

我以为叶正宸不会听到，可几秒钟后，他回拨过来。

电话通了，我能听见他的呼吸声，很重。我忽然什么都不想说，只想这样听着他的呼吸声。

"我能为你做什么？"他轻声问。

"我……"我无言以对。

电话里静默了几秒，他说："你等我，我去找你。"

"不，不用了。"我努力让自己的语调显得平静，虽然我的手已经抖得像风里的枯叶，“我只是想告诉你，钟添的事情不需要你帮忙了，我自己可以解决。还有，我不想再见到你，请你不要再打扰我。”

说完，我不给自己任何反悔的机会，快速挂断电话。

经历了这么多，错过了这么多，我与他注定无缘。既然无缘，我就不该和他继续纠缠，更不该利用他对我的感情，让他救我的未婚夫。

不如就这样吧，一刀两断，再无瓜葛，这是最好的结局。

我在医院门口的长椅上坐了一整夜，所有的方法都想遍了，也想不出能救印钟添的方法。就在我决定认命的时候，清晨的第一缕光乍现，天空澄净得不可思议，身着墨绿色军装的男人出现在我的眼前，金灿灿的阳光模糊了他的轮廓，却照亮了一排整齐的纽扣，那般耀眼。

坐在长椅上的我愣愣地仰起头，看不清阴影里的面孔，心却为之狠狠一颤。修长的手指落在我的脸上，拂去我冰凉的泪珠，带着不曾忘却的温度和味道。

“你？”我惊讶地站起来，睁大眼睛，仍然无法相信自己所看到的，“你怎么……在这儿？”

叶正宸轻描淡写地回答：“全球定位系统。”

天空澄澈得近乎透明，我无言地看着他，的确无言。

在我近乎绝望的时候，最渴望的人从天而降一般站在我面前，就如同多年前的雨夜，看见受伤的他站在雨里，满心的感动。

我的眼前一片模糊，十根手指紧紧地握在一起，生怕自己一个不坚定，会不顾一切地搂住他的腰，告诉他我有多爱他，多想他。

“发生了什么事？”他略有几分忧虑的声音落下来，利剑一般刺穿了我心底的防线。

“钟添有消息了，听说要判刑，至少要六七年吧。”我低头，不敢看他的脸。可我还是看见他胸口起伏一下，听见呼吸沉了沉。

“为了他，你在医院门口坐了一夜？”

“嗯。”为了印钟添，我在这里坐了一夜，可为了叶正宸，我不知在这里呆坐了多少夜，我不想告诉他，永远不想告诉他。

他看我一眼，嘲弄地牵牵嘴角："你不是说你多少年都能等吗？"

"我能等，多久都能等……可我怕我爸等不了。"我用手按住额头，揉了揉，"我爸得了淋巴癌，这些年全靠化疗药物撑着。这次听说钟添要坐牢，他的精神垮了……我怕……"

他伸手环住我不断收缩的肩膀，极力给我安慰。

"我爸说他有生之年能看我穿上婚纱，能抱抱他的外孙，他就知足了……我不知道他能撑多少年，我不能让他再等了。"我无助地看着前方，"我不想你帮我，可我想不出别的办法。"

清晨的凉风冷得透骨，他无言地看着我，彻底无言。

良久，他拿出手机，从已拨号码里调出一个人名，拨过去。

电话很久才接通，睡意蒙胧的骂声毫不客气："你打电话能不能先看看时间？我连续加了两天班，刚找到张床睡觉……找我有什么事，快点说！"

叶正宸看了我一眼，尴尬地咳了咳，掩住手机的话筒，站起身，走去远处。

简单聊了几句，他挂断，回到我身边。

看他深锁的眉峰，我更加忧虑："怎么了？是不是很难办？"

"不难。他先了解一下情况，晚点给我回话。"

"这事儿，他肯定能办吗？"

"当然，我以人格担保。"他揉揉我的头发，"救不出你的未婚夫，我赔你一个。"

熟悉的温暖，熟悉的调笑，熟悉的暧昧，我恍若回到那栋小公寓，遇见那个总是一脸坏笑的叶正宸。

我脑子一热，不负责任的话脱口而出："赔？一万个你也抵不过他一个。"

他放在我头顶的手先是僵直，随即扭曲，嘴角抽搐。

我笑了，从心底想笑。

然后，他也笑了，明媚的晨光照在他的脸上：“你还是这么喜欢气我。其实不管你说什么，我都知道——你最爱的还是我。”

“你这盲目的自信到底是哪里来的？”

“来自……我懂你。你不爱我，不会凌晨两点半打电话给我，告诉我你不需要我帮忙，你不想看见我。”他侧身看着我，眉目带笑，“丫头，你是不是想我了？”

我自以为是的谎言就这么轻易被拆穿，再也笑不出来。

“想我就直接说，不必用这么婉转的方式表达。”

我低头，内心轻叹：他懂我，这世上没有人比他更懂我。

在医院门外坐了一会儿，等到眼睛不那么红了，叶正宸去买了个果篮和鲜花，陪我走进病房。

爸爸刚刚醒来，正在输液，脸色还是不好，但精神状态好了很多。妈妈看见我们进门，站起来，惊异地打量随我进门的叶正宸以及他身上的军装。

“妈，这是我朋友——”我郑重介绍，“叶正宸，他刚从北京过来。”

“伯母，您好。”叶正宸不卑不亢地打个招呼，放下手中的东西，一身迫人的气势倒让我妈妈有些局促。

妈妈慌忙挪了挪椅子：“你好，坐吧。”

爸爸撑着床挪了挪身体，不等我反应过来，叶正宸就上前扶了扶他，顺手调整了枕头的角度。

随后，他抬头仔细观察了一会儿床边的心电仪，又回身细看了一下正在输液的药瓶，微微蹙眉：“伯父，您心脏不好，尽量不要活动。”

和煦的话语，关切的表情，即便不穿白大褂，他也自然地流露着医生的优雅。

见爸妈表情诧异，我忙解释说：“他是我在阪大医学部的师兄。”

听到“师兄”两个字，叶正宸猛然回头，正对上我柔软的眼光，他沉寂的双眼倏然一亮。电光石火间的碰撞，几秒钟失神的对视，我忘了后面想说什么，他也忘了开口。

爸爸妈妈互看一眼，重新打量了一番叶正宸，表情隐隐透着忧虑。

其实，我在日本的时候，曾经和他们提过隔壁住着一个师兄，对我非常照顾，后来妈妈和我视频聊天时，也经常会问起他。从日本回来之后，我再没跟任何人提起过叶正宸，更不敢提起我们见不得光的感情。妈妈问过我一次："你那个在日本认识的师兄还有联系吗？"我答："没有了。"此后，爸妈再也不问了，一心撮合我和印钟添。

今天，我传说中的师兄活生生站在眼前，爸爸妈妈免不了要忧心。

"你昨晚说的朋友是他吗？"妈妈忧心地问我。

"嗯。"我点头，见病房里没有外人，低声说，"钟添的事情你们不要担心了，师兄说他能帮忙。"

说着我悄悄走近叶正宸，拉了一下他的衣摆，他当即心领神会地道："伯父伯母，你们不用担心，我朋友刚好负责这宗案子，他说印秘书没有参与其中，找他只为协助调查。至于外面的消息，你们别轻信，现在最终结果没出来，所有的消息都是谣传。"

"那这宗案子什么时候能调查完？"爸爸忙问。

"案子牵扯的人很多，很复杂，短时间办不完。不过您也不用太担心，我朋友对印秘书很照顾，他现在一切都好。"谎言让他说得无比真挚，连经受了"千锤百炼"的我都差点相信了，更何况我爸妈。

"那就好，那就好。"爸爸总算松了口气，连忙道谢，"这事多亏了你，我们该怎么谢你好呢？"

"伯父不要客气，举手之劳而已。"

客套了几句，刚好主治医师来了，叶正宸问了问病情，还细致地询问了用药的情况。趁着叶正宸出去打电话，妈妈拉过我的手："小冰，他是不是你那个隔壁的师兄？"

"嗯。"不敢面对爸妈质疑的眼神，我立刻转移话题，"你们没吃饭吧？我去买早餐。"

“我们吃过了。”爸爸说，“你先陪他去吃点吧。”

“好，我中午过来看你。”

出门前，妈妈追过来，小声在我耳边交代了一番：“钟添还在被调查，你别跟人家走太近，医院人多眼杂，当心有人说闲话。”

“我明白。”

收拾好纷乱的情绪，我走出门。叶正宸还在打电话：“这是目前最好的药吗？”

我走近些，听见他说：“好，我一会儿让人去取。谢谢！”

挂了电话，他又打了一个，交代人下午去阜外医院找内科的李主任取一箱药，取到之后发来南州人民医院。药是外文名字，我没听懂，可我知道北京的阜外医院专治心脑血管疾病，那里的药必定对爸爸的病情有利。

我说不清心里是什么滋味，只觉得他对我太好，而我根本无力偿还这份感情。

“别麻烦了，我们医院的医疗条件不错。”我对刚打完电话的叶正宸说，“我爸爸用的药也是进口的。”

“心脏病人不宜大量输液，以伯父的身体状况，换成口服药比较好。”

“可是，陈医生说——”

他打断我后面的话：“陈医生的医术会比阜外医院的李主任高明吗？”

我咽下后面的话。考虑到两家医院医疗水平的差距，我决定不拒绝他的好意，毕竟，我爸爸的身体比什么都重要。

第二十三章
无奈落

有些人，你忘记他，需要漫长的三年；想起他，三秒钟足矣。你恨他、恼他，持续了漫长的三年，但他逗你笑，三秒钟足矣。

我陪着叶正宸吃了一顿简单的早餐，准备回医院去上班，叶正宸忽然拉住我，不容我拒绝，直接把我拖上车，锁紧车门。

他启动车子，没说去哪，我也没问。两个人肩并肩地坐在密闭的空间里，这份短暂的相聚，比去任何地方都重要。

白色的越野车在长街上平稳前行，不减速也不转弯，驶过一条条熟悉的街道。我细细观察他的车，想起了那天试婚纱时停在婚纱店门外的车，如果我没记错，就是这辆。

我问他："半个月前，你来过南州吗？"

他毫不避讳地答道："是的。我来南州看你，却看见你在试婚纱。"

我笑笑说："真巧！"

"你穿上婚纱真的很美，比我想象中更美。"

"每个女人穿上婚纱都很美。"我清了清干涩的嗓子，笑着问，"喻茵穿婚纱一定更美。"

他看了我一眼，冷淡地答："我没见过。"

"……"

没有多久，车子从市区开到荒芜的郊区，最后驶进一片树林，直到前方再无路可走，他才停下车。

秋风萧萧，枝枯叶落，总会勾起人内心的凄凉。他一言不发地下了车，仰头看着澄清又缥缈的天空，斑驳的树影落在他落寞的脸上。

我走上前，踩过被他踩碎的树叶，世界好像只剩下我们两个人和一地干枯泛黄带着晶莹露水的叶子。

我想说点什么，打破让人窒息的沉默，想来想去，终于找到了个合适的话题："冯哥冯嫂他们还好吗？"

他说："很好，生了一个女儿，像个福娃。"

想象着遗传了冯哥冯嫂福相的小女孩，我的眉眼不由得染上了幸福的笑意。我又问："李凯呢？有女朋友了吗？"

"有了，是冯嫂介绍的。他们去年回国结婚了。对了，白凌凌也嫁人了。”

“我知道。她嫁给了她的导师。真心喜欢的人，是什么身份不重要。”

叶正宸点点头：“你见过季晓婷吗？”

“她刚回国时，我们见过一面。”

“她还是一个人？”

“嗯。她说，她非常后悔没在十八岁前找个男朋友。年幼无知，才敢不顾一切去爱一场。年龄越大，多巴胺分泌得越少，都忘了心动是什么滋味了。”轻轻叹了口气，我继续说，“她说得没错，年龄大了，就感受不到心跳加速了，找一个适合自己的人，爱或者不爱，并不重要了。”

“是吗？”叶正宸质疑地看着我，突然一只手握住我的手腕，另一只手搂住我的肩膀，凑近我，呼吸喷在我耳后，滚烫如烈焰，丝丝入骨，“再叫我一声‘师兄’听听。”

心猛地一跳，脸上发烫，我忙闪身躲避，可他的力气太大，一双手臂紧紧将我禁锢在怀抱里。

“你——做什么？”

他笑着，典型叶正宸式别有深意的笑：“根据我多年的行医经验，你现在的心跳至少每分钟九十五下，这就叫心跳加速。”

“你……”看着他的脸越靠越近，我的心跳越来越乱。

恰在这时，他的手机响了。

犹豫了一下，他放开我的手，接通电话，咬牙切齿地说：“你打电话之前能不能看看时间？”

电话里传来很有磁性的声音：“我看了，早上八点。你该不会——你这样乘人之危不好吧？”

“有什么事，快点说！”

他拿着电话走远，留下我和依然凌乱的心跳。

讲完电话后，他走到我身前，说：“我朋友说，只要有人担保印钟添不会逃走，人可以先放出来。”

“谁能担保？我行吗？”

叶正宸摇头：“这件事我来办，你不用管了。”

“他什么时候能出来？”

“你希望他什么时候出来？”他反问，直视着我的眼睛，我在他的脸上看见了矛盾，也看见了期待。

“当然是越快越好，他没事，我爸爸才能放心。”我说。

“你希望他快点被放出来，只是为了让你爸爸放心？”

“当然不是……”我正要反驳，叶正宸的手机又响了。这一次，他仿若未闻，仍等着我的答案。

“你先接电话吧。”我提醒他。

叶正宸无奈地拿出手机看了一眼，一脸不耐烦地接通电话。因为离得近，喻茵冰冷的声音清晰可闻：“我们的离婚报告，上面批了。”

“嗯。”他用鼻音哼了一声。

“你下午有没有时间，我们去办离婚手续。”喻茵说。

“没时间，我在南州。”

沉默了几秒，电话里才传来喻茵极力压低的声音：“你什么时候回来？”

“不知道。”他说，“领离婚证书这种小事还用我出面吗？你有空就去领了，没空就让别人去领。”

“你！”喻茵再也控制不住，提高了声音，“法律规定离婚需要双方到场，双方签字。”

“别拿法律压我。当初谁替我在结婚协议书上签的字，你让他再替我签一次。”

回答他的是嘟嘟的断线音。想到喻茵那么冷静的女人都被他气得挂了电话，我对叶正宸的崇拜之情油然而生。

叶正宸满不在乎地把手机往口袋里一扔，含笑看着我：“你现在还认为我们夫妻感情很好吗？”

我被他看得心乱如麻，舌头都有点打结：“我，还有点事，我们回去吧。”

“你在害怕吗？”他又靠近我一些，问，“你在怕什么？”

“我没有……”

“你是不是害怕离不开我了？”

“……”

我头也不回地离开，离开前，我看见他眼中闪烁着笑意。

没有再多说什么，他送我回了医院便离开，此后两天再没出现，音信全无。

我每天依然忙碌，穿梭于一间一间的病房，看着病人们对我信赖又期待的目光，用尽全力延长他们毫无质量的生命。

三天后，无星无月的午夜，我看着昨天还跟我聊天的病人撒手人寰，真的很难过。我很想给叶正宸打个电话，什么都不用说，只听听他的呼吸声就好。

可我不能这么做，我只能压抑下所有的渴望，坐在医生办公室为离去的病人记录下最后的一份病历。凌晨时分，我在悲伤中睡着，又在有他的噩梦中惊醒。在我还没来得及整理好情绪时，叶正宸突然出现在我眼前，眉宇间隐着倦容，军装上有许多细碎的褶皱，看上去这两天过得并不快活。

他进门，开门见山地告诉我：“事情办好了，明天放人，我带你去接他。”

面对满脸倦意的他，我不知什么话能表达我的感动，看见他袖子上染的污渍，我低声说了句：“你的衣服脏了，我帮你洗洗吧。”

一道光彩在他眼中闪现，眉宇间的冰霜和疲倦瞬间消融，叶正宸在我对面的椅子上坐下来，语气不再生硬：“跑了两趟陵州，累死了，先给我找个地方休息休息吧。”

叶正宸一向有洁癖，而南州似乎没有太高档的酒店，我为难地问他：“南州有一家还算不错的四星酒店，我带你去吧？”

“不去。”他环顾了一圈我的办公室，看见里面有医生休息室，说，

"我在里面睡一下就行。"

"不行！"我急忙拒绝。这里人来人往，万一让哪个小护士看见他睡在我的办公室，我就百口莫辩了。

"那我睡哪？去睡医院外面的长椅？"

他明知道我舍不得他露宿街头，还非要这么说，分明就是故意为难我。我思来想去，最后决定："我的公寓就在这附近，我带你去休息一晚吧。"

他的黑眸顿时光彩夺目，笑意在嘴角显现："丫头，还是你最了解我。"

我低下头，不自觉地笑了。

那天，我带叶正宸去了我的公寓。进了门，他随便扫了一眼，三十平方米的小公寓一目了然。

"你没和父母住在一起？"

"住在一起。这是医院给我们年轻医生分的公寓，我偶尔过来住住。"说着，我俯身从鞋柜里拿了双男士拖鞋，刚要递给他，忽然想起他有洁癖，属于印钟添的拖鞋他绝对不会穿，于是又放了回去，"不用换鞋了，反正地板也脏了。"

他若有所思地看着我把拖鞋放回去，目光又扫过地板上的一对软毛坐垫、桌上的一对玻璃水杯，又看向我的卧室，里面摆了一张宽一米五的双人床。

他一脸阴沉地拉开了洗手间的门，当看见玻璃架上孤单的毛巾和牙刷时，他的嘴角挑了挑，脸上的阴寒退了下去。

我带叶正宸走进卧室，从柜子里找了件男女通用的纯棉浴袍给他："把衣服换下来，我给你洗洗。"

"我明天还要穿，能干吗？"

他一边问，一边开始解扣子。军装的扣子一松，我的脸上骤然生出一阵异样的热度，急忙转过身说："能，我的洗衣机可以烘干。"

狭小的洗手间里，我轻轻揉搓着手中的军装，叶正宸侧身半倚着门框，看着我洗。被他看得有些不自在，我问他："你不是累了吗？去睡会儿吧。"

"现在不累了。"他说，"我想看看你。"

"……"

指尖缠绕着生硬的布料，我心底却软了。

之后，我们没有任何交谈，我专心洗衣服，他专心看我洗，沉默，有时是最好的沟通。我把洗净的军装挂在阳台上，小心地抚平每一道褶皱。做好一切时，天已经亮了，我又去厨房煮了两碗面。

万籁俱寂的清晨，我将两碗担担面放在桌上。叶正宸坐在饭桌前，低头嗅了嗅面的味道，夹起一根，放在口中，嚼了许久才咽下去。

"不好吃吗？"我问。

他摇摇头："你离开之后，我去过各种各样的面馆，始终没找到这个味道。"

"这世上美味的东西很多，你可能没用心去品尝。"

"美味我尝过很多。"他抬头，凝视着我的眼睛，"最怀念的还是这个味道。"

一块辣椒钻进了嗓子，火烧火燎地疼，我急忙喝了口汤，却无异于火上浇油。他伸出一只手，放在我的手背上，我悄悄抽出手，放在膝盖上。

"天天吃你就腻了。"我说。

他扬扬眉，不置一词。

吃过饭，我和叶正宸捧着两杯清茶，倚窗而立。晨光把我们的影子拖得很淡，很长。我指着城市的街道给他看，告诉他："那是人民大街，那是铁榆路，南州的老区……我以前就住在那里……"

"我知道。"

我有些意外："你知道？"

"我还知道印钟添的家在那里，你们小时候时常一起玩，你们的感情一直非常好。”

“你怎么知道？”

“我知道的还不只这些……”叶正宸笑着抿了一口茶，“你回国之后，印钟添对你非常好，但你与他始终保持着单纯的朋友关系，直到两个多月前，你突然接受了他的求婚……”

他知道，他什么都知道，这是否意味着，他在暗中关注我？

他又喝了一口茶，看向远方：“我原计划三个月前回国，因为发生意外，耽搁了行程。”

我紧紧地捧着水杯，口中全是茶水的苦涩：“我在婚纱店看到你的那天，你刚回国吗？”

“是的，可惜回来晚了。”叶正宸顿了顿，又说，“你三年没交男朋友，没同任何男人关系暧昧，我以为你在等我，我以为你和我一样，放不下这段感情，然而当我看见你穿着婚纱，在他的怀里笑得那么幸福时，我才……”他苦笑着摇摇头，“恍然大悟：我太自以为是了。”

胸口疼得痉挛，我一口气把杯里的茶水全都喝进去，还是缓解不了那种疼痛。我仰起头，天空模糊成一片深蓝。

叶正宸没有自以为是，他对自己有信心，也对我有信心，怪只怪我没有这般坚定的信念，等到最后。我的一念之差，竟错过了这一生唯一爱过的人。

他又说：“丫头，我们还可以像以前一样，一起看日出日落，一起看樱花绽放，一起去旅行……你难道不想吗？”

“过去，已经都过去了，我们不可能了。”我喃喃低语，不知是说给他听，还是说给自己听，“师兄，你放弃吧。”

他反问我：“你明知病人得的是不治之症，为什么还要尽全力抢救？为什么不见他咽下最后一口气，你不肯放弃？”

“我希望他能多看一眼这个世界，多说一句话。”

“我也一样……为了能多看一眼，多说一句话。”他望着我，继续说，“丫头，再给我一个月的时间吧，如果一个月后，你还选择印钟添，我会离开，再不见你。”

我以为最痛不过在机场听见他说“给我三分钟”。

我没有回头。

等到他坐在我面前，告诉我他的婚姻是假的，一切的错过只因他身上背负着沉重的责任时，我想：这次绝对是极限了，再不可能有比这更悲惨的事了。结果，我又低估了他。他总有办法让我更心疼、更纠结，沉沦得更深。

叶正宸转过身，锐利的目光直直看着我：“我想问你一个问题，你可以不回答我，但不要骗我。”

“你问吧。”

“如果印钟添离开你，你会回到我身边吗？”

我被问得怔住了。

如果印钟添离开我，我想不出还有什么理由能让我拒绝叶正宸这份深情和坚持，拒绝我自己心底的期盼和渴望。可是，印钟添会离开我吗？

我突然想起国际酒店那一场不堪入目的纠缠，那正是埋在我们身边的一颗定时炸弹……

一股寒意猛然袭来，我不安地看着叶正宸深不可测的眼睛。

“你可以暂时不用回答我，等你想出答案，再告诉我。”他拍拍我的肩，“时间差不多了，我们去接你未婚夫吧。”

“等等，我去给你拿衣服。”

专案组为了封锁消息，采取的是异地提审，印钟添被关在陵州。陵州市距离南州比较远，大约三小时的车程，我们开车到达陵州时，正是上班时间。叶正宸让我在检察院的街边等待，他进去办手续。

我焦急地等待了一个小时，终于看见了让我挂念多日的印钟添。印钟添在我的记忆中永远是西装革履，头发梳得一丝不乱，皮鞋擦得锃亮，而眼前的印钟添，让我的心酸无处存放。他瘦了，下颚骨都凸出来了，头发凌乱，结成一团，看上去多日未洗。他没穿外衣，只穿着掉了两颗扣子的白色衬衫站在秋风里，整个人显得弱不禁风。

叶正宸站在他身边，身上的军装是我早上刚熨的，笔挺如新。

“钟添。”我站在街对面喊他，朝他挥手。

“小冰！”印钟添一见到我，激动地跑过来，顾不上红绿灯，穿过车流拥挤的街道，站到我面前，用力地把我搂在怀里。我明明有很多话想说，此时却一句话也说不出来，因为，印钟添柔软的唇覆在我的唇上。我只有一个感觉，凉。

叶正宸站在街的对面，一辆辆车缓缓驶过，他的身影时隐时现。

隔着印钟添高大的身躯，我仿佛还能清楚地看见叶正宸站在风里，浑身僵直，双拳紧握，指骨根根分明。我闭上眼睛，不想再看下去，但眼前还是有叶正宸的影子，重重叠叠，晃来晃去，塞满了我整个大脑。

几秒钟的坚持耗尽了我全部的忍耐力，我终于压抑不住，伸手去推印钟添。印钟添倒也发乎情，止乎礼，只在我的唇上留下一个浅吻，便放开了我。

我暗自松了一大口气，睁开眼睛，只见叶正宸从街对面走过来，凌厉的目光死死地盯着我的唇，仿佛独属于他的东西被人侵犯了。

我舔了舔被冰得毫无知觉的唇，对他说：“谢谢！”

叶正宸握着的双拳渐渐松开：“快到中午了，我们吃完午饭再回南州吧。”

现在已是十点多，快到吃午饭的时间，虽说我不想印钟添和叶正宸有过多接触，但也不能逼他挨着饿开车送我们回去。

犹疑间，印钟添已替我做了决定：“也好。”

事已至此，我也不好再拒绝，只得违心地说了几句请他吃饭表示感谢的场面话。叶正宸一向最不爱听这些废话，瞥我一眼，径自走到自己的车前：“上车吧。”

印钟添看见这辆白色的车和车牌，似乎想起什么，看看我，又看看叶正宸。

我打开后车门：“我们坐后面吧。”

叶正宸曾经教过我一点坐车的礼节，比如：假如开车的人不是纯司机，那么乘车的人中应该有一个人坐到副驾驶的位置，陪他聊聊天。乘车的人都坐后面的位置，把副驾驶的位置空出来，那就等于把开车的人当出租车司机了。

我刚要上车，叶正宸回头冷冷地瞪我，表情像在说：你跟他坐后面试试看？

被他瞪得无地自容，我只好推推印钟添：“你坐前面吧。”

印钟添没有多说什么，坐到副驾驶的位置上，却一路都在半转身体与我聊天，问我爸爸的病情，问他父母的情况，我当然不能告诉他实情，只敷衍着说一切都好。

当他问起我：“你这段时间怎么过的，是不是吓坏了？”我在汽车的后视镜中遇上了叶正宸略带嘲讽的目光。千言万语，我能说出口的只有简单的一句：“我知道你不会有事。”

叶正宸带我们去了陵州最高档的酒店，一进门，酒店的经理就满脸堆笑迎过来，对他毕恭毕敬，丝毫不敢怠慢，还亲自为我们点菜，同时长篇大论地说着奉承话。

印钟添闻言，低头把卷起的衬衫袖子放下，系上袖口，又扯了扯脏了的衬衫衣襟，理平，就像一个看不起自己的人担心别人看不起他一样。他不是个没见过世面的男人，大大小小出席过不少宴会，许多场面都能应对自如，但今天的他完全失去了以往的自信。

我帮印钟添整理了一下后颈的衬衫领子。

“你瘦多了，里面的日子不好过吧？”

他苦笑，看向叶正宸：“幸亏叶参谋帮忙，我才能这么快出来。”

“你不用感谢我。”叶正宸靠在椅背上，说了句意味深长的话，“你的未婚妻已经谢过我了。”

我一惊，生怕他接下来语出惊人，于是急忙说：“是啊，我已经说过很多遍谢谢了。”

不待印钟添开口，叶正宸顺口接道：“她就是太客套，总跟我见外。其实，只要她开口求我帮忙，我肯定义不容辞，别无他求。”

什么叫太客套？什么叫别无他求？我吸气，忍下跟他争辩的冲动，满脸堆笑：“是啊，叶参谋一向施恩不望报。”

印钟添当然领会不了我们之间虚伪的客套，拉过我的手，问我：“小冰，你和叶参谋认识很久了吗？以前怎么没听你提过？”

“……”我动了动身体，换了个姿势。

我不知道他为什么这么问，更不知道该怎么回答。说实话，印钟添这话问得有点不给人留面子，换作以前，他一般会说：“常听小冰提起你。”然后偷偷问我，“你们什么时候认识的？怎么认识的？”

叶正宸看出我为难，主动替我答了：“我们是在日本认识的，有很多年没有联系了。要不是为了求我帮忙救你，她恐怕早忘了有我这个师兄。”

“师兄”两个字，叶正宸故意咬得很重，听上去十分刺耳。

印钟添目光一沉，用心打量着叶正宸，陷入了深深的思索中。

见气氛越来越诡异，我不得不调节一下，赔着笑脸说：“怎么会呢？当年师兄和师嫂对我那么关照，我就是失忆了，也铭感五内。”

我不调节还好，这一调节，顿时火花四射。叶正宸扬扬眉，笑得要多虚伪有多虚伪：“可惜你当年走得太匆忙，没给我机会好好为你送行。我遗憾了好久，后来我还常常跟你师嫂说：这丫头说走就走，真让人牵肠挂肚……尤其是她欠我二十九次补课费，也不知道什么时候能还我。”

提起补课费，一口鲜血从丹田直冲而上，我硬生生咬牙咽回去。叶正宸勾唇一笑，又补充了一句：“不信你问你师嫂。”

听我们反复提起“师嫂”，印钟添的表情轻松自然了些，人也精神起来：“小冰，你欠叶参谋的补课费没还？”

我干笑两声：“你别当真，叶参谋不会在意那点补课费，他开玩笑的。”

“是啊，开玩笑的。”叶正宸微笑着说，“我不是个小气的人，我只是个有什么说什么的人……你若是非要还我，我也不介意。”

他分明就是故意的。我扶额，硬挤出点笑意：“师兄，多年不见，你幽默多了。”然后，我为他倒了杯茶：“你喝点茶吧。”

叶正宸垂首品茶，气氛总算降了点温，印钟添突然低声问我：“叶参谋结婚了吗？”

“嗯，结了。”我立刻说。

叶正宸毫无意外地马上拆我的台：“不久前已经离了。”

印钟添讶然看向叶正宸：“抱歉，我唐突了。”

“没关系，我们本来就没什么感情。”叶正宸故作深沉地又补上一句，“感情，没有就是没有，不能勉强。”

印钟添变了脸色，默然端起茶杯，喝了一大口。

饭菜端上来，我们举杯“客套”了几个回合，气氛才有所缓和。

趁着印钟添去了洗手间，我憋了满腔的鲜血终于可以吐出来了：“叶正宸，你到底想怎么样？”

“我没想怎么样。”叶正宸玩着手中的酒杯，“你用得着非跟我撇清关系吗？承认我是你前男友，没那么辱没你吧？”

“这是男人的尊严问题。换作是你进了监狱，你愿意我找前男友救你吗？”

叶正宸冷笑：“别说我进不去，就算我进了，救我的人多的是，轮不到你牺牲色相。”

我闻言，急忙开门看看走廊，确定印钟添还没回来，我才放心。谁知，我刚坐稳，叶正宸就倾身过来，靠近我：“不过我还是想知道，如果换作我进了监狱，你会不会牺牲色相救我？”

他一靠近，我就感觉体内又有热流涌动，我侧身躲了躲：“不会。”

我说的是实话，除了叶正宸，没有男人能逼得我脱衣服，包括印钟添。

叶正宸又凑到我耳边，低语：“我死都不会允许你这么做。”

一句话，勾起了几日前激情澎湃的画面，他拥着我，百般温存。

我转过脸，面对他眼中赤裸裸的占有欲，早就想问的问题脱口而出：“那你为什么还要逼我？”

他笑了，是标准的叶正宸式的坏笑。

“我没逼你……你自己愿意的。”

“我愿意？”

“是啊，我还没来得及说话，你就把衣服脱了，我怎么忍心让你失望。”

“你！”我的脸像被火烧着，气得无话可说。

“别摆出一副心不甘情不愿的表情。”他压低声音，将唇附于我耳边，“你在我身下婉转呻吟、欲罢不能的时候，可不是这副表情。”

我刚想把茶水泼他脸上，门锁发出响动，叶正宸立刻坐直。

见印钟添推开门，我也换上笑脸，把端到半空的茶杯稍稍放低些，碰了一下叶正宸的茶杯：“师兄，以后有机会还望你多关照钟添，多向他传授点宝贵经验……我必定感激不尽。”

刚进门的印钟添听到我们提起他，茫然地问：“哦？什么经验？”

正咬牙切齿的某人从齿缝里逼出四个字：“人情世故。”

看着叶正宸敢怒不敢言的样子，我心底蓦然有一道阳光照进来，唤醒了沉睡多年的心。我抿着嘴角，喝了口茶，浓茶入口竟是缕缕清甜。

原来我的心没死，只是在没有叶正宸的世界里，没人能让我心跳。

总算吃完了一顿鸿门宴，回去的路上，我累得一句话都懒得说，缩在靠车门的位置上睡觉。

偶尔醒来，揉揉眼，总能在后视镜里对上叶正宸的目光，里面是一望无际的沉寂。

闭上眼睛，梦里还是他的目光，缠绕不去。

有些人，你忘记他，需要漫长的三年，想起他，三秒钟足矣。

你恨他、恼他，持续了漫长的三年，他逗你笑，三秒钟足矣。

将印钟添接回南州，我陪他见了他的爸妈和我的爸妈，又陪他回家。

“晚上要值夜班，我先走了，明天再来看你。”我说。

“吃完晚饭再走吧。”印伯母说。

“不了，我还要去医院看我爸。”

印钟添送我到电梯口，电梯没来，他有意靠近我一些，我压抑住本能的反应，一动未动。

他的手搭在我的肩上，问：“你和那个叶正宸，关系好像不错。”

“还好吧。”我想了想，补充了一句，“很多年没见了。”

“他为什么帮你？”

“念着点过去的情分吧。”可能心里有愧，我不喜欢这个问题，有点世故，还掺了点怀疑。

电梯来了，里面没人，我急忙向前一步，说：“你好好休息一下，别想太多，人没事比什么都重要。”

印钟添拉住我：“哪天有机会再叫他出来吃顿饭吧。”

“嗯？”我不懂。

“我们应该好好谢谢他。再说，维持关系需要多沟通。”

电梯门合上，封闭的空间里，我苦笑。维持关系需要多沟通？印钟添若知道我和叶正宸的过去，不知他作何感想。

值班室的床上，我翻来覆去到午夜，脑中总是不断出现叶正宸那个让人不安的问题：“如果印钟添离开你，你会不会回到我身边？”

这个问题像是一种催眠的暗示，每当我闭上眼就会响彻我耳边，勾起许多身在异国他乡的回忆，那些欢乐，那些泪水，那些矛盾，此刻想来都是爱。

凌晨时分，仍是无法入睡，我披上白大褂走进值班室，坐在电脑前，调出收藏夹里各大国外医疗网站浏览，想看看有没有新的成果，有没有抗癌的新药。

偶然在一个网站上看见有个美国专家提到淋巴瘤，见解独到，我忙打开邮箱，想给这位专家发封信，咨询一下。

登录邮箱，收件箱里多了一封未读邮件，标题是“关于淋巴瘤最新治疗病历”。我以最快的速度点开，没有留言，没有署名，没有发件人信息。我隐约猜到是谁，急忙打开附件中的文档。

文档中总结了为数不多的淋巴瘤成功病历的治疗方案，每一个病历后面都有红色的注解或者专家的意见。我细细地读，文档从头至尾条理分明，无处不显示着笔者的专业和严谨。

我知道是他，只有他才能写出这样有深度的东西，只有他明白我最需要什么，只有他会发一封没有留言、没有署名的信——他相信我读得出、读得懂。

读到最后一页，结尾处有一行鲜明的红字：“总结这篇治疗方案，用了我二十四个小时。”

看到这句话，我仿佛看见了那让人又爱又恨的坏笑，看见了那道通宵达旦坐在电脑前专注工作的背影，哑然失笑的同时，我眼睛酸疼。

二十四个小时……他是如何在这三天里挤出二十四个小时的？我记起了昨日他脸上的疲惫。

手边的手机响了，上面显示着叶正宸的手机号，我看了一眼电脑上的文档，心一软，接通了。

“还没睡？”他问。

“嗯。刚收到你的邮件。”

“我知道。”电话里，叶正宸的声音格外有磁性，“我发邮件的时候设置了已读提醒。”

他的呼吸声时轻时重，时缓时急，我什么都不想再说，只想这样听着他的呼吸声，一直听。

“明天我就要回北京了。”

“哦。”心头浓浓的惆怅只化作一个淡淡的字。

“我真舍不得你。”他故意大声叹了口气，“可是我们师长说了，我再不回去，他就派人来南州抓我。”

惆怅顿时化作哑然。有叶正宸这样的部下，他的师长不知愁白了多少头发。

“怎么不说话？舍不得我？”见我还不说话，他说，“那我不走了……”

如同一块丝滑的比利时巧克力入口，甜蜜绕舌，我的眉眼间不觉染上了满足的甜笑。

“钟添说想请你吃饭，既然你没时间，那就算了。”

“请我吃饭？你未婚夫挺识时务的。”

“市政府那种地方，不识时务的人怎么能混下去？”我说。

对于我的极力维护，叶正宸冷哼了一声，相当不屑：“我真搞不懂，你到底看上他什么。”

叶正宸语气里的讽刺让我极不舒服。不是每个人都能和叶正宸一样，生在显赫之家，可以毫无顾忌地彰显他的个性，敢去和现实硬碰硬，棱角磕棱角。印钟添生在普通的家庭，有着自己的理想和抱负，且为之付出了全力。

在市政府生存，他无力改变环境，只能改变自己去适应环境。他磨去了自己的棱角，凭着自己的努力和勤奋小心翼翼地往上爬，而立之年爬到这个位置实属不易，谁知一不小心跌下来，变得一无所有。

有人敲办公室的门，喊着：“医生，医生！”

“有病人叫我，不跟你说了。”不等他回答，我急急忙忙挂了电话，跑去看病人。

从那日后，叶正宸再无消息，电话也没有一个。爸爸恢复了健康，出院了。我的工作又回到了原来的轨道上，每天尽全力抢救一个个无药可救的病人，可下了班，我的生活再也回不到原来的轨道上。

“我今天看了一座房子，和我们以前的户型一样，位置也差不多，就是价钱有点高。”我故意找些事情和印钟添说说，希望转移他的注意力，

“都怪我，当初急糊涂了，为了去北京疏通关系，居然低价把我们的房子卖了，现在想买座合适的太难了。”

印钟添犹豫了一下：“买房子的事情能不能再等等？”

“等？”我以为他会迫不及待地买房子准备和我结婚。

“那笔钱，我想用用。”

我懂了，从钱包里拿出银行卡交给他：“密码你知道的。”

“小冰……”

“你不用说了，我懂。”案子没结，前程未卜，他需要一笔钱以备不时之需。我劝他说：“钟添，一切都会过去的，你还年轻，可以重头再来。”

“我恐怕很难再回市政府工作了。”

“你很想回去吗？”

他沉重地叹了口气，从椅子上站起来，抱住我的腰，脸埋在我的肩上，我能深切感受到他对未来的怅惘。我想尽我所能帮他。

我努力回想自己认识的人，终于想起一个做生意的高中同学，两年前同学聚会时联系上了，关系还算不错：“我有一个同学，在南州市有些人脉，我找他问问能不能帮些忙。”

他沉思了很久，才点点头。过了一会儿，他忽然问了一个很突兀问题：“你会离开我吗？”

蓦地，我又想起叶正宸的问题：“如果他离开你……”

我非常确定地回答他：“我不会离开你。”

然而，我并不确定他是否会离开我。

一周的时间转瞬即逝，周末又到了。

我下班很晚，没有回爸妈家，一个人筋疲力尽回到我自己的公寓。

又一个病人走了，二十二岁。临走时，一个年轻女孩发疯一样跑进病房，趴在他身上失声痛哭。

气若游丝的男孩儿突然笑了：“傻丫头，你来干什么？你不是说以后都不想再看见我，死都不会原谅我吗？”

女孩拼命摇头，不说话。

“我脾气不好，总惹你生气，下次记得找男朋友要找个脾气好的，还要有时间多陪你的。”

“我不要，我就要你。”

男孩儿安详地走了。女孩哭了整整一个下午，双手死死地抓着男孩的手腕。

谁劝她，她都不肯放手，口中不停地重复着一句话：“你起来跟我发脾气吧，我再也不走了。”

没失去过，不会懂得那种割舍有多苦，不会懂得那曾经的恨有多美好。看着她泣不成声的样子，我想起了三年前的自己，那时候，我也曾恨过，恨不得永生永世不会再与叶正宸有任何交集，可现在，我们真的不能再有交集的时候，我才明白，能痛快地恨，痛快地哭，也是好的。

用热水冲去一身的消毒水味道，我蜷缩在沙发上。我忍不住问自己，这就是我将要过的生活吗？在医院，看着病人在生死边缘挣扎，却无能为力；回到家，我和印钟添就像两条平行线，在同一平面内，却永不相交。

不知不觉，我又想到了叶正宸，不知道他现在在做什么，是不是又饿了，想吃一碗我煮的面。

我拿起电话，犹豫许久，最终拨通了印钟添的手机。

“小冰？你下班了？”印钟添的声音不太清晰，电话里还有点嘈杂。

“嗯，你在哪？怎么这么吵？”

“在饭店，我一会儿去你公寓。”他说话有点语无伦次。

我问：“你喝酒了？”

“喝了一点。”他的声音听上去很开心，“有一个应酬，喝了几杯酒。”

难得他有应酬，看上去心情也不错，我不想扫他的兴。

“什么时候结束？用不用我开车接你？”

“不用。这么晚了，你一个人出来太危险，我一会儿打车过去找你。”

“好吧，那我等你。”

挂了电话，我去厨房煮了解酒汤。印钟添并不好酒，酒量也不太好，可没办法，有时候不能喝也得喝。

没多久，印钟添来了，带着一身烟酒气，有点醉意。我去厨房盛解酒汤，印钟添随后跟过来，身子有些摇晃：“小冰，你猜我在酒桌上遇到了谁……”

“谁？”我并不关心，只是顺着他发问。

“叶正宸……”

完全意料之外的答案，让我端着碗的手晃了一下。他不是回北京了吗？他又来了？

我动动发麻的手指，装作若无其事地盛汤：“哦。”

“他这个人挺有意思的……”

“是吗？”我揉揉额头，忍着头疼听他说。

“他今天刚从北京过来，来参加许阳的生日宴。”许阳是南州市某干部的儿子，也在市政府工作，“有人问他，是不是专程来参加许阳的生日宴，你猜他怎么说？”

“怎么说？”

“他说，他来看他的心上人。”

印钟添说完，干笑了两声，声音干得发哑。我使劲儿按太阳穴。

“他还问了我们一个更有意思的问题：‘有什么东西，比你身边的女人更重要？’”

我一怔，立刻抬头看向印钟添：“你怎么回答的？”

印钟添走到我身边，轻轻地感叹：“现在的我，还能有什么比你更重要？”

我深深地皱眉，我不喜欢他的答案，它让人有无限回味的空间。

“小冰，你说他是不是样样都比我强？”印钟添喝醉了，他不喝醉绝不会问出这样的话。

“不是。”我认真地看着他，“钟添，你比他脚踏实地，比他沉稳执着，你是个好男人，可以让女人托付一生——”

印钟添打断我的话：“听人说，他刚在日本拿到医学博士，回国就拿了二等功，破格提职，他还不到三十岁……就当上了某师的参谋长。你知道为什么吗？”

“……”因为他有过别人无法想象的经历，他付出了别人无法想象的代价。

“因为他的父亲是某军区的司令，他的爷爷好像是个……”印钟添努力地回忆着，我对此并不感兴趣，把汤端到他面前：“喝点汤吧。”

印钟添接过汤，喝了一口，酸得咂咂嘴，放下汤：“他是来看你的，是不是？”

“钟添……”

“那天吃饭的时候，我就看出来了……他看你时，眼睛闪着光……”

我双手撑着身边的饭桌，无力地笑着：“你别胡思乱想，我们没什么。”

“那个人，是他，对不对？”

我不敢面对他咄咄逼人的目光，低下头：“都过去了，我和他早就结束了，你……”

“真的是他！”

印钟添的脸色极差，气氛陷入尴尬的沉默，直到我的手机响了。我有一种强烈的预感，这个电话是叶正宸打的。我不敢接电话，怕一听见他的声音，就什么都掩饰不住了。

见我不接电话，印钟添似乎感觉到什么，循着声音找了过去，从沙发上抓起我的包，拿出包里的手机，看了看来电显示。不用猜测，他苦涩的表情给了我答案。

见他按下接听键，我的心陡然往下沉，几步跑出厨房。

“喂？”印钟添接了电话，声音里满是风雨欲来的沉寂，“叶参谋啊……你找小冰？在，你等等。”

他把手机送到我面前，我僵硬地接过来。

“喂……”

“……”电话里没有声音。

我把手机贴近点：“喂？”

“我在南州。”四个字，简短而有力。

我强颜欢笑：“我刚听钟添说了，他说在饭局上遇到你了……”

“我想见你。”短短的四个字，却余音绵长。

“好啊！明天你有空吗？我和钟添请你吃饭。”不等他说话，我抢先说，“好，就这么定了，明天再联系。”

一口气说完，我立刻挂断电话。印钟添僵直地站着，手中还抓着我的包。我刚想从他手中接过我的包，他一松手，包摔在地上，里面的东西七零八落散了一地，我蹲在地上一样一样去捡，捡到一盒药，冷汗顿时从脊背滚滚而下。

七十二小时避孕药，分两次吃，事后吃一次，间隔十二小时再吃一次，我买过之后吃了一次，第二次却忘记了，忘得彻彻底底。

来不及懊恼，我快速把药塞到包里。谁知我刚塞进去，印钟添一把抢过我的包，把我刚塞进去的药翻出来。我想去抢，已经来不及了。他打开药盒，看见里面剩下的一片药，手在空中无助地颤抖：“你……你为什么会吃这个？你是不是跟他……”

他把药盒送到我眼前，如山的铁证摆在眼前，我的血液骤然冷却，眼前的景物开始摇晃，渐渐变黑。

“你跟他上床了？”他的双手钳制着我的双臂，力气很大，几乎掐断我的手臂，“回答我！”

我知道这一天早晚会来，我也找过很多理由去为自己开脱，但真正面对印钟添愤怒的表情时，我反倒什么理由都说不出口了。连我都不能原谅自己，我还有什么理由祈求他的原谅。

“钟添，对不起——”

眼前黑影一晃，火辣辣的巴掌打在我的脸上，我被他打得跌倒在地，额头正好碰在茶几的边缘，黏稠的鲜红遮住了我的眼。我捂着胀痛得毫无知觉的脸，眼前一片血红。这一个耳光恍若把我从噩梦中打醒，我惊愕地看着他，没有怨恨，也没有委屈，我只觉这一切来得太突然，让我措手不及。

印钟添扯着我的衣服把我从地上拽起来，气得脸色铁青，前额上青筋毕露。他举起手，却迟迟没有挥下来，想说什么，张开口，却说不出一个字。最后，他松开手，踉跄着走出我的家。

我没有阻拦，也不想解释什么，此刻，我只想一个人静静地想一想，我该如何向我们的父母交代，如何偿还对印钟添的亏欠。

第二十四章

婚约毁

我早已把所有的记忆都镶嵌在透明的琥珀里，别说时隔三年，就是时隔三千年，也不会磨灭一分一毫……

印钟添有些摇晃的背影，随着合上的大门，离开了我的视线。我无力地跌坐在地上，冰冷的手心捂着红肿的脸颊，稍稍缓解些疼痛。

一阵秋风从窗户吹进来，冷得我瑟瑟发抖。我从地上爬起来，关上窗户，窗帘拉了一半，我的手僵住。透过玻璃窗，楼下的街灯边，停着一辆车，白色的越野。

犹豫良久，我拿起手机，发了条短信给叶正宸："你在哪？"

信息刚发出去，他马上回复："在夜店，和美女聊天。"

我又看看楼下的车，回："好好玩。不打扰你了。"

几分钟后，他回复："你在做什么？"

"看风景，楼下的风景不错。"

他回复一条："……"

又一条信息发过来："我想见你，现在。"

摸摸脸上的红肿，我回复："我不想见你，现在。"

等了一会儿，叶正宸再没回复。我放下手机，去洗手间里看看自己的脸。右脸肿了一大片，五根手指印泛着青紫色，触目惊心。我撩起头发，额头上撞了半寸的血口，我拿纸巾擦了半天，纸用完了，血还在慢慢往外渗。若是让叶正宸看见我这张脸，不知他会作何感想。

门铃声传来，透过猫眼，我看见门口站着一个人——昏黄的灯下，黑色的牛仔裤，黑色的衬衫，带着一身令人窒息的侵略性。

我没有开门："你走吧。"

叶正宸不再按门铃，改成敲门，声音越来越大。

这栋楼里住的大都是我的同事，让人看见他深更半夜敲我房门，难免会引来些流言蜚语。无奈之下，我抓了抓额前的头发，挡在脸侧，打开门。

叶正宸笑着说："你想见我就直接说——"

当叶正宸看见我的脸，笑容冻结了。他伸手撩开我刻意挡在额前的头发，触目惊心的伤痕在他眼前一览无余。

"谁？谁干的？"愤怒的吼声震得几层楼的声控灯同时亮起。

我急忙将他拉进房间，关上门。

“是印钟添？”他的声音阴鸷逼人，震怒清晰地刻在眼睛里，额上血管被血液充成青紫色，握紧的指骨扭曲得可怕，像要把印钟添撕成碎片。

担心盛怒下的叶正宸会去找印钟添麻烦，我下意识用手遮住脸。“他只是喝醉了，一时冲动。”

叶正宸指骨扭曲得更厉害，骨节发出咯咯的颤音：“他这么对你，你还护着他？”

“这本来就不是他的错。”一阵眩晕感袭来，我缓缓坐在沙发上，“他知道了，他知道我背叛了他，跟你——在一起了。这不就是你想要的结果吗？”

他深吸了口气，慢慢地呼出来。然后，他走到我身边，托起我的脸，仔细审视我额上的伤口：“有药箱吗？”

“在卧室的柜子里。”

他取了药箱，用纱布帮我简单处理一下额头的伤口，又拿毛巾裹了些冰块轻轻贴在我红肿的脸上，阵阵的胀痛感很快被冰冷麻痹。

极冷的触觉刺痛了脆弱的神经，我忽然觉得自己非常可笑，印钟添打我一巴掌，居然要叶正宸帮我处理，我还真对得起这两个爱我的男人。

我自嘲地笑笑，问叶正宸：“师兄，你说我们算不算奸夫淫妇？”

“不算。”他抬眼，冷冷瞥我一眼，“我从来没同意跟你分手。在我心里，你始终都是我女朋友。”

“分手不是离婚，一个人决定就够了。”

“丫头。”叶正宸摸摸我的长发，是和记忆中一样的方式和力道，“离开他吧。他不值得你付出这么多。”

如果说不值得，眼前这个过去欺骗我，现在步步紧逼的男人更加不值得，但是，感情从来不能用值不值得来衡量，只有愿不愿意。

我说：“就算我不想离开他，他也不可能要我了。”

落地灯的暗光在叶正宸的脸上蒙上阴影。

我望着阴影中的他，再暗的光，他脸上每一个细节在我眼中都清晰可见，因为我记得，我早已把所有的记忆都镶嵌在透明的琥珀里，别说时隔三年，就是时隔三千年，也不会磨灭一分一毫……

我早该想到的，他是叶正宸，城府深不可测的男人。他逼我跟他上床岂会只图一时贪欢，他早算准了东窗事发的一天，印钟添不可能原谅我。也算准了我离开印钟添，必定重回他的怀抱。

有时候，男人太聪明，也是女人的悲剧。

骤然，一滴冰冷的水滑进领口里，极冷，冷得我瑟瑟发抖，缩了缩身子。叶正宸才发现冰融成水，浸透了毛巾。他将毛巾里的水拧干，重新裹了冰贴在我脸上。

“师兄。”我轻轻扯了扯叶正宸的袖子。

他拨开我的手：“又想求我什么？说吧。”

“有什么方法能让钟添再回市政府工作吗？”如果可以，我希望再为印钟添做点什么，把对他的伤害降到最低。

他想都没想，直接回答我：“有。”

“什么方法？”我立刻坐直，等着他的答案。

叶正宸轻轻挑起我的下颌，戏谑的嘴角扬起优美的弧度：“你嫁给我。”

“……”

能在这种情形下求婚，除了他不会再有第二人。

门铃声骤然响起，打断我的思考。叶正宸低咒了一声，看向我的门。

会在深更半夜来我家的人不多，其中一个正在我面前，另一个……我本来就冷，现在更像掉进冰窖里，呼出的气息都带着寒意。

走到门前，透过猫眼儿，我看见印钟添站在门外，他低头看着地面，手心里紧紧攥着一个塑料袋，塑料袋上面写着某药店的名字。我无措地回头看了叶正宸一眼，下意识地希望他先躲一躲。我已经让印钟添看见了太丑陋的东西，希望此刻能给他留点尊严，别再让他面对这一幕。

叶正宸显然不这么想。他坐在沙发上回望着我，分明已经猜到了是谁，却没有躲避的打算。

“为什么不开门？你怕他受刺激，还是，你以为……”叶正宸浅笑着，语气极淡，“他去而复返，表示他已经原谅你了？”

我发现眼前的男人变得很可怕。或者，他以前就这么可怕，只是我没发现。

“我怕他杀了你。”我咬着牙说。

我的理由很没说服力，叶正宸不屑地冷哼了一声，不再搭理我。

门外，印钟添等了一会儿，不见我开门，又按起了门铃，铃声变得焦躁不安，声声刮着我的耳膜。

该面对的总要面对，躲得过今天的日出，未必躲得过明天的日落。我旋开了门锁，手慢慢拉开门，就像点燃一根炸弹的引线，等待着被炸得血肉模糊。

门一打开，印钟添看见我，急切地上前一步，抓住我的手：“小冰，对不起！我不该打你，我刚刚太……”

他后面的话顿住了，眼睛直直地看着我身后。他此刻的心情，我感同身受，因为我也看见过心爱的男人深更半夜走进别的女人的家。印钟添一定和我一样，觉得自己是全世界最愚蠢的人，简直可笑得要命。

一向好脾气的印钟添终于爆发了，他甩开手中的袋子，发疯一样朝着门的方向冲过来。

看到他握紧拳头，我什么都没想，整个人挡在门口：“别——”

他伸手一推，我踉跄了一下，稳住后发现叶正宸也站了起来，忙又扯住印钟添的手臂，死死地抱住。叶正宸的身手我是见过的，万一动起手来，印钟添一定打不过他。

“你放开！”印钟添愤然道。

“钟添，你冷静点……你打不过他的。”

印钟添全身僵直地看着我，面如死灰。我想再说点什么，印钟添愤然推开我，转过身跑下楼，脚步凌乱。

“钟添。”我刚喊了一声，手腕被人死死地扣住，扯回房间里。

砰的一声，门被狠狠摔上。叶正宸冷冷地瞪着我，脸色极差。

冰化了，冰水从毛巾里渗出来，淌过玻璃茶几，一滴滴摔在地面上，水花四溅。叶正宸突然抱住我，托起我的脸，唇狠狠吻下来。

他平时就很禽兽，某些时候更是禽兽不如。虽然我早已经领教过很多次，可在我正心乱如麻的时候，他突然野火燎原般吻下来，我还是吓呆了。脸上的伤被他蛮横的亲吻弄疼了，但他仍固执地继续，强有力的手臂把我困在他身前，唇狂肆地掠夺，舌尖也闯入我的口中，卷绕纠缠。

我感觉呼吸越来越困难，眼前什么都模糊了，唯有唇齿间浓烈的爱与怨的纠结那般清晰。之后，我连知觉都没有了，全身虚脱地靠在他怀里，连呼吸的力气都没有了……

发觉我的异样，叶正宸终于结束了他愤怒的吻，托住我摇摇欲坠的身体：“丫头，你怎么了？”

头昏昏沉沉的，我晃了晃：“我有点头晕。”

我太累了，工作了一整天，晚饭还没吃，刚刚又发生了那么多事，此时再加上一个要命的激吻，人像被掏空一样，毫无力气。

“你的脸色怎么这么差？”他说着，动作熟练地探探我的心跳，“哪里不舒服？”

“没事，只是有点低血糖，我的冰箱里有冰糖。”

“你等一下。”

叶正宸快速地把我抱进卧室，放在床上，然后匆匆跑进厨房。没多久，他端着一杯热糖水走进来，将杯子放在我的唇边。糖水似乎被冰过，水杯上还留着冷水的温度，水温却刚刚好，入口热而不烫，甜而不腻，流进空荡荡的胃里，热量漫过四肢百骸。

“好点了吗？”

“嗯。”

他放下水杯，用指尖轻轻擦了擦我嘴角残留的水滴，托起我苍白的脸：“对不起！”

眼前的人，温柔如昨，如同梦境中最美的幻觉。我多希望过去都是一场梦，梦醒后，我又回到那间小公寓，窗外樱花盛放，我与他睡在藕荷色的床单上，十指相扣，一黑一白两块情侣表上刻着我们的名字。

喻茵没有出现，印钟添没有出现，只有我和他，单纯地享受着两个人的世界，甜蜜地计算着我们的补课费。那样的话，我一定会选择相信他，不管发生什么我都不会怀疑他对我的感情。

过去再也找不回来，未来呢？我问自己：这个人，你到底想不想和他有未来？

当然想。哪怕未来仍是伤痕累累，我还是愿意为他再试一次，因为他是叶正宸，我最美好的初恋，我曾经破碎的美梦。甜也罢，苦也罢，至少跟他在一起，我才能有火热的感觉。

“我该怎么办？”我喃喃低语。这个时候，我能无所顾忌地抛下一切，遵从自己的心吗？

“你累了。”他扶着我躺下，“什么都别想，好好休息。”

“那你呢？”

“我睡沙发……”他的眉峰扬了扬，“你要是非让我睡床，我也不介意。”

见他起身去衣柜里拿被子，我叫住他：“快入冬了，晚上凉，容易感冒。你在南州没有其他朋友吗？”

“我不睡别人的床，”他毫不客气地回绝了我的婉言谢客，“除了你的。”

我想说：你要是能保证不会兽性大发，我可以借给你半张床，仔细琢磨了一下，这话的挑逗意味太浓了，还是算了。

我明明很累，可躺在床上怎么也睡不着，我知道门外的人也没睡，在沙发上辗转反侧。因为他每一次翻身，沙发都会发出吱呀声。我正纠结要不要叫他进来睡，忽然听见细微的脚步声，接着，门被悄无声息地推开，叶正宸抱着被子和枕头走进来，爬上我的床。

我睁开眼睛，看着他盖上被子躺好。

“你爬到我的床上来，想干什么？”

“外面太冷了。”他把枕头放在我枕边，把我往一边推推，“反正你的床大，不再乎多一个人。”

“你能保证不会等我睡着了兽性大发吗？”

他仿佛用了漫长的一个世纪来思考，最终给我一个模棱两可的回答：“我试试。”

“万一你没控制住……”

他直接打断我：“我万一控制不住，你睡没睡着都一样。”

说得也是。

无边的黑暗下，零碎的月光从窗帘缝隙照进来。我悄悄看着身边和衣而眠的人，他闭着眼，呼吸均匀平稳，皎洁的月光落在他长长的睫毛上，镀了一层莹亮的薄光。我有点不想睡，怕再次醒来，发现这一切都是梦。

“你再用这种眼神看我，我就不敢保证了。”他的手伸进我的被子里，握住我的手，十指相扣。他掌心的温度让人心安，我闭上眼睛，不知不觉睡着了。

梦里，我看到了印钟添，他茫然无助地站在街上，路灯昏黄的光照着他颓然的背影。我追他，却怎么也追不上，我喊他：“钟添，钟添……”

他也不回头。

“钟添，我还能帮你吗？”

路灯突然熄灭了，周围的一切都变黑了。

我正茫然无助，耳边响起叶正宸淡淡的声音：“你肯为他脱衣服，肯为他顺从我，告诉我，除了这些，你还肯为他做什么？”

我的心蓦然揪紧，疼得撕心裂肺。我陷入了可怕的梦魇，想要努力呼救却怎么也发不出声音。

一个温暖的怀抱把我抱住：“没关系，反正你是我的。”

“反正你是我的……”听到这句话，我一瞬间从梦魇中挣脱，猛然睁开眼，正对上一双凝着霜雪、深不可测的黑瞳。整整三年没试过从男人怀里醒过来，突然睁开眼睛，撞上陌生的眼神，又发现自己正蜷缩在一个男人的胸膛里，我吓了一跳，本能地推开他，看看周围。

薄雾刚散的黎明，我的房间，我的床，还有……床上的男人，就像记忆中，每个清晨，我从他怀中醒来。

我缓了口气，想起了昨晚是我让他睡在我床上的。

“你怎么趁我睡着占我便宜？”

“是你睡着之后钻进我怀里的。”叶正宸一本正经地回答。

考虑到我以前的习惯，不排除这种可能性。

他把我拖进暖和的被窝里，搂到怀里，强健的手臂勒得我快要喘不上气。

“怎么？做噩梦了？”

“没有，没梦到你。”我说的是实话，有叶正宸的梦永远都是噩梦，没完没了的欺骗和纠缠，即使甜蜜，最终也会以支离破碎收场。

“那你梦到谁了？”他似笑非笑地看着我。每次一看见他这么笑，我心里就没底，担心他又挖了什么陷阱，等着我往里跳。

“不记得了。”我怕我说出刚刚的梦会被他掐死，含糊地说，“本来有点印象，被你一吓，全都忘了。”

“我长得很吓人吗？”

我抬头，也许是光线的问题，他眉目深沉，一脸凝重，还真有点吓人。看来他非要审出点什么才罢休。

我对他甜甜一笑：“师兄，你一点都不吓人，可我三年没从男人怀里醒过来……有点不适应。”

叶正宸笑了，满足得像只刚偷过腥的猫：“没关系，你慢慢就会适应的。”

他一点都没变，还是那么禁不住诱惑，三句软语理智就都抛到了九霄云外。我十分怀疑他被派去日本是因为托了关系，走了后门，否则这样一个没有定力又没原则的色狼，怎么可能让人放心。

哦，我想起来了，他有个“好爸爸”。我忽然想起了我爸爸。一想起他的病，什么好心情都没了，我深深地叹了口气。

叶正宸盯着我看了一会儿，笑意也退了：“又觉着对不起他了？”

我摇摇头：“我担心我爸爸的身体。”

叶正宸没再说什么，搂着我躺下。

我从未想过生命中还会有这样一个清晨：我枕着他的肩膀，手被他握着置于心口，我能清晰地感受到他的心跳，规律沉稳。

我静静地闭上眼睛，这个男人才是我命中注定的终点……

我正睡得迷迷糊糊，叶正宸接了个电话，匆匆下床穿上衣服：“我有点事，一会儿回来。”

“嗯。”我拥着被子继续睡，上面还有他的余温。

临走时，他拿了条半干的热毛巾敷在我的脸上，交代我多睡一会儿，好好休息。热毛巾温温的，和他的唇的温度一样，贴在脸上很舒服。

走到门口，他又转回来，吻了吻我的额头：“别想太多，把所有的事情都交给我处理，你就放心好了。”

“我不放心，你那么老奸巨猾，指不定干出什么事。”

他凑近我，灼热的气息吹在我耳侧：“我就算剜了别人的心，也绝对是为了博红颜一笑。”

我斜瞄他一眼，笑了：“我又不是狐狸精？”

“幸亏你不是。”

我以为我不是苏妲己，叶正宸当然也不会做狠毒的纣王，但我错了，我低估了叶正宸，为了我，他真的去“剜”了别人的心——印钟添的心。

接近傍晚时，我接到印钟添的电话，他说想要见见我，在老榆树下等我，语气平静异常，我却有点不安，去见他的路上心中一直很忐忑。

老榆树的叶子不仅枯黄，还掉了大半。夕阳西下，枯藤老树，特别有秋天的悲凉。

印钟添站在树下，一如既往地衣着笔挺，可他的神色不像以前那么自若。尽管他极力掩饰，我还是能看出他眼底的痛苦。

看见我从车上下来，他向我走过来，深深地凝视着我的脸。来之前，我特意把头发散开，挡住额头的伤口。脸上的红肿经过冷敷和热敷之后已经不那么明显了，只剩下几道浅紫色的痕迹，我涂了一层均匀的湿粉便遮住了。

“还疼吗？”

我不自然地摸摸额前的头发，勉强笑笑：“不疼。”

印钟添两只手握了握，松开：“你真的很爱他？”

我低下头。老榆树纵横交错的树根露出地面。我还记得小时候，印钟添最喜欢坐在那里跟我谈他的人生规划，谈他的理想，那时候我总是仰视他，以为他是最了不起的男人。现在我才知道，理想和现实的差距太大了，遥不可及。

“我们分手吧。”这句话他说得很急切，好像怕晚一秒钟就说不出来了。

我点点头，说不出什么话，于是，又重重地点头。

我们就这么分手了，比决定结婚的时候还要平淡。我想摘下手上的钻戒给他，却发现手指上早已空空荡荡，倒是手腕上多了一块表，纯白色的表链上镌刻着一个字——“宸”。

一定是昨夜我睡着的时候，他替我戴上的。

“小冰，我知道……跟他在一起，你才能开心。”印钟添的最后一句话让我蒙了，甚至他走了很久，我都还没回过神。

我背叛了他，被他人赃并获，他气得打我，合理；他跟我分手，也合乎情理。可是他的最后一句话，为什么听上去像是一种牺牲，一种成全。还有他今天的反应为什么这么平静？短短一个晚上，他就把所有的怨恨和愤怒都放下了……这不合情理啊！

除非……除非叶正宸跟他说了什么。

我拨通叶正宸的手机，想问问他是不是找过印钟添，是不是跟他说了什么。手机通了，接电话的是他的一个朋友，态度特别友善，他告诉我叶正宸现在有事，不方便接电话，还说他有急事回了北京，忙完了再来南州看我。

可能我在医院里待久了，对某些声音特别敏感，我依稀听见电话另一端隐约有其他人在喊："大夫，大夫……"我还听见推车的声音，铁轮摩擦着地面，发出吱吱的响声。

记起叶正宸是学医的，我也没有多想，连声说谢谢，正要挂电话，那人半真半假地跟我说："这次你可要等他。"

我尴尬地嗯了一声，挂断电话。

我当然要等他，一个晚上都在等他的电话。八九点的时候，叶正宸回电话给我，声音透着浓浓的睡意："丫头，想我了？"

我躺在床上，拉过枕头抱在怀里，嘴角情不自禁地翘起来："你做梦呢？"

电话里没了声音，他好像又睡着了，我正犹豫要不要叫醒他，他问："找我有什么事？"

听见他隐约的叹息，我有点后悔了：说句"想他"又不会死。

"也没什么重要的事。"我低声说。

"说吧。"

"钟添今天找我了。"一提到印钟添，我的声调顿时低沉了好几个音节，"我们分手了。"

"嗯。"他淡淡地应了一声，听不出惊喜。

"你有没有告诉过他什么？"

"你想我告诉他什么？"他反问我，"告诉他你跟我上床是被迫的？你为了救他出狱……"

我肯定是脑子出了问题才会问出这么蠢的问题，叶正宸怎么会告诉印钟添这件事？他巴不得印钟添一辈子都不知道。

"没说就好，以后也别说。"我的脸埋在枕头上，上面还残留着他的味道，"我是自愿的……打死我，我也是自愿的。"

电话里传来他暧昧的轻笑声："我知道。"

我的脸上涌上一阵火辣辣的热度："不跟你说了，我要睡了。"

"嗯，等我有空去找你。"

确定了叶正宸什么都没说，我悬了一晚上的心才安定下来。

这件事，我真的不想印钟添知道，我希望他恨我，对我死心，以后遇到一个真心对他好的女人。

忙碌的时间总是过得很快，转眼又是一周过去了。

叶正宸没再出现，我多多少少有点想他，想他坏坏的笑，想他的色狼样儿。偶尔无聊，我还会偷偷幻想一下，我走出医院大门，他突然从背后抱住我，问我："丫头，是不是想我了？想我就直说，别不好意思……"

想着想着，我笑了出来。

"什么事这么开心啊，小薄？"做病理的刘医生问我。

她旁边的见习医生也说："那还用问？印秘书没事了呗。我就说嘛，印秘书人那么好，肯定不会牵扯进去的。"

"你和印秘书的婚期定没定？我们等着喝喜酒呢。"

"以后再说吧，不急。"我悄悄地把空荡荡的十指放进白大褂的口袋里，转移话题，"刘姐，你的房子在装修吗？"

刘医生的公寓在我隔壁，平时一直空着没人住，这几天从早到晚叮叮当当在装修。

"不是，租出去了。本来我没想租，可那人坚持要租……"刘医生有些不好意思，问我，"小薄，是不是他们太吵了？我回头跟他们说说。"

"不是，不是。我就是随便问问……我这几天都住我爸妈家。"

周末不用上班，我特意陪着爸爸去公园散步。经过一周多的休息，他的精神恢复得很好。

"小冰，最近几天怎么没见钟添，他忙什么呢？"

"他在忙着处理以前的工作，停职这么久，很多事等着他做。"提起印钟添，我才想起好久没见他了。昨天我刚好遇到他的一个朋友，随便聊了几句，才知道案子基本查清了，印钟添没有牵扯其中，还为案子调查提供了很多有力的证据。

他回到原来的办公室上班，却没有任何工作可做，所以他不想留在南州，正在准备调动工作，去其他城市谋求发展。

爸爸担忧地皱皱眉头：“今天应该放假吧？叫他过来吃晚饭吧。”

“爸……”有些事早晚都要说，难得他今天心情不错，“我和钟添……”

爸爸一看我吞吞吐吐，面有难色，很快明白了：“你们是不是吵架了？”

我试探着问：“要是我们分手，你能不能接受？”

“唉！年轻人吵吵架很正常，别动不动就说分手。这段时间发生这么多事，钟添心情不好，你要理解……”

绕过人工湖，我们沿着鹅卵石的甬道往前走，我几次想要坦白，但一见他神色凝重，又忍住了。

每逢周末，公园里不乏谈情说爱的情侣，有的在树下的长椅上相拥，有的在小路上漫步，而其中迎面走来的一对，让我有些不相信自己的眼睛。我又仔细看了看，真的是印钟添和一个二十几岁的女孩。

片刻的惊讶后，我忙挽住我爸爸的手臂：“爸，我们往那边走吧。”

“这边离家近……”爸爸指着前面的路，话刚说了一半，脸色忽然变了，铁青铁青的。我慌忙从他的口袋里找出救心药，往他嘴里塞。

爸爸刚吞下药，印钟添已经走近了，他并没有回避我们，反而坦然地打招呼：“伯父、小冰。”

“这么巧啊！”我笑着回应。他身边的女孩我见过一次，在市政府工作，相貌不出众，但很有教养。以前曾有人做中间人，给他们牵过线，说女孩是市政府某个退休领导的外孙女，父母好像也在某局担任重要职位。

印钟添问我的意见，我当时还不知道叶正宸是高干子女，也没深刻了解叶正宸为人处世的作风，还笑着跟他说：“好啊！高干子女都有教养，人品不会差……”

“钟添，这位是？”我爸爸问。

印钟添彬彬有礼地跟身边的女孩说：“不好意思，我和伯父说几句话，你等我一下。”

“我刚好想去湖边走走，你们慢慢聊。”

女孩走远后，印钟添快速地看了我一眼，快得我来不及捕捉他内心的情绪。

“伯父，对不起！有些事情我和小冰不该瞒着您，但我们也是为了您的身体着想……”

“你们？！”爸爸难以置信地看看我，又看看他。

“我和小冰并没有交往。”印钟添这句话一说出来，连我都惊呆了，更别提我爸爸。

“你说什么？”

印钟添又看了惊呆的我一眼，继续说：“那段时间您的病情不乐观，情绪不稳，小冰非常担心您。为了让您高兴，她求我帮忙，跟她假订婚……后来又发生了那么多事，您因为我的事，急得犯了心脏病，我们就更不好跟您讲了。”

见爸爸质疑的目光投向我，我忙收起惊讶，看向对面的湖光山色。

“伯父，小冰很孝顺，做这些事都是为了您的病，您千万别怪她，尤其要保重身体……”印钟添客气地说，“我这几天忙着调动工作的事情，没有时间，改天一定抽时间过去看您。”

印钟添说完这些，头也不回地离开了，我从他的背影里依稀看到了一丝颤抖。

“小冰，钟添说的是真的？”

“我……”我不知该如何回答。

“唉！”爸爸长叹一声，背着手，继续沿着鹅卵石的小路向前走。

我几步追上去：“爸……”

焦躁地走了几步，他停下来，转头看着我：“我早就看出来你不喜欢钟添，你突然说接受他的时候我还觉得奇怪。”

“……”

“我万万没想到你这么糊涂，和他一起骗我。订婚也能作假吗？你怎么不考虑一下后果？周围的人会怎么想、怎么看？”

“……”我一言不发地跟在他身后。其实，这个谎言换了别人说，爸爸未必会信，但它出自印钟添之口，便让爸爸深信不疑。

那天晚上，我刚洗完澡准备睡觉，妈妈来了我的房间，和我聊了很久。她也说我傻，埋怨我不该骗他们。她还说，他们不是非要我嫁给印钟添不可，他们就是盼着我能有个好归宿，找个真正对我好的男人。

我明白，我一直都明白：父母的爱是最无私的，无论你做错什么，他们都始终爱着你，全心全意。

后来，她还问起了叶正宸，问他有没有女朋友，我想了好久，说：没有。

妈妈似乎想问点什么，思来想去，还是没问。

手机响起短信提示音，我一看是叶正宸的电话号码，便以最快的速度点开。

屏幕上只有简短的几个字：“我在你家楼下。”

我连衣服都没来得及换，匆匆披上件外衣就往门外跑。

妈妈追出来，问我：“冰冰，你去哪？”

“医院有点事……你们睡吧，别等我了。”

一口气跑到楼下，我气喘吁吁地四处张望，只见不远处的树下停着一辆车，叶正宸半倚着车身站着，冲着我笑。

昏黄的路灯刚好照见他的脸，他的肤色被灯光映得有些暗沉。

走近些，我发现他瘦了，脸上的棱角更加分明。

“这几天很忙吗？你瘦了很多。”

他犹豫了一下，答：“还好吧。”

沿着落满叶子的小路，我们漫无目的地往前走，天很冷，我却很热。

“你怎么知道我在这儿？”

“我去过你的公寓。”有时，最平淡的对话听上去也那么深刻。

“这么晚了，找我有事吗？”

“想和你散散步……”

我低头，甜蜜已经掩饰不住，从嘴角漫开。

“想笑就笑吧，不用忍着，我知道你想我……”

我没否认，斜斜地白他一眼：“这么纯情，不是你平日的作风啊！”

“唉！没办法，力不从心。”

这话换了别人说没什么，出自某雄性激素分泌过盛的禽兽之口，我实在不敢苟同：“你也有力不从心的时候？”

“我似乎从你的语气里听出了失望。”叶正宸站定，垂首看着我，风吹乱了他唇边的坏笑，“我虽然现在有点力不从心，不过，你若是强烈要求，也不是……”

他倾身靠近我，我不经意推了一下他的胸口，很轻，很轻，他却深深地皱了皱眉，长出了一口气，转过身去继续向前走。

不知为什么，我总觉得他和平日不大一样：“你怎么了？”

“没什么。”他笑着回头，“今天真的有点累了，让你失望了。”

我悄悄牵住他的手。他的手腕上多了一块黑色的表，和三年前一样新。

他的手腕一用力，我一个踉跄跌进他的怀里，他的身上有一股极淡的药水味儿。

“丫头……”

昏暗的街灯下，我伸出手，触摸着他的脸。幸福从未离我这么近，触手可及。我踮起脚，迎上他柔软的唇。痴缠的吻，滚烫如熔岩，无休无止……

直到我们都要窒息，叶正宸才放开我，深深地吸气。

他今天看上去真的很累。以前，我即便被他弄得快要断气，也不见他疲惫，今天一个长吻竟然让他呼吸困难，额心沁出汗滴。

“你没事吧？是不是身体不舒服？”

“没事。我先走了，明天我再来找你。”

没等我说话，他已经上了车。车开远了，我才想起一件事：他今晚住在什么地方？

从那天后，叶正宸每天来接我下班，送我到家便离开。每次我问他去哪，他都神神秘秘地在我耳边说："机密。"

我也不好再问。

昨晚夜班，今天刚好休白班，他来接我的时候，我问他："今天有空吗？"

"什么事？"

"我今天休息，要不要去我家吃火锅？"

刚好是红灯，叶正宸停下车，又露出他独有的坏笑："只吃火锅？"

叶正宸的目光明亮得好像今晚不是涮羊肉，而是涮我。一想到自己主动引狼入室，今晚极有可能被人慢慢煮，慢慢吃，我就脊背冒汗。

都怪我昨晚值夜班时没抽空多睡一会儿，今天一看见他，大脑就短路了，冒出个请他去我家吃火锅的想法。

这分明就是把自己往人家嘴边送。

见我不说话，叶正宸又说："火锅吃多了容易上火。"

我看他还没吃，就已经"上火"了，还火烧火燎的。

我硬是对他挤出个笑脸："师兄，如果我没记错，你好像是个军人，你能不能保持一下军人庄严的形象？"

叶正宸满脸不以为然："我记得我三年前就告诉过你，军人没你想的那么好……脱了军装一样是个男人，一样有最基本的生理需求……"

这辆车里的空调不是一般热，我的血液都快被烘干了。

绿灯终于亮了，我急忙指指前面的街口："前面的街口往左转，那边有家超市。"

叶正宸一踩油门，开向我指的方向。

超市里，叶正宸推着购物车走在后面，我在前面一边走，一边往车里放东西，不时回头看他一眼，总能与他的目光撞上，火星四射。我忽然有种错觉，我们又回到了大阪的家乐福。

那时的我刚到日本不久，对什么都好奇，总拿着各种各样的商品问他是什么，他遇上不知道的就会耐心地看完说明书，然后翻译给我听。

有一次，我拿着一块现制的黄色奶油蛋糕问他："这是什么蛋糕？好漂亮。"

因为蛋糕的包装上面没有说明书，他特意去问了做蛋糕的人，还详细询问了做法和配料，回来后一字不落地向我复述了一遍。

他讲完了，我还死死地盯着他看。

"你看什么？"叶正宸摸摸自己的脸，以为脸上有什么脏东西。

我笑着摇头："师兄，我发现你认真的样子特别可爱。"

他也笑了，澄澈的笑容可爱得要命："丫头，我知道我可爱，你小心点，别爱上我。"

我冲他做了个鬼脸，抢过他手里的蛋糕放进购物车："少臭美了，我根本不喜欢你这种类型的男人，我只当你是我哥哥。"

叶正宸伸手揉乱我的头发："小丫头，从今往后，哥哥罩着你。"

记不得谁说过，"哥哥妹妹容易出事儿"，还真说对了，而且一出就是大事儿。

一包纸巾打断了我的回忆："丫头，你笑得流口水了。"

我打掉叶正宸的手，一低头，看见购物车里多了一块新鲜的鸡蛋布丁蛋糕，鲜艳的奶黄色刺痛了我的眼睛。

我也不管超市的客流量有多大，扑到他怀里。

叶正宸被我弄得一愣，小声在我耳边说："这里……有监控录像。"

"监控录像怎么了？谁规定超市里不许拥抱？"我说。

"我怕……下一个镜头，少儿不宜。"

这个男人！我被他气得笑了出来，从他怀里退出来："你能不能不要总惦记着少儿不宜那点事儿？"

叶正宸顺手搂住我的肩膀，叹道："我就没见过你这么容易感动的女人。一个布丁蛋糕而已，把你感动成这样，不知道的人还以为我送了你一枚五克拉的钻戒呢。”

所有的男人都知道女人喜欢五克拉的钻戒，唯独叶正宸知道，我最爱吃鸡蛋布丁蛋糕。不是布丁蛋糕有多好吃，而是我每次吃它，都会想起他给我讲配料和做法时的表情，越吃越开心。

没失去过，不懂其珍贵；没失而复得，不懂得伤痛。这一次，无论再发生什么事，我都不会放开他的手，绝对不会。

第二十五章

情缘续

年幼无知的时候我天天想知道真相，现在却不想了。看清过太多的真相后，宁愿被骗一辈子，也不想看丑陋的真相。

在超市逛了一圈，叶正宸买了好多东西，都是我们以前爱吃的。我说冰箱可能放不下，叶正宸就顺便给我买了台双开门的冰箱。我没敢说我的公寓没地方放，我怕他给我买座大房子。

从超市回来，他把车停在我的公寓门口，我刚要下车，意外地看见印钟添正在楼门口徘徊，似乎想上去，又犹豫不决。我看了一眼叶正宸，他紧锁着眉头，一言不发。

“你等我一下。”

叶正宸拉住我的手：“丫头……”

“你放心，我们不可能了，我只想跟他说几句话。”

他犹豫了一下，松了手：“我等你。”

印钟添看见我从车上下来，有些无措，想要离开。

我喊住他：“钟添，你是不是找我有事？”

他站住，看向叶正宸的车，隔着挡风玻璃与叶正宸对视了一阵，转身对我说：“小冰，我要走了，去另一座城市，临走前，我有几句话想和你说。”

“你说吧。”

他拿出一张银行卡给我：“这里面的钱是你的，还给你……谢谢你为我做了这么多。”

“我应该谢你的，明明是我对不起你，你还帮我瞒着我爸爸——”

我话没说完，印钟添突然抱住我：“对不起！小冰，是我对不起你！”

我不介意最后一次告别的拥抱，可是，叶正宸在看着，我不能。

我刚要推开他，就听见他哑声说：“叶正宸已经告诉我了，他说你是为了救我，才会被他……被他侮辱……他还说你为了我的前程，答应嫁给他。”

“什么？”我猛然推开印钟添。叶正宸为什么要这么说？他明知道这对印钟添将是多大的打击。

“小冰，你太傻了。”印钟添痛苦地摇摇头，“我根本没贪污一分钱，更没犯罪。我从一开始就非常配合专案组审查，把我所有掌握的情况都说了，证据也都交出来了，就算叶正宸不救我，我也不会坐牢……至于，有罪的消息，都是他有意放出来骗你的。”

我的脑子嗡的一声，瞬间觉得天旋地转。我回头去看叶正宸，他仍坐在车里，迎着阳光，我看不清他的表情。

“这一切都是他设计好的，包括这宗案子。”

“案子？”我拼命摇头，“不可能，绝对不可能。”

“你一定想不到，负责这宗案子的人叫郑伟琛，他是叶正宸最好的朋友。这宗案子从立案到现在，叶正宸对一切都了如指掌。”

太多超越我想象的真相扑面而来，我已经无法再去深思，只本能地问了一个问题：“你为什么要告诉我这些？”

“你有权知道真相。”

真相？年幼无知的时候我天天想知道真相。看清过太多不堪的真相后，宁愿被骗一辈子，也不想看丑陋的真相。我想要快乐，哪怕这份快乐是泡沫，我也不想有人戳破。

我面无表情地看着印钟添：“你和我分手，也是他逼你的吗？”

“小冰，我没的选择。我的父母年纪大了，我有必须承担的责任，我不能坐牢。”印钟添想了想，又说，“况且我知道你根本不爱我，你心里始终放不下的人，是他。”

我不住地点头。我明白，什么都明白。用一个根本不爱自己的女人去换另一种人生，是个正常男人都会如此选择。他要是宁可坐牢也要跟我在一起，肯定是精神有问题。

“我走了，你好好保重。”

“钟添……”我喊住正欲离开的印钟添，“那天，你跟我爸爸说的那些话，是叶正宸让你说的吗？”

印钟添迟疑了一下，点点头。

我现在彻底明白了，印钟添始终不是叶正宸，他编不出充满爱和善意的谎言，就如同他做不来充满爱和善意的欺骗。

叶正宸从车上走下来，站在我身后。

“你都知道了。”他用的是陈述语调。

“为什么一定要用这么卑鄙的手段？”

“因为我了解你，除非印钟添放弃你，不然你不会背弃他。”

“你想他抛弃我，方法有很多，为什么非要告诉他我为了救他跟你上床？我不是说了，我是自愿的。”

叶正宸沉声说：“他打了你，他伤害了你，我要让他自责、愧疚，我要让他记住，他对不起你！”

“你！”我简直没有语言能形容他了，我气得浑身发颤。

“丫头，”叶正宸抱住我，放软了语气，“这是最后一次，我保证以后再不会骗你。”

恨到了极致，爱也到了极致，我气得用力捶打他的胸口。

我知道我打得很重，每一拳挥在他身上必然会留下疼痛，但我不曾想过，他的胸口会渗出鲜血。

如果我知道……我一定不会推他。

如果我知道，我打他的结果是他咬牙俯下身，按着胸口艰难地喘息，我说什么都不会打他。

“师兄……”一刹那，我什么怨气都没了，战栗的手探向他的胸口，“你怎么了？你怎么了？！”

“没事。”他摇头，脸色白得吓人。

我小心翼翼地解开他的衣扣，拉开他的衣服。

他的胸口上有一条刚刚拆过线的伤疤，狰狞得像一条蜈蚣。

“你！”我早该发现他的反常，那天晚上我就发现了他的异样，但我以为他只是忙着什么辛苦的工作，怎么也没想到他会带着这么重的伤从医院里跑出来找我。

“别担心。”他艰难地对我扯出个笑容，“一点小伤，快好了。”

一点小伤?

他又骗了我。

他的伤疤明显没有完全愈合，泛着红肿，刚才我的用力一推，正好推在他的伤口上，血丝缓慢渗出，凝聚成点点惊人的鲜红。面对此情此景，什么气愤都烟消云散，我只想知道，他这伤口有多深、有多疼。

“你，怎么……弄的？”说话时，我牙齿都在打战。比他伤得严重，甚至鲜血淋漓的病人我都见过，可我从来没有颤抖过。

此刻，我真的在发抖，心抖得如正在飘下的干枯落叶。

叶正宸的回答避重就轻：“从你公寓离开的那天遇到点意外。”

“什么意外？”我追问。

叶正宸一言不发，拢了拢衬衫，系上扣子，很明显不想回答。

想起那天他在电话里飘忽的声音，我的胸口传来一阵阵撕裂般的巨痛。亏我还是个医生，竟然忘记了刚刚从麻药中清醒的人才会有那样虚弱的声音。

他搂着我，努力让自己笑得很轻松：“你不用担心，我没事了。不信，我一会儿让你见识见识。”

他总是这样，不分时间、不分场合地调笑。

我哪还有心情见识，直接拉着他的手往车上拖：“走，我送你去医院。”

“我还没吃火锅呢。”

一个留日的医学博士会不知道伤口完全愈合之前忌辛辣的食物，尤其是牛羊肉等腥膻的食物？

想起我刚刚说吃火锅，他连犹豫都没犹豫便答应了，我的五脏六腑比吃了一大锅麻辣火锅还要麻，还要辣。

有些人，再恨、再怨，还是让你爱着，因为他用真心爱着你。

眼泪又掉下来，一串一串的，我怎么抹都抹不完。

叶正宸一见我哭，有些慌了，凑过来用袖子帮我擦眼泪：“我就是怕你会哭，才不想告诉你。”

“走吧，我送你去医院。”我一边擦眼泪一边打开副驾驶的车门，让他坐进去，然后坐进驾驶座。

车子转出小区，叶正宸告诉我："去市二院。"

"你这段时间一直住在市二院？"

"嗯。"

什么都不用再问，我懂了，懂他为什么不来人民医院，为什么带着伤从医院跑出来和我散步。

他所做的一切都只是因为一个字，最简单、最平常的一个字。

"还生我的气吗？"叶正宸看着我。

"不气了。"

我不气他，我气我自己。

从我与他在总统套房第一次重逢，从我第一眼看见那张难以忘却的面容起，我已经开始动摇。

我以为自己拒绝得很坚定，他就会和三年前一样放弃，我却忘了叶正宸何许人也，他怎么会看不出我的犹疑、我的徘徊？他怎么会分不清女人在床上是被迫，还是心甘情愿？

我所有的矛盾挣扎、欲迎还拒，他全都清楚地看在眼里，却不戳穿，因为，他不想逼我，所以他选择逼自己，不择手段……

"你不怪我？"他莫名其妙地看着我，"为什么？"

我看着他，非常认真地道："是我的错。如果我第一天遇见你，就答应你的要求，回到你身边，你根本不需要搞出这么多事，钟添也不会弄成今天这样。"

叶正宸靠在椅背上，转过脸看向车窗外，我看不到他的表情，只看见他的手按着胸口。

前方的路再熟悉不过，我却有些辨不清方向，就像我明知道什么是对，什么是错，面对叶正宸，我却分不清是是非非，谁对谁错。

车一直向前开，沿着笔直的大路匀速行驶。

我很庆幸，这是唯一的一条路，不需要我再做任何选择。

到了南州市第二医院，叶正宸带着我去了他的病房。与其说是病房，不如说是医院中的豪华私人公寓，除了没有厨房，剩下的设施一应俱全，就连陪护床也是豪华的双人床。

年轻的小护士一见叶正宸回来，一路小跑追进病房："你总算回来了，林医生来看过你很多遍，想给你检查伤口。"

我扶着叶正宸在病床上坐下，催促她说："他的伤口出血了，你快去叫医生过来。"

"出血？我马上去叫林医生来。"小护士闻言，转身往外跑，刚出门口又拦住另一个小护士，"高干病房的病人伤口出血，我去叫医生，你赶快给他换衣服。"

话音刚落，那个小护士匆匆进来，快速从柜子里找出一套病人服。我在医院工作过这么久，还真没见过这么有效率、负责任的护士，看来我们医院真该向市二院好好学习学习。

我正感慨，小护士半跪在叶正宸的面前，轻轻伸手一颗颗解开他的纽扣，掀开沾了血的衣襟，慢慢帮他把衣服脱掉，动作谨慎又专业。护士给病人换衣服这种场面对我来说并不陌生，作为一个还算合格的医生，我以前对此确实没有任何不纯洁的想法，但是……

小护士微仰的下巴，水盈盈的大眼睛，还有轻柔的脱衣服的动作……我就不信某人没有一点不纯洁的想法。

看见小护士伸手去解叶正宸的腰带，我实在忍不了了，上前一步："我来换吧。"

我的语气非常强硬，小护士为难地看看我："他身上有伤。"

"我知道，我会小心的。"

小护士看我十分坚持，也不好说什么，把她的位置让给我。

我缓缓蹲在叶正宸面前，低头去解他的腰带，我的动作明显比小护士业余得多，扯了半天皮带也解不开。好容易解开皮带，我正要拉裤子的拉链，叶正宸凑到我的耳边小声说："薄医生，你平时都这么对待你的病人吗？"

我仰起脸，正看见某人唇边的一抹笑意。

“偶尔。”当我爸爸需要换衣服的时候。

叶正宸小声告诉我：“以后让护士做吧，你很是考验病人的忍耐力。”

我努力不把他的意思往其他地方想，权当他是嫌我动作太慢，于是我快速帮他换上裤子。小护士在一旁看得心惊胆战，一个劲儿地提醒我：“小心点，小心点。”

某人只聚精会神地看着我，唇边的笑意越来越浓。

刚换完衣服，一个三十多岁的男医生脚步匆匆地进了病房，白口罩遮住了他的脸，只露出一双狭长的桃花眼。

“林医生。”小护士恭敬地打招呼。

我才想起市二院的骨科有个非常有名的林医生，据说不仅手术水平一流，长相更是一流，而最一流的要数“人品”。

林医生走上前，缓缓拉开叶正宸的衣襟，一见那血肉模糊的伤口，眉头险些拧到一起。

他抬头看看我，又看看叶正宸：“我不是告诉你，适当运动可以，别太激烈，尤其某些特殊运动。”

他旁边的小护士低下头，口罩外面的皮肤透着粉红。我估计我的脸色也没比她好多少。

叶正宸轻咳一声：“我只是和我女朋友去散散步。”

“散步能把伤口撕成这样？”

“大概是走路走快了。”

某医生横了叶正宸一眼：“百米九秒七七的速度？”

叶正宸被顶得无言以对，索性诚恳地认错：“林医生，我下次调整好速度，一定不会这么激烈。”

“你还想有下次？从今天开始，你给我待在病房里好好休养，什么时候我允许你出院，你才可以离开，否则我让人把你锁在病房里。”

“适当的活动有益身体恢复。”

"你是医生还是我是医生？"

叶正宸思考了半天，讪笑着说："你是医生。"

听到这样的回答，林医生总算满意了，纯熟又细致地给叶正宸处理好伤口，又交代护士马上给叶正宸输液，给伤口消炎。

安排好一切，林医生又看了我一眼，目光非常有穿透力："你是他女朋友？"

按道理说，应该算是吧。我点点头："是的。"

"麻烦你跟我出来一下。"

"你想把我女朋友拐哪去？"叶正宸提出抗议，"我好不容易才拐到手的。"

某医生根本不理会他，径自出了门。

"我一会儿回来。"说完，我跟着他走出去。

带着我走进医生办公室，林医生关上门，摘下口罩。果然名不虚传，唇红齿白，温润如玉。

"薄医生请坐。"他客气地为我拉开椅子，十分绅士。

听他直呼我的姓，我微微一愣："你认识我？"

"见过几次，薄医生大概没留意我。"

南州市本就不大，我们两家医院之间总有交流，他认识我倒也不奇怪。

待我坐下，林医生问："薄医生很忙吗？"

听出他在委婉地询问我为什么这几天没出现，我解释说："我不忙。是我男朋友怕我担心，一直瞒着我，我今天才知道他受伤。"

"哦，这样啊。"林医生想了想，很无奈地叹了口气，"恕我直言，我做了这么久的医生，什么病人都见过，唯独没见过这么不着调的病人，第一天拆线，他晚上就跑了，弄得伤口差点感染。这几天，护士一眼没看住，他人就没了。"

我低头，什么话也说不出来。

林医生又说："我希望你好好劝劝他，不管有多少事儿急着办，好歹先把病治好。"

若是让他知道他所谓的这么不着调的病人和他是同行，不知他是什么表情。

"您放心，从今天开始，我二十四小时寸步不离地看着他，我保证他不会再乱跑。"

林医生长长地松了口气："那就好。"

"林医生，我能不能请问一下，我男朋友受了什么伤，怎么受伤的？"

他惊讶地看着我："你不知道吗？"

"他怕我担心，什么都不肯说。"

林医生忽然笑了，且笑了很久，似乎听到了一件很有意思的事儿："看不出来，他还挺痴情的。"

是啊，我以前也没看出来。

和林医生谈了一会儿，我才知道，十天前，叶正宸在地下停车场出了车祸，确切地说，是被人开车撞伤。车子将他撞出三米远，胸口撞在了另一辆车上，断了三根肋骨，其中一根断了的肋骨差点刺穿肝脏。

车祸发生的地点距离人民医院非常近，可他坚持让救护车送他来市二院。手术第二天，警察来找叶正宸问话，因为他的身份很特殊，又坚持不让警察介入，警察也就没有深入调查，直接销了案。按道理说，如果这只是一起单纯的交通意外，叶正宸不应该拒绝警察介入。如果这不是意外，难道是蓄意谋杀？

"那个肇事者出现过吗？"我问。

"来过一次。"

"他是什么人？"

林医生犹豫了一下，对我说："你还是去问他吧。"

我也明白，病人的私事医生不便多说，这是职业道德。

"我能看一下他的病历吗？"

“当然可以。”

林医生回身把病历拿出来给我，我仔细看了一遍，病历写得非常细致，包括每一次他出去，回来后的体温和伤口变化。

那一行行字迹像是对我的指责，叶正宸是如何待我的，而我又是如何对他的。

带着刀绞般的心疼，我回到叶正宸的病房。他正在输液，一见我进来，忙坐起来：“林医生跟你说什么了？”

我坐在叶正宸的病床边，看了一眼输液的药瓶，把输液的速度调慢：“他让我二十四小时看着你，别让你到处乱跑。”

“你二十四小时在我身边，我还到处乱跑什么？”

我想笑，更想哭。

我静静地看着他，看了很久，之后伸手揉揉他的头发：“师兄，一会儿我帮你洗头发吧。”

他捉住我的手，握在手心里，漆黑的眼瞳光彩夺目。时间仿佛与过去交会，我们又回到了三年前他受伤的日子——我最满足的一段日子。

我每天照顾他，帮他洗头，帮他擦背，陪他聊天，有时候还拌嘴……一切都是那么美好。我曾无数次悄悄祈祷，让那段日子重新过一次，让我有机会再靠近他一次。

现在，我后悔了，我宁愿不要那样的满足感，也不想他再次受伤。

我正深有感触，谁知某人偏偏死性不改。

“丫头，其实，我好久没洗澡了。”

这么多年，他一点都没变。

我深呼吸，再深呼吸：“好吧，晚上我帮你洗。”

“晚上？”某人似乎十分喜欢这个时间段，满意地颔首，“嗯，晚上好，长夜漫漫，可以——”

我不得不打断他的遐想：“林医生不让你做太激烈的运动。”

“睡觉算激烈运动吗？”

这个不太好说，严格上说“睡觉”有两层意思，而据我对叶正宸的了解，他越表现得正人君子，思想越龌龊。

于是我换了另一个话题：“林医生说，有人开车撞你。”

听到这个问题，叶正宸漠然地靠在床头，眼光移至对面的液晶电视上。

“师兄？”

他拿着遥控器猛按声音键，把声音调得震耳欲聋。我当然看出他不想再深谈这个话题，可他越是不愿意说，我越迷惑，越想知道是谁。

“为什么不想让我知道？”我提高声音，试探着问，“该不是被你始乱终弃的红颜知己吧？”

“我没有这么心狠手辣的红颜知己。”

我记得他有一个。

“是不是喻茵？”

盯着电视新闻的某人冷哼：“她才不会做这种蠢事。”

我忽然想到一件重要的事，往他身边蹭了蹭，附在他耳边压低声音问：“是不是日本人做的？”

叶正宸哑然失笑：“你放心，他们没这么业余。”

说得也是，若是真想置他于死地，不可能让他活到今天。

“你告诉我，到底是谁想害你？”

“你为什么非要知道？”

耳朵里都是电视的回声，我一时烦躁，抢过他手中的遥控器，关了电视：“有人开车想撞死你，你希望我不闻不问？”

正午的光特别强，隔着厚重的窗帘仍然明亮。叶正宸看着我，眼光格外清明。

“印钟添。”这三个字从他口中轻轻吐出，若不是他吐字清晰，我几乎以为自己听错了。

“不会的。”我并非不相信他说的话，而是这个事实太让我震撼，比印钟添刚才那番话更让我震惊。

因为叶正宸有多禽兽，我早已心知肚明，而在我二十几年的记忆中，印钟添永远沉稳内敛，永远温文尔雅。虽然，我知道这世上没有“永远”。

“不信算了，反正我说的话，你从来没信过。”

“我没说不信……我只是想不通，钟添不是个冲动的人，他怎么会做这么疯狂的事情？”

“我抢了他的未婚妻，他只撞断我三根肋骨，说到底，还是我赚了。”

他的话像一件钝器，狠狠砸在我的胸口，断了肋骨一样的刺痛不断地传来。鼻子酸痛，眼眶灼痛，我咬牙忍着疼痛，却再也压抑不住满心的愧疚和感动。

可能叶正宸的伤让我太心疼，也可能我对他心存太多愧疚，又或者我爱他爱到盲目，听到他说出这句话，我唯一的念头就是他为我做得太多，我不值得，而我竟然忘了，凡事有因必有果，印钟添不被他逼到绝境，怎么会开车撞他？

叶正宸看出我要哭，立刻换上轻松的微笑，以调节气氛：“有人说，上帝抽了男人的一根肋骨做成女人，我为你断了三根肋骨，你拿什么还我？”

我也怕自己会哭，硬挤出点僵硬的笑意：“你该不会想我还你三个女人吧？”

“这个提议不错，可惜部队对待生活问题非常严肃，不允许一夫多妻。”他故意遗憾地长叹口气，“我只能将就点，一个当三个用。”

“三个？”

三个……

“怎么，你不愿意？”

我摇头：“为了对得起你另外两根无辜的肋骨，我决定明天开始锻炼身体，一定把这项光荣而艰巨的使命承担起来。”

叶正宸忽然大笑，一边笑一边按着胸口。

我真想不通，为什么如此高尚的话，他能听出那么龌龊的含义？

“别笑了，当心扯到伤口。”我轻拍他的背，“渴不渴？要不要喝点水？”

“冰箱里有水果。”他指指里面一个隔间。

“你想吃什么？”

“苹果吧，要甜的。”

我走进隔间，打开墙角处的冰箱，里面果然堆满了水果。千挑万选，我挑出一个最红的苹果，削了皮，切成小块，用牙签叉了一小块送到他嘴边。

“甜不甜？”他问。

唉！这么久了，一点没变，还是这么难伺候。

我先尝了一块，清脆甘甜，味道不错。

“甜，很甜。”

“真的？我尝尝……”他坐直，身体慢慢靠近我。

我正要叉一块给他，柔软的唇覆了过来，舌尖舔过我的唇，带着微薄的暖意。

一刹那，我忘了呼吸，手一软，苹果从手中滑落。幸好叶正宸眼明手快帮我接住，随手放在一边。我还僵着，任由他的舌尖流连了一阵，灵巧地穿过我微启的齿间，在我的舌头上卷了一圈，然后抽离。

一个浅尝辄止的吻，短暂，却让人回味无限。

我晕晕乎乎，满脑子糨糊，某人却一副淡定自若的表情告诉我：“别误会，我只是尝尝苹果甜不甜……嗯，很甜。”

这么独特的品尝方法，不甜才怪呢。

“甜就多吃点。”我一块接一块把苹果送到他口中，想堵住那张让我讨厌的嘴，目光却不敢接触他的唇，怕又记起那柔软的触觉和微薄的暖意……

刚喂了几口苹果，叶正宸突然按住腰，一副相当痛苦的神情。

“怎么了？哪里不舒服？”

“腰……大概是坐得太久，腰有点疼。”

看到他痛苦的表情，我以为是神经性的剧痛，急忙放下苹果，绕到他的身后，手顺着衣服伸进去，摸索到他腰间的脊椎处。

“是这里吗？”

“不是，再往下……”

我坐在他的病床上，撩开他的后襟，手指往下探了探：“这里？”

“不是。”

半撩的衣襟下，是极富美感的线条。我的手僵硬了好久，又向下摸去。

滑腻的触感让我想起那个樱花盛放的季节，那时，我最喜欢看他的背，尤其凝着汗滴的时候，古铜色的背部曲线，那是男人独有的性感。

好多个清晨，我趴在他的背上，手指顺着他的脊柱摸下去，指尖划过他起伏的线条，那种滑腻的触感，总让我心驰神往。

当然，每次我都为自己的行为付出了惨痛的代价。

“薄医生，你还想往哪摸？”

突如其来的声音吓了我一跳，我才发现自己的手在不知不觉中已经触及脊柱的底端，确实不能再往下了。

叶正宸半转过脸，冲我笑笑：“薄医生，我这人自制力不大好，经不住你这么引诱。”

他薄唇边的坏笑，让我意识到自己又上当了。

“你又骗我？！”我气得在他腰上捏了一下。

“别——”叶正宸怕痒，此时胸口有伤，一只手又在输液，根本无力反抗，只能闷笑着求饶，“别闹了，我错了。”

难得他也会求饶，且轻咬着唇，下颌微微仰起，半敞的领口露出优美的颈项。

不知是不是平时被他欺负惯了，一见他如此“力不从心”，我突然萌生了报复的念头，想把他按在床上好好“折磨”一遍。

“别用这种眼光看我……”

我轻轻舔舔嘴唇，上面还残留着意犹未尽的濡湿。

某人见此情景，大叫："不要啊，人家身上还有伤！"

那惨烈的叫声，不知道的还以为我要强暴他。无论如何，我也是个医生，欺负病人实在有违我的职业操守。

我尽力压下罪恶的想法，温柔地摸摸某病人略显苍白的脸，安慰着："师兄，你想得太多了，我不会把你怎么样的。"

虽然他的表情真让人遐想，虽然他的脸摸着比看着还诱人……

谁知，门突然被小护士急急推开。时间仿佛停止了一般，我们三个人同时定格了。

某受伤的帅哥，上衣凌乱，一只手还不能动，而我跪坐在他的病床上，一只手僵在他的腰际，另一只手停在他的脸上。

这情景，再配上他几秒钟前的呼救，很难不让人联想到限制级别的镜头。

小护士艰难地咽咽口水，红着脸提醒我："病人伤得很重。"

我其实什么都没做，我是被陷害的，我发誓。

陷害我的罪魁祸首立刻开口替我解释："薄医生说要给我检查一下我的伤口。"

小护士怨责地瞥我一眼："他的伤在胸口。"

作为一个医生，一个非常有职业道德的医生，被一个小护士以为我乘人之危欺负一个病人，再没有什么时刻比此时更丢人了。

我灰溜溜地从床上爬下来，狠狠瞪了一眼强忍笑意的叶正宸："你好好休息吧，我先走了。"

叶正宸立刻笑不出来了："你去哪？你答应过林医生二十四小时照顾我的。"

林医生要是知道我是怎么照顾他的，估计连二十四分钟都不会让我照顾。

"我回家。"

我刚转身，叶正宸忽然拉住我的手腕，紧紧地握住，我的心也仿佛瞬间被他握住了，软得能挤出水来。

“你先休息一会儿，我回医院请几天假，再回家拿几件衣服，很快回来。”

他这才松开手，从桌上拿起车钥匙给我：“开我的车去吧。”

拿着钥匙走到门前，我特别留意了一下小护士的胸牌，是个特护，难怪这么尽职尽责。

第二十六章
恋曲终

生活中，没有两个人是注定在一起的，也没有两个人是注定要分开的，一生一世，就是不论发生什么，都要握紧彼此的手，一起面对。

我开车到了医院，本想先跟同科的大夫商量一下调班的事情，再去跟领导请假。我刚到医生办公室门口，就听见里面有人在八卦。

"怎么可能？印秘书就快和薄医生结婚了，你别乱说。"

闻言，我正要推门的手僵在了半空中。

又一道声音响起，声音我不太熟，应该不是我们科的："我没乱说，我的朋友在政府上班，印秘书确实有了新欢，是前任副市长的孙女儿。"

"攀上了高干就不要薄医生了，这不是陈世美吗？"

"薄医生一定不知道吧？我看她最近挺开心的。"说话的是我们科的护士。

另一个小护士抢着说："你们有没有留意到，薄医生的订婚戒指摘了。"

"是，是，我也看到了。我还以为她忘了戴……她可能知道了，这几天都在强颜欢笑？"

"肯定是。除了安抚要死的病人，你平时见薄医生笑过几次？这几天她见谁都笑，一定是故意笑给别人看的。"

"有道理，有道理。唉！印秘书怎么能这样？男人啊，都是寡情薄幸。"

"你懂什么，副市长倒台了，印秘书没了靠山，当然要想办法再攀一个。"

我推开门，吱呀的开门声惊动了里面的人，我站在门口微笑，办公室里出奇安静。

我们科的小护士求助性地扯扯李医生，因为他跟我的关系还算不错。

"薄医生，你今天不是休班吗？"李医生讪笑着问。

"我来请假，我有点私事，想休一周的假。"我没做无谓的解释，只微笑着坐到李医生旁边，"李医生，这几天忙吗？我想跟你串串班，我有点重要的事情。"

"不忙，你的班我替你就可以。"

"谢谢！那我去和主任请假了。"

我走出办公室，听见里面又开始窃窃私语，我不想再听，快步走向主任办公室。

请了假，安排好下周的班，我回家收拾东西。一进门，我先跟妈妈说："妈，我有个朋友病了，我去医院照顾他。"

妈妈一见我收拾平日的洗漱品和化妆品，猜出我要去陪护，不解地问："冰冰，谁病了？"

我犹豫了一下道："叶正宸。"

妈妈一听说他病了，立刻紧张地拉住我："他病了？什么病？"

"没什么大事，受了点外伤，休养一阵就好了。"

"你要去陪护？"

"嗯，他在南州没有亲戚朋友，没人照顾他，我想去陪他。"

"冰冰，"迟疑了一阵，她终于问了早就想问的问题，"你是不是还喜欢他？"

我点头："嗯。"

"他呢？他对你怎么样？"

"他对我很好。"我放下手里的东西，挽住妈妈的手，脸贴在她的肩膀上。不管妈妈有多瘦弱，她的肩膀总让我特别依恋，"妈，三年了，我始终忘不了他，我还想和他在一起。"

"妈知道。你经常在梦里喊'师兄'，一遍遍地喊。你和钟添订婚那天晚上，你喝了几杯葡萄酒，睡着之后一直哭，抓着我不停地问我……"妈妈哽咽了一下，才接着说下去，"他为什么不回来，是不是把你忘了？"

"妈……"

"唉！冰冰，妈以为……妈要知道他能回来，一定不会同意你和钟添的婚事。妈知道你委屈，都是为了你爸爸。"

压抑在心底的委屈全都爆发出来，我像个孩子一样，趴在妈妈的怀里放声大哭，哭到浑身发抖，哭到嗓子都哑了。

妈妈抱着我，一下下拍着我的背。爸爸听见了，坐在对面的沙发上，沉沉地叹气。哭得累了，妈妈给我盛了一大碗煲好的人参汤，浓香扑鼻。

我喝汤的时候，妈妈又将锅里的热汤盛进保温桶里，放在我手边，交代说："这份你带去医院，大补的，最适合补气养血。"

我笑着抹了两下脸上的泪痕，接过："妈，你真好。"

"快去吧，一会儿汤凉了。"

我提着行李袋回到病房时，眼睛还红着，叶正宸八成以为我要跟他私奔，紧张地下了床："怎么哭了？和家人吵架了？"

"没有，我觉得自己太幸福了。"我把保温桶递到他手里，"我妈妈煲的人参汤。"

叶正宸一听说是我妈妈煲的汤，一口气把汤喝了大半，恨不能把人参都嚼烂了吃下去。

"好喝吗？"

"嗯，难怪你厨艺那么好，原来深得我未来岳母的真传。"

"谁是你未来岳母？"没见过这么自来熟的人。

"你是我未婚妻，你妈妈当然是我未来岳母。"

"未婚妻？我什么时候答应嫁给你了？"

"有我在，你以为你还嫁得了别人？"

懒得跟他辩驳，我继续整理自己的东西。整理完时，天已经黑了，叶正宸也吃完了，咂咂嘴："丫头，我该洗澡了。"

这种事儿，他记得比谁都清楚。

"嗯，你想在哪洗？"想到他的伤口不能沾水，只能用毛巾擦，我问，"浴室，还是床上？"

某人一脸哀怨地提醒我："医生不让我做太激烈的运动。"

我就不该征求他的意见。

"走吧，我扶你去浴室。"我扶着他下床，路过门口时顺手锁了门，以免他尽职尽责的特护又把我们堵在浴室里，那我真是跳到黄河也洗不清了。

我扶着他进了洗漱室。空间虽狭小，不过在许多病人睡在走廊的市医院，这间能摆两张病床的洗漱室已经足够奢侈了。我本想给他脱衣服，目光一接触他的衣扣，脑子就有点晕：“脱衣服吧。”

“你不给我脱？”

“你自己不能脱？”

他的回答干脆利落：“不能。”

我泄气了，伸手慢慢解开他的衣扣。整个过程中，我都不敢去看他，无窗的浴室让人汗流浃背。

外面皎洁的月光照进来，照出一室圣洁的白。雪白的床单，雪白的被子，还有淡淡的药水味弥漫在鼻端。他的唇缓缓靠近，带着难耐的期待……

一场缠绵之后，我仿佛又被抽筋剔骨一次，躺在床上动不了。他躺在我身边，艰难地喘着气，汗滴顺着他的脸颊成串往下淌。

我猛然惊觉，爬到他身边，正欲掀开纱布看看，他阻止了我：“没事。”

“我看一眼。”

“别看了。”

“一眼。”

他抓着我的手，笑了笑，一黑一白两块手表相映成辉。

“乖，别折腾了，在我身边躺一会儿，我很累。”

他越这么说，我越感觉不对。不理会他的拒绝，我强硬地掀开纱布，只见白色的纱布已经被染红了。我顿觉心疼得像被撕裂，眼泪夺眶而出：“对不起！我不该勾引你。”

“是我引诱你的。”

“你等等，我去叫值班医生。”我一时慌乱，摸了衣服就往身上穿。

他拉住我的手：“你就这样去？”

我一看，满床的“罪证”，估计医生来了，非但不会给他包扎伤口，还会把我们送去派出所接受再教育。

“我去处置室弄点止血消炎的药，我给你处理。”说着，我穿上衣服，悄悄溜进附近的处置室。

护士刚巧在值班室休息，处置室没有人，我快速找了些药和纱布，顺便拿了体温计，溜回病房。

我白天看过叶正宸的病历，对他的情况大致知道一些：他的皮肤不易愈合，伤口反复发炎，所以我格外谨慎，处理伤口前给自己的手消毒了三次，生怕感染了他的伤口。

总算包扎完了，我坐直，捏捏僵硬的手指，松了口气。

叶正宸悄悄伸手抹抹我额头上的汗：“薄医生，有必要这么紧张吗？我看你抢救病人挺冷静的。”

“叶医生，如果我没记错的话，三年前我被你前妻撞伤住院，你连我的伤口都不敢看，还一个劲儿地追问医生会不会留疤痕。”

“谁说我不敢看？我是嫌难看……还有，喻茵不是我前妻。”

“你们没离婚吗？”

叶正宸无奈地叹气：“如此良辰美景，咱们能不能不提她？”

不提就不提吧，反正我也不想提。

“时间差不多了，我看看你的体温。”他把腋下的体温计递给我，我迎着灯光一看，三十八度，“你发热了，是不是伤口要发炎？”

“刚做完那么激烈的运动，能不热吗？”

“可是……”

“不信我测测你的，估计比我还热……”他抢过我手中的温度计，双手伸进我的衣服里，微凉的指尖滑过我柔软的胸口，流连一阵，弄得我体内也热流暗涌。

我捉住他讨厌的手，阻止他进一步的骚扰。

“叶医生，你都是这么给女病人测体温的？”

“我倒是想，可惜学了这么多年医，今天才等到机会。”

看着他脸上一成不变的坏笑，我忽然看不懂他了，我所认识的叶正宸到底是个什么样的男人，哪一个才是真正的他？

是开着跑车招摇过市的风流帅哥，是一身圣洁白大褂的医学院学生，还是穿着绿色军装、拒人于千里之外的参谋长，我开始有些分不清。

“怎么这么看我？”

“我发现我需要重新了解你。”

“你不是一直都很了解我？”

我有必要了解更多一点。我坐直，认真地问：“叶正宸是你的真名吗？”

“是，不过我大学毕业之前所有的档案上都不是这个名字。”

“你是二十九岁吗？”

“三十，我大学毕业后在指挥学院培训了一年多。”也就是说，年龄也是假的。

“爱好呢？应该不是飙车和泡妞吧？”

“治病救人算爱好吗？”

“那是理想！”

“哦！”他认真想了想：“射击。”

“你会射击？”我顿时眼前一亮，叶正宸拿着枪的样子一定特别酷。

“射击很简单，有空我教你。”

“好啊！”

“还有问题吗？”

我忍了忍，终于没忍住：“你的初恋，是什么样的女孩？”

“我有点困了。”他按住伤口躺回床上，闭上眼睛。

“你还没回答我……”

他转过身去，不说话，但他越回避，我越好奇。

“说来听听。我不会介意的，我只是想多了解你一点。”

他睁开眼，目光却没有焦距：“你信缘分吗？我信。有一个凌晨，我从研究室出来，看见她穿着白大褂，坐在显微镜前，咬着铅笔冥思苦想……我突然有种冲动，想过去问问她：你在想什么？为什么想嫁军人？为什么喜欢学医？为什么要来日本？为什么要进藤井研？为什么要住在我隔壁？是不是，一切都是注定的？”

我惊得半天才说出话：“我是你的初恋？师兄，我该不会是你的第一个女人吧？”

“我好像真的有点发热，你给我拿点消炎抗菌的药，在抽屉里。”

我赶紧去倒热水，从抽屉里找了药喂他吃。其实，我是不是他的第一个女人根本不重要，重要的是我也相信缘分，相信命运会为我们安排好一个人，那个人注定会遇到，会爱上，一生一世。

折腾了一晚上，不记得给他量了多少次体温，检查了多少遍伤口，确定没事，我才安心睡下。

刚睡着，急促的敲门声响起，我猛然从叶正宸怀里坐起来，跑去开门。外面站着满眼怨气的特护，还有被口罩遮住表情的林医生。

“他的情况怎么样？有没有什么异常？”林医生问。

“还好，昨晚有点发热，现在正常了。”

“发热？”林医生进了门，掀开纱布，一看上面的血，差点气得吐血，“怎么又出血了？”

“可能，我的皮肤不易愈合。”叶正宸大言不惭地回答。

林医生环视了病房一圈，目光最后落在床单的褶皱上，瞪了一眼满脸无辜的某色狼：“你到底还想不想出院了？”

“当然不想。你也知道，我休一次假多不容易。”

一见林医生怒不可遏，我决定先出去避避难：“我先去买早饭。”

“我不饿。”

“我有点饿了。”

我刚走到门口，就听见林医生说：“你要是再不安分，我立刻写份重伤报告，把你转到解放军总院。”

叶正宸一听，马上端正了态度：“你是了解我的，我一向很安分。”

门合上前，我听见林医生冷哼一声：“我太了解你了。”

他们的口吻，不太像医生和病人的对话。

我特意去南州最好的营养早餐店给叶正宸买早餐，排了半小时的队才买了两碗营养丰富的八宝粥和一些精致的面点。怕粥冷了，我把早餐抱在怀里，片刻不敢耽搁，赶回医院。

医院的电梯门口站着许多人，有病人，也有家属。人群中，有一位老人格外引人注目，他穿着最普通的湛蓝色夹克，两鬓全白，眉头的皱纹深如沟壑，少说也有五六十岁，但站得笔直，有种慑人的压迫感，让人不敢直视他的容貌。他的身边站着一个女人，看上去四十多岁，衣着简单得体，眉目如画，气质温婉，年轻时一定是个美女。

我不禁多看了女人几眼，依稀觉得在哪里见过，一时又想不起来。我正仔细回忆，电话铃声响了，我手忙脚乱地腾出一只手找电话。

手机刚一接通，里面的男人催命一样嚷着："你跑到哪去了？怎么还不回来？"

可能通话音量有点高，老人侧过脸，看了我一眼。

我忙掩住话筒，小声说："我去给你买南州最出名的八宝粥了，你不是一直很想尝尝吗？"

"姚记粥铺？"

"嗯。"

"那不是很远？我不想吃粥，你快点回来。"

"不远，我已经回来了……你不想吃粥，那你想吃什么？"

"这还用问？当然是你了。"

这个男人，我真想隔着电话掐死他，一时愤慨，我忘了压低声音："叶参谋，你是不是想去住解放军总院？"

"你舍得吗？"叶正宸大言不惭地问我。

"我巴不得林医生现在就把你送去。"

"我忽然很想吃粥，特别想吃。"

我掩口偷笑："对了，你和林医生是不是认识？"

"嗯，他是我大学同学。"

"大学同学？难怪他这么了解你。"

老人又看了我一眼，上上下下打量了我一番，眼神有种洞悉世事的锐利。

电梯到了，大家陆陆续续上了电梯，只剩下那对夫妇了。他们在静静地等着，好像在等我先上电梯，我反倒有些不好意思，轻轻鞠躬：“不好意思，我走楼梯。”

我转身往楼梯的方向走，继续讲电话：“他为什么来南州？”

“我哪知道，可能南州美女多吧。”

“不知道？”他会不知道？开玩笑！“你等着，你等我上了楼慢慢收拾你。”

“我已经断了三根肋骨，受不了严刑拷打了。”

“……”

唉！明知他在使苦肉计，我偏偏不争气地心疼。

收了线，我一路跑上楼梯，冲进他的病房。

“你再不从实招来，看我不把你剩下的肋骨……”

我后面的话噎住了。

因为病房里除了叶正宸，还有两个人，那个气度不凡的老人站在病床边，而温婉的女人正坐在病床边，手搭在叶正宸的肩上。

听见我说话，他们同时转身看着我。

电光石火的一瞬，我立即猜到了眼前的夫妇是谁，简直想用怀里的粥砸自己的头。

当然，砸之前我努力回忆了下我在电梯门口说了什么——似乎没什么特别不得体的话，除了“你等着，你等我上了楼慢慢收拾你。”

我平时很温柔的，我可以对天发誓！

此情此景，我认为最好的办法就是装作很惊讶地说：对不起！我走错房间了。然后，逃之夭夭。

我刚要开口，叶正宸清了清嗓子，介绍说：“爸、妈，她就是薄冰，我女朋友。”

他转而又向我介绍：“丫头，他们是我爸妈。”

“伯父、伯母，你们好。”想逃已经来不及了，我硬着头皮迎上去，鞠了个躬。

叶正宸的爸爸漠然地点头，冷硬的脸上没有任何情绪变化，但气势更加逼人。只轻轻看他一眼，我就已呼吸困难，哪还敢多说话。我小心地放下手中的早餐，倒了两杯温水端到他们旁边：“伯父、伯母，喝杯水吧。”

“谢谢！”叶正宸的妈妈对我礼貌地笑了笑，接过水，十分客气。

他的爸爸只低头看了我手中的一次性茶杯一眼，没有接。

叶正宸见他不接，撑着身体坐正，说：“爸，你一大早赶到南州，肯定累了，坐下喝杯茶，润润嗓子再跟我吵。”

他父亲的脸色顿时沉了，足见这父子俩吵架已是家常便饭。

他的妈妈扯扯他的袖子，示意他忍一忍：“正宸，你到底伤了哪里？怎么受伤的？”

“一点皮外伤。”叶正宸挽了挽袖子，露出手肘处那片擦伤的痕迹，“已经好得差不多了。”

他的父亲虽站得远，却微微探身看过去，一见那片暗红的血痂，顿时眉头深锁。

他的妈妈更是一脸心疼：“伤了这么一片，医生怎么不给你包扎起来？感染了怎么办？”

说着，她轻轻帮他把衣袖放下：“跟我们回北京吧，我们在总院安排好了，你去那里慢慢养伤。”

“不用麻烦了，我在这里挺好的。”

叶正宸的爸爸充耳不闻，对着门外说：“小陈，去找医生办理转院手续。”

门外传来一声恭谨的回答：“是。”

我这才留意到门外站了个年轻人，个子不高，看上去很精明，他虽答应了，却迟迟未离开。

“医生说我的伤不宜活动，不能转院。”叶正宸说。

他的爸爸扫了我一眼，似有所悟，冷冷地哼了一声："依我看，你是舍不得南州这个地方。"

"没错，我就是舍不得回去。"

"你！"叶正宸的父亲闻言有点压不住火气，"你别忘了你是个军人，不要一天到晚心里只想着女人。"

叶正宸毫不客气地顶回去："我从来没忘过，叶司令！"

叶司令火气更大："好，那就办理出院手续，给我回部队。"

"好，我出院。"叶正宸说完就要下床，却因为速度太快，脸色骤然变白。

"你怎么了？"我赶紧过去扶住他，"是不是伤口又出血了？"

"我没事……"他痛苦地按着胸口，声音发颤。

他的爸妈见此情景，均是一惊，尤其是他妈妈，急得眼圈泛红："你到底伤了哪里？你怎么总不说实话？"

我从未见过他这么痛苦，也有些慌了："你忍一忍，我马上去叫林医生过来。"

叶正宸一把拉住我："不用。"

"师兄，你跟伯父伯母回北京吧，他们说得没错，南州毕竟是个小地方，医疗条件有限，比不了北京。"

他看看我，忽然问："你能不能陪我一起回去？"

"我？"

叶正宸抓住我的手，一脸的恳切，和刚刚倔强的他简直判若两人："你不陪我，我就不回北京。"

他的要求，我实在不知道怎么回答。

我正左右为难，叶正宸的妈妈又说："薄小姐，如果方便的话，你也和我们一起回北京吧，刚好他的爷爷奶奶想见见你。"

我不确定地抬头，看向叶正宸的爸爸，他仍没有表情，只是转过脸看向外面的小陈。

"小陈，去办理转院手续。"

“是！”

我又转头看叶正宸，他对我眨眨眼，唇边露出一抹笑意。

军人办事总是特别有效率，不出半小时，小陈便拿着转院证明和厚厚一沓纸回来了。

叶正宸的爸爸伸手去接那沓纸，小陈有意无意将那沓纸换到另一只手上。

“主治医师不在，我找了院长，手续都办好了，随时可以出院。”

“这是什么？”某司令岂是好应付的。

“这是……复印的病历。”

一听是病历，叶正宸的爸爸手一摊，小陈不得不把病历双手送上来。

“订五张回北京的机票，和总院联系一下。”

“是！”领命之后，小陈抬头看向我，我会意，从钱包里拿出身份证。

他双手接过去，立刻出去订机票，叶正宸的父亲则坐在沙发上仔仔细细看病历。我不知道他是否能看懂，只觉他深灰色的眉毛险些拧到一起，还不时抬头看向我，像在琢磨什么……

病房里安静得能听见呼吸声，两道强势的目光像激光一样，几乎把我烤焦。

既然避无可避，我干脆鼓起勇气迎上去：“伯父、伯母，你们吃早饭了吗？这里有些早点，我刚买的。”

“我们在飞机上吃过了。”叶正宸的妈妈微微一笑，笑容多了些许亲切。

叶正宸拉拉我的手，小声说：“你不是饿了吗，吃点东西吧。”

我悄悄摇摇头。在这么强大的气场笼罩下，我连呼吸都困难，哪有胃口吃东西。

“我饿了，想吃点东西。”

“哦。”

我拿出买好的粥递给他，他却先舀了一勺粥伸到我面前。他的嘴角扬起来，噙着万般柔情。

如沐春风一般，我的心绪顿时安定了许多："我不想吃。"

"你帮我尝尝烫不烫。"

房间里的严父慈母闻言，同时抬头，用诧异的目光看着我们。

他们难以置信的神色足以证明：叶正宸这大少爷脾气与他们毫无关系，都是被我惯出来的。

见伸到我面前的手丝毫没有收回的意思，我只好张开口，吞下了勺子里的粥。

粥还温着，飘着暖暖的稻谷香。

"不烫了，刚刚好。"

他用沾了我口水的勺子又舀了一勺粥，吃得津津有味："味道不错。"

我又拿了一块点心递给他："这点心味道也不错，你尝尝。"

他接过去咬了一口，看着里面黑乎乎的枣泥馅问我："这是什么？"

"枣泥。"我看出他的表情有点不自然，忙问，"不好吃吗？"

他什么都没说，继续吃。

"正宸很挑食，不只不吃枣泥，"回答我的是他的妈妈，语气中并无责怪，"所有碾成泥的食物他都不吃。"

我怔了怔："豆沙呢？也不吃吗？"

"一口都不吃。"

我惊讶地看向叶正宸。我们刚交往那段时间，冯嫂教我炸天津的豆沙馅麻花，我一时兴起炸了好多，到处送都送不完，就逼着叶正宸帮我吃。他求我饶了他，我只当他开玩笑，揪着他的衣领胁迫他："你不吃，我就不让你睡我的床。"

某色狼双眼发光："吃了就能睡……现在？"

"……"

在我的威逼利诱之下，他就范了，当然也得到了应有的"补偿"。

见我满面愧色，叶正宸安慰地拍拍我："你做的豆沙馅麻花很好吃，你走之后，我经常求冯嫂做给我吃。"

很平淡的一句话，我不知道病房里的严父慈母怎么想，是否能体会到他三年从未淡去的牵念，可我能，很深。

"有机会我再做给你吃。"

"条件不变才行。"

我低头，幸好严父慈母听不明白。

后来有一天，我陪叶正宸的妈妈聊天，她告诉我，她一直不明白叶正宸为什么一定要和我在一起，为了我不止一次和他爸爸争执，甚至连家都不回，直到那天她看见叶正宸抓着我的手，恳求我，她忽然懂了，他对我动了真心。

我也幡然醒悟：那天他是故意的，故意要和他爸爸作对，故意要让他的父母知道，我是唯一能让他心甘情愿妥协的人。

小陈回来汇报，说机票订好了，下午四点，总院那边的入院手续也办好了，还安排了救护车去机场接机。

我想给叶正宸整理一下东西，却发现他的东西根本不需要整理——什么都没有！

我看看手表，已经十点多了，我小声对叶正宸说："师兄，我先回家一趟，和我爸妈说一声，顺便收拾些东西。"

"我和你一起去。"叶正宸说。

"啊？"我以为自己听错了。

"我应该和未来的岳父岳母交代一声，免得他们以为我拐你私奔了。"

一道冷冷的轻咳声响起，暗示他这话说得有待商榷。叶正宸根本充耳不闻，起身下床。

我忙拦住他："你有伤，医生不让你乱走。"

"他只说不让我做激烈运动……"

“激烈”两个字他故意咬得很重，眼神暧昧。若不是为了挽回我岌岌可危的淑女形象，我真想踹他一脚。

“要见，也等你伤好了再见。”明明是一句充满关爱的话，从他爸爸口中说出来，却生硬得像在发号施令，不留余地。

“我的伤没事，完全可以出院回部队。”

他的爸爸瞪了他一阵，却生生咽下了这口气：“先回北京把伤养好，等我有时间，再和你一起来南州，正式见见他们。”

“你不是很忙吗？这点小事就不劳烦叶司令了。”

一听这个称谓，他爸爸顿时火冒三丈，又不善表达，气得指着叶正宸大吼：“你在跟谁说话？叶司令是你该叫的吗？”

我真怀疑他们两个到底是不是父子，简直跟有深仇大恨似的。

“你说我该叫你什么？叫你爸？！”叶正宸也火了，“你当我是儿子吗？！我交朋友要经过你批准，我读什么大学要你批准，我做什么工作还要你批准，连我交女朋友也要你批准……我不是你的兵，我更不是我大哥！”

这是我第一次听到叶正宸提起他哥哥，而他爸妈的脸色全变了，那种彻骨的悲痛，让我隐隐感觉到一种死亡带来的凄冷。

叶正宸妈妈的眼睛红了，手不断地发颤。

他的爸爸背过身去，看向窗外，银丝在强光下根根分明。

晚秋的天空又高又远，不时有几片叶子被风卷起，漫无目的地旋转。

我悄悄挪到叶正宸身边，扯扯他的衣服，仰起头朝他皱皱眉，他扭过脸，不看我。

我无奈，伸手拿起自己的包，准备离开。刚要转身，叶正宸突然抓住我的手腕……

“对不起，爸。”他低声说。

叹了口气，他的爸爸也放软了语气：“好吧，既然我和你妈妈已经来了，那就见个面吧。薄小姐，中午约你父母出来吃顿便饭，聊聊吧。”

“哦，好。”我想了想，考虑到我爸爸的病情和某司令的脾气，我不得不先提醒他，“伯父，我爸爸身体很不好，不能受刺激。”

“嗯，我知道。”

“那我去订家饭店。”

“不用了，我会让小陈订的。”

“这是在南州，理应我们尽地主之谊。”

我订了南州最有特色的饭店，点了一桌比较有特色的小菜。

我不是请不起奢华的饭店，也不是点不起山珍海味，但我是一个普通人，过着最普通的生活，硬撑着面子挥霍，就为了指望别人看得起，何苦呢?

陌生的人因一种特殊的关系坐在一起，我第一次经历这种场面，不免有些尴尬，幸好有叶正宸不时调节一下气氛。

几杯酒喝下去，大家相互问一些问题：年龄，身体，住哪座城市，便有些熟悉了。之后就无可避免地问到一些敏感的问题，例如家庭。谈到彼此的工作，叶正宸的妈妈并没有刻意回避什么，用最平常的陈述语调回答：“老叶现在是第N军区的司令……我一直随军，年轻时做过几年护士，后来……专心在家照顾孩子了。”

一听到“司令”这个词，我爸妈都愣住了，惊喜之余难免有些忧虑。

这也难怪，我们南州虽小，却有不少领导家的孩子被惯坏了，骄纵跋扈，道德败坏，有的结了婚还在外面乱搞，弄得满城风雨。

出于担心，我妈妈试探着问：“你们家只有一个孩子吗?”

这个问题一问出来，我只觉背上汗都出来了，急忙扯了她一下。

“是。”叶正宸忙转移话题，“伯父、伯母什么时候有空，去北京转转吧。”

没等我妈妈搭话，他的爸爸却突然开口：“正宸原本有个哥哥，小时候偷偷去部队找我，发生了……意外。所以我对正宸一向要求严格，他也很上进……”

叶正宸的目光倏然一沉，失神良久。

“对不起，对不起！”妈妈赶紧道歉。

“没关系，都是过去的事了。”他的妈妈连忙说，“吃饭吧，菜都凉了。”

我悄悄看了叶正宸一眼，他对我笑笑，用口型对我说：“别担心，有我在。”

是啊，有他在，我还担心什么，这个世界上就没有他解决不了的问题。

去北京的飞机上，我小声对叶正宸说：“你以后能不能别总跟你爸爸吵架？”

“这不叫吵架，这叫抗争。”他告诉我，“从小到大，我一直和叶司令的专制进行抗争，屡战屡败，这一次，是我第一次胜利。”

“叶参谋长，他专制成这样你还敢反抗，他要是民主点，你不是要造反了？”

他不服气：“哪里有压迫，哪里就有反抗。”

“压迫？你天天开着名车，戴着名表……我怎么一点看不出你被压迫？”

“我没自由。自由你懂吗？”

和军人讨论政权与民主的问题太不明智了，我决定和他讨论感情：“你爸爸对你很在意，可能爱之深，才责之切吧。”

他轻轻嗯了一声：“我今天才明白。他以前很疼我哥哥，近乎溺爱，自从我哥哥发生意外，他像变了个人，对我事事苛责，我以为他嫌我不如我哥哥……”

“他是怕再失去你。”

“是啊！”

飞机在天空中平稳地飞行，我缩在宽大的真皮座椅里，周围的空气里染着他的味道，我闭上眼睛。

“丫头，你困了？”

"你说呢？"我眼睛都没睁。昨晚折腾到那么晚，我能不困吗？

叶正宸站起来，我急忙坐直："你需要什么？我帮你。"

"我去洗手间，你非要帮忙我也不介意。"

"……"

他总是能让我无言以对。

等他的时候，我感觉有些乏了，闭上眼睛，没多久就睡着了。蒙胧中，我感觉有条毯子盖在我身上，掖得严严实实，有人还给我垫了个带着温度的枕头。

我睡得很香，我梦到我和叶正宸结婚了，好多人来参加我的婚礼，冯哥笑呵呵地坐在媒人席上，冯嫂和凌凌也来了……

我还看见了印钟添，站得远远的，留给我一道背影，穿着少年时的白衬衫。

我喊他，喊了很多声，他才回过头。我说："以后不管有什么需要我帮忙的，都可以来找我。"

他回身，离开，还是不能原谅我。

"丫头……"

我听见叶正宸在喊我，立刻拖着婚纱跑回到礼堂，在悠扬的《婚礼进行曲》中，我挽住叶正宸的手臂，走上红地毯。

交换戒指前，主持人指着叶正宸问我：你爱他吗？

我毫不犹豫地回答：爱。

主持人又问叶正宸：你爱她吗？

我期待着……

"醒醒。"叶正宸不耐烦的声音唤醒了我，我睁开眼，才发现自己正枕在某人的肩膀上。

叶正宸指指自己的肩："做什么美梦呢？口水流了我一身。"

我不理他，闭上眼睛继续睡："再睡一分钟。"

他马上就要说：我爱你。

"别睡了，空姐在对我笑呢。"

我顿时睡意全无，坐起来，掐他：“你没看人家，怎么知道人家对你笑？”

他抓住我的手：“飞机快到了，别睡了，一会儿下飞机会着凉的。”

飞机开始降落，穿过层层叠叠的云，出现了轻微的颠簸。

他紧紧扣住我的手……

两块手表的指针在以相同的节奏跳动，一如我们心跳的节奏。

此时此刻，我发现我期待已久的“我爱你”已不再重要，重要的是我们握着彼此的手。

经历过这么多次分分合合，我终于明白了什么是“一生一世”。

生活中，没有两个人是注定在一起的，也没有两个人是注定要分开的，一生一世，就是不论发生什么，都要握紧彼此的手，一起面对。

尾声

叶正宸住进解放军总院，我才深刻了解了叶正宸死活不肯转院的原因，难怪林医生用这个来威胁他。

自从他住进来，来探望的人应接不暇，他的妈妈一天到晚陪着他，饮食起居照顾得无微不至，即便夜深人静，医生也要来查几次房，睡都睡不安稳。

更郁闷的是他还有两个警卫员，二十四小时轮流监护他——你用或者不用，他俩就在那里，不来不去。

相比之下，我最多余，除了坐在沙发上记住一张张陌生的面孔，听着他们千篇一律的寒暄，什么都不用做。

偏偏叶正宸也是个军人，还是个特别合格的军人，自从住进军区医院，立马收敛起他所有的劣习，一天到晚正襟危坐，俨然一个只可远观不可亵玩的高级军官。

我发现，他有个优点，那就是装什么像什么。

他装模作样的日子过得有些无聊，我盼来盼去，终于有一天，盼来了一个让我不无聊的男人。

那日，叶正宸的妈妈有事没来，我正和他聊天，叶正宸看向门口，忽然露出惊喜的神色："航，你怎么来了？"

"昨天有个项目验收，我听军区的人说你住院了……"

声音很好听，我顺着声音看过去，一个优雅的男人缓步而入，手中提着两盒海参、两盒鲍鱼。

帅哥我见得多了，却没见过这么优雅的，而且完全不像某人是装出来的。

奇怪的是，这个男人让我有种似曾相识的亲切感。按道理说，我要是认识过这种极品男人，不该忘记的。

"怎么受伤的？"男人问。

"一点小意外，不严重。"叶正宸含糊带过，"验收的结果怎么样？没问题吧？"

"已经通过了。"

谈话间，男人深深地看了我一眼，短短几秒，不显唐突，也不显冷漠。

"她就是薄冰。"叶正宸介绍得非常简单。

"哦？"男人从容伸手，微笑着说，"常听凌凌提起你，她总说你很可爱。"

凌凌？我想起来了，我在网上看过一张照片，就是凌凌和这个男人。

"丫头，"叶正宸对我说，"他是白凌凌的老公，杨岚航。"

"我好久没见凌凌了，她好吗？"我问。

提起凌凌，杨岚航的眼神温柔似水："很好，只是最近有点忙。"

"忙什么？是不是博士要毕业了？"

"快了。"

我还想和凌凌的极品老公多聊几句，某人却不给我机会，非让我去给他们沏壶茶，还指名要茉莉的。

我跑去买了茶，沏好回来，两个人已经聊了很久。

"哦，对了，"叶正宸忽然想到什么，"你对导弹的弹头材料懂不懂？”

“弹头？”杨岚航略一思索，“是不是对耐高温性能和硬度要求很高？”

“没错。我们有一个项目，3606厂在做，可是测试的结果不理想，弹头的穿透力不达标。你有办法解决吗？”

“应该可以，不过我需要看看项目书。你负责这个项目？”

“不是，我们最近有一次军事演习，急着试试这批新型导弹，我们师长天天催我想办法解决。”

“哦，什么时候用？”

“下个月末。”

“我最近比较忙，过几天要去美国参加个会议。”杨岚航迟疑了一下，“这样吧，我和周校长商量一下，看能不能派个人过来帮你们解决。”

“好，那谢了。”

“我去打个电话。”

杨岚航出去打电话，我情不自禁地看着他的背影感慨：“我们学校咋没有这么极品的男老师呢？”

“别看了，人家已经有老婆了。”浓浓的酸味连消毒水都掩盖不掉。

“我一向对有妇之夫不感兴趣，你应该知道。”

“所以我才好心提醒你，免得你泥足深陷。”

“噢？三年前怎么不见你这么好心？”

某人瞪我一眼，一副“我不跟你一般见识”的表情。

我还想继续跟他讲道理，杨岚航回来了，说帮他安排好了，还给了叶正宸一个电话号码，告诉他需要的时候打个电话就可以。

后来我发现，他的朋友都是极品。

下午，又来了一个帅哥，比叶正宸多了几分不羁。他还没进门，叶正宸伸手摸了一个刚洗的苹果砸出去：“你还知道来啊？”

帅哥身手敏捷地接住，咬了一口："哥前几天出差了，一听说你被老爷子押解回京，立马回来看你受什么酷刑没。"

帅哥看看我，露出和叶正宸特别相似的坏笑："看来你的日子过得也不惨呀，还有红颜知己为伴呢。"

"怎么不惨，简直比坐牢还惨。"叶正宸朝着门口的警卫员仰仰下颌，压低声音说，"你快点给我想想办法，我想出院。"

"我也无能为力。你家老爷子上上下下都交代好了，除非你的伤完全复原，否则你离不开这里半步。"

叶正宸泄了气，躺回床上。

帅哥也不理他，走到我身边："嘿，自我介绍一下，我叫郑伟琛。"

听到这三个字，我想起印钟添和我的最后一次谈话，他说叶正宸有个朋友叫郑伟琛，负责他的案子。

我还没想好该说什么，叶正宸就拉了我一下："离他远点，他这人什么都有，除了人品。"

我还是第一次听见有人这么夸自己朋友的。

郑伟琛笑着拍拍我的肩膀，对我说："别信他，他这人什么都有，除了良心。"

我肯定，他们绝对是朋友，还是最好的朋友。

郑伟琛在医院里坐到黄昏，闲扯了整整三个小时。临走时，郑伟琛瞄了瞄一边的补品，"看你这精神状态，根本用不着补，我拿几样回去孝敬孝敬我家老头子。"

"你看好了什么，随便拿。"

郑伟琛提着一大堆东西走到门口，往警卫员面前一递："我有点事要办，你跟我去一趟？"

警卫员犹豫地看向叶正宸。

"快去快回。"叶正宸用命令的语气说。

"是！"

警卫员敬了个军礼，提着东西离开。

郑伟琛笑着对叶正宸摆摆手："不用谢！"

"等我出院请你喝酒。"

郑伟琛回身锁上门。

"他什么意思？"我有些不解地看向叶正宸，发现他已动作敏捷地下了病床，准备换衣服。

"丫头，我们出去约会吧！"

"啊？"

"别愣着了，快点走，再不走就来不及了。"

怎么会有这么不靠谱的病人？我真怀疑他有没有拿到医学博士的学位。

半个月后，叶正宸出院那天，我们走出医院大门，正准备坐上等候已久的车，一辆黑色的奥迪在我们面前急刹车，留下一道长长的刹车痕迹。车很新，排气量的标记却被弄掉了——这就是所谓的低调？

车窗摇下来，露出郑伟琛棱角分明的侧面："上车吧。"

叶正宸帮我拉开车的后门，等我上车后，他又转到副驾驶的位置，坐进来："去哪玩？"

"我刚联系了小伍他们，他们想去秦皇岛，听说那儿有家相当不错的会所。"

"秦皇岛？这么远？"叶正宸笑着看向他，"想换换口味？"

"远点好，想怎么玩怎么玩，不用担心被人认出来。"

"嗯。"某前途光明的参谋长陷入深思，"要不咱们去海南吧？"

"下次。"

四个小时后，我们到了秦皇岛港口。我摇下车窗，潮湿的海风拂过，带来丝丝凉意。叶正宸回头看看我身上单薄的衣服，又看看不远处的一条商业街，指着一家商场对郑伟琛说："在那家店门口停一下，我去买件衣服。"

郑伟琛二话不说把车开到商场前的停车场：“你们上去吧，我在车里等。”

叶正宸搂着我的肩走进商场。商场不太大，放眼望去全是闪耀的白炽灯，晃得人睁不开眼睛。售货员也格外热情，我们刚到二楼的女装区，立刻迎上来一群服务员：“先生，是不是想给女朋友买衣服？”

“您喜欢什么款式的？”

“看看这边吧，都是刚上市的新款。”

早听说旅游城市的服务好，我没想到这么好。

叶正宸玩味地看看我，扬起嘴角，我隐隐感到一阵寒意。

“性感的。”

服务员闻言不遗余力地找来各种各样袒胸露背的衣服，叶正宸从里面挑了一条红色的短裙：“试试这件。”

我穿着衣服出来时，旁边刚好有个男人经过，紧盯着我的胸口，看得我浑身不适。叶正宸一句话都没说，塞给我一条黑色的中长裙，把我推进试衣间。

这条裙子更夸张，完全贴合着身体，还露了大半个背，一看就不是单纯的女孩子穿的。我穿着衣服出来，见叶正宸双眼放光，我小声问：“要不要再配一件外衣，或者搭一条丝巾？”

他上上下下审视我一番，摇头，又递给我一件。连续试了六件之后，我擦擦额头的汗，一出试衣间的门就坚定地说：“就这件吧。”

虽然我身上的衣服短得风一过就有可能走光，可我实在没有耐性再试了。谁知叶正宸更坚决地摇头，指了指镜子旁边模特穿的一套端庄的藕荷色套裙：“这套吧。”

“呃？”

“你确定？”我指着衣服问。这套衣服从上到下、从里到外我都看不出性感来。

叶正宸为了证明他有多确定，拿出银行卡交给售货员：“这件和那件风衣我要了，找一套给她穿。”

售货员正一脸失望，叶正宸指了指她手中抱着的准备给我试的衣服：“这些，还有前面试的几件，都包起来。”

“好的。”原本一脸失望的售货员们顿时笑容满面，动作纯熟地摘价签，去结账。叶正宸走向处于茫然状态的我，手伸到我的腰间搂住，唇凑到我的耳边，轻声说：“晚上回家后，穿给我一个人看。”

这个男人……色就罢了，还小心眼。

买完了衣服、鞋子，我们又去了男装区给叶正宸买了一件黑色的外衣才出了商场。本以为郑伟琛会等得着急了，没想到郑伟琛正在和一个清纯的美女聊天，聊得别提多开心。一见我们出来，他还挺失望：“这么快？！”

“要不我们再进去逛逛？”叶正宸问。

“算了。”郑伟琛看看表，“小伍他们已经到了，在会所等我们呢。”

他打开车门准备上车，美女满眼留恋地望着他的背影，欲言又止。

叶正宸走过去，微微倾身，用最绅士的礼节礼貌地询问：“我们几个朋友晚上聚会，有兴趣一起参加吗？”

美女稍微犹豫了一下：“方便吗？”

“当然。”

她看看我，以为我跟她志同道合，便做了决定：“好吧。”

美女就这么被拐上了车，经过简单的攀谈，我得知美女叫小雨，是个正在读书的大学生，本来和朋友约好了来逛街，朋友临时有事没来，她稀里糊涂和郑伟琛聊上了……

我看小雨不像个随便的女人，再从后视镜里欣赏了一下正在开车的某帅哥，我估计这个男人泡女人的手段，比叶正宸有过之而无不及。

后来，我向叶正宸求证，他告诉我：“我跟伟哥绝对不是一个数量级的，他泡电影明星的时候，我还坐家里看青春偶像剧呢。”

我惊得目瞪口呆。之后，叶正宸给我讲述了一段郑伟琛和女明星的爱情故事，美好却悲伤。我特意去搜索了一下那个叫简苿的女星，发现她竟然与小雨长得七分神似，我才明白叶正宸那天为什么要约小雨和我们同行。

那晚，郑伟琛开车转来转去，十几分钟后停在一家会所门口。单看门面，没什么特别，但从小雨惊讶兼期待的表情来看，这家会所在秦皇岛很出名。

车刚停稳，年轻的男迎宾过来开车门，见到是陌生的面孔，立刻问是否找人。

“伍先生请我们来的。”

迎宾马上换上另一副面孔：“里面请。”

一走进会所，迎面一阵香风——醉人的女人香。

迎宾一路引领我们进入电梯，上到顶楼。电梯门一开，光线骤然一暗。原来顶楼是一间大厅，舞台上正有几个金发美女在跳热舞，台下是一个大舞池，舞池四周摆着圆桌，圆桌周围是几张单人或双人沙发。

此时正是中午，人并不多，只寥寥几桌有人，都在专注地看着表演。我们一进去，其中一桌有人站起来。桌边一共坐了八个人，四男四女，都是叶正宸的朋友。

打过招呼，叶正宸拉着我在一张双人沙发上坐下，看着舞台，笑问：“怎么？资本主义的糖衣炮弹又卷土重来了？”

有个圆脸的男人不屑地哼了一声：“你这种在新宿歌舞伎町如履平地的男人，甭在那装正经。”

“可不，自己享受够了，也不说带个回来，太不够意思了。”

郑伟琛笑道：“你们以为他不想？海关不准。”

“还是伟哥了解我。”叶正宸靠在沙发椅背上，语气十分无奈，“海关如果允许，我真想带一个营回来……”

大家正说笑着，一个娇小秀美的女孩上了台，深深地鞠了一躬，用日语跟大家问好，然后用日语说：“今天来了一位特殊的客人，有人让我送

他一首歌——《さよならは言わないで》（《不要说再见》）。”

所有的灯都灭了，一片漆黑，缠绵的日文歌响起，我闭上眼睛，又想起机场的那一幕，我对他说的最后一句话正是“さよならは（再见）”。

那时，我若知道他所有的难言之隐，做他的情人也认了，可他什么都不说。

“师兄，假如我给你三分钟，你会说什么？会告诉我真相吗？”

他紧紧地拥住我。

“我一直很感谢你，没给我那三分钟。”

“我却非常后悔……”

大家在会所吃过午饭，又去泡了一会儿温泉，不知不觉已是华灯初上，我们又回到顶楼的歌舞厅，看表演，喝酒。客人渐渐多了起来，不少美女在舞池中随着音乐舞动妖娆的身姿。

叶正宸有些醉了，眼神越来越迷离，手开始不安分地在我腿上游移。其实他的酒量很好，假如不是替我喝了很多酒，他不会醉。

我也喝了一杯红酒，头昏昏沉沉，感觉自己摇摇欲坠，于是我悄悄起身。

“你去哪？”他一把捉住我的手，问我。

我拨开他的手：“洗手间。”

在洗手间洗了个脸出来，我看到大厅的一角有个幽静的阳台，被垂着的帘幕隔开。我踱步到阳台上，双手搭在阳台的围栏上，望向远方。不远处是海港，我能看见航灯在闪动，很美。

“是不是很无聊？”一个声音在我背后响起，我回头，郑伟琛站在我身后，拿着一杯冰矿泉水的手伸向我。

“谢谢！”我接过，“不无聊。我只是有点热，出来吹吹风。”

郑伟琛转身靠在围栏上，侧脸望着我：“我一直很想和你聊聊天，今天能赏个脸吗？”

“我也早想和你聊天，一直没找到机会。”

“噢？”

我说：“我听人说，印钟添的案子是你负责的。”

“嗯。”郑伟琛无所谓地笑了笑，“是我抓他的。”

“你为什么要抓他？他犯罪了吗？”

我不知道自己为什么要这么问，好像我心里总有一种期望，期望印钟添说的不是真的，期望我认识的叶正宸始终是那个穿着圣洁的白大褂，连小白鼠都无限怜惜的叶正宸。

郑伟琛用很官方的语气回答我：“我们只是找他协助调查。他非常配合我们的调查工作，向我们提供了很多有力的证据。”

“可我当时打听到的消息不是这样的，我听说他承认了所有的罪，会被判处死刑。”

“若是连你都能打听到内部消息，我们还怎么查案？”

我无言以对，索性不跟他兜圈子，直截了当地问：“这个消息是叶正宸让你放出来的吗？”

郑伟琛被我问得一愣：“他是这么跟你说的？”

我摇头：“不是。”

默然相对了一阵，郑伟琛不禁叹了口气：“看来，你根本不了解他的为人。”

“不是他让你做的？”

“不是。”

“真的不是他？”因为期待，我抓着围栏的手收紧，再收紧。

“这件事与他无关，一切都是我的安排，国际饭店总统套房的房卡也是我让人给你的。”

“你？”

“他回国参加完授勋仪式，第一件事就是去南州看你，却看见你正在试婚纱……你知道他是什么反应吗？”

我的眼前晃过婚纱店门外挺拔的背影，落寞又孤傲，还有那辆绝尘而去的军车。

那时的他，是怎样的心情？

郑伟琛说："我只是想帮他，帮他创造个机会，让你们坐下来好好谈谈，让他把想说的话都说清楚，不过……我不知道你用了什么方法，一向理性的他，被你弄得晕头转向。"郑伟琛半垂下脸，隐晦地笑了笑，"强烈期盼你再求他一次。"

海上的航灯变得悠远、模糊。我努力回忆当日的情景，叶正宸好像想和我说什么，我不肯听。后来，他和我谈条件，我就把衣服脱了。难道我误会他了？

我仰头，喝了一大口冰水。仔细回想一下，他好像确实没说要我，是我太急切了。

我抬头看着郑伟琛，漫天星光落在他的眼底，他的眼眸像夜空一样深邃。我忽然觉得我应该感谢他，恰恰是那一次的失足，让我和叶正宸看清了彼此的渴望，让我们都无法回避一个不争的事实——我们依然相爱。

否则，我们可能会遗憾一生。

我心中一动，蓦然想到一个更重要的问题："郑伟琛，南州市这宗案子，为什么是你负责？这仅仅是个巧合吗？"

郑伟琛淡淡地笑了笑，没有直接回答我，而是说："我和他从小一起长大，不论我需要他做什么，他从不会说'不'字，我对他也一样。"

我点点头，又重重地点了点头，我已经有了想要的答案。

"你能给我讲点他的事吗？我想多了解他一些。"我说。

郑伟琛看向大厅，大家在轮流敬叶正宸酒，大有不灌醉他誓不罢休的架势，叶正宸喝得兴起，来者不拒。

"我们住在一座大院里，从小玩到大……他的家教非常严格，叶伯父管他像管自己的兵一样，非骂即罚。叶伯父不准他和大院外的孩子玩，怕他跟人学坏，不准他抽烟喝酒赌钱，还不准他交女朋友，怕他玩物丧志，误入歧途。偏偏他个性倔强，根本不知道'服从'两个字怎么写……可想而知，他的童年过得有多凄凉。"

我认真地听着，想象着。

“叶伯父让他报考军校，他偏要考医学院。为了抗议叶伯父的专制，他在夜店整整泡了两个月，天天醉生梦死……叶伯父要跟他断绝关系，他反而笑着说：‘好啊，反正这年头医生不可怜，可怜的是那些无儿无女的孤寡老人。’差点把叶伯父气死。最后叶伯父妥协了，准许他报医科大学。”

我苦笑：“他要是活在抗战年代，绝对是个宁死不屈的革命党。”

“是啊，要不怎么派他去日本。”郑伟琛嘲弄地笑笑，又说，“他这个人，特别有原则，不能说的，死也不说。我跟他关系这么好，去日本的事，他对我只字不提，要不是我看到他钱夹里那张偷拍你的照片，真想不到他去了日本。”

“我的照片？”

“在京都岚山的渡月桥上照的。我去日本考察过一次，对渡月桥印象深刻。那天一看见你的照片，就什么都猜到了。”

我越听越糊涂：“究竟怎么回事，你能跟我说清楚点吗？”

里面是灯红酒绿的世界，外面是深蓝色的天空，我倚着阳台的围栏，听郑伟琛给我讲叶正宸的事，包括他刚回国时告诉大家他有女朋友，包括他和喻茵结婚之后在酒吧里宿醉不醒，也包括我回国那天，郑伟琛接到的电话。

知道了叶正宸未曾说出口的秘密，才真正了解了我深爱的男人。

叶正宸，这个第一天见面便让我扣上花花公子帽子的男人，原来背负着这么多不能说的痛苦。

我望着天空，星光在我眼前一片混沌。

郑伟琛问我：“他一向是个理智且自制的男人，你到底用了什么方法，让他把什么理智、自制全抛到九霄云外？”

我苦笑着摇头。或许是孽缘吧，我们就是彼此命中注定的那个劫数。

夜深了，节目一个比一个精彩。

又一个火爆的节目演完了，演艺大厅里的七彩灯光全部熄灭，音乐声骤然消失，世界一片宁谧。我以为节目已经结束了，却见帘幕散下，月光从玻璃搭建的拱形屋顶倾泄而下，薄薄的白光罩着整间演艺大厅，如梦似幻。

我隐约看见舞台上站着一个女人。一束光打在舞台上，我才看清舞台上有一位棕色长发的西方美女，站在银白色的钢管前，身上只穿了一条鲜红色的薄纱长裙，雪白的肌肤清晰可见。

看出精彩表演要开始了，我立刻把目光锁定在叶正宸身上，想知道他这位所谓的军人能不能抵挡住美色的侵蚀。让我倍感意外的是，叶正宸并没有看表演，而是看看身边的位置，又看看郑伟琛空着的椅子，目光在整间大厅中游移，好像在寻找什么。

找了一阵，他拿出手机打电话。很快，我的手机响了，我不必看来电显示也能猜到是谁打来的。

电话接通，叶正宸微醺的声音透着焦急：“丫头，你在哪？”

“我在阳台上，和郑伟琛聊天。”

“聊天？”他又环顾一遍四周，“聊什么？”

“随便聊聊。”

他终于看见了我，收了线，起身往我们的方向走过来。不消片刻，阳台的门帘被掀开，叶正宸深深地看了一眼郑伟琛，伸手把我揽过去，用郑伟琛绝对能听见的声音对我说：“我忘了告诉你，据说跟他聊天有怀孕的可能。”

郑伟琛反驳：“作为一个医学博士，你要对自己说的话负责。”

叶正宸严肃认真地回答他：“我很负责任地建议你，去做个检查，你绝对有这方面的能力。”

“谢谢你的建议。”

“不客气。我不妨再给你个建议：里面有好戏看，别错过了。”

“什么好戏？”

“你说呢？”

“我懂了。”郑伟琛了然地笑笑，离开阳台，走进大厅。

我和叶正宸在阳台上安静地看了一会儿风景，他才牵着我走出阳台，玫瑰色的射灯伴随着舒缓的音乐又闪动起来，舞池中的人各自回到自己的座位上，稍作休息。

除了郑伟琛，叶正宸的几个朋友也喝高了。伍哥一见叶正宸回来，又举着酒杯站起来。

“你跑哪去了？来再喝一杯。”酒在他的手里晃动，洒了大半。

“你醉了，不能再喝了。”伍嫂劝他。

“我没醉，你看我哪醉了？”

叶正宸抢下伍哥手中的酒杯，放回桌上：“伍哥，你没醉，可我醉了。”

“你？醉了？”他的语气像刚听了天方夜谭。

“我不能再喝了，你们慢慢玩，先走一步。”

“走？不是说好不醉不归？你走一个试试看，我跟你绝交。”

叶正宸正为难，郑伟琛凑到伍哥耳边说了几句话，听得伍哥眉飞色舞。

“真的？”

郑伟琛一本正经地点头。

伍哥随即换上暧昧的笑容，拿起我的酒杯，倒上满满一杯淡黄色我不知名的酒，塞到我手里：“来，哥敬你一杯。”

叶正宸刚要接我的酒杯，伍哥拨开他伸过来的手，说:“你不是说自己喝多了，不能再喝吗？”

“她不会喝酒。”

他冲叶正宸挤挤蒙胧的醉眼：“白葡萄酒，醉不了。”

“没关系，我能喝。”我一仰头把酒都喝了。酒的口感很好，入口微苦，回味起来有点酸甜。

“你没事吧？”叶正宸仔细地看看我。

“没事。”只是酒到了胃里，温暖的感觉蔓延至四肢百骸，有几分燥热。

“我们走吧。”叶正宸拉着我离开，经过郑伟琛身边时拍了他一下，“你跟我出来一下。”

走到电梯前，叶正宸说：“这里太复杂，不方便，我今晚去别墅住。”

“别墅？”郑伟琛问，“你爷爷疗养的别墅？”

“嗯，现在空着。”

“用不用我送你去？”

“不用，我对路不太熟，打车好找些。对了，你玩够了过去找我吧，我一会儿把地址发给你。”

“好。”

电梯还没到，叶正宸问：“你跟伍哥说了什么？”

“我告诉他……”郑伟琛压低声音，但我还是听清了他的话，“你们认识快四年了，你还没找到时机下手，今晚是千载难逢的好机会，你实在迫不及待了……”

“什么？”

“不用谢我，谁让咱们从小就认识呢。”

“我怎么就认识了你？！”

“上辈子积德呗。”

叶正宸刚要说话，电梯来了，他头也没回地拉着我走进电梯，忽然又想起什么，回手挡住电梯门：“你和我下楼，我有点东西在你车里。”

唉！

果然江山易改，本性难移，这个时候，他还没忘了那几套衣服。

第二天，我在陌生的床上醒来时，已是阳光明媚，我幸福地摸了摸身边，发现已是空无一人。我睁开眼睛，一套崭新的衣服整齐地叠放在我的枕边。我穿好衣服下楼，干净整洁的别墅里没有一点激情后的痕迹，就像昨夜发生的都是一场春梦。

我正要找手机打给叶正宸，郑伟琛平静的声音在我背后响起："部队有事，他已经回去了。"

"哦。"他一定是怕吵醒我，所以悄悄走了。

"他说可能要忙一阵，让我帮你订了去南州的机票。"

"谢谢！"我苦笑着收拾行李，离开了秦皇岛。

从秦皇岛回来后，我要把串休的假期补回来，于是没日没夜地上班。虽说忙碌比较容易排遣相思之苦，但在办公室里独自面对天空中皎洁的满月，还是会不由自主地沉浸在一些往事里，怀念起只须敲敲墙某人就会在三秒钟内出现的日子。

半个月杳无音信，我开始控制不住内心的疑虑和担忧，有时候甚至会想：三年后的叶正宸我究竟了解多少？年轻有为的参谋长？某军区司令的独子？他是否不再是那个住在我隔壁，毫不掩饰他好色本性的"色狼"了？

至于我，好像也不是那个天真得明知是火坑也敢义无反顾往里跳的傻丫头了。时间不能回到过去，我们这段在异国他乡的寂寞时光中滋生的爱情还能回去吗？

"薄医生……薄医生？您的挂号信。"

小护士的呼唤从我背后传来，我回头，看见前台的小护士正拿着一个淡绿色的信封朝我晃着，我依稀看见信封上有一颗红红的五角星。

我以迅雷不及掩耳的速度接过信封，拆开。

里面却空无一物。

"咦？没有信？薄医生，这个寄信的人可真粗心，居然忘了把信放进去……"小护士捂嘴偷笑。

如果是别人，我也会以为是粗心忘记了，可是叶正宸这么心思细腻的男人怎么可能忘了。我不甘心地反复看，反复找，信封里面连一张纸片都没有，信封内侧也没有文字。

信封上也没有寄件人的地址、署名，只有一个邮戳，印的是：陕西西安……

忽然间，我读懂了信的内容——“我在西安，一切安好。”

阳光从窗户射进来，一片明亮。

我对着小护士笑笑：“估计是我的病人，不重要。”

小心收好信，我挂着明媚的微笑走进病房。

现在，我终于明白，虽然我不再是那个天真得明知是火坑也敢义无反顾往里跳的傻丫头，虽然时间不能回到过去，但我们这段在异国他乡的寂寞时光中滋生的爱情从未改变。

番外一

谁是谁的劫

爱上一个人，就如同经历一场劫。

喻茵深知叶正宸让她在劫难逃，可她不是叶正宸的劫，另一个女人才是他命中注定的万劫不复……

（一）

叶正宸，这三个字的发音明明很平常，可传到喻茵的耳内，总会引起一阵激烈的情绪波动。

无奈，大学时代，这三个字以极高的频率出现在她的大学寝室。

“听说叶正宸又换新女朋友了，病理学的陈悉……”

风吹着树叶的沙沙声，忽轻忽重。

“是不是那个长得挺漂亮，特爱发嗲的？”

“可不就是她。”

听到这里，喻茵安安静静合上书，打开电脑，浏览网页，对这个话题不置一词。

“好羡慕陈悉……”说话的是迷恋叶正宸两年多的女生。

“有什么羡慕的，又是他的一段风花雪月而已。”

“风花雪月也行啊，只要曾经拥有……”

无聊的饭后八卦又开始了，捕风捉影的传闻被女生们说得煞有介事，不了解内情的人真会以为叶正宸与陈悉有什么不可告人的故事，了解内情的人，也懒得去为他解释。

谁让叶正宸的风流韵事能写成一本书。

有人说：常常遇见他和美女在夜店调情。

有人说：见过他带女人去妇产科做B超验孕。

也有人说：亲眼见他三更半夜带着喝醉酒的女生去学校附近的酒店开房。

可喻茵清楚，这只是传闻，传闻而已。

因为她也见过叶正宸在夜店里和某衣着暴露的艳女言语暧昧，细听之后才知道，女人想勾引他，而他绕着弯子回绝。

她还遇见过叶正宸带一个美女去妇产科做B超。美女从B超室里出来，脸色苍白地扯着他的袖子低声抽泣，他柔声细语劝着。

撞见这一幕的喻茵胃里翻江倒海地抽搐，几欲作呕。

美女失魂落魄地离开，临走说了句“谢谢”！

她微微诧异，追上美女细问，原来美女在路上险些晕倒，叶正宸刚巧路过，送她来医院。

至于叶正宸会不会带着酒醉的女生去酒店？也许，会吧。

具体做了什么，用郑伟琛的话说：“什么都可能做，除了上床。谁不知道叶大公子有洁癖，别人的床都不睡，更何况女人。”

叶正宸淡淡回应：“我怎么不知道？”

郑伟琛拍拍他的肩：“现在知道了也不晚。这是病，要治，别怕花钱！”

“我没病，非常正常。我只不过还没遇到一个我想让她陪我睡觉的女人。”

“如果你这辈子都遇不到呢？”

“你这是在咒我吗？”叶正宸不满地挥拳，不轻不重地打在郑伟琛的肩头。

郑伟琛揉揉肩膀：“我这是在提醒你。有病就要治，不能讳疾忌医。”

……

喻茵不禁莞尔一笑，她认识叶正宸十年，深知他的为人，他喜欢帮人，又不喜欢对自己的所作所为做过多的解释，久而久之，大家对他的误解越来越深，就连许多被他帮过的女孩也误以为他另有所图。

起初，叶正宸对于各种版本的传闻一笑置之，久而久之，他也跟着自嘲几句，把一个风流浪子的形象演绎得淋漓尽致。

有一种男人，只要你相信他的人品，就没有必要信别人怎么说，更不能信自己的眼睛。

所以若真的爱他，一定要相信他，否则口口声声的“我爱你”，毫无意义。

喻茵坚信，她是这个世上唯一懂他的女人，也是最爱他的女人。

（二）

他们大学毕业那年，山口集团的医药公司在中国的分公司出现一次“实验室细菌感染案”，正在进行实验的工作人员感染了细菌，当场死亡。尸检结果显示，死者感染的是一种变异的炭疽病毒。

中日双方交涉后决定，共同调查这件案子。这一次国际合作办案，日本警方对挑选办案人员非常谨慎，除了国际刑警的协助办案，他们只允许中国派一名医学院的学生长期潜伏在大阪大学的医学部协助搜集证据。几经筛选，名义上毕业于北京大学医学院的叶正宸被选中，也被日本警方认可。

为了能和叶正宸并肩作战，喻茵主动要求接受训练。记不清多少伤痕，多少隐忍，甚至多少耻辱，她才在众多人中脱颖而出，争取到了与他共事的机会。然而，叶正宸以她对他有男女情感为由，拒绝与她共同执行任务。

叶正宸出国的那天，她一个人走在曾经与叶正宸相识的小路上，白桦树落不尽岁月的沧桑，杜鹃花开不败年华的流逝。她擦干眼泪，告诉自己——他不是不喜欢她，他只是有一种心理障碍，不能和女人有发乎情爱的身体接触。

她查阅了所有相关的资料，想要帮他治愈这个心理疾病。她以为只要他克服了自己的心理障碍，他第一个会爱上的人，必定是她。

她等了两年，终于等来了机会。

叶正宸在日本大阪大学调查的“山口集团违禁细菌案”取得了突破性进展，他拿到了确凿的证据，日本警方已经可以查封山口集团的制药公司，并逮捕大阪大学的相关研究人员。叶正宸向组织提出申请，希望案子结束后，他可以继续以学生的身份留在日本大阪大学完成学业。

组织上批准了他的请求。

但是，日方的高层突然提出要改变计划，欲以山口制药公司为突破口，深入调查山口集团的违法罪证。日方是想包庇山口集团的罪恶，还是想借着这次案件彻底瓦解山口组在日本盘根错节的势力，便不得而知了。

所以，叶正宸的任务不能终结，他必须留在大阪大学继续观察日方的动静。当然，除此之外，他还要为军方搜集更多有价值的信息。

得知自己不能恢复自由，叶正宸声称自己被很多日常生活的琐事牵绊，特别是学业任务太过繁重。他需要有人帮他写报告，搜集资料。除此之外，他还说自己年纪不小，需要找个适合的女人料理他的饮食起居。

组织再三考虑，拒绝了他的请求。理由很简单：身边有一个关系亲密的女人，容易暴露身份。

叶正宸为此专程回国，具体什么过程她不清楚，最后上面同意派个女人帮他，以妻子的身份。孤男寡女，三年的朝夕相处，即便是一颗坚如磐石的心，也会被水滴穿。她怎么会放弃这样的机会。

会议室里，上级领导把组织决定派喻茵协助他完成任务的消息传达给他们。叶正宸霍然起身，义正词严地说了两个字：“不行！”

在军令如山的纪律部队，这两个字是禁忌。上级领导被他弄得一愣：“你说什么？”

“我不同意，我想跟谁结婚是我的自由。”

“这是组织的决定。”上级领导先做思想工作，“考虑到你的身份——”

叶正宸冷冷地打断他后面的长篇大论：“这是组织的决定，还是叶司令的决定？”

上级领导脸色大变，气得大掌在桌上的文件上一拍：“签字，这是军令。”

文件上赫然写着《申请结婚登记声明书》，表格上该填的内容已经填完，只差签字。

“军令”两个字压下来，叶正宸再无反驳的余地。他拿起笔，字迹未落在纸上，笔在他掌心里折断。

“我不签。”他把笔一摔，站直，遗世独立的站姿，“你送我去军事法庭吧。”

若是别人说出这么轻狂的话，肯定会受到重罚，然而叶正宸是个例外，因为他的身份比较特殊。他被关了禁闭，在被关禁闭的十天里，每天都会有人把结婚登记表送到他面前，每天拿回的都是空白表格。

他的上级领导，也是他父亲的老部下了，终于没有了耐心，直接找人替他填了表格，办了手续。虽然没有他的签字，但正式的结婚证书还是发下来，叶正宸和喻茵成了合法的夫妻。

叶正宸被释放出来，领导向他晓以利害：“你可以不承认这个婚姻，但是，你也不能否认。别忘了，你是个军人，你有你必须承担的责任。”

一个责任的重担压下来，叶正宸沉默了。

喻茵把结婚证书递到他手中，他连看都没看，直接放进衣袋：“我不管合不合法，反正我不承认这个婚姻。”

她笑着说：“我明白。”

终有一天，他会承认的。

三年，一千多个日日夜夜，足够让他承认。

（三）

签证办下来后，叶正宸先去日本安排好一切，让喻茵过段时间再去。她为了给他个惊喜，特意提前了行程，选择在他生日那天赶到大阪。飞机降落在大阪的关西国际机场，她买了张电话卡，用公共电话打给叶正宸。

“生日快乐！”为了选在这个特别的日子到日本，她把行程提前，以为叶正宸多少会感动。

可电话接通许久，他才讲话，语调冷漠如昔：“你在什么地方？”

“关西国际机场。”她回答，尽量不表露出自己的期待。

“不是说下个月才来吗？”

“临时有变。”

“……”

“我是不是来早了？”

“嗯，我还有些事没处理好。”

碰了个软钉子，喻茵不得不以搭档的身份要求叶正宸将她妥善安顿。

“好吧。”为了工作，叶正宸自然无从拒绝，“你在机场等我，我过去接你。”

“好。”

华灯初上，海风徐徐。

跑车在高速公路上驰骋，喻茵坐在车里看着身边的男人。他有一张无可挑剔的俊脸，可他真正的魅力并不仅仅源于一张脸，而是他身上那种让人捉摸不透的吸引力。

穿军装的他，不苟言笑，一脸庄严，穿白大褂的他，温文平和，有种神圣之感；和朋友泡夜店的他，言语轻佻笑容暧昧，一副花花公子放浪形骸的模样；和她在一起，叶正宸又变成了另外一个人，彬彬有礼，少言寡语……

今日的他又不同于往日：穿着一件黑色的衬衫，领口的衣扣松了两颗，流露出几分随性。不知他想起了什么，眉宇间微微荡着摄魂的笑意……

喻茵不由得一阵心神激荡，忙避开视线，看着外面的风景。

一路上，他专心开车，她看风景。每次她努力找些话题，他都以最简练的言语回答，虽然已是他的妻子，可是他们之间还是隔着千山万水的距离。

经过了两个小时漫长的车程，叶正宸将车停进一栋和式小楼的车库。他带着她穿过草坪，进门，开灯。灯光映在对面淡绿色的窗帘上，照出一室清爽。

喻茵简单地环顾了一下，房间的摆设整齐而简洁，没有一件多余的缀饰。

“这是你的房子？”她问。

“嗯，刚来日本时买的。”他说，“一年前我搬去留学生公寓住了，有工作才来这里，偶尔住住。”

叶正宸带着她将各个房间看了一遍，边看边介绍：“一楼是客厅和厨房，卫生间在二楼最里间，卧室有两间，一间和式，一间洋式。抽屉里有个文件夹，里面放着所有家用电器的说明书，有不明白的打电话给我，电话在一楼的客厅。还有，每周六下午会有个中国女孩帮我打扫房间，你不要让她进书房。”

“我知道了。”

叶正宸最后带她进了书房，从抽屉里拿出钥匙交给她：“这个给你，以后你就住在这里。”

“我住哪个房间？”

“随便，我住学校的公寓。”叶正宸从书架上拿出一本病理学的书给她，“你先看这本书吧。有空我把资料拿过来给你看，你熟悉熟悉我的课题。”

简单交代完，他看了看表，不是她熟知的品牌，表盘上是一个海鸥的标志，她不记得哪款名表用这个标志。

“我还有事，先走了。”

见他确实行色匆匆，喻茵忍着饥肠辘辘点头：“嗯，你去忙吧。”

叶正宸走了，陌生的空房子里是剩下她一个人。收拾完行李，她正犹豫要不要去外面转转，买点吃的东西，房间里响起一阵清脆的铃声。原来大门处有警示装置，有人进来会有铃声警示。

她走到门口，叶正宸已拿出钥匙开了门。

“我帮你买了些吃的。”他站在门口把手里的东西交给她，又从钱包里抽出一沓万元的日钞，“这个给你，出了门右转五百米就有一间二十四小时便利店，有什么需要，你可以去那里买。里面还有一张大阪市区的地图，你想去哪里可以按照地图走，过街记得看红绿灯……”

虽然只是几句简单的交代，但她能感觉到他发自内心的关心，内心被感动填满：“谢谢！”

“不客气。还有，日本很安全，你不用担心。”

“好。”

喻茵微微一笑。她知道他的冷漠和疏远并非源于对她的讨厌，他只是不喜欢与异性有深入的接触。所以，她来了，给他机会真正认识她，了解她。

几日后的傍晚，叶正宸过来送资料，喻茵特意准备了丰盛的饭菜，留他吃晚饭。他看看表，面无表情地回绝：“我还有事，要去研究室一趟。”

“这么晚还要去？”

“有个研究要做。”他匆匆穿上外衣。

“那我等你。”

“可能要很晚，改天吧。”

他走后不久，喻茵把做好的饭菜放进饭盒，开车去了阪大医学部的研究楼。教授们一般八点多下班，学生也在九点前陆陆续续离开，开放的正门落了锁。

她跟着一个学生通过了有瞳孔扫描的侧门，走进研究楼。九点后的研究楼里，除了实验没做完的学生，大都离开了。

因为前期熟悉过他的所有资料，她很容易便找到了叶正宸的研究室，他不在，正打扫卫生的学生让她去楼上的无菌实验室看看。

“谢谢！”她从楼梯上去，还未走出楼梯口，便看见叶正宸站在走廊，静静地看着一扇门上的玻璃。她不知道里面是什么，可他的眼神是难得一见的深邃。

看了一阵，他走到走廊最里面的窗前看风景。昏黄的灯光笼罩着他的背影，带着些许落寞。他似乎并不是在看风景，而是在等待什么。

不知过了多久，他看看手表，指尖轻轻抚过表链的表扣，再次走到门外，透过玻璃窗看向里面，嘴角挂着笑意。喻茵的手指死死地捏着楼梯的扶手，女人的直觉告诉她，那扇门里面……有一个女人。

见叶正宸推门走进去，喻茵犹豫了一下，悄悄跟了过去。里面确实有一个女孩儿，端坐在显微镜前，长发绾起，露出姣好的容颜，宽松的白大褂下隐约露出女人优美的曲线。叶正宸从背后抱住她，手指肆无忌惮地伸向女孩儿的胸口。

女孩儿吓了一跳，扭头看见是他，脸霎时红透。他更有恃无恐，手顺着她的前襟探了进去。

喻茵转过身，靠在门边的墙壁上深深地吸气，呼气。她不信，就算亲眼看到她也不信，叶正宸不是这样的男人。

安静的走廊上，里面的对话不时飘出。

“叶医生，这可是治病救人的地方，你庄重点好不好？”

“又没人看见。”

“万一被人看见呢？”

“我不介意。”

“可我介……意……唔……”女孩儿的声音弱了下去，再也听不见了。

弥漫着消毒水味儿的走廊死一般安静，喻茵提着袋子的手不断缩紧，指甲嵌进了肉里。

“好了，别……闹了……”女孩儿的声音软得能拧出水。

“丫头……”叶正宸的声音干得能着火，“不如，今晚你把白大褂穿回去吧……”

喻茵再也忍不下去了，再多一秒她就会冲进去，用冷水泼醒这两个人。她努力冷静了一下，颤抖着翻出手机，拨通叶正宸的电话。

观察室里响起手机声，接着响起叶正宸的声音：“我去接个电话，你等我。”

“嗯。”

叶正宸拿着电话出来，表情已恢复平日的冷硬：“找我有事吗？”

喻茵不说话，直到他看见她……

一秒钟的震惊过后，叶正宸以最快的速度拉着她跑进阴暗的楼梯间。

“你怎么来了？”他压低声音问。

她回以冰冷的微笑：“怎么？打扰你们缠绵了？”

他欲言又止，从走廊射进来的光照见了他脸上的愧疚，可他没有说“对不起”。

很明显，他不肯承认自己错了，明知深深刺伤了她，他也不肯做任何解释或者认错。她懂了，扭过脸，让眼泪落在无光的暗处。

“你喜欢她？”

“你不知道吗？”

她摇头，没人说过。

里面传来椅子的响动，叶正宸匆匆地说：“你先回去，回头我跟你详细解释。”

第二天，叶正宸去找她，跟她说了事情的原委。原来，这个女孩叫薄冰，他们相爱，相恋。他提出申请，希望组织能允许他找个人照顾他的饮食起居，目的正是想名正言顺地和女孩交往，可是组织让他和这个女孩分手，理由很简单：组织派他来调查阪大的细菌研究，没派他来谈恋爱。

回到日本之后，他和女孩提出分手，可惜，他没有控制住自己，铸成了大错。至于什么错误，喻茵不必问也明白。

他说："感情的事，不是想控制就能控制的。"

她何尝不明白这一点。爱上一个不该爱的人，谁不想控制？然而，你能控制十年、二十年，最终却因一秒钟的冲动功亏一篑……

"为什么不早点告诉我？"她问。

他冷冷一笑，显然并不相信她的话："你不是对我的事了如指掌，这件事居然不知道？"

她的确不知道，如果知道，她早就用她的方法让这个女孩远离他。而现在，她已身在日本，一举一动都难以逃过叶正宸的掌控，很多事不方便做了。

现在她唯一能做的就是试图劝说他悬崖勒马："叶伯父知道你和她现在的关系吗？"

"只要你不说，他就不会知道。"

她点点头，看来叶正宸已经搞定了负责为他传递消息的井上。那么，她也不能说，她不能害了他。

喻茵无力地缩在沙发里："你打算怎么办？"

"我不想伤害她。"提起她，他的眼中总会出现动人的柔情，那是她可望而不可即的奢侈品，"不管将来发生什么，我只希望把对她的伤害降到最低。"

"那我呢？"他有没有想过对她的伤害？

"你做好你该做的事，其他的你就当没看见。过段时间，我会向上面申请，把你调回去。"

这就是叶正宸对她的交代。

多年的等待与守候一夕破灭。她不甘心放弃，不甘心就这么被叶正宸一脚踢开，更不甘心输给另一个女人。爱情需要自己去争取，不到最后一刻，她不会认输。

嫉妒往往会蒙蔽人的理智，一向聪慧的喻茵竟忘了换一个角度去想：叶正宸没做过任何伤害她的事，相反，他也在尽力把对她的伤害降到最低。他让她离开，就是不想她浪费时间，不想她把感情浪费在一个不可能爱她的男人身上。

番外二

有一种朋友叫——郑伟琛

作为从小玩到老的朋友，在叶正宸一生唯一经历过的爱情中，郑伟琛自认连一个旁观者都算不上，有些英雄无用武之地的遗憾。他没见过那段爱情的甜蜜与苦涩，也没有听到叶正宸哪怕只字片语的讲述。

在那四年中，他只与叶正宸喝过三次酒，已从他的眼神中读到了四个字——刻骨铭心。

（一）

春暖花开的时节，春心也在萌动，郑伟琛刚刚处理完一个案子，离开酒店时偶遇一位极品美女。美女曾与他有过一面之缘，见到他便主动来搭讪，他还没来得及回应，叶正宸打电话给他，也不问他闲还是忙，直接道：“我回来了，在老地方，过来喝酒。”

郑伟琛忍不住在心里低咒一声，之后，二话不说把美女丢在酒店门口，开车一路从二环飙到四环外，以奇迹般的速度在堵车高峰期飙到了叶正宸说的饭店。

桌上已经摆满了精致的佳肴，但没有开席，似乎在等着他。席间除了叶正宸，还有几个哥们儿，都是从小玩到大的，其中当然包括IT界的传奇人物伍建帆。

大家都已入座，唯独叶正宸旁边的位置空着，毫无疑问是留给他的。在几个哥们中，郑伟琛和叶正宸的关系最好，因为他们在一座大院里长大，穿过一条裤子，一起打过架，一起偷过枪，当然结果是一起挨打……总之，除了没共用过一个老婆，剩下的全一起干过。

郑伟琛一见叶正宸，火气上涌，走到他旁边一拳挥过去，用了九分力道。叶正宸不闪不避，肩膀结结实实挨了一拳。打完之后，郑伟琛毫不留情地补上一句：“你还有脸回来，死在外头得了！”

叶正宸笑而不语，早已习惯了这种“礼遇”。因为他大学毕业一年后突然说他家老头子同意他继续深造，他想读个医学博士玩玩，从此便下落不明，手机从不开机。从那以后，郑伟琛多了个习惯：手机二十四小时开机，为的就是叶正宸随时可以联系到他。

话说某人也真是没人品，打电话给郑伟琛从不问他在干什么，有没有时间，直截了当地说：“我回来了，安排个好地方，不醉不归。”

郑伟琛当然要狠骂一顿，骂够了，再重要的工作他都放下，找家地道的川菜馆，和叶正宸喝到烂醉才甘心。

今天也一样，郑伟琛刚一坐下，一口气和叶正宸干了三杯白酒，心情顿时爽了。

“今天怎么这么有空，请大伙出来聚？”

“不是我请。”叶正宸大言不惭地说，“伍哥结婚没通知我，我给他个机会让他把酒席补上。”

“你还好意思说！我提前半年打电话给你，你根本不开机！”提起这茬，伍建帆当然要借题发挥一番，“我这半年天天睡不着觉，就盼着你什么时候开机，把我的礼金补上。”

“礼金？”叶正宸立刻心领神会，“说吧，我的什么东西让你惦记得睡不着觉？”

伍建帆眼睛一亮："你的车牌借我用两年呗。"

众人皆惊叹："伍哥，你真会要，叶少那个百无禁忌的车牌可是花多少钱都买不来的。"

"反正他不在国内，车牌借我用几年呗。"

"行。"叶正宸那叫一个慷慨，"你干脆把我的车开走，省得办手续。"

"那我就不客气了。"

这件事倒是提醒了郑伟琛，他趁机说："为了防止我结婚时找不到你，你先把礼金付了，免得我惦记。"

叶正宸冷冷地瞪他一眼："找不到就别结婚。什么时候找到我，什么时候结。"

郑伟琛被噎得半天没说出话，最后感慨一声："一样是哥们儿，差距怎么这么大呢？"

"当然有差距，叶少对你——那是真爱。"

不到一小时，几瓶白酒见了底。大家都有了些醉意，颇有兴致地讲起身边的奇闻趣事。叶正宸心不在焉地听着，时不时瞄一眼自己的手表。

"赶时间吗？"郑伟琛凑近些问。

"没有。"他放下手腕，说想吃担担面，要了一碗面。

吃了一口，叶正宸把碗推到一边，似乎不合胃口。郑伟琛看出他有些反常，不禁多看了一眼，无意间看见他裤袋里的钱包露出一半，钱夹旧得不成样子，皮边已经磨皱了，边角的地方还有点脱色。这个钱夹是叶正宸考上医学院那年，郑伟琛送他的，算起来已经有七年历史了。以叶正宸的败家性子，七年不换钱夹堪称奇迹。

郑伟琛心底一热，顺手把钱夹从他裤袋中抽出来，反复看看，掀开。让他意外的是，叶正宸的钱夹里居然夹了一张女孩的照片，而且有点像偷拍的。女孩侧身站在一座桥上，出神地望着远处漫山遍野的红叶，棕色的鬈发迎风舒展，眼波清澈如同一泓碧水……

郑伟琛欣赏女人一向从身材开始：女孩穿着一条日韩风格的短裙，外面搭着米色的风衣，风过处，隐约露出极有美感的曲线，黑色的丝袜更衬出匀称修长的双腿。欣赏完身材，郑伟琛又欣赏长相：相当不错，素颜明媚，骨秀神清，有一种说不出的韵味。

“这妞不错，给哥介绍介绍。”他当然是为了试探女孩在叶正宸心中的位置，故意调侃。

“滚！”叶正宸拍掉他放在照片上的手指，抢回钱包，“这是我女朋友。”

一瞬间，气氛热烈的酒桌上鸦雀无声，伍建帆的段子也卡在了一半处。众人齐刷刷地看过来，似乎想确定一下刚刚那句严重脱线的对白是否真的出自叶正宸之口。

郑伟琛为了满足大家的好奇心，好心地再问了一遍：“你刚才说，她是你的女、朋、友？”

“嗯。”叶正宸为了证实他的脑子的确已经被爱情冲昏了，问，“你认不认识海鸥手表的厂商？我想定制一对情侣表，越快越好。”

“海鸥？”郑伟琛想了半天，才想起手表里有这个老掉牙的牌子，“这个牌子还有吗？”

“有，我今天去商场看了，没有喜欢的款式。”

有人问：“叶少，你耍我们吧？”

叶正宸一本正经地答：“我很认真。”

片刻的沉寂后，众人一阵大笑，似乎听了一段特别可笑的段子。

郑伟琛也觉得这事儿太可笑。叶正宸何许人也？万千花丛中走过，花瓣从不沾身的男人。女人在他眼里只是女人，再无其他。就算把他和一美女堵在妇产医院的人流室门口，他也会淡定得不能再淡定地告诉你，他们没有任何关系。

用喻茵的话说：叶正宸卷走过无数女人的爱情，却从未爱过任何女人。

郑伟琛特别特别想知道，是什么样的女人卷走了他的爱。

酒局结束后，大家又去会所玩了一会儿，到了凌晨时分才散场。

郑伟琛开车送叶正宸回家。车开得极快，呼啸而过的风几乎穿透耳膜。放眼前方，除了一片一片的灯火，什么都看不见。

已有八分醉意的叶正宸又拿出钱包，掀开来，嘴角露出一丝不易察觉的温柔的笑。郑伟琛第一次见到叶正宸露出这样的表情，深知他对照片上的女孩是动了真情。

“能让你魂不守舍的女人，我真想见识见识。”

“她叫薄冰，是个特别可爱的女孩。”叶正宸对着照片，嘴角的柔情越来越真切，“和她在一起，真的很开心。”

郑伟琛又瞄了叶正宸所谓的女朋友一眼，上面似曾相识的景物让他恍然想起那是日本京都的岚山，他去过一次，印象深刻。片刻的震惊后，他猛然意识到：叶正宸的女朋友在日本京都，这是否意味着，叶正宸不肯泄露行踪的两年也在日本？他一向不喜欢日本，曾信誓旦旦说过，他绝对不会去日本。那么，他这两年为什么要去日本？又为什么要隐瞒行踪？

经过一番慎重思考，郑伟琛开口：“渡月桥，钢筋混凝土铸造，桥面木造，站在桥上纵览岚山红叶。我去过一次，印象深刻。”

叶正宸一惊，身体猛然绷直。他的反应让郑伟琛更确定了自己的推测——叶正宸的确去了日本，而且其中必定有隐情。

郑伟琛摇头，感慨道：“红颜，果然……祸水！”

叶正宸苦笑着抽出照片，最后看了一眼，撕成碎片丢到窗外。一路上，他们什么都没再说，因为他们知道，他们不能再多谈一句话。

（二）

自从上次酒局后，叶正宸又消失了十天。在那十天里，郑伟琛给他打过很多电话，前几个无人接听，后几个无法接通。郑伟琛以为他去了日本，便将两块海鸥的情侣表锁在柜子里，那是他特意请厂家昼夜赶工，用了一周时间做好的一对情侣表。

突然有一天，叶正宸打电话给他："晚上陪我喝酒，老地方。"

郑伟琛立刻从保险箱里取出情侣表，赶去他们以前经常去喝酒的高级私人会所。他一进包房，就见叶正宸独自坐在包房里喝酒。

"给你看样东西。"郑伟琛献宝一样把手表交给他。

叶正宸接过手表，细细摸着表链上的字，那是按他的要求刻上去的："丫头"。

"款式仿雷达的新款，机芯是Jaeger精密度最高的一款。"郑伟琛说，"怎么样，满意吗？"

"满意，可惜……"叶正宸把表丢在一边的沙发上，"用不上了。"

"用不上？"郑伟琛大惑不解，"你们吵架了？"

叶正宸什么都不说，从桌上拿起根烟，点燃，深深地吸了一口，烟呛到鼻腔，引发了剧烈的咳嗽。

郑伟琛见叶正宸一副堕落男人的样子，气得抢过他的烟："当初是谁逼着我戒烟的？说再吸烟就跟我绝交。"

"你不是说，吸烟有利于思考？"

暗光下，郑伟琛仔细打量眼前的男人，才发现他的眼中藏着深切的痛苦。

"你别说你失恋了。"

叶正宸没有回答，低头倒酒，一杯接着一杯地喝闷酒，俨然一副失恋的样子。

"失恋也不用这样吧。就凭你，想要什么样的女人没有，犯得着这样吗？"

叶正宸端着酒杯的手顿了顿："我结婚了。"

郑伟琛干笑两声："你才喝了一瓶酒，怎么就开始说胡话了？"

"我没醉。"

叶正宸从口袋里摸出个红本子，往面前的台子上一摔："我跟喻茵结婚了。"

郑伟琛脑子里嗡的一声，急忙拿起小红本看，上面赫然写着叶正宸和喻茵的名字，登记日期就是昨天。

“你这是搞什么？”

“别问我为什么，我一个字都不能说。”

“甭管为什么，结婚是一辈子的事儿，就算为国捐躯，也不是这么个捐法！”

“为国捐躯？”叶正宸听到这四个字，似乎想起什么，苦笑了一下，然后拿了瓶茅台，直接往嘴里灌。

郑伟琛没拦着他，既然他想醉，就让他醉吧。谁知喝了几口，叶正宸不喝了，摸索着拿起定制的手表看了一阵，又摸出钱包，打开，放相片的地方早已空空荡荡。

他忍不住低咒了一句。

“还放不下？”

叶正宸不说话，又伸手去裤子的口袋里掏，掏了半天，终于掏出一款松下的手机。他思考了很久，才将手机开机。短信提示音连续响起，他颤抖着手指点开，一条一条细细翻阅。

“我今天煮了担担面，很好吃！我有煮你的份……虽然你不在。”

“窗前的樱花要开了，我让它一定要再等等，等你回来陪我看。”

“我养的细胞竟然没死，它很坚强地活着，大概也在等你。”

“我在听《爱》……”

“你有没有想我？说吧，不要不好意思！”

“今天有个帅哥约我去东京，你再不回来，我就要和他私奔了！”

……

看着那些字字句句满是浓情蜜意的短信息，叶正宸的手指越来越颤抖，但他极力控制着自己的情绪，一句话都不说，沉默着关闭了手机。

他开了另外一瓶酒，倒满，端起酒杯仰起头喝了一大口。

“来，哥陪你喝酒。”郑伟琛把手搭在他的肩上，拍了拍，“今天痛痛快快喝一场，明天酒醒了，回家好好疼你老婆，把该忘的都忘了。”

不知喝了多久，两人都醉了，郑伟琛问：“你真的喜欢那个女孩？”

“是的，我很想她，想知道她在干什么，有没有迷路，有没有被教授骂，有没有躲在研究室里偷偷哭，有没有，想我……”

“就这样？”

叶正宸躺在沙发上，出神地看着天花板：“还想……知道……睡她的床是什么感觉。”

“你别跟我说，你还没对她下手。”

“没有。”

“你们刚认识？”

“认识半年多了，她住我隔壁。”

郑伟琛一拍桌子：“我服了！”

喝了一个通宵，郑伟琛一觉睡到下午，醒来时头痛欲裂。他打电话给叶正宸，想问问他怎么样，头痛不，谁知某人气定神闲地告诉他，正在给喻茵办理去日本的签证手续。

“想通了？”郑伟琛问。

“想不通还能怎么样？难不成搞婚外情？”

“哥们儿说句良心话，喻茵也没什么不好的。人长得漂亮，性格好，家世好，最关键的是，对你一心一意……不管怎么说，你们都是合法夫妻，你要对自己的决定负责。”

“我明白，我会的。”叶正宸平淡地回答。

“那你和那个丫头呢？”

电话里只剩下呼吸声。

许久，叶正宸有些低沉的声音传来：“我会和她分手。”

“放得下吗？”

“放不下也得放，我没有别的选择。”

听到这样的回答，郑伟琛忽然有些后悔说了刚才的话。毕竟是从小玩到大的哥们儿，郑伟琛怎么会不了解叶正宸，他是个有责任感的男人，也是一个拿得起放得下的男人，不论他是否爱喻茵，既然娶了她，就一定会善待她，可是，他为了这份沉重的责任放弃自己爱的人，究竟是对是错？

他还想再说点什么，叶正宸说了句：“我还有事，回头再聊。”便匆匆挂断了电话。

自此之后，叶正宸又一次销声匿迹，郑伟琛无数次拨电话给他，他的手机始终处于关机状态。换作以前，郑伟琛顶多咒他几句没心没肺就算了，该做什么做什么，可现在，他总感到不安，似乎能真切地感觉到叶正宸在日本的无奈和煎熬。

数月后的一天深夜，电话铃声将郑伟琛从熟睡中吵醒，电话号码是一连串的乱码。他挂断，电话又百折不挠地响起来，他气得接通电话就骂：“你找死吧！”

“她走了……”

叶正宸低沉而沙哑的三个字，像是惊雷一样将郑伟琛轰得睡意全无，他骤然坐直：“谁？喻茵？”

“……”电话里沉默了很久。

“发生了什么事？”郑伟琛急忙又问。

“薄冰回国了，连解释的机会都不给我。”

郑伟琛有点蒙了：“你不是跟她分手了吗？”

“我试过了，但我做不到……我想回国找她，可我爸说，我要是敢回来，他就让我永远见不到她。你也知道他这个人，什么事都做得出来。”

郑伟琛当然知道，叶正宸的父亲是个雷厉风行的军人，一向专制，说一不二。

“你真的为了她什么都不顾了？”

“我不知道，我只知道错过了她，我这辈子都会遗憾……”

“你告诉我她在哪座城市。”

电话那端犹豫了一下：“四川，南州。”

“好，你放心，有哥们儿在，绝对不会让你遗憾终身。”

因为这个承诺，整整三年里，郑伟琛无时无刻不在关注薄冰的消息。任何一个追求她或者暗恋她的男人出现，郑伟琛都会第一时间知道，然后想办法让人知难而退，除了印钟添。因为据他所知，这个印钟添与薄冰相识多年，对她像对待妹妹一样照顾有加。

他怎么也没有想到，印钟添会突然向薄冰求婚，而她会以闪电般的速度接受。

意识到事态严重的郑伟琛特意去了叶正宸的家，与叶父恳谈了三个小时，终于说服了叶父，将这个消息传递给叶正宸。

叶正宸得到消息后立刻回国，结束授勋仪式便去了南州。看着叶正宸匆匆离去的背影消失在安检口，郑伟琛无限感慨地摇摇头。

这世间最伤人的情便是如此，难舍，难再续……

（三）

一周后的午夜，郑伟琛躺在床上，在手机浏览器中输入“简葇”，屏幕上出现一条娱乐新闻的标题“宅男女神简葇与天世传媒少东恋情曝光”，他顿时睡意全无。

他在床上翻来覆去到凌晨，还是无法入睡，干脆坐起来，尝试拨了叶正宸的电话，他的手机总算开机了。

“喂——”对方很快接通，含糊的声音听来不像是睡意，倒像是醉意。

“你在喝酒？”

“嗯，演习结束了，大家交流一下。”对于工作的事，他向来都是这样一语带过。

“那你忙吧，我没什么事。”

“等等。”叶正宸问，“这么晚还没睡，在加班吗？”

“没有。我在家里，睡不着。”

“我这边快要结束了，我拿两瓶酒去你家。”

郑伟琛马上答：“好，我等你。”

时钟的指针指向三点时，叶正宸拿着两瓶酒出现在敞开的大门前，他身上的衬衫只扣了两颗扣子，衣襟上染了一片酒渍，看来有些狼狈。对于其他醉酒的男人来说，这种形象无伤大雅。但叶正宸就算喝再多的酒，都不会醉成这种样子。

“怎么喝这么多酒？”

“我喝得不多。”他说着，把身上的衬衫脱下来，丢进垃圾桶，“给我拿件衬衫。”

郑伟琛没有动，讶然看着他胸口刚刚愈合的伤痕：“你受伤了？受伤还喝酒？”

“在日本受的伤，已经好得差不多了。若不是因为受伤，我也不会回来得这么迟。”

郑伟琛知道自己不该多问，忍了又忍，从衣柜里拿出件衬衫递给叶正宸时，还是问了：“谁做的？”

“重金雇佣的职业杀手。”

“查出是谁指使的了吗？”

“查不到。反正是不想让我回来的人。”叶正宸嘲弄地笑笑，“我知道的太多了。”

不必再问，郑伟琛已经懂了。

叶正宸给他倒上一杯酒，递给他，问：“你睡不着，是不是因为今天娱乐圈又有新闻了？”

“看来你也不是很忙，还有时间关注娱乐新闻。”

“我当然没时间。刚刚来的路上，在娱乐新闻里搜索了一下。”他顿了顿，说，“果然很劲爆。”

“……”

郑伟琛无语，专注地喝酒。几杯烈酒入腹，酒精伴着睡意袭来，头有些晕了。郑伟琛端着酒杯看向身边神情清冷的人。这五年，叶正宸真的变了，变得更加克制，让人无法从脸上读出任何情绪。

既然看不出，郑伟琛干脆直接问了：“你去南州看见她了吗？”

提起她，叶正宸的眉峰皱了皱，端起酒杯一饮而尽，才说："她在试婚纱，她穿上婚纱很美。"

"只要还没有结婚，一切都来得及。"

叶正宸靠在沙发上，眼睛望着酒杯中荡漾的液体，良久才问："真爱一个人，是该笑着参加她的婚礼，祝她幸福，还是该不惜一切代价，让她重回到我身边？"

"这要看她爱的男人是谁。"

叶正宸思索片刻，点头："你帮我安排一下吧，我想见她一面。"

"总统套房，如何？"

听见这个提议，叶正宸更是浓眉深蹙，一言不发地默默喝水，似乎在权衡利弊。

作为叶正宸从小玩到大的朋友，郑伟琛见到他的反应，扬眉一笑："行了，你不用回答了，我懂了。"

那晚，他们喝了很多酒，聊了很多话，聊着聊着便躺在沙发上睡着了。刺眼的阳光将郑伟琛唤醒，他睁开眼，身边的沙发上已经空无一人，茶几上的酒杯也收回原来的位置。

他冲了个凉，额头的微痛略有缓解，思绪也清明了。他拿出手机拨通同事的电话："老李，我记得你最近接到了一封举报信，举报的是南州市的副市长，是吧？"

"是，我最近有点忙，还没时间处理。"

郑伟琛说："下午把材料送我办公室，我来查。"

"好。"

（四）

在郑伟琛的一手安排下，半个月后，叶正宸终于找到机会和他思念已久的人单独会面，地点是国际饭店的总统套房。

见面的第二天，叶正宸约他去射击场活动一下。

迎着烈日的强光，叶正宸以教科书一样的标准军姿站稳，瞄准，扣动扳机，连续十枪，干净利落。

看见电脑上自动报出的环数，九十九环，叶正宸深深蹙了蹙眉，取下耳机。站在叶正宸身边的郑伟琛看见电脑上报出的环数，脸上浮现出些许诧异："见到她了？"

"嗯。"叶正宸揉了揉剧痛的太阳穴，放下手中的枪，坐到旁边休息区的椅子上。他的心情岂止是不好，简直是糟糕得不能再糟糕，他本以为来射击场可以缓解一下，没想到连瞄准时都不能集中注意力。

郑伟琛在饮水机前接了两杯水，把其中一杯放在他面前的茶几上，自己坐到对面的椅子上问："她昨天不是去了酒店吗？你没跟她解释清楚？"

"我根本没机会解释。"

郑伟琛闻言一愣："没机会解释？那你两个小时都干什么了？"

提起这个敏感的话题，叶正宸掩口轻咳一声，转头看向别处，含糊地回答："她求我帮忙救她未婚夫。"

"求了两个小时？"

两个小时，叶正宸的确有充分的时间去解释，可是当她在他面前轻解衣衫时，他把所有想说的话都忘了，脑子里唯一的念头就是把她紧紧地抱在怀里，真切地感受他怀念已久的温度和柔软。等他真的把她抱在怀中时，他的理智彻底脱了轨，一切都脱离了他的掌控……

事后再来后悔，为时已晚。

郑伟琛见叶正宸沉默不语，不再追问，起身说："走吧，我陪你去喝点。我听说了一家非常地道的川菜，担担面的味道不错。"

"我先去个地方。"

叶正宸将车开到三环边的一个小街口，在路边停稳，看了副驾驶座位上的郑伟琛一眼："南州的案子查得怎么样了？"

"差不多了。你的情敌非常配合，已经把知道的事情全部交代了，刘副市长贪污的赃款还没追查到，但查出他在北京、上海有几栋豪宅。"

"印钟添和这宗案子无关吧？"其实，叶正宸早就知道印钟添是无罪的，否则他再怎么色欲熏心，也不会为了一个女人颠倒是非黑白，救一个有罪的人。

“是，我查清楚了，他的确清清白白。而且在调查过程中，他主动提供了非常有力的证据，算是有立功表现。”郑伟琛看着陷入沉思的叶正宸，“如果……非告他，只能告他知情罪，缓刑的可能性很大。”

“嗯。”叶正宸抬头，看着车窗外叶子枯黄的老榆树，缓缓开口，“既然没罪，那就放人吧，别难为他了。”

“放人？你确定？”

叶正宸打断他的话：“我不想她太担心。”

一袭倩影迎面走来，叶正宸坐正，视线随着她的身影移动。她换了条黑色的连衣裙，端庄而高雅。然而，薄薄的妆容无法掩饰她脸色的苍白，恍惚的眼神透着疲惫，看得他的心隐隐抽痛。昨日的她若是如此憔悴，他恐怕无论如何也下不了手。

他早预料到她会焦虑不堪，会想尽办法救人，只是他没想到，当年的她理智而决然，把他逼得快疯了仍狠得下心，如今的她为了印钟添什么都肯做，就连跟男人上床都行。

是怎样的爱能让她丧失理智，放下所有的原则和尊严。

他一时失神，不小心按到了喇叭。她循声回头，看向他这边，一个短暂的回眸……

他失神了，又记起很久很久以前，那个温暖的冬天，一个穿着浅粉色睡裙的少女站在阳台上，肤色似白雪，眉目如烟花，薄薄的睡衣下，玲珑的身材若隐若现。

她慵懒地伸展双臂，迎着阳光微笑，像个可爱的精灵。

“丫头！”他唤她。

她蓦然回首，一个最甜美的笑脸，留在他记忆深处。

“师兄，早！”

那段陈年的爱，留给叶正宸很多难以忘却的记忆，其中当然包括……

他莽撞地冲击她的身体，天翻地覆的快感让他完完全全沉沦，那时，她痛苦地仰起头，死死地咬着下唇，黑发绝望地散在真皮座椅上，眼泪顺着脸颊滑落。

不过，他记得最清楚的，始终是她甜美的一笑和那句最温暖的“师兄，早！”

然而那已经是很久很久以前的事了，如今，她有了未婚夫，他也许不该再为难她。

看着叶正宸失神地凝望着前方，搭在方向盘上的手不断收紧，像在极力控制自己追上去的冲动，郑伟琛不禁顺着叶正宸的目光看过去。毫无意外，他寻到了那位略显忧郁的美女，素衣淡妆，眼波流转间，三分憔悴，七分冷艳。

一阵节奏感极强的手机铃声响起，叶正宸拿出手机看了一眼来电显示，面无表情地把手机放了回去。

一分钟的停顿后，手机铃声第二遍响起来，狭小的空间将音量无限放大，郑伟琛不得不揉着饱受荼毒的耳朵抗议：“再不接我的耳朵要聋了。”

叶正宸冷冷地看了他一眼，拇指在手机屏幕上滑了一下，把手机放在耳边：“有事吗？”

“我爸爸明天过生日。”喻茵说话从来都是这样，话讲一半，剩下的一半你自己领悟。

“我明天有事，抽不出时间。”

“没关系。”喻茵顿了顿说，“我爸爸说他想喝二十年前的二锅头，你知不知道哪儿能找到？”

“嗯，你晚上过来拿吧。”没有一句废话，叶正宸挂断电话。

虽无意窃听，但封闭的空间让对话毫无遗漏地传进郑伟琛听力极佳的耳朵里。

“二十年前的二锅头？你岳父真难伺候。”他有意把“岳父”两个字说得字正腔圆。

叶正宸阴冷地看了他一眼，没有说话，目光转向倩影即将消失的街角。

没有达到预期的效果，郑伟琛继续笑着调侃某人："什么时候有空带叶太太出来聚聚，我好久没见她了，挺想她的……"

一个冷眼射过来，冷意远胜万年寒冰。

"你再说一个字，我就把你从车上扔下去。"

"哥只是非常好奇，他们用了什么方法让你在结婚协议上签字。"

"……"

郑伟琛并非纯粹为了调侃某人，而是这个问题确实让他百思不得其解。二十年的哥们儿，叶正宸的性格郑伟琛太了解了，宁死不屈，让他娶一个不爱的女人，除非把他打成白痴。

"依我看，你的旧情人已经变心了，你和喻茵也结婚三年了，你不如……"

叶正宸一脚踩向油门，车子猛地一个加速，冲了出去。

考虑到自己毕竟是家中独子，还没娶老婆传宗接代，郑伟琛只得适可而止，把后面的话咽了回去。

番外三

人生若无初见

相恋时，我身边站着合法妻子，那是我身不由己……

重逢时，你穿着洁白的婚纱，身边站着他，那是你的心如死灰……

你知道是什么让我们一次次错过吗？

有机会，我一定告诉你！

（一）相识

不记得从什么时候开始，郑伟琛总是笑他的情感洁癖是病，要治，他向来一笑置之。

事实上，他是个非常正常的男人，女人的美，他也懂得欣赏，但只是欣赏而已，没有爱。

有人问过他：什么样的女人能让你动心？

他尝试去勾勒一个女孩的形象，但是，没有。他也想不出，什么样的女孩会让他想去拥抱，想要拥有，想与她共度一生。

终于有一天，他真的遇见了她——在错误的时间，错误的地点。

十月的大阪，秋意初至，平添几分凉意。

一辆炫目的跑车前，站着典型日式穿着的年轻人，单薄的红色衬衫，修身的深灰色牛仔裤，挑染的金色头发如灌木丛般直立。

他就是井上，叶正宸在日本的搭档，与他单线联系。

“这是今年的新款，前几天刚到的现车，我特意给你留的。”井上用中文说。

叶正宸打量完井上鲜红的衬衫，又打量眼前崭新的名车，轻笑：“还好，不是我最受不了的红色。”

“你这是什么意思？看不起我的品位？”井上鼓鼓腮帮子，瞪眼，“你怎么侮辱我都行，鄙视我的品位就不行。”

“是我的品位够不上你的高度，你知道我的，我只会欣赏越野。”

井上回了他一个“我当然知道”的表情：“行，过几天我给你选一辆。”

“黑色。”叶正宸说。

“没品位。”

叶正宸微笑不改，俯身打开车门，坐进车里，特意检查了某一隐蔽处，下车从钱包里拿了张黑色的银行卡。

井上环顾一下空旷的停车场，压低声音说：“那边有消息了吗？”

“有了。我见了山口制药实验室里的两个实验员，他们说那边从没测试过抗癌性，只做传播介质实验，现在已经成功了。藤井研究室正在测试细菌在活体环境中的存活率。”

“如果这种细菌传播出去，会怎么样？”

“和SARS的传播方式相同，死亡率高五倍。”

井上低咒了一声，愤然道：“这帮山口组的流氓，就是为了卖点药，做得这么绝。”

叶正宸抬头看看天空，阴云密布，怕是暴风骤雨就要来了：“恐怕他们不只是为了卖药。”

“你打算什么时候把证据给警方？”

“我还需要半年的时间。”

“半年，这么久？”

叶正宸点点头，又说：“新宿华人会那边的人我已经安排好了，他会主动跟你联络。”

华人会是新宿最有势力的帮会，拥有新宿一半的娱乐产业，也拥有着辐射整个日本的信息网。他这次来日本，除了调查山口药业研制的细菌，还有个更重要的任务，就是和华人会取得联系，追查一些隐匿在日本多年的逃犯。

他在日本一年多，日方对他一直有所防范，调查他的身份和监控他的行踪。最近，更是对他监控得更加严密。

“好，最近你被盯得挺紧的，别再出面了，好好在实验室做研究吧。”

“那边的事情交给你了。”

这时，一名西装革履的员工从车行里匆匆跑过来，一个劲儿鞠躬道歉，用日语说：“非常抱歉，打扰你们。老板，您约的代理商到了。”

“我知道了。”井上将手里的银行卡交给员工，“这辆车叶先生要了，马上办手续。”

“是，我马上办。”员工丝毫不敢怠慢，迅速消失。

井上离开前，特意拍拍叶正宸的肩膀：“我还有其他事情，不陪你了。这几天你有空了，不如找个美女消磨消磨时间。”

叶正宸仍面带微笑，用日语答：“非常感谢。”

叶正宸从停车场走回接待大厅，车行员工极为恭谨地将他引导入休息区：“叶先生，里面请。”

这里的员工大都认识叶正宸，以为他和老板井上是好朋友，事实上，叶正宸对井上了解得并不多，仅有的一点信息，他还是从员工和客人的聊天中得知的：他是个华裔，小时候随母亲来到日本，嫁了个日本人，入了日本国籍。几年前，他的继父病逝，他的母亲继承了遗产，出资给他开了这家车行。之后生意越做越大，在大阪有几家车行，其中包括两个二手车行。

“叶先生，请稍等，我们马上去给您办手续。”

坐在休息区的沙发上，叶正宸刚拿起报纸，鼻端飘来一阵浓郁的咖啡香和女人的幽香，接着一双修长的美腿在他面前微微屈膝，他抬眼，只见一名陌生而美艳的销售员笑吟吟地望着他：“すみません。”（对不起，打扰一下。）

他半起身，接过咖啡：“Thank you。”

“You are welcome。”发音相当标准。

叶正宸暗暗后悔，早知道美女英文这么好，他该说：“谢谢！”

果然，美女接着就用非常流利的英语恭维他：“您真有品位，这款车才出厂不久，全大阪也没有几辆。”

“我只是喜欢它的颜色。”

“水晶紫，只有保时捷才有的特殊漆，最低调的奢华。”

叶正宸喝了口咖啡，笑而不语。

在日本，年轻人过了十八岁，都要打工养活自己，有不少名牌大学的美女选择来车行打工，赚钱倒在其次，主要目的是结识有钱且未婚的男人。

“我有个客户非常喜欢这款车，愿意多出车价的百分之二十买这辆车，昨天我帮他求了老板好久，老板只回答我一个字：No。”美女继续搭讪。

“我想，我和你们老板的回答一样。”

美女摇头，款款一笑：“你误会了，我没有让你割爱的意思。相反，你比我的客户更适合这款车……”

“哦？哪里适合？”

“为天而设，无可替代。”

叶正宸挑挑眉，露出招牌式的调笑：“我记得保时捷还有另外一句广告词：只需开动引擎，你对人类的信心就会完全恢复。”

本以为这种明显的挑逗会让美女对他“敬而远之”，不承想美女羞赧娇笑，顾盼生辉。叶正宸懊恼且无奈，立刻把话转了个弯：“只可惜，再好的车于我而言，都不是‘无可替代’的。”

“为什么？”

“对我来说，名车和美女一样……没有最吸引人，只有更吸引人。”

美女微微一愣，不知如何接话。恰好，车行的一名员工跑过来，双手捧着文件，半跪在地上，用日语说：“叶先生，请在这里盖章。”

叶正宸拿出纯铂金的印章，盖完，耐心等着员工拿纸巾为他把印章擦干净，才收回印章盒。

“手续都办好了吗？”他问，再办不好，他怕招架不住美女的攻势了。

“办好了，这是您的车钥匙、银行卡。资料我已经帮您锁在保险柜里了。”

“谢谢！”叶正宸转眼又对美女笑了笑，“和你聊天很有趣，有空再聊。”

美女一直送他到门外，目送着他开着车驶进车流。办手续的员工拍拍她：“我没说错吧，他很难接近。”

“可我分明感觉到他被我吸引了。”

“每个女人都这么说……哦，不，连山本君也这么说。”

十月，该是枫叶初红的时节，而今年，只有零星几片叶子泛红。

风过，一片红叶落下，正落在一个女孩身上，顺着她的肩跌落。黄昏的阳光照在她素净的面孔上，干净得透明，没有一点多余的掩饰。

女孩拿着张薄纸，认真看一下，再踮着脚四处张望，满目茫然，显然是迷路了。他抬头看看天色，阴云密布，正在酝酿一场疾雨。

他那再高的堤坝都阻挡不住的同情心又泛滥了。他停下车，摇下车窗，看清了女孩的样子，他终于明白她为什么不化妆，拥有这样天然的美貌、这样纯净的笑容，任何修饰都是多余的。

询问之后，他得知美女迷了路，又是中国人，他的责任感又没按捺住，主动开车载她去超市。

……

一番纯礼节性的寒暄后，她说："我在藤井研。"

"藤井研"三个字，让他不禁认真读她的眼神。她的眼神清澈见底，隐藏着一种坚定，一看就是个心思单纯、毫无杂念的好女孩。他有些担心，担心这样单纯的女孩被藤井利用来做他可怕的细菌。

他忧心时，女孩突然问他要去哪，还说要去他的公寓。

从她狡黠的眼神，他猜出她不是真的要去他的公寓，但他猜不出她玩笑背后的心思。于是他没有拒绝，带着她回了公寓，走到公寓门前，看见她留下的便利贴，他不由得笑了。

不是伪装的笑意，而是发自内心地被眼前这个可爱的新邻居逗笑了。

那一刻，他忽然觉得他将没有特殊任务的半年，不会无聊了。

（二）相知

某日，叶正宸轻轻走进细菌培养室，寂静无声的空间内，她认真观察着细菌，并仔细记录着细菌的每一个变化，精心描绘的手绘图配着简洁明确的注释。即使他这样挑剔的人，都忍不住想给她的记录本打上满分。

为了避免吓到她，他以最轻的声音开口："这么晚了还没走？"

她被吓得一颤，抬头看见是他，便灿烂一笑："师兄，是你呀！"

"不好意思，吓到你了。"

"没事。"说完，她又继续观察她的细菌。

他也不再说话，拿着她放在一旁的记录本细看。她果然在做那种变异细菌的活体实验，从记录上看，这种细菌的存活率已经达到20%。

放下记录本，他细看她的侧颜。在他所认识的女人中，她绝对不是最美的，却绝对是做事最认真的。她认真做事时，眉目微垂，嘴角轻咬，整个人陷入思考，周遭的一切仿佛都与她无关，而他，也成了看不见摸不着的空气。

过了整整一个小时，她完成了观察记录，抬起头来看见他，又是一脸惊诧："师兄，你怎么还在？"

他第一次发现自己这么没有存在感。

他假装看看外面的天色："我刚刚看见外面下雨了，想问你要不要搭我的车回去。看你在忙，就没打扰你。"

"哦，真不好意思，让你等了这么久。"

他以为她会非常开心地感谢他，然后跟着他一起离开。

可是她却微笑着拒绝："不过，我穿了雨衣，骑车回去也不会淋湿。我还有个实验总结要写，晚点才回去，你不用等我啦。"

"好吧，那你路上小心点。"

"嗯嗯。"

她合上培养皿，整理好实验器具，因为过于专心，她并没有留意叶正宸离开前，滴了两滴液体在培养皿中。

那天晚上，叶正宸睡得非常不安稳，一闭上眼睛仿佛就能看见她，她在哭，无声的泪水落在培养皿里，每一滴都让人心疼。可他必须这么做，他看过山口药业实验室中死去的那个人，全身溃烂，连骨骼都已溃烂，惨不忍睹。

他不想有一天，她也变成那个样子。

第二天，他忙完工作便去细菌培养室看她，她真的在哭，每一滴眼泪都落在他的心上，激荡起他无法抑制的愧疚感。看见他，她便扯着他的袖子哭，一边哭还一边诅咒着日本的教授。

"对不起"三个字哽在他的喉咙里，无法出口。

他想尽一切办法逗她笑，她终于笑了出来。那笑容，像是雨后乍现的阳光，格外明媚，格外清透。他仿佛被那笑容蛊惑了，不由自主地以指尖拭去她眼角残留的泪水。她的眼泪是温热的，凝聚在他的指尖，晶莹剔透。

看着指尖和袖口上染着的液体，他怔住了。

为什么？他竟然不觉得她的泪水脏了他的衣服，而只觉得心疼，心疼得想要紧紧抱住她。

从那之后，他总是不由自主地想关注她，关注她的生活，关注她温暖而弥漫着烟火味的家。每次疲惫，他都想去她家里坐一会儿，和她聊几句天，哪怕是被她狠狠批判讽刺，他都能发自内心地笑出来。

有一日，住院部里死了一个心脏病人——一个十二岁的小女孩。那个日本小女孩很可爱，她不会讲中文，但每次看见他，都会用生硬的中文叫他“大哥哥”，然后捂着嘴对他笑。

他尽了全力去做手术，可小女孩还是死在了手术台上，他在她的病床前坐到深夜，拖着一身疲惫回来。他很累，想要找个可以安心休息的地方。经过走廊时，他在隔壁的门外驻足良久。

这样的深夜，敲一个单身女孩的门无疑是唐突的。几番迟疑后，他还是敲了她的门。

她听到是他，很快打开门，穿着一身单薄的睡衣，揉着天真而单纯的眼睛。

他说：“丫头，给我煮碗面吃吧。”

“你看看表，这都几点啦，你拿我当闺女使唤呢？”她努着嫩粉色的小嘴埋怨他，嘴角和眼睛里却带着愉悦的笑意。

看着她认真煮面的样子，他忽然很想抱抱她，很想，很想……

他甚至有种冲动，想挣脱束缚，伸手抓住她，永远把她留在一个触手可及的地方，永远。

她递了条毛巾给他，毛巾是专属于他的，却有着她的皂香味。他擦去脸上的风尘，瞥了一眼她嫩粉色的床单和揉成一团的薄被，很温馨，睡在上面一定很舒服。

但他立刻打消这个念头，他不能！他是被任务禁锢的人，他是没有自由的人，他是不能被任何人爱，也不能爱任何人的人……

（三）归国

庄严肃穆的会场内，目光所及之处皆是深沉的军绿色，唯有鲜红如血的旗帜在高处舒展，流光溢彩，激荡起军人血脉中的炽热。

整齐的列队集结在侧，充满了无声的威严。身着军装的叶正宸凛然立于众人之前，干净利落地敬了一个军礼，洁白的手套抵住橄榄绿的军帽，更突显出他勃发的英姿。

首长亲自为他戴上军功章，当指尖拂过勋章上的红星时，首长紧皱的眉头舒展开来，眼中竟泛起泪光。叶正宸望着眼前熟悉的面容，又抬头看向高空中的红色旗帜，只觉戴在胸前和肩上的不是荣誉，而是更加沉重的责任。

受勋仪式结束之后，新战友立刻围了上来，热情洋溢地要为他接风洗尘。他绝非不谙世故的人，但此时此刻，身上的枪伤未愈，心中纷繁杂乱，着实没有心情与人把酒言欢，他只能勉为其难谢绝了战友们的好意，匆匆乘车离开。

叶正宸坐在徐徐前行的车上，听勤务兵简洁明晰地向他汇报了两天后的军事演习安排。这次军事演习是中俄两方王牌野战部队的一次对战，第N师已经为此准备了近一年。叶正宸刚刚回国归队，没有具体任务，只需要在指挥部旁观作战过程。

勤务兵条理清晰的汇报结束后，叶正宸将车窗摇下，冷风吹进来，他纷乱的情绪也略微平复些："张均，去机场。我今天要去南州市，明天回。"

勤务兵以为自己听错了，又确认了一遍："参谋长，您是说今天要飞去南州，明天返程吗？"

"嗯。"

"是！"

"为什么？"这个问题当然不是勤务兵敢问的，而是听说叶正宸回国，在师部大门外等着与他久别重逢的郑伟琛在电话中问的，"只有一天的休整时间，你也要去南州？你就这么迫不及待地去私会别人的未婚妻？”

叶正宸看向师部大门的方向，仿佛看见郑伟琛恨得咬牙切齿的表情，心中的沉闷一扫而空，噙着笑意答道：“是，我就是这么迫不及待。你从哪儿来就回哪儿去，我没空会你。”

“你——行！”

“过奖。”

说话间，缓缓行驶的车已行至师部大门前，叶正宸切断电话，看着手表对张均说：“停车吧，我在这里下车。”

“是！”

车平稳减速，稳稳地停在大门一侧的路旁，张均利落地跳下车，小跑着去开后车门时，叶正宸已经下车，快步走向大门外被阳光直射了不知多久的人影。

瞥见叶正宸迎面走来，郑伟琛毫不意外，笑着迎上前，一个重拳打在叶正宸的肩头上：“你穿这身军装还挺帅的，比穿白大褂帅。”

伤口因为重击而撕痛，叶正宸眉头都没皱一下，抚着肩膀展颜而笑。真正的朋友，是在你伤口上撒了一把盐，你依然笑着面对的人。

“你这么急着去南州，发生了什么事吗？”郑伟琛问。

叶正宸缓了口气，言简意赅地答：“我想看她一眼。”

“只为了看她一眼？”

“是的。”

听到这样坚定果决的回答，郑伟琛除了摇头轻叹一声，只能说：“上车吧，我送你去机场。”

也许别人不会明白，叶正宸为什么来去匆匆，只为看一眼别人的未婚妻，但郑伟琛明白。

是因为思念，整整三年的思念，却被责任和军令禁锢，终于等到这一日禁锢解除，什么都不能阻止叶正宸见她。就算她此刻正穿着婚纱，挽着别的男人的手臂微笑，他还是要去远远地看上一眼。

这就是叶正宸，这就是爱情！

第二天傍晚，一夜未眠的叶正宸返回师部开会。

军事会议一直开到深夜，指挥部对演习的整个战略部署做了最后一次确认，事无巨细。叶正宸一直坐在旁边听着，没有发表任何意见。不是他不想发表意见，而是这一次的部署已经完美得无可挑剔。

会议结束，指挥部一切准备就绪时，已是凌晨时分。第一缕阳光自地平面射出时，对战的第一枪打响，俄方蓝军和中方红军的军事演习在荒野中拉开了帷幕，不绝于耳的枪声与爆炸声让人有种置身真实战场的错觉。

整个演习中，叶正宸一直立于显示屏前，看着“枪林弹雨”的决战，看着红方在防御工事中有条不紊地变换战术，看着轰隆的爆炸声中，医护人员绕过一处处炮弹的落点，将伤员救出战地。

“参谋长，您的饭。”张均端着炊事班送来的便餐递到他眼前。

他没有接过午餐，只说了一句：“带我去看一下伤员的情况。”

“是！”

雪白的背影在纷乱的世界里若隐若现，令他又想起了前夜在医院看见的场景，垂死挣扎的病人躺在洁白的病床上，紧紧抓着她的手，无论如何都不肯松开。她明知道任何药物都无法再延续病人的生命，还是不肯放弃，用尽全力去抢救，不停地鼓励病人坚持下去。

或许，在很多人看来，她的抢救除了延长病人所受的折磨，毫无意义。可叶正宸明白，那是医生对生命的尊重，对人性的抚慰。这让一个人在垂死之时，还能感受到世界的最后一丝温暖，这非常有意义。

经历了三个小时的抢救，病人终究辞世，她走出病房，每一步都是精疲力竭的。那时，他很想牢牢地抓住她的手，一生都不放开，可是他看见了她空无一物的手腕，停住了追上去的脚步。

他送给她的手表，她不再戴了，取而代之的是手指上璀璨的钻戒。

她与他的故事，就这样完结了吗？

（四）怅惘

半个月后，晚上八点多，叶正宸拿了两瓶白酒回到住处。进门后，他放下钥匙，开了灯，随手把酒放在门边的角落里，一身疲惫的他身姿始终笔挺。

他的公寓是出国前父亲买给他的，当时方圆几里，只有这幢高层建筑巍然独立，站在窗口可以俯瞰半座城市。然而短短五年时间，它已淹没在一幢幢更高的大厦中，从窗口能看到的尽是纸醉金迷。

或许是在国外待得太久，这座从小长大的城市让他觉得有些陌生，看不见古老沧桑的大院，也看不见大片大片生机盎然的绿色，许多记忆都掩埋在尘土飞扬里。他轻轻合上淡紫色的窗帘，外面的灯火透过窗帘照进来，映得满室淡紫。

他忽然怀念起大阪那栋低矮的公寓楼，许多真诚的朋友，还有阳台外浪漫的樱花树。

樱花盛放的时节，花瓣落满阳台，拉开窗帘，露出她灿烂的笑脸……

那一年，那一季……花瓣在风雨交加中飘摇，有个人，有段爱，最短暂，也最绚烂。

三年里，他每天都在期待时间快点过去，期待他恢复自由，然后狠狠抓住她的手，狠狠把她抱在怀里，告诉她，他有多想她，他有多少难言之隐。然而，时间不会停留，感情也不会……

即使他能抓住她的手，能把她抱在怀里，甚至能把她按在床上，那一句“我想你”也早已毫无意义。也许郑伟琛是对的，她已经变了心，他应该淡然地给她一个拥抱，真诚地对她说一句：祝你幸福！

他也想过这么做，看到她和未婚夫默契地挑选橱柜，轻声细语地讨论哪款更美观，哪款更适合他们的新家，他真的想就这么放手，让所有的隐情成为永远的秘密，让她安安心心嫁给一个能给她幸福的男人。

可是，当她在淡绿色的窗帘前驻足，静静地望着它出神时，叶正宸即将熄灭的希望像火星被氧气吹拂，骤然燃起，越烧越炽。

她在想他，一如他想着她，从未间断……

不知何时，门铃响了，打断了他的回忆。叶正宸打开门，门口站着一身深紫色束腰短裙的喻茵，看上去大方又高贵。

“小伍只弄到两瓶。”他平淡地陈述道，俯身拿了酒递给喻茵，身姿挺拔地伫立在门口，丝毫没有让开的迹象。

喻茵没问小伍从哪里弄的，看看上面的出厂日期，理所当然地微笑道：“谢谢！”

“不客气。”叶正宸也不想告诉她小伍为了这两瓶酒有多为难，求了多少人，因为这两瓶酒是送给喻伯父，他最尊敬的长辈，与喻茵毫无关系。

“你昨晚去哪儿了？”喻茵问。

“酒店。”他自然得不能再自然地回答。

“和朋友喝酒？”

“和女人上床。”

走廊陷入了死一样的沉寂，连呼吸也渐渐凝滞。

沉默后，喻茵轻笑：“你不用故意气我。”

“我没必要气你，我说真的。”

又是死一般的沉寂，更长时间的沉默后，她问：“和她？”

“嗯。”他没有否认，确切地说，是懒得否认。

于他而言，编造谎言是件非常浪费脑力的事情，要尽力去设计好每一个细节，尽量让每句话听上去都合乎逻辑、前后不矛盾，还要用表情和眼神去配合，太费心了。

这辈子，值得他花心思去骗的女人，只有薄冰一个。偏偏她最恨被欺骗，自始至终无法理解，他越是精心打造谎言，代表他越在乎，在乎到惧怕的程度。

喻茵平复了一下呼吸，语气依旧平和：“我听说南州市副市长的秘书因为涉嫌贪污被抓，如果我没记错，是她的未婚夫吧？”

叶正宸低头解着袖口处的纽扣，解完一边又去解另外一边，然后把袖子缓缓往上挽。

他拒绝回答的态度已经很明显，偏偏喻茵锲而不舍地问：“你不觉得这种手段太卑鄙吗？”

他抬头，满不在乎地笑笑：“别什么都看得那么透，不累吗？”

喻茵点点头，从手包里拿出一个文件袋，见他不接，她仰起头对他微笑，笑中夹杂了少许落寞：“这是你最想要的。”

叶正宸立刻接过，取出文件，一纸薄薄的离婚协议，正是他最想要的。

喻茵走了，依旧高贵典雅的背影在电梯门后消失了。叶正宸低头望着离婚协议书上有点潮湿的字迹，有些褶皱的圆形像极了干涸的眼泪。

指尖拂过泪痕，他心中充斥了三年的怨责倏然消失了。经历了失去的滋味，他理解了喻茵当年的极端，他只希望他的决绝，能让她不再继续执迷不悟。

番外四

幸福生活

第一季　求婚

Action 1

某日，薄冰下班回来，脱下满是寒气的外衣，疲惫地把自己丢在沙发上。她太累了，手脚已不受控制，动都动不了。

她打开沙发边的落地灯，拿出新收到的信封看了又看，还是没有信、没有寄件人地址和署名，只有一个邮戳印着“北京”两个字，还有寄件日期。

他应该是想告诉她：

军事演习结束了，他已到北京，一切安好。

看过信，她顿时有了力气，换上一件睡衣，走进浴室。

薄冰打开热水，撒了几片香薰玫瑰，接着脱下身上的衣物，尝试把脚尖放入水中。氤氲的热气冲击着身上的寒气，强烈的刺激令她打了个寒战。

她咬咬牙，躺了进去。热水漫过肌肤，火辣辣的疼痛感涌了上来，片刻后，雪白的肌肤隐隐泛出粉红，寒冷和疲惫渐渐被热水逼出体外，肌肤上的痛感也化作舒适感……

就像那一夜他留给她的感觉。

闭上眼睛，她又想起了他。不知道他怎么样了，既然回了北京，行踪应该不需要保密，为什么还不给她打电话？因为太忙了？

忍了又忍，她到底按捺不住，拨通他的手机，听到的仍是千篇一律的回答：“对不起，您拨打的电话已关机。”

她刚收线，放下电话，忽然听见一阵门铃声。

这么晚了，会是谁？她匆匆拿了条浴巾围在身上，顺手又拿了件浴袍，边走边穿在身上。快步走到门口，透过猫眼，她看见外面站着一个男人，橄榄绿的军装穿在他身上，神圣庄重得不容侵犯，让人有种无来由的信赖。

然而他的站姿不复以往挺拔，手扶着墙壁，身体看上去摇摇欲坠。

来不及细想，薄冰打开门。

“你……”

叶正宸不等她问完话，一下抱住她，浓浓的酒气从他身上传来。

“丫头。”

“你喝酒了？”

“嗯。”他放开她，走到沙发前，直挺挺地躺上去。

“喝了这么多？”

他揉揉额头，长出口气：“我们师长，他太能喝了……”

“师长？”他的师长不是在北京吗？

“嗯，这次演习我们师赢了，师长一高兴，给了我一天假。”

“一天？所以你喝完酒之后来了南州？”

叶正宸睁开眼，用迷离的眼光看着她，含糊地说：“有水吗？”

“有，你等等。”薄冰急忙去厨房接水。等待中，她的眼光锁定在沙发上的人紧锁的眉头上。想到他喝成这样还坐着飞机来了南州，一阵暖意从她心底荡起……

水漫过她的手，淌到地上，她才恍然回神，关了饮水机。

“水……”她把水端到他跟前。

他一动不动地躺着，眼睛闭着，呼吸渐沉。

见他疲惫地睡着了，她双手捧着水杯跪坐在沙发前的地毯上。

她没吵他，让他安安静静地休息。

时间悄然溜走。

Action 2

落地灯的微光照在叶正宸隆起的眉宇间，这张无数次出现在她梦中的脸，近在咫尺，又那么遥远。她的手不知怎么的攀上了他的眉峰，熟悉的触觉唤起指尖的战栗。

她触电般缩手。

叶正宸的眉头蹙得更深，同时艰难地动了动身体。一身厚重的军装本来十分合体，勾勒出他刚硬的线条，而此刻，从他的睡姿来看，这身衣服就显得又闷又热，穿着极为不适，尤其是领口处的扣子，紧紧地勒着他的咽喉，让他有点呼吸困难。

他的脸越来越红，发际已有汗滴滚落。

盯着他的领口好久，薄冰将水杯放在茶几上，手指悄悄伸到他的领口处。衣扣微凉，颈项上的肌肤却是滚烫的，烫得她心颤，缩了缩手指。

迟疑了一下，她又伸手……

解了好久，手心满是汗，她总算将扣子解开了。领口半敞，禁欲感极强，刹那间多了一种别样的诱惑，尤其是穿在一个极具诱惑力的男人身上。

她的手不由自主地伸向他的第二颗衣扣。军装上金色的扣子在她的手下一颗接一颗松开……解完最后一颗，她松了口气，正琢磨怎么帮他把外衣脱下来，却意外地对上一双漆黑的眼眸。

“你？”她整理好纷杂的思绪，小声问，“要不要喝水？”

他微微牵动嘴角，坏笑又挂在脸上：“你似乎对我的扣子特别感兴趣。”

“我，”她的脸红了，“我看你有点热……”

“是有点热。”他贴在她耳边说，“你继续吧。”

“已经解完了。”她艰难地回答。

“还有衬衫的……”

她大窘，慌忙把水杯凑到他的唇边。

“你先喝点水吧。”

他喝了一大口水，晶莹的水滴挂在薄唇边，令人有种帮他吮干的冲动……

“你吃晚饭了吗？”她轻声问，“要不要我煮碗面给你？”

“哦，好。”叶正宸笑了，舒适地半倚着沙发靠垫，望着厨房里忙碌的女人，仿佛又回到了三年前：疲惫时可以走进她温暖的家，看着她在厨房里忙碌的背影。

叶正宸走进厨房，混着薰衣草的玫瑰香迎面袭来。

眼前的她，头发半湿，水滴从发梢落在微红的肌肤上，晶莹剔透。她就像古典油画，每一笔都是无声的诱惑。

心一荡，叶正宸再也按捺不住，把她抱在怀里。虽然美味的担担面让他很怀念，但有些东西让他更怀念。

“先别煮了，我们做点别的。”

“啊？”她想要摇头，又忍住了。

女人的欲迎还拒远比任何迎合都具有诱惑力。

他的手探向她的腰，隔着厚厚的浴巾轻抚。果然不出他所料，这层浴巾下面空无一物。

“不如……我们讨论一下，你欠我多少次补课费。”

“……”她认真地思索起来。

在他眼里，她认真的表情最美。三年来，每次站在细菌培养室的门外，他都会想起那个认认真真培养细菌的女孩，仿佛还能听见她恳求那些细菌的声音：“我求你们了，坚强点，一定要活下去……”

他常常想，如果这个可爱的丫头没有遇到他，是否会一直那么可爱下去。他感慨地伸出手，揉揉她半湿的头发。

Action 3

水在淡蓝色的火苗上渐渐变热，翻滚，乳白色的雾气一波波涌动……

他笑着吻吻她的唇："丫头，我们结婚吧！"

这句话，她已等了太久。她咬着嘴唇望着他，一滴晶莹的泪从蒙眬的眼中坠落。

他以指尖拭去她眼角的泪，拂开她滴水的湿发："怎么哭了？你不是一直想嫁个军人？"

她双手轻触着他军装上的肩章："我以前只见过穿着白大褂的色狼，没想到还有披着军装的禽兽。"

"你别对男人心存幻想，大学教授也不见得好到哪里去，说不定，脱了衣服连禽兽都不如。"

"是吗？有机会我见识见识。"

"你，休想！"

第二季　结婚

Action 1

激情过后的卧室，暗香弥漫在空气中化作一张柔软的网，笼罩在薄汗未干的身躯上。

他伏在她的身上，身体因兴奋而微微颤抖，落在她唇边的鼻息也因为高强度的运动略显急促，湿透的碎发贴在额前，一滴汗在她眼前坠落，如梦似幻般晶莹。

以前都是她被鄙视，难得看见叶正宸有疲惫的时候，她憋不住笑了出来："怎么？力不从心了？"

他轻轻笑笑，吻吻她的额心："是啊，不过是跟战士练了一天的格斗，和师长喝了一场酒，又坐了两个小时的飞机，就有点累了，看来我需要再练练体能，不然没法满足你了。”

“呃，这样你还能……”她拼命摇头，“你千万别再练了，我已经很满足了。”

再练下去，她哪还有力气救死扶伤。

“可是，我还没有……”

她不禁长叹——三年了，他真是一点都没变！

Action 2

清晨，某医生从沉重感中醒来，无奈地看着身边的男人像条蔓藤一样将她缠得死死的，长叹一声——这个男人，连睡姿都一点没变。

好容易将胸口上的手臂搬走，又费尽力气将搭在腿上的长腿推开，薄冰刚松口气，不想某参谋长慵懒地舒展了一下强健的身体，回身又将她抱了个满怀，脸在她的胸口轻轻磨蹭着，一直蹭到她呼吸不稳……

“师兄，别闹了，”她推推他，“我今天还要上班呢……”

“不用上了，我让人代你向你们主任请了一天假。”他的声音低沉而慵懒。

“什么？！”

“你们主任已经欣然同意了。”

欣然？她总觉得这个词有特殊的含义。

不给她深思的机会，他紧接着问：“难得我们都有假期，你今天想怎么过？”

虽然叶参谋长能有一天假期实属不易，她也的确想好好享受这难得的假期，和他来一场真正的约会，然而，想到他昨天累成那副样子，她怎么忍心再折腾他。

“不如，我陪你在家里休息休息吧。”

“你的意思是……想和我在床上度过一整天？”

她避开这个无药可救的男人滚烫的眼光，换了个话题：“你如果不累，我带你在南州到处转转。”

叶正宸慎重地考虑了一番："我们出去转转吧。"

一向风流成性的叶参谋长会选择后者，着实让人费解。

Action 3

南州城并不是很大，没有什么名胜古迹，但两个人携手漫步，最平淡的景物也是绝佳的风景。

经过一栋陈旧的建筑时，叶参谋长忽然问："这是什么地方？怎么这么多人排队？"

"民政局。"小冰随意地扫了一眼，"咦，今天排队的人是挺多的。"

"难道今天是什么良辰吉日？"

她仔细算了算时间："今天是5月21号，哦，521。"

"果然是良辰吉日。"某参谋长深思片刻，"丫头，你带身份证了吗？"

"啊？你该不是想跟我结婚吧？"

"反正刚好路过，我们也没什么事儿做，顺便结了吧。"

路过？没什么事儿？顺便？这三个词用得实在让人无语。

"军人结婚不是很麻烦吗？不是需要政审吗？"

"哦，这个好办，我打个电话就行……"

见他真要打电话，她急忙捉住他的手："结婚这么大的事儿，我们应该慎重考虑一下吧？"

虽说他对她的感情毋庸置疑，可是一大清早闲逛逛到民政局就把婚结了，似乎太仓促了。

"慎重？考虑？"他的表情有些僵硬，"你跟我结婚，还需要慎重考虑？"

"我……"当然要慎重，他可是军婚，受法律保护的，一旦嫁错了人，离婚可是比登天还难。

"你决定嫁给印钟添的时候，慎重考虑过吗？"

“你！”她气得不知说什么好，脱口而出道，“他没结过婚，也没离过婚，更没让原配拿着结婚证书在我面前炫耀。”

她的声音有点大，吸引了不少情侣好奇的目光。

某二婚的男人顿时惭愧不已，做了退让：“好吧，我给你时间慎重考虑……三分钟，你考虑吧。”

“三分钟？！三分钟能慎重考虑吗？”

“那你要考虑多久？十年还是二十年？”他不给她任何反驳的余地，直接下命令，“我给你十分钟考虑，要不你嫁给我，要不，我去跟别人结婚。”

“你敢！”

他挑衅地笑着：“你试试看。”

三秒钟，她做了决定：“排队吧。”

Action 4

数小时后，某人接过鲜红的小本本，看了又看，脑子还晕晕乎乎的，像是在做梦。

没有鲜花，没有钻戒，甚至没拍结婚照：“师兄，我们真的结婚了？！”

“真的。”叶正宸笑着伸手，“恭喜你，叶太太。”

听到这个称呼，她终于有点结婚的感觉了，仿佛《婚礼进行曲》响起，千万个气球放飞到空中。

“老公！”她甜甜地叫道。忽然想起他们第一次吃火锅的情景，她说，“以后我叫你师兄吧。”他说：“你只要别叫我老公，叫什么都行。”

那时候她怎么会想到，有一天，她真的叫他“老公”。

“走吧，老婆。”他说，“我们去做新婚夫妻该做的事。”

“什么事？”新婚夫妻该做什么呢？找家有情调的餐厅庆祝，去拍结婚照，还是去买钻戒？

"回家，洞房。"

某人无语了。

第三季　洞房

Action 1

回来的路上，新任叶太太不时拿出小红本看看，还不时拧眉，一脸忧虑，弄得一向自认年轻有为、品貌端正的叶参谋长自尊心严重受挫。

"怎么？后悔了？后悔也晚了。"叶正宸讪讪地说。

叶太太急忙摇头。她怎么会后悔，只是一切来得太突然，让她感觉不太真实，心里不太踏实。

"你有没有想过，我们三年没见面了，我可能变了，不是你记忆中那个'丫头'了……"

他站住，审视了她很久。

"不管你变成什么样……"

她眨着比钻石更璀璨的眼眸，等待着他深情款款的示爱，谁知他的下面一句话却是——

"只要还是70C，其他的我都能接受。"

"叶正宸！"她气得双颊涨红，小拳头狠狠地握紧，"无耻不是你的错，可你能不能掩饰一下你的无耻？！"

他也不顾街上有多少人在看，抓住她的双手将她扯入怀中。

"我在任何人面前都需要掩饰，唯独在你面前，从来不需要。"

Action 2

叶正宸带她回了家，但不是她的家，而是她的隔壁。

看见他拿钥匙旋开隔壁的房门，她大惑不解："你怎么有李医生家的钥匙？"

"是我的家。"

房门打开，午后的阳光透过淡绿色的窗帘射进来，映得满室朦胧，她未及出口的“为什么”咽了下去。

还是简洁的木质板床，极具沧桑感的橡木色床头，床上铺着浅绿色的被褥，被子没有叠起，平整地铺在床上，不见一丝褶皱和污痕。

还是同色系的书桌，桌上只有一台苹果的笔记本电脑和几本医学书。

她看向洗手间，他的洗漱用具还是整齐地摆放在洗手池旁边。

她难以置信地走到桌前，指尖触摸着桌面，熟悉的粗糙感和她记忆中的一模一样。

眼前的一切就像是身处梦境，美好得有些虚幻。

蓦地，一行字出现在她的视线中：“师兄，我爱你！”

窗帘被风吹乱，落地的玻璃拉门被光线切割成一片片的金色，灿若繁星。

她仿佛清晰地看到，她离开日本的前一夜，她的胸口撕心裂肺地疼，疼得她指甲一下下抠着桌面，抠了一晚上。

第一缕晨光照进来的时候，她才发现她藏在心底的那句话已经刻在桌上，无法抹去：“师兄，我爱你！”

“这些东西……”

“是我从日本运回来的。”

“为什么？为什么……”

“因为，我还想住你隔壁。”

她紧紧地抱住他，手臂环着他刚劲的腰，湿润的脸颊贴在他温暖的胸口上。

“叶正宸，我爱你！”

他垂首，深深地吻上她，动作带着极致的温柔。

她真傻，竟然会怀疑他们的感情。

时间会变，他们也会变，可只要他们的感情没变，一切还可以从头再来。

Action 3

午后，难得宁谧。

楼下的花园里不知何时种上了几棵粗大的树，无花也无叶，她认得那树干，是樱花树。

他们十分难得地站在阳台上聊着天。

他们聊起了冯哥和冯嫂，聊起了凌凌和她的教授老公，也聊起了秦雪，他说，她还留在日本，已经习惯了那种生活，不打算再回来。

他们还聊起了她的课题。提起Bacillus anthraci（炭疽杆菌），薄冰忽然想起什么："你当初对我那么好，是不是为了调查藤井教授的细菌研究？"

叶正宸冷哼一声："嘁，我若是真想从你那里探听点什么，根本不用费心讨好你，进你的房间查查你的电脑资料就什么都知道了。"

"嗯？你的意思是，你进过我的房间？"

"今天风有点大……"

"你偷看我的隐私没有？说实话！"

"没有……嗯，我只看见你的电脑里存了好多军人的照片。你是不是每天晚上睡不着，都想着怎么解军装的——"

她捂住他的嘴："不许再说了。"

"没关系，从今以后，我每天都让你帮我解扣子……唔，唔……"

Action 4

夜色惑人。

期待已久的洞房花烛夜。

她终于是他的了。

他不必担心上级反对，不必担心喻茵揭穿他精心编织的谎言，也不必担心没有他守护的她，会因为心灰意懒投向别人的怀抱，更不必担心她的心中记挂着另一个男人……

只要他想，他可以为所欲为。

她总骂他"色狼"，骂他无耻又不知掩饰。其实，在认识她之前，他不认为自己是个好色的男人，甚至于，在他眼中，那些所谓的绝色美女与躺在解剖台上的尸体没有本质区别。可自从她出现，她的单纯可爱和俏皮，尤其是她涨红着脸骂他“色狼”，然后迫不及待逃之夭夭的身影，让他莫名地产生了邪念。

不知从什么时候开始，他迷上了逗她，每次一见她被逗得面红心跳却眉梢染笑的神情，他就有种强烈的满足感。

数不清多少次，他将她推上天堂，她让他享尽人间最美的景致……

被快感麻痹的神经渐渐恢复知觉，他搂着她，眷恋地亲吻着，本想再温存一阵，她却忽然跪坐起来，扯过惨不忍睹的护士服遮住胸前的丰盈，拿笔在墙上画上一个“一”字，然后她忽然想起什么，仔细计算了一阵，把“正”字补全，又多写了一个。

他憋不住笑出来：“你倒是记得挺清楚。”

“当然。”她回眸，冲他展眉一笑，“次次刻骨铭心……”

好久没见她真正展眉一笑了，虽然只是一闪而过的灵动，也让他心中滚烫。

他将她拦腰抱回怀中，托起她的脸。

借着淡淡的月光，他的指尖抚过眷恋多年的绯色脸颊。她还是那么美，柔软的唇瓣因激吻充盈着鲜红，比黑玉还要润泽的黑眸蒙上了浓郁的情欲，还有那玲珑的线条，在半解的衣衫下，总让他想去贴合，密不可分地贴合……

“丫头，我好久没见你笑了。”

“好久？”

“嗯……”他垂首，堵住她未及出口的问题。

他说过，会让她把“正”字写满整面墙，他说到就一定会做到。

Action 5

她睡了，面容比夜色更静谧，更温柔。

他小心地为她脱下身上残留的衣物，静静地看着她的睡容。即使睡着，她的眼角眉梢仍凝着化不开的清冷，这种清冷总会在他稍不留神时刺痛他，真的很疼。

她问他：“你有没有想过，我们三年没见面了，我可能变了，不是你记忆中那个‘丫头’了……”

他不仅想过，回国那天，站在橱窗外看着她时，他已经清清楚楚地看到了。

她不再是那个站在阳台上慵懒地伸着懒腰，笑着对他说“早上好”的丫头了，她的笑冷若冰霜，眉间隐约刻着四个字——心如死灰。

她的心已经死了。

他自以为是的善意欺骗，他无可奈何的隐瞒，亲手毁了他最爱的女人。

她的爱干涸了。

即便如此，他还是要她。别说她已是没心的空壳，就算她是个植物人，他也要她。

因为他的心还没死，他的爱还没干涸……

Action 6

清晨，叶太太费尽气力，终于把压在身上的“一座大山”挪开，从他身下爬出来，顶着大大的黑眼圈去上班。

她刚在更衣室换了白大褂出来，正好遇上刘医生经过。

“小薄，恭喜恭喜！什么时候发喜糖啊？”

她愣了一下：“你知道我结婚了？”

“咱们全院都知道了。”刘医生看看她泛黑的眼圈，笑得更暧昧，“前天你男朋友部队的领导给咱们主任打电话，说你们要结婚，让主任给你一天假期。”

“前天？”

“是啊，听说他是个参谋长，不错哦。”

她恍然醒悟，521的巧合、顺便路过、刚好闲着没事儿……都是他的精心筹谋。

迎着晨光，她笑弯了眉眼，只可惜他没有看到。

不过没关系，来日方长，他迟早会看到。

Action 7

午休时间，一向敬业的薄医生早早收拾好东西，眼睛不时往走廊尽头瞄。

一阵急促的轮子声响起，医生、护士推着一位病人匆匆向急救室跑去，年轻的男人跟在后面，脚步不稳。

她下意识地看了一眼，整个人僵住了。

因为那个年轻的男人是印钟添。

第四季　新婚

Action 1

洁白的走廊，雪白的灯光，让每一个细节都彻底暴露。

印钟添慌乱地追问着陈医生，没了沉稳，没了条理，和所有的病人家属一样，慌张得像个无助的孩子，希望有人能给他一个确切的答案。

陈医生根本无暇回答，嘱咐护士马上通知手术室做准备。

到了急救室门口，护士递给他一张纸，声音例行公事一般平静："家属签字。"

听见"家属"两个字，薄冰立刻几步冲上去，推开挡住她视线的护士。

虽然她已经猜到，可是亲眼看到一向很疼她的印伯伯躺在担架上，面色灰白，身体僵直，她还是惊得呆住了。

"印伯伯？"她低声呼唤，想确定他是否还有意识，可他没有任何反应。

她捏了捏他紧握的拳，他的手指僵硬而冰凉。

陈医生简短地陈述了一下病情："是脑出血，意识已经模糊，生命体征衰竭……"

说完，陈医生匆匆进了急救室，门紧紧地闭上了。

急救室外的红灯亮了起来。

在病人眼中，那盏灯掌控在医生手中，然而每个医生都知道，那盏灯，其实掌控在命运手中。

许多事，人无力去改变。

Action 2

曾经的青梅竹马，只差一步就要步入结婚礼堂的恋人，此刻站在洁白的走廊两端，像是站在世界的两极。

她记不清有多少次，她也这样和印钟添站在急诊室门外，焦急地等待着她的爸爸。

每一分、每一秒，都被焦急拖得无比漫长。

印钟添总会站在她身边，安慰她说："薄叔叔一定不会有事，他救过那么多人的命，吉人自有天相……"

那时候，白炽灯勾勒出他沉稳的面容，她以为他的沉稳能承载所有的灾难。

现在，她看着他坐在长椅上，十指深深地埋入凌乱的头发中，手指的骨节微微泛白，连每一次呼吸都很艰难，她才知道，他远比她想象的脆弱。

她走向他，还没来得及开口，印钟添腾一下站起来，死死地抓住她的手腕，她几乎能听见指骨摩擦的咯咯声，可她丝毫感觉不到疼痛。

"你跟我说实话，我爸爸的病……"他声音颤抖，没有说下去。

"你放心，不会有生命危险。"

"真的？"

"真的。"除了善意的谎言，她不知道还能用什么安慰他。

毕竟是从小到大的朋友，一起经历了那么多，她不爱他，但那份感情绝对不比爱轻。

几个午休的医护人员从走廊经过，看见他们，脚步慢了下来。从他们身边经过后，刚走出几米，这群人便开始窃窃私语。

尽管他们压低了声音，她还是听得清清楚楚。

“那个男人是薄医生以前的未婚夫吧？”

“是啊！我听说薄医生昨天刚结婚，嫁了个军人。”

“我也是这么听说的……”

薄冰深深地吐了口气，抽回手，刻意与印钟添拉开一步的距离。她并不在乎别人怎么说、怎么看，可她总要顾及叶正宸的感受。

印钟添似乎也听见了，脸色越发黯淡。

“别担心，我进去看看能不能帮上什么忙。”她说。

印钟添急忙点头：“好。”

她走到急救室门口，正想推门进去，视线无意间落在楼梯口一侧的地面上。

明亮的白炽灯将颀长的人影映照在地面上，看不清脸庞，只能依稀看见轮廓。

虽然只是轮廓，她也能辨出是谁。

她猛然抬头，叶正宸在那里对着她静静地微笑，还是傲然独立的英挺身姿，还是那种让人炫目的微笑。

“你……”

他扫了一眼印钟添的方向：“需要帮忙吗？”

她摇头。

“嗯，去忙吧。”

Action 3

印钟添的父亲被直接从急救室送去了手术室，手术是神经外科的王主任亲自操刀，经历了漫长的三个小时才脱离生命危险。她长长地松了口气，出来告知了印钟添。

手术室外，除了印钟添和印伯母，她的父母也赶来了，急得在手术室外团团转。

一见她出来，薄妈妈急忙扯住她："小冰啊，你印伯父没事了，是不是？"

"是，手术很成功，印伯伯很快就会被送去重症监护室。"

"那就好。"

"印伯父可能要晚点才醒，你们先回去吧，这里有我和钟添照顾就行了。"

好容易将三个倔强的老人劝了回去，印钟添陪在监护室，她也拖着一身疲惫回到办公室。

桌上不知何时多了一盒包装精美的西点。她满心好奇地打开，玫瑰形的提拉米苏散发着诱人的浓香。她忽然记起，她第一次吃提拉米苏时的场景。

那时候，她正和叶正宸暧昧着。有一次，她只忙着培养细菌，忘了时间，等到写完观察报告出来，午餐时间已经过了。

人一饿就特没骨气，她捂着肚子仰天长叹："现在谁要给我口吃的，让我以身相许都愿意。"

叶正宸半眯着眼睛冲她笑："真的？"

她忽然有种不祥的预感："你干吗笑得这么阴险？"

他从抽屉里拿出一盒精致的点心，递到她眼前。

那是她第一次吃提拉米苏。Espresso咖啡的淡苦、甜酒的香醇、鲜奶油的馥郁，还有巧克力的甜蜜融合在一起，甜香四溢，但是，这些都不如他给她的关心甜美浓郁。

某色狼趁她不备，搂住她的肩膀："丫头，你打算什么时候履行承诺呢？"

"好，明天咱就回国登记。"

"要不咱们先洞房吧。"

她对他眨眨眼，满眼的天真无邪："师兄，我掏心掏肺对你，你真忍心这么糟蹋我？！"

他看了她很久，叹了口气，收回无耻的狼爪：“好吧，我再慎重考虑考虑。”

……

“薄医生……”回忆被切断。她同屋的实习医生不知何时凑了过来，对着她面前的提拉米苏感慨万千：“你老公中午来过，特意给你送来的。”

她打开盒子，想和大家分享：“你也尝尝。”

另一个医生恰巧经过，笑着说：“我们都吃过了，咱们医院的医生、护士，人人有份。”

她摇头苦笑。叶正宸这样的男人，下辈子都不可能和“低调”两个字扯上关系。

Action 4

医生办公室里，她一边吃着提拉米苏，一边拨通叶正宸的手机。

电话很快接通，里面隐约传来浪漫的音乐，叶正宸的声音比音乐更动听，让人心情舒畅：“你终于想起我了？”

提拉米苏含在口里，满口的甜蜜。

“我只是想告诉你，提拉米苏很好吃。”

“有心情吃点心，看来印钟添的父亲没事了。”

“嗯，已经没有生命危险了，不过以后能不能恢复好，很难说。”

“有你这么敬业的医生照顾，怎么可能恢复不好。”他顿了顿，“不过敬业的薄医生，你什么时候能下班？”

她看看表，已经快六点了。

“啊，六点了，我爸妈还说让我带你回家吃饭呢。”

“那你下楼吧，我在医院门口。”

“你在等我？”

“是啊，我怕你和印钟添跑了。”他一本正经地说。

想起急救室门外的一幕，她尴尬地张口结舌了半天，不知道该怎么解释："我和钟添……"

他忽然笑了："我明白，你是医生，他是病人家属，换作是你不认识的人，你也会尽力帮他，这叫职业道德。"

"看不出，你也有通情达理的时候。"

"我一直都很通情达理。"

才怪。她在心里反驳。

第五季　吵架

Action 1

合法同居刚过两天半，正是新婚夫妻如胶似漆、耳鬓厮磨的时候。

优雅的西餐厅，浪漫的红烛清酒，小提琴的乐声飘扬，叶参谋长捉过叶太太的手，将一枚冰凉的东西套在她的无名指上。

指环的大小刚好，钻石的大小也正好，小一点点折光度不够，大一点点有炫富的嫌疑。

钻戒优雅的设计和独一无二的切割工艺堪称完美，足见这枚戒指是花了心思挑选的，戴在纤细的无名指上，是挚爱，是笃定，也是承诺。

细细摩挲着钻石上的棱角，她不由得想起曾经套在中指上的那枚戒指。随即她又挂念起医院里的印伯伯，不知道他现在四肢能否活动，印伯母年纪那么大，一个人能不能照顾好他。

"在想什么？"叶正宸的手轻轻伸向她，抚平她不由自主锁紧的眉头。

她才猛然意识到自己的失态：这么浪漫的场合，这么郑重的礼物，她非但没有一点欣喜，还把眉头锁得这么紧。

"哦……"她急忙收敛心神，专心应付她的新婚老公，"我在想，你为什么没给我买一枚五克拉的钻戒？"

"我要是买了，你敢戴吗？你不怕有人以为你嫁的是土豪，绑架你？"

"有你在，谁敢绑架我？"

“我又不能天天在你身边……”

她差点忘了。想起他们以后聚少离多的日子，她才深刻地理解了，当年她妈妈为什么苦口婆心劝她别嫁军人。

“你有没有考虑过，”叶正宸试探着开口，“随军……”

随军？跟着他去北京，去部队生活？听上去真不错，可是她的工作、她的父母，还有很多问题，都需要面对。

看出她的犹豫，叶正宸没再勉强，正准备换个话题，手机响了。

他看了电话一眼，立刻接通，对方干脆利落地告知他，必须马上回部队。

他听出事态的严重性，用手掩住话筒：“出了什么事？”

后面的话她听得不是很清楚，依稀听见什么机什么试飞出了问题。

叶参谋长的脸色当时就变了，饭都没顾上吃就匆匆飞回部队。

美好的新婚生活就这么戛然而止。

Action 2

叶正宸回了部队，又没了消息。

薄冰仍过着一个人的生活，忙碌而充实，有时她甚至觉得结婚只是一场梦，她还是一个人生活。

只有偶尔去隔壁打扫房间时，看见他房间里淡绿色的窗帘，她才会感觉到他的存在，遥远但真实。

周末，她和往常一样，回家度周末。

“小冰，你今天去看印伯伯没有？他的身体恢复得怎么样？”吃饭时，她的妈妈问。

印钟添的父亲年纪大了，虽然手术很成功，但是身体恢复得并不理想。

印钟添的工作很忙，不得不离开南州，印伯母的身体又不太好，根本无法照顾病人，短短一周，印伯母仿佛老了十岁，熬得整个人瘦了一圈。

为了不让妈妈挂念，这些她都没说。

在病人家属面前，她不得不把病人最坏的情况告诉家属，以防万一。

面对家人，她习惯性地报喜不报忧："去看过了，印伯伯今天好了很多，可以下床活动了。下个月可以进行康复治疗了。"

"可是我听你印伯母说，他现在精神状态很不好，尤其是听说钟添想要辞了工作回来照顾他，说什么都要出院……"

薄冰拿着筷子的手一顿："钟添想要辞职？"

"是啊！钟添一向孝顺，你印伯伯身体变成这样，他在外地怎么能安心。我还听你印伯母说，钟添在那边人生地不熟，工作压力非常大。"

"可是，他真辞了职，以后怎么办？"

薄妈妈想了想，问："我听说钟添现在的工作是正宸安排的，如果不麻烦，能不能让他再帮帮忙，把钟添调回南州？"

"钟添是国家干部，工作调动很难的。"她为难地看着薄妈妈。不是她不想帮，而是凭她对叶正宸的了解，如果她开口求他把印钟添调回南州工作，他肯定二话不说将印钟添调去青藏高原。

"我知道，以正宸的关系……应该可以吧？"薄妈妈哪里知道叶正宸与印钟添之间的恩恩怨怨，见薄冰还在犹豫，她极力游说道，"小冰，你和钟添毕竟……咱们欠人家的，能帮就帮一帮吧。"

"我尽量想想办法吧。"

Action 3

南州一家颇具特色的酒楼门口，薄冰挂着僵硬的微笑送南州某局的局长出来。

"天这么晚了，你一个人不方便，我先送你回家吧。"姚局长客气地说，温和的笑容看上去十分真诚。

"谢谢！我开车来的，就停在对面。"

"哦，那你开车小心点，你刚才喝了半杯葡萄酒。"

"没关系，葡萄酒的酒精含量不高，我没事的。"见姚局长上了车，准备离开，她急忙又说，“姚局长，我跟您说的事儿……”

“你放心，我会尽力的，你等我的消息吧。”

姚局长的车缓缓驶离，消失在黑夜里，她才收起僵硬的笑容，站在小路上长长地出了口气。

她认识姚局长已有三年了。三年前，刚三十岁的姚局长体检时被误诊为肺癌，到他们医院住院复诊，她咨询了很多专家，最后排除了肺癌的可能性。

姚局长很感激她，每次远远地看见她，都会刻意过来热络地跟她打招呼，寒暄几句。

渐渐地，他们就熟悉了，姚局长不管有什么病都会来找她，还说让她遇到什么困难尽管找他帮忙，但她从未求过他任何事。这一次，为了印钟添，她也只能找他碰碰运气。

能办成自然好，办不成，她也算尽了份心。

夜晚的路上，车子很少，显出些许清冷。

她等了很久，也不见出租车经过。

不知是因为喝了酒，还是因为刚才和姚局长的应酬太耗神，也或许是这几天晚上照顾印钟添的父亲没有休息好，她感觉额头像火烧一样滚烫，四肢都不是自己的，每一步都像走在云端。

人在脆弱时，总会想起最思念的人。

看着远方迷离的灯火，她开始想他，想知道他在什么地方，在忙些什么……

电话响起，她以为是妈妈迫不及待想知道结果，拿出电话，却惊喜地发现是一周没有消息的叶正宸。

她顿时有了无限的力量，笑着接通电话：“叶参谋长，您终于在百忙之中想起您的新婚妻子了？”

电话那边沉默了几秒，接着传来笑语：“如果我说，我对你夜夜牵肠挂肚，你信吗？”

“嗯，要是你说‘日日’，我未必信，‘夜夜’嘛，凭我对你的了解，我深信不疑。”

“你还是这么了解我。”

她笑着，刚巧看见一辆出租车经过，朝她鸣了鸣车笛，吸引了她的注意。

她朝司机摆摆手，继续专心聊天，生怕一个走神就会打扰这份甜蜜。

“这么晚了，你在外面？”他问，似乎听见了出租车的鸣笛声。

“嗯，和朋友吃了个饭。”

“什么朋友？”他追问。

怕他有所误会，她随口应了句：“普通朋友。”

“哦。”他没再说什么，这种突如其来的沉默让她有些不安。

果然，他接下来的一句话是：“我听说，你想让印钟添回南州工作，是真的吗？”

她拿着电话，愣了好久。不愧是做过间谍的，消息灵通得让人难以置信。

“不是我想，是他的父母身体不好，希望他能回南州工作，照顾一下家人。”

她努力地解释着，可叶正宸的质问却让她的解释显得苍白无力。

“那他的父母为什么不找人帮忙，印钟添本人为什么不出面？竟然要你低声下气去求人，陪人家喝酒聊天！你什么酒量，你自己不知道吗？！”

“我……”她的酒量是差了点，可是半杯葡萄酒还是可以承受的。

“你有没有想过，万一姚乘羽对你意图不轨，你怎么办？”他的声音越来越阴冷，隔着电波也让她冷得牙齿都在打战，“再为印钟添忍辱负重献一次身？！”

“在你眼里，我就是那么不自重的女人？”

“你没有为印钟添在男人面前脱过衣服吗？”

“你！”她第一次发现，嫁一个思维敏锐，说话总是一针见血的男人是一种悲哀，因为吵架的时候，他总能一句话刺中你的要害，让你毫无反击之力。

自知有错，也明白叶正宸的愤怒源于对她的深爱和嫉妒，她咬牙忍下被侮辱的愤慨，解释说：“是，我是脱过，那是因为面对的是你。”

“没错，是我，一个让你恨了整整三年的男人……如果不是为了印钟添，别说让你脱衣服，让你跟我说一句话你都不愿意。”

“你！”深呼吸很多次，她才找到声音，“你明知道事情不是这样，我不想跟你说话，是因为我害怕……”

“你不用解释……”他顿了顿，声音里忽然多了讽刺的笑意，“我很清楚，在你心里，你始终放不下他。”

怎么可能放下？他曾对她那么好，在她最无助的时候，是印钟添站在她身边，这份感情，她怎么可能放下？

“我和印钟添从小一起长大，我当他是哥哥，是至亲……”

“所以，你为了他，什么都肯做？”

“不是！”她大声说道，声音出口却是虚弱无力的。

天地都在旋转，头疼得快要炸开，她的双手紧紧地扶着身边的围栏，却还是无法站稳：“我和姚局长认识很久了，我了解他的为人，他最多不帮我，不会为难我。”

“了解？你能了解多少？你知道他是我的朋友吗？你知道他接近你是有目的的吗？”

“你的朋友？”

难怪！难怪她刚送走姚局长不到十分钟，叶正宸就知道得一清二楚。

她早该想到，一个年轻有为的局长，凭什么对她关切有加，她早该想到的。

电话里陷入了死一般的沉寂，许久，叶正宸无奈地叹了口气：“你想帮印钟添，为什么不来找我？你求别人帮忙让印钟添回南州，你知不知道他会怎么想你，怎么想我？！”

“我怕你误会，怕你会介意。”

“你背着我找别人帮忙，我就不会介意？”

“那你说，我该怎么办？”她用尽全力反问他，“看着他父亲病重，看着他左右为难，我权当没看见？”

她忍着鼻尖的酸楚，可是不稳的呼吸声还是通过电波传到了千里之外。

他的语气软了下来：“你真的想他回南州？”

“印伯伯的身体恢复得不好，我担心印伯母一个人……”

他又重重地叹了口气，什么都没说，直接挂断了电话。

听着电话里的忙音，她站在黑夜里，有些辨不清方向。

她不怪他。她和印钟添的过去是枚定时炸弹，一直都存在于叶正宸的内心深处，没有爆炸，只是缺少一根导火索。

她小心翼翼，生怕触动导火索，然而，导火索还是被点燃了……

因为爱，因为在乎，所以才会痛，才会伤。

不过，痛和伤不会让爱损伤分毫，只会让爱越来越深，越来越重。

Action 4

一周后，印钟添接到工作调动的通知，让他交接工作，准备回南州某局工作。

她又拨通叶正宸的电话，回复她的还是甜美的电子录音：“对不起，您拨打的电话已关机，请稍后再拨……”

她不知道，他是真的不在服务区，还是他有意不接她的电话。

她当然不知道，那晚，叶正宸为了找到通话信号，深夜驱车翻山越岭……

叶正宸也并不知道，那晚之后，她高烧不退，病了一周。

虽说军嫂这个身份一直是她梦寐以求的，可是在浓重的相思和没有下文的争吵面前，什么伟大的梦想都变得微不足道。

大病初愈，叶太太终于坚持不住了，买了一张飞机票，直奔北京某部队。

根据叶正宸曾随口提起的部队番号，她很快找到了军区的师部。守卫森严的师部门前，拿着枪的士兵站如青松。

部队的主楼嵌着烫金的八一徽章标识，平坦的柏油路旁铺着一条青色的石子路，两旁是井然有序的松柏，一切都显得威严庄重。

她刚走近两步，拿枪的士兵立刻拦住她，手中乌黑的机枪慑人："请出示出入证。"

她急忙退后一步。

"请问，叶正宸是在这支部队吗？"她试探性地问道。

听到这个名字，士兵神色微诧，上下打量她一番，语气变得客气了许多："您找叶参谋长什么事？"

"我来看看他……"

"对不起，叶参谋长不在部队。"言外之意，请她改天再来。

"哦，那我有什么办法能找到他吗？他的手机没开机，我好久联系不到他了，不知道你们内部电话能不能联系到他？"

见士兵又一次认真地打量她，似在猜测她的身份，她解释说："我是他……太太。"

"太太"两个字仿佛重磅炸弹，一丢出来，士兵丝毫不敢怠慢，带着她走进接待室。

"您稍等，我打个电话问一下。"

"谢谢！"

士兵快速拨通警调连的电话："张连长，叶参谋长的太太来找他……是，是！"

挂了电话，士兵恭恭敬敬地搬来一把椅子："您请坐，张连长马上过来。"

第六季　探亲

Action 1

不及十分钟，一名气宇轩昂的军人迎着午后的烈日匆匆而来，看军衔应该是上尉，级别不低，但在她面前反倒有些局促，气还没有喘匀，便急切地说："嫂子，您好。我是警调连的张阳，参谋长现在在基地，我刚才用内线电话向他汇报了，他说那边的事情已经处理好了，马上就能回来，让您先在部队等他。"

薄冰感激地笑了笑："太谢谢了，麻烦你了。"

张阳赶紧接过她肩上的背包："不麻烦。嫂子，您跟我来，我带您去参谋长的住处等他。"

"哦，好。"

跟在张阳身后，薄冰第一次走进部队——一个被高墙包围，让她梦想过很久，却无法窥探其严肃庄重的世界。他们走进一所僻静的大院，在一栋被白桦树环绕的二层小楼前停下脚步。

"张连长。"一个士官军衔的小战士一路小跑过来，对张阳敬了个军礼，然后又恭敬地看向薄冰，"嫂子，您好。"

小战士看上去很年轻，二十多岁，眼睛很亮，白皙的皮肤被烈日灼得泛红。

张阳介绍说："他是参谋长的通信员小常，参谋长专门派他来照顾您的衣食住行，您有什么需要，尽管跟他说。"

"好的，谢谢！麻烦你们了！"

通信员小常带她走进小楼，用钥匙打开一扇房门："嫂子，请进。"

房间是很宽敞的两室一厅，整洁明亮，淡灰色的桌椅、淡绿色的窗帘显示出这是属于他的世界。

唯一与这个世界格格不入的就是床头的一张照片：她站在渡月桥头，望着漫山遍野的红叶发呆。

Action 2

自从薄冰进了房间，小常又是端茶倒水，又是准备水果，照顾得无微不至。

"小常，叶正宸去了哪个基地，你知道吗？离这里远吗？"

“不知道，这是机密。”

薄冰虽然不知道叶正宸去的基地在哪，但猜测必定是人迹罕至的地方，从那里回来，少说也要一天。

她做好了长期静候的准备，收拾好东西，洗漱完毕，正准备好好休息，谁知晚饭时间还没到，门外突然响起通信员的声音：“参谋长，您回来了。”

然后，房门被推开，一道熟悉的身影出现在门外，仿若从天而降。

她揉了揉眼睛，眼前的人笼罩在金光之下，气质高贵。

“你，你怎么这么快就回来了？”她到部队还不足三个小时。

“嗯。”他冷淡地应了一声，回身问身后的通信员小常，“晚饭准备了吗？”

“我已经让炊事班准备了。”

“去告诉他们，要川味。”

“是！”

小常领了命，片刻不敢耽误，直奔炊事班。

Action 3

房门徐徐合上。

他沉默地站在她面前，余晖落在他傲然伫立的身姿上，格外辉煌。

不知道为什么，每当穿上军装站在她面前时，他总是一脸冷漠，让人读不懂他的任何情绪。

“我是不是不该来？”她试探着问。

他冷冷地看她一眼，松了一颗衬衫的扣子：“印钟添不是调回南州了吗？你不在南州好好和他相聚，跑部队来做什么？”

薄冰原本有些局促不安，一听他这句带着孩子气的话，一下子被逗得笑了出来：“你还在吃醋呢？”

他不说话，解着第二颗扣子，禁欲感极强的领口慢慢敞开，露出里面曲线优美的脖颈，让人无限遐想。

她走过去，拉开他的手，轻轻为他解扣子："你明知道我对你的心，何必吃这没用的醋，跟自己过不去。"

他看着一颗颗扣子在她灵巧的指尖下分开，依旧一脸漠然，不拒绝，也不迎合，像尊完美的冰雕。

"我跟钟添真的没什么。"

见他别过脸，不看她，她有些急了，捉着他的手，放在她心跳紊乱的胸口："我对你的感情，你还不明白吗？"

他终于移回视线，对上她沁了水雾的眼，嘴角冷硬的线条终于柔和了。

衬衫的最后一颗扣子解开，衣襟敞开，露出他坚硬的胸膛。

她搂着他的腰，依偎在他胸口，轻声问："你是不是不想……要我了？"

他突然搂住她的腰，猛一用力，将她的柔软贴在他刚毅的身躯上。

她仰起脸，笑着迎上他幽深的黑眸："我就知道，你不会不要我。"

顷刻之间，他侵占了她的唇……她满足地闭上眼睛，回应着他的热情，舌尖舞动缠绵，无限旖旎。

沉溺其中的她无法承受他的强势，脚下一软，跌入身边的沙发中，强健的身躯顺势压了下来，如火如荼地索求着她的一切……

哐，哐，哐。

极度不合时宜的敲门声响起，叶正宸深吸了口气，忍下骂人的冲动。

许久没听见"进来"两个字，通信员不敢造次，恭敬地在门外询问："参谋长，晚饭准备好了，现在端进去吗？"

此时此刻，什么美味佳肴都不及身下的盛宴，叶正宸置若罔闻，继续品尝他唇下香甜的润滑。

她拧过脸，避开他的唇："别，有人……"

"不用管他。"

"呃？"

门外站着人，她在房间里被他……这让她情何以堪。

更何况，以叶正宸一贯的风格，让小战士在门外等着他们结束，他还不站成塑像？

她推了推他："你还是先让他进来吧。"

叶正宸深呼吸，按捺下几欲爆发的热情，放开她，起身系上扣子。

三分钟后，等到叶太太包裹得密不透风，他才让小战士进来："放下吧。"

小战士悄悄瞄了一眼参谋长衬衫上暧昧的褶皱，片刻不敢停留，急急忙忙放下东西，退了出去，还特意关紧了房门。

小楼内，旖旎的春光无限美好，激烈的喘息时断时续，久久不绝。

小楼外，小战士窃笑着，心里想着晚上先去哪支连队八卦好……

Action 4

第二天，某参谋长经过训练场，某团长看见他，忽然一脸欢欣地把他拦住。

"参谋长，战士们在比俯卧撑，过来一起比画比画。"

不知为什么，平时谨言慎行的副团长今儿也跟着起哄："听说叶参谋长体能最好，让咱们开开眼吧。"

某参谋长掩口轻咳："不知道你们嫂子昨天来了吗？"

战士们想笑又不敢笑，憋得嘴角都要抽筋了，只有正、副两个团长笑得极为爽朗。

刚巧师长经过，看见这边气氛如此融洽，也过来凑热闹："什么事啊，这么开心？"

正副团长立刻噤了笑声，立正，敬礼："师长！"

"你们笑什么呢？"

"报告师长，我们在和叶参谋长讨论体能的问题。"

"体能？体能训练吗？"

团长一脸严肃地回答："是，参谋长在告诉我们……怎么训练体能。"

“好，好，你们继续讨论，我听听。”

众人瞬间沉默了，师长看向某参谋长：“说说吧。”

“咳。”叶参谋长看了一眼某团长，正色回答，“我认为，从今天开始，应该每周考察一次干部的体能，尤其是营级以上的干部，不达标的，强化训练。”

某团长悄悄摸摸自己微鼓的肚子，悔之晚矣。

Action 5

在部队的日子，安稳，舒适，几天时间不知不觉就过去了。

白天，叶正宸有很多事情忙。小冰一个人在房里百无聊赖，见小通信兵闲着没事儿，于是招呼他过来聊天。

起初，小通信兵有点拘束，问什么答什么，不敢造次。

后来聊起小战士的家乡，聊到他家里的亲人，还有他新交的女朋友，小战士开始滔滔不绝起来。

不知不觉聊到了叶正宸。

提起叶正宸，小冰忽然想到某人难伺候的破脾气，不禁同情起小战士“遇人不淑”。

“小常，你们参谋长是不是个特别难伺候的主儿？”

小战士一脸的不明所以：“谁说的？参谋长对人好着呢，我能给他当通信员，我们全连都羡慕我。”

“羡慕？为什么？”

“嫂子，你不知道，参谋长在我们师，那就是神一样的存在……”

提起叶正宸，通信兵纯净的眼睛里立刻闪现出一种崇拜的光芒：“我刚来部队的时候，参谋长还没回来，我就听老兵说过他的好多事……”

“噢？”小冰立刻坐正些，聚精会神地听他讲。

小战士终于按捺不住爱八卦的天性，开始讲述听老兵讲述过的传奇。

那是很多年前，叶正宸还年轻，还在读医科大学，就被送去指挥学院接受特训。

刚入部队，他为人十分低调，认真受训，从不向人提起他的家庭，但出身不凡的他，骨子里总脱不了与生俱来的那股子傲气，不谄媚，不趋炎附势，所以队长看他特别不顺眼，每次对他的训练都比别人严格。叶正宸稍有不慎，就会被罚，什么被子被扔、被命令去端洗脚水、几百个俯卧撑、武装越野……

叶正宸的好体能，全是那时候磨炼出来的。

队里的战友很多都看不下去了，叶正宸却一言不发，服从命令。

后来有一天，某军的喻军长来指挥学院慰问，特意绕到叶正宸身边，看见叶正宸手上缠着纱布，整个人瘦削了一圈，特别关切地问他："在部队待得怎么样？是不是不习惯？"

叶正宸目视前方，一声不吭，弄得众人莫名其妙。

第二天，指挥学院忽然来了一名非常有名的军医，直奔叶正宸的住处，给叶正宸做了全身检查。

大家这才知道，叶正宸的背景深不可测。

Action 6

夜深人静，叶参谋带着叶太太出来晒月亮。

部队的绿化非常好，到处都是参天大树，干净整洁的街道，一点灰尘都看不见。走在青石路上，月影婆娑着树的剪影，稀稀疏疏地照在两人的身上。

之所以选择晚上，主要是因为白天人多眼杂，他们两个人一出门就像动物园里被围观的稀有动物一样，被评头论足。

夜晚，月光如水，洒在她的身上，微风吹乱了发丝，也吹皱了一池春水。她悄悄走近他，想去挽他的手，谁知某参谋长迅速与她拉开距离，正经得不能再正经，庄重得不能再庄重。

为了维持某参谋长辛苦建立起的形象，她很配合地退后一点，与他拉开点距离："这个周末你有空吗？我想去市里转转。"

"这周末……"他蹙眉想了很久，"我周六下午应该能抽出点时间，你想去哪？”

“我想去这附近看看房子。”

“看房子？”

“嗯，我想给我爸妈买一套，不用太大，最好离部队近一点，我方便照顾他们。”

“你的意思是，你想来北京？”

“嗯，我考虑好了，我想随军……”

第七季　蜜月

Action 1

在部队大院里，他们有了新家，古朴却温馨，落地窗外满目深秋之色，繁华似锦。

叶参谋长闲适地坐在沙发上，穿着一身米灰色的家居服，修长的双腿自然下垂叠在一起，聚精会神地看着电视上的内部军事台。

叶太太则蜷缩在靠近落地窗的沙发上看杂志，偶尔端起茶几上的咖啡喝一口，淡苦流过味蕾，回味却是浓香。

两个人在一起，即使一句话都不说，也是一种甜蜜。

随便翻开杂志的一页，叶太太的目光不经意被杂志上漫山遍野的红叶吸引。

不知不觉又是十月了，岚山的枫叶又该红了，不知渡月桥上的风景是否更胜当年，不知大阪大学的银杏叶是否又是一片金黄……

不知什么时候，她能再有机会挽着他的手，漫步在落满银杏叶的小路上？

对着杂志上的风景画足足回味了十几分钟，她才恋恋不舍地将杂志翻至下一页，并伸手去摸咖啡杯。

茶几上空无一物，她疑惑地抬头，发现不翼而飞的咖啡杯正在某参谋长的手中。

从他手中抢回咖啡杯时，杯里的咖啡只剩下零星几滴。

她无奈地苦笑，拿着杯子又去续了一杯。

不知从什么时候起，他习惯了用她的杯子，不管她喝的是咖啡，还是白开水，甚至中药，他都来者不拒，还美其名曰："节约资源，低碳生活。"

这话换了别人说，她或许还会偷偷崇拜一下对方的道德品质，可是这话出自叶正宸之口，她深表怀疑。她严正抗议，列举了一大堆医学术语来证明两个人共用一个水杯的不利之处。

他一言不发，将她按在沙发上一阵激吻，后来越吻越激烈，他又兽性大发，光天化日就把她按在沙发上吃干抹净了。

最可恨的是，他占尽便宜之后，还舒展了一下慵懒的身躯，用纯粹的学术口吻问她："薄医生，你认为这样的行为，会不会传播细菌，导致交叉传染？"

她恨恨地扯过衣服遮挡住胸前青青紫紫的淤痕："不会！"

自此，她屈服于他的"淫威"之下，容忍了他所有的不良习惯。

Action 2

叶太太端着一杯热咖啡回来时，某参谋长正在翻她的杂志，见她回来，立刻合上杂志丢在茶几上，伸手将她抱到腿上，手指轻巧地揉捏着她的肩膀，力道不轻不重，让人整个身心都在不知不觉中放松。

揉完了她的肩膀，他又开始按摩她的脖颈、背部……面面俱到，不像是一种挑逗，更像是一种讨好。

"最近岳父大人身体还好吧？"

"还好，精神状态挺好的。"

"医院的病人多吗？"

"多啊，你说现在的病人怎么越来越多，是不是跟环境和饮食有关系啊？"

"这个，医学上还没有定论。"

“还用定论？依我看我们继续吃地沟油，吃甲醛泡过的蔬菜，还有吃皮鞋做的胶囊，迟早把自己毒死。”

“嗯，我明天写个提案，建议国家关注一下食品安全问题，免得把我的老婆累坏了，没人给我洗衣做饭，铺床叠被，陪我睡觉……”

叶太太狠狠地瞪了厚颜无耻的某人一眼：“你以为你是人大代表？”

他笑着扬扬眉，并未反驳，而是用牙签扎了块水果盘里的苹果，送进她的口中。

甜甜的苹果汁流过味蕾，叶太太终于发现某参谋长今天格外殷勤，于是狐疑地打量他。

“干吗对我这么殷勤？你该不是又想看我穿护士装了吧？”

“你不要把我想得跟你一样。”

“无事献殷勤……你到底什么目的？”

见奸计被识破，某参谋长切入正题，双手搂住她的腰，脸自然地贴在她的脖颈上：“结婚证领了，婚礼也办了，下面我们是不是该……度蜜月了？”

“蜜月？我们的婚礼都举行完两个月了。”

婚礼前他们原本说好了要去度蜜月，没想到他们部队接到临时任务，她爸爸的病情又突然恶化，让她根本无暇考虑其他。

之后，他们开始逐步步入各自的生活轨道，忙着各自的工作。

她不明白叶正宸哪根筋搭错了，忽然想起去度蜜月。

“哪天碰上师长心情好，我跟他请个假，我们去度蜜月。”他说。

“病假、婚嫁、年假，你该休的都休了，现在再去请假度蜜月，你们师长还不把你就地正法？！”

“有道理……嗯，我应该先斩后奏。”

“你要做逃兵？”为了防止叶先生真做逃兵，叶太太立刻晓之以理，动之以情，“我们在一起开开心心就很好，何必在乎那些形式。”

两个人在一起，即便置身喧闹的城市，眼中也是马尔代夫的蓝天碧海。

叶先生难得一见地通情达理："你说得也有道理，好吧，等以后有机会我们再去日本吧。"

"你说去哪？"

"日本。我记得我答应过你，要陪你去石桥的折扣店买衣服，还有陪你去看场电影……"

"呃……如果，你去请假，你们师长不会真的把你就地正法吧？"

"应该不会。我怎么说也鞠躬尽瘁这么多年，没有苦劳，也有功劳。"

"哦。"

"哦……是什么意思？"

"'哦'的意思是……"叶太太双手搂住叶先生的脖颈，甜甜地吻了一下他的唇，"老公，你晚上想吃什么？我做给你吃。"

"我忽然觉得全身疼。"他说着，揉了揉肩膀。

犹豫了好久，她咬牙，用力点头："行。"

Action 3

深秋，日本。

自关西机场下了飞机，叶正宸开着朋友帮他们安排的车，载着小冰驶向大阪大学。

是她初到大阪的季节，只是红叶比当年红得早，十月刚过，已是满目火红。

身边的人没有变，车窗外掠过的景物也还是那么熟悉：全景玻璃房的奔驰4S店、家乐福超市、百元店……还有她每周必去的食品超市。

这里，给了她最深的痛，也给了她最美好的记忆。

"等一下！等一下！"她激动地叫着。

叶正宸一个急刹车，车子在一个十字路口停下。

槐花树散发着独有的香气，迷了人的心智。

她走下车，一步步走上路口的人行道。瑟瑟秋风吹拂着她的衣裙，带来些许凉意。

“你还记得这里吗？”她回眸，看着走下车的叶正宸。

他站在路边含笑看着她：“当然。四年前我在这里遇见一个迷路的美女，她非要跟着我回公寓……”

想起当时逗他的情景，还有他当时的表情，她忍不住笑了出来：“那你当时是什么心情呀？你该不会真的以为我要对你投怀送抱吧？”

他笑着捏捏她的脸颊，半真半假地答道：“我一路都在思考，万一你一进我的公寓就开始脱衣服，我到底能不能坚守住我的革命信仰。”

“那你知道我在耍你时，心情是什么样的？”

“有点小小的失望……要不，你今晚把我这份小小的失望弥补回来？”

“想得美。”她笑着推开他，“我们不是说好了，这次来日本要重温旧梦，重温我们暧昧的日子。”

“可我记得，我是来度蜜月的……”

第八季　回归

Action 1

傍晚的大阪留学生公寓笼罩在绯色的光线下，历史沧桑感更强了，像件古老的文物，但它还是那么干净，楼梯扶手不落半点尘埃，走廊上连一片纸都没有。

公寓办公室的门口仍旧整齐地摆放着仙人球，绿莹莹的一片，山口阿姨的习惯还没改。

叶正宸提着小冰的行李走进办公室。山口阿姨一见叶正宸，笑得心花怒放，热络地和他聊天。聊了好久，山口阿姨才把准备好的钥匙拿出来，交给他们。

“我们能住在这里？”虽然已经看见叶正宸拿到了公寓的钥匙，小冰还是难以置信。毕竟日本不是个轻易能打破规则的地方，而留学生公寓从不让外人住。

“嗯，还是我们原来的房间。”

“真的？！”

不觉间两人已走到走廊的尽头，他用钥匙打开她房间的门。房间里被精心装饰过，家具都是崭新的，干净整洁，一尘不染。

唯一没变的就是仅有一道围栏隔开的阳台。

“你是怎么做到的？”

他无所谓地耸肩：“这个世界上，只要你想做，没什么事是做不到的。”

“那也要看是谁做……”

听出小情人在夸他，某色狼立刻原形毕露，放下手中的行李，魔爪伸过来，结结实实地搂住她的肩膀。

“丫头，是不是特别崇拜我，特别仰慕我，恨不能以身相许？别不好意思，说吧，只要你开口，我随时可以满足你……”

记忆中的无赖表情，记忆中的语调与对白，再配上小楼前记忆中的一池碧波，她恍若真的变回了记忆中的自己，那个单纯、天真、为爱不顾一切、自投罗网的小丫头……

她笑着，眉目比火红的枫叶更妖娆：“是啊，师兄，我特别崇拜你，特别仰慕你。为了表达我对你的无限仰慕之情，晚上我请你吃麻辣火锅，一会儿我们去家乐福买菜。”

“吃完了火锅呢？嗯？”

她冲他眨了眨眼，眼中全是引人遐思的妩媚：“漫漫长夜，当然是……睡觉了……”

“睡觉”这个词包含了太多层意思。

某色狼心里痒痒的，好容易忍下立马上床睡觉的冲动：“好吧，那你先收拾下房间，看看缺什么，一会儿去超市买。”

“你呢？”

他晃了晃手中的钥匙："我也回房了，一会儿别忘了过来给师兄铺床叠被……"

Action 2

月明星稀，空气里弥漫着清凉气息。

甜蜜得如胶似漆的两个人一边洗菜，一边闲聊，气氛无比和谐。

叶正宸的朋友好像都知道他今天回公寓度蜜月，三三两两过来串门。

他们大都不认识小冰，所以过来瞄瞄叶大帅哥的"新欢"。偶尔也有认识的，一见他们两人在厨房里耳鬓厮磨，都诧异得不得了，想问什么又不好意思，三言两语之后就借口离开，然后奔去找人打听真相。

最后一个过来的人是秦雪。她挽着一个日本男人经过，站在窗前，向里面看了看。她变了太多，唯一没变的，是她看叶正宸的眼神，还是那么痴缠，含着晶莹，像是千年的琥珀，凝聚着忧伤。

秦雪看见小冰，没说什么，很陌生地寒暄了几句："呵呵，好久没见了，真没想到你还会回来。"

"我也没想到。吃饭了吗？进来吃火锅吧。"

"不了，我还有事。"说完，秦雪走了几步，又停住脚步，回头问叶正宸，"对了，喻茵她好吗？"

又被戳中痛处，叶正宸抿了抿嘴角："还好吧，我们离婚之后再没见过。"

秦雪讽刺地勾勾嘴角："真没想到你们会离婚。当年，你对她那么好，好到为她洗衣、做饭甘之如饴；为博她一笑，连夜去法国时装会，不惜千金买回她喜欢的裙子……"

很明显，她是来砸场子的。

看见叶正宸一副百口莫辩的尴尬表情，小冰不得不出面帮他解围："感情这回事，很难想到……有时候自己都看不懂自己的心，更何况旁人。"

"水开了，该放肉了。"叶正宸忽然说。

"哦，好。"

"小心烫，还是我来吧……"他接过她手中的牛肉片，忙着煮火锅。被冷落在一旁的秦雪僵硬地搂住身边的男人快步离开。

见秦雪走远了，小冰立刻冷下脸，质问："'好到为她洗衣、做饭甘之如饴；为博她一笑，连夜去法国时装会，不惜千金买回她喜欢的裙子'，叶正宸，你对你前妻不错呀！"

"呃，水又开了，放菜吧。"

热气蒸腾，水花翻滚，若不是舍不得那张炫目的脸，她真想把一整锅的热汤扬到他脸上。

Action 3

"喝杯啤酒吧，降降火。"叶正宸打开一罐啤酒，倒在她面前的杯子里，还是咖啡口味，淡淡的棕色上泛着雪白的泡沫。

她越想越憋气，端起酒杯一饮而尽，那叫一个豪爽。

"你说你交的这是什么朋友，怎么就那么见不得你幸福？"他无奈地说。

"应该说，你招惹的这是什么女人，就那么见不得你的女人幸福！"

"嗯，嫉妒，赤裸裸的嫉妒。"他急忙附和，又为她倒了杯酒。

她端起来，仰头喝了。冰凉的甘苦流进胃里，火气降了不少。

头很快有点发晕，她想问的话脱口而出："你真的对喻茵那么好？还为她洗衣、做饭？你从来没给我做过一顿饭。"

"因为我做饭不好吃，我不舍得坑你。"他含糊着解释，"至于衣服，我都是送去洗衣店洗的。"

"我曾经在网上看喻茵过生日的照片，你给她买的生日蛋糕很漂亮，上面满满都是草莓，还有我爱你三个字，我还看见你附在她耳边，对她耳语，那么亲密。"

"我已经和喻茵离婚了，有些事，知道还不如不知道。"

"你是不是，喜欢上她了？那天，你在她耳边说了什么？"

他轻叹，眉宇间多了些懊悔："你一定要知道？"

"嗯。"不管真相是什么，总好过漫无边际地猜忌。

"好吧，那天她过生日，我找了很多人为她庆祝，我问她：和我在一起，快乐吗？"

鼻尖酸得刺痛，她为自己倒满酒，喝下去，麻痹那种酸楚。

他夹了一片肉送到她嘴边，劝她说："吃点东西，空腹喝酒很伤胃。"

她摇头，直直地看着他："她很快乐。"

照片上的喻茵真的很幸福，那种眼神里承载不下而溢出的幸福，没法假装。所以她当时才会相信，他移情别恋。

"嗯，她说她很开心、很满足。"他迎着她的目光，眼底沉寂的幽深像是黑色的旋涡。"我对她说：快乐就好，我真担心你没有尝过爱情的快乐，感受不到失去的痛苦。"

她惊得说不出话，看着他，梦幻一般的黑夜落了他一身的深沉。

他自嘲地笑着，把玩着手中的酒杯："你是不是觉得我的手段很卑鄙？"

她不知该怎么回答。

"那时候，我那么低声下气地求你，你还是选择了离开。我恨她欺骗了你，伤害了你，所以，我想让她也尝尝被欺骗、被伤害的痛苦。"叶正宸摇摇头，"现在想想，我当时真的有点过分了。"

"别想太多了，吃点东西。"他夹了几片肉放在她面前的盘子里，"我不想告诉你，就是怕你胡思乱想。"

我说："其实，对我来说，没有人比你伤我更深了。"

"我知道，所以我决定用余生好好待你，补偿你。"

Action 4

经历了整整五个小时的痛苦，脐带被剪断，在体内孕育了十个月的孩子，离开了母亲的身体。

小冰艰难地撑着身体坐起来，看着护士为孩子擦拭身体。

产房外，不仅叶参谋长焦虑万分，就连经历过大风大浪的叶首长也紧张得坐立不安。

见医生出来，叶参谋长拦住医生：“我太太怎么样？”

“恭喜，恭喜，母子平安。”

“真的？”他迫不及待地冲进产房，仔细看了看期待了十个月的儿子，便坐到病床前。

“怎么样？痛不痛？”

她摇头，虚弱地笑笑：“还好，我想看看孩子。”

他将孩子抱到她面前，当她看着那张酷似叶正宸的脸，看着肉肉的小手指握住她的食指，眼泪忽然落了下来。

这是他们的孩子，延续着他们的血脉，承继着他们的爱！